Pour protéger son enfant

Cet inconnu dans la nuit

CARLA CASSIDY

Pour protéger son enfant

Traduction française de
GAËLLE BRAZON

BLACK ROSE

HARLEQUIN

Collection : BLACK ROSE

Titre original :
COWBOY AT ARMS

Ce roman a déjà été publié en 2017

HARPERCOLLINS FRANCE
83-85, boulevard Vincent-Auriol, 75646 PARIS CEDEX 13
Service Lectrices — Tél. : 01 45 82 47 47 - www.harlequin.fr
ISBN 978-2-2804-8287-5 — ISSN 1950-2753

Composé et édité par HarperCollins France.
Imprimé en octobre 2022 par CPI Black Print (Barcelone)
en utilisant 100% d'électricité renouvelable.
Dépôt légal : novembre 2022.

FSC
www.fsc.org
MIXTE
Papier issu de sources responsables
FSC® C159065

Pour limiter l'empreinte environnementale de ses livres, HarperCollins France s'engage à n'utiliser que du papier fabriqué à partir de bois provenant de forêts gérées durablement et de manière responsable.

1

— Allez, du nerf, s'ordonna Dusty Crawford, les yeux rivés sur la porte d'entrée du Bitterroot Café.

Il était presque 21 heures en ce vendredi soir, et le soleil d'été frôlait encore à peine l'horizon. Au fur et à mesure que le jour tombait, la salle du restaurant brillamment éclairée devenait plus visible. Dusty avait fait exprès d'arriver assez tard pour que l'heure du dîner soit passée et que la cafétéria populaire soit moins bondée.

Il avait beau avoir lutté contre du bétail entêté et affronté plus d'un puma en maraude au fil des années, il tremblait presque dans ses bottes à la simple pensée de la belle serveuse blonde qui se trouvait à l'intérieur.

Il tourna la tête en entendant plusieurs portières claquer non loin de lui. Les yeux plissés, il regarda trois cow-boys traverser le parking d'un pas tranquille en direction du restaurant.

Zeke Osmond, Greg Albertson et Shep Harmon travaillaient dans la propriété voisine du ranch Holiday, où Dusty vivait depuis ses quatorze ans. La plupart des cow-boys du ranch Humes étaient de sales types qui prenaient plaisir à semer la zizanie partout où ils allaient.

Les employés de Humes étaient suspectés de toutes sortes de méfaits sur le domaine Holiday, tels que des clôtures arrachées, des feux malveillants et la disparition occasionnelle de bétail.

Alors que les trois hommes entraient dans le bâtiment, Dusty s'efforça de ne plus penser à eux. Il devait plutôt se concentrer sur ce qui l'amenait ici. Après un peu plus de six mois à échanger des banalités avec elle chaque fois qu'il mangeait au restaurant, il était venu ce soir pour inviter Trisha Cahill à boire un verre.

Il ôta son stetson noir, le posa sur le siège passager et fourragea dans ses cheveux. Il inspira profondément pour se donner du courage, puis sortit du pick-up et se dirigea vers la porte de la cafétéria.

Sitôt entré dans la salle, il fut assailli par les odeurs de frites et d'oignon, de viandes diverses et variées en train de rissoler, sans oublier un léger parfum de pomme et de cannelle.

Même si l'heure du dîner était passée, il restait de nombreux clients aux tables et dans les box. Cette cafétéria n'était pas seulement un endroit où manger dans la petite ville de Bitterroot, en plein Oklahoma. C'était aussi un lieu de rencontre, où retrouver ses voisins et se raconter les derniers potins.

Dusty repéra aussitôt Trisha. Elle était en train de prendre la commande de Steve Kaufman, un veuf qui vivait seul et passait la plupart de ses soirées ici, à lire un livre en buvant du café.

Il marcha jusqu'à un box vide qu'il savait être dans la section de Trisha. Il s'assit, avant d'attraper l'un des menus plastifiés coincés entre les bouteilles de moutarde et de ketchup. Il l'ouvrit, bien qu'il ait mémorisé depuis longtemps tout ce que le restaurant avait à offrir.

Le trac lui faisait une boule au ventre. C'était vraiment ridicule, songea Dusty. Le pire qui puisse arriver était que

Trisha lui réponde qu'elle n'avait aucune envie de sortir avec lui. Il n'en mourrait pas. Il avait survécu à des situations bien plus horribles au cours de ses vingt-neuf années sur terre.

Il referma le menu et le remit à sa place, puis releva les yeux. Il sourit en voyant Trisha approcher de son box.

— Salut, Dusty. Tu arrives un peu plus tard que d'habitude, ce soir.

Ses yeux avaient la couleur d'un ciel d'été sans nuages et brillaient de cordialité.

— Oui, répondit-il. J'ai décidé de sauter le pâté de viande du vendredi soir de Daisy et de rester manger au ranch.

Les cheveux blonds de Trisha étaient attachés en une queue-de-cheval un peu ébouriffée. Les doigts de Dusty lui démangeaient de les libérer de leur élastique.

— Alors… qu'est-ce que je te sers ? demanda-t-elle.

— Je vais prendre un des chaussons aux pommes de Daisy et une tasse de café.

— Je t'apporte ça tout de suite.

Tandis qu'elle s'éloignait, Dusty poussa un soupir. Il l'inviterait après avoir mangé son dessert. La plupart des clients seraient peut-être partis, et elle serait moins occupée.

Quelques minutes plus tard, il avait sa pâtisserie et son café devant lui. Après l'avoir servi, Trisha se hâtait déjà vers une autre table. Il se mit à manger sans cesser de l'observer. Elle s'occupait de ses clients en adressant un sourire enjoué à chacun d'entre eux. Vêtue d'un jean moulant et d'un T-shirt rouge indiquant le nom de la cafétéria en lettres dorées, elle était incroyablement sexy.

Même s'il s'intéressait à elle depuis des mois, il savait très peu de chose sur son compte. Elle habitait au Bitterroot Motel, avait un fils et était l'une des serveuses les plus populaires du Café.

Le temps qu'il finisse son chausson et entame sa seconde

tasse, la foule avait enfin commencé à se disperser. Il fit un signe en direction de Trisha, qui s'approcha aussitôt de son box.

— Tu veux l'addition ? s'enquit-elle.

— En fait, je me demandais si tu avais le temps de t'asseoir avec moi.

Elle jeta un coup d'œil sur les quelques clients toujours présents dans sa section, puis hocha la tête.

— Oui, je peux prendre quelques minutes.

Il lui était déjà arrivé de tenir compagnie à Dusty, une fois le coup de feu passé. Elle se glissa de l'autre côté du box et lui sourit à nouveau.

— Ça fait du bien de se poser un peu. Le restaurant n'a pas désempli depuis 17 heures. On dirait que tous les habitants de la ville ont décidé de manger dehors, aujourd'hui. A propos d'habitants… J'ai entendu dire que Forest Stevens avait déménagé.

— Oui. Il a trouvé le grand amour avec le Dr Patience Forbes. C'est l'anthropologue médico-légale qui est venue au ranch pour examiner les os retrouvés au fond de la fosse. Il a emménagé à Oklahoma City avec elle il y a une semaine.

Et tous les jours, depuis une semaine, le grand cow-boy qui avait été son meilleur ami depuis ses treize ans, quand il était un gamin maigrichon et sans abri, lui avait manqué.

— Tant mieux pour lui, répondit Trisha. Je leur souhaite tout le bonheur du monde.

Demande-lui, souffla une voix dans le cerveau de Dusty. *Pour une fois dans ta vie, bouge-toi pour obtenir ce que tu veux vraiment.*

— Trisha, je me demandais si après ton service, ça te dirait de venir boire un verre avec moi au Watering Hole ?

Elle écarquilla les yeux, avant de les baisser rapidement sur la table. Dustin sentit son cœur se serrer. Il aurait dû s'en douter. Pourquoi une belle femme comme elle s'intéresserait-elle à un cow-boy dans son genre ? En outre, il le savait, de nombreux hommes l'avaient déjà invitée, et elle les avait tous éconduits. Pourquoi en serait-il autrement pour lui ?

Elle garda le silence un long moment. Alors que Dusty était sur le point de lui dire d'oublier son invitation, elle releva les yeux sur lui.

— Je suis désolée, Dusty, mais ce soir, c'est impossible. Mon fils est à la maison avec sa baby-sitter, et elle m'attend tout de suite après le travail.

— Aucun problème, s'empressa-t-il de répondre.

Heureusement, il avait terminé son chausson aux pommes, ce qui allait lui permettre de filer en vitesse.

— Je peux peut-être m'arranger avec elle pour me libérer demain soir après le travail, suggéra Trisha en rosissant de façon charmante. Enfin… si tu es toujours partant.

Le cœur de Dusty se remit à battre avec entrain.

— Ce serait super.

— Demain, je travaille jusqu'à 22 heures. Je peux te retrouver au Watering Hole vers 22 h 30.

— Ça me semble parfait, répliqua-t-il en souriant. Et si je te donnais mon portable, au cas où ta baby-sitter te ferait faux bond ?

Il emprunta le crayon de Trisha pour écrire son numéro sur une serviette. Elle l'imita, puis se leva et enfonça le carré de papier dans sa poche arrière.

— Alors, je te dis à demain soir.

Elle arracha l'addition de son carnet et la glissa sur la table avant de s'éloigner.

Il avait réussi, songea Dusty avec enthousiasme. Non seulement il avait eu le courage de l'inviter, mais, en plus, elle avait accepté. Il se dirigea vers la caisse, où la propriétaire de la cafétéria, Daisy Martin, l'accueillit avec un large sourire.

— Je t'ai vu échanger des petits mots avec Trisha, remarqua-t-elle. Essaierais-tu de passer du temps avec une de mes meilleures serveuses ?

— J'en ai bien l'intention, répondit-il en lui tendant un billet de vingt dollars.

Daisy jeta un coup d'œil vers Trisha, qui versait du café aux trois employés du ranch Humes.

— J'espère que tes intentions sont bonnes. C'est une femme bien, qui mérite ce qu'il y a de mieux.

— Daisy, je ne te savais pas aussi mère poule, la taquina-t-il en rangeant la monnaie dans sa poche.

Elle repoussa une mèche de cheveux roux derrière son oreille.

— Je suis protectrice avec les filles qui travaillent pour moi. Elles sont plus proches de moi que la plupart des membres de ma famille.

— Ne t'inquiète pas, Daisy. De toute façon, je ne lui ai pas fait de proposition indécente. Je l'ai seulement invitée à boire un verre avec moi au Watering Hole.

— Bon… En tout cas, prends bien soin d'elle. Comme je l'ai dit, elle mérite ce qu'il y a de mieux.

Quelques minutes plus tard, Dusty montait dans son pick-up et prenait la direction du ranch Holiday. Il était impatient de voir Trisha en dehors de la cafétéria. Cela faisait un bout de temps qu'il était attiré par elle. Mais la phrase de Daisy lui trottait dans la tête : Trisha était une femme bien qui méritait ce qu'il y avait de mieux.

« T'es qu'un petit morveux pleurnichard.

Rien que de te voir, ça me rend malade.

Tu ne vaudras jamais rien. »

Les mots blessants explosèrent dans le cerveau de Dusty.

Il agrippa le volant avec force, tout en essayant de renvoyer la voix grave et râpeuse dans le passé où elle devait rester.

Ils allaient seulement prendre un verre, se répéta-t-il. Il n'avait pas déclaré sa flamme à Trisha. Il ne savait pas encore quelles étaient ses intentions envers la jolie serveuse. Il ne la connaissait pas assez bien pour cela.

En vérité, il ignorait s'il était assez fort, assez intelligent ou assez bon pour être avec une femme comme Trisha.

Il leva la main pour toucher son oreille gauche. Celle-là même qui n'entendait plus le moindre son depuis qu'il s'était enfui par la fenêtre d'une chambre à l'âge de treize ans, afin d'échapper à l'homme qui, s'il continuait à le maltraiter ainsi, allait finir par le tuer.

Personne, pas même son meilleur ami Forest, ne savait que Dusty était sourd d'une oreille.

Il était un bon cow-boy, c'était une certitude. Cass Holiday avait fait le nécessaire pour qu'il le soit. Mais Cass était morte, et Dusty éprouvait désormais la sensation désagréable de ne pas être assez bien pour aucune femme.

Juste après 22 heures, Trisha monta dans sa voiture et prit la direction du Bitterroot Motel, où elle vivait avec son fils depuis un peu plus de deux ans et demi.

Tout en roulant, elle pensa au cow-boy qui l'avait invitée à boire un verre avec lui.

Dusty Crawford l'attirait physiquement, c'était indéniable. Il avait les cheveux blonds comme les blés et les yeux d'un bleu cobalt. Ses sourires encadrés de charmantes fossettes la réchauffaient d'une façon qu'elle n'avait pas ressentie depuis bien longtemps.

Comme ils avaient bavardé assez souvent à la cafétéria, elle savait qu'elle appréciait aussi son tempérament enjoué et décontracté. Mais, malgré ces quelques conversations, elle ne le connaissait que superficiellement. A la perspective d'en découvrir davantage, elle se sentait frémir d'excitation.

Est-ce prudent ?

S'est-il écoulé assez de temps ?

Ces questions troublantes l'assaillirent sans prévenir, et une boule se forma au creux de son ventre. Au bout de trois longues années, elle devait quand même être enfin en sécurité ici, songea Trisha. Elle n'avait sûrement plus à redouter que son passé ne revienne la torturer, elle, ou qui que ce soit d'autre. Il était peut-être enfin temps de croire qu'un avenir heureux était possible pour elle et son fils.

Ces pensées perturbantes s'envolèrent lorsqu'elle se gara devant l'unité 4 du motel. Les appartements étaient petits, mais disposaient de kitchenettes entièrement équipées. Le loyer était assez bas pour que, entre son salaire et ses pourboires, elle ait réussi à faire quelques économies.

Cela dit, il était plus que temps de déménager. Elever un petit garçon de trois ans dans une chambre de motel n'avait rien d'idéal. Avec un peu de chance, d'ici deux semaines, elle allait trouver une petite maison à louer, avec une chambre pour Cooper et un jardin où il pourrait jouer.

Elle se hâta vers la porte, la déverrouilla et entra. Juanita était assise sur la chaise à côté du lit où Cooper était profondément endormi. Elle ferma le tabloïd qu'elle lisait et vint rejoindre Trisha.

— Il a été adorable, comme toujours, murmura-t-elle. On a fait de la balançoire dehors puis, au plus chaud de la journée, on a joué et regardé des films à l'intérieur. Il a bien mangé, puis il a pris un bain avant d'aller au lit.

— Merci, Juanita. Je voulais savoir si demain soir, tu

pouvais rester un peu plus tard que d'habitude. Peut-être jusqu'aux alentours de minuit ?

Le large visage de la baby-sitter se fendit d'un sourire et elle haussa les sourcils.

— Cendrillon aurait-elle un bal au programme ?

Trisha étouffa un rire.

— Non, rien d'aussi élégant. Je vais boire un verre avec un cow-boy, c'est tout.

— Et qui est ce petit chanceux ?

— Dusty Crawford, du ranch Holiday.

Juanita se signa rapidement.

— Quelque chose de malfaisant a marché sur cette terre.

Trisha le savait, elle faisait allusion aux sept squelettes qui avaient été retrouvés sur la propriété. Les squelettes de jeunes hommes assassinés plus de dix ans auparavant.

— Espérons que le chef de la police découvrira qui est responsable de telles horreurs.

Juanita hocha la tête d'un air grave, avant de sourire à nouveau.

— En tout cas, aucun problème pour rester plus tard demain. Il est grand temps que tu profites un peu de la vie.

— Merci, Juanita. Je ne sais pas ce que je ferais sans toi. Allez, file. On se voit demain après-midi.

Depuis le seuil, Trisha regarder Juanita Gomez monter dans sa voiture, puis quitter le parking. Cette femme hispanique d'âge moyen avait été un cadeau du ciel depuis que Trisha avait commencé à travailler à la cafétéria.

Son mari était mort d'une crise cardiaque cinq ans plus tôt. Comme tous ses enfants étaient grands et vivaient dans des villes différentes, Juanita avait souffert du syndrome du nid vide et avait souhaité faire du baby-sitting.

C'était une femme gentille et affectueuse. Trisha était

ravie qu'elle s'occupe de son fils. Elle verrouilla la porte, puis contempla le petit garçon couché dans le grand lit.

Il était temps d'emmener Cooper chez le coiffeur, songea-t-elle en voyant ses cheveux blond pâle tout ébouriffés. Un léger sourire flottait sur ses lèvres, comme s'il faisait de beaux rêves. Pourvu que ses rêves soient toujours merveilleux, pria-t-elle. Il était le soleil de sa vie, et elle ferait n'importe quoi pour qu'il soit heureux et en sécurité.

Elle se rendit dans la salle de bains, se déshabilla et jeta ses vêtements dans le panier à linge. Il ne lui fallut que quelques minutes pour prendre une douche, puis enfiler une chemise de nuit.

Une fois allongée dans l'obscurité, elle laissa ses pensées dériver à nouveau vers Dusty Crawford. Depuis qu'elle travaillait comme serveuse, de nombreux hommes l'avaient invitée à sortir avec eux, et elle avait toujours refusé.

Mais Cooper avait beau remplir sa vie, cela faisait quelques mois qu'elle sentait grandir en elle le besoin d'autre chose. Or Dusty avait toujours provoqué comme une décharge électrique en elle.

Etait-il l'homme idéal pour elle ? Elle ne pouvait pas en être sûre. Mais en tout cas, son invitation de ce soir était tombée à point nommé.

Est-ce prudent ?

Trisha crispa les paupières et ravala la peur qui menaçait de la submerger.

Elle avait vécu avec cette peur au cours des trois dernières années. Elle pouvait s'en défaire, à présent. Après tout ce temps, après toutes les mesures qu'elle avait prises, elle n'était sûrement plus en danger.

Ressentant le vague espoir d'un avenir meilleur, elle sombra dans un sommeil sans rêves. Elle en émergea en sentant deux petites mains de chaque côté de son visage.

— Maman, il est l'heure de se réveiller.

Trisha ouvrit les yeux et croisa le beau regard bleu de son fils.

— D'après qui ?

— D'après Cooper ! s'exclama-t-il.

— Cooper qui ?

— Cooper Cahill.

C'était une conversation idiote qu'ils avaient presque tous les matins quand il la réveillait. Elle se redressa avec un grand sourire.

— Et le monstre des guilis est sur le point d'attaquer Cooper Cahill !

A la lueur des rayons de soleil qui filtraient à travers les rideaux dorés, elle se mit à chatouiller l'enfant jusqu'à ce que ses éclats de rire emplissent la pièce.

Quelques minutes plus tard, l'odeur du café tout juste passé embaumait la pièce. Cooper était assis à la petite table de cuisine devant un bol de céréales. Entre deux bouchées, il lui raconta tout ce qu'il voulait faire avant qu'elle n'aille travailler à 14 heures.

— On peut faire de la balançoire, et puis jouer aux cow-boys. Tu seras le méchant et je serai le gentil.

— Pourquoi c'est toujours moi le méchant ? demanda Trisha avec amusement.

— Parce que c'est toujours moi le gentil, répondit Cooper comme si c'était la logique même.

Heureusement, les seuls méchants que connaissait le petit garçon étaient les figurines de cow-boys à qui il donnait les rôles de voleurs de banque ou de bétail. Trisha espérait de tout son cœur qu'il ne connaîtrait jamais le mal incarné dont elle avait fait l'expérience.

La matinée s'écoula rapidement : Cooper et elle jouèrent dehors dans la cour du motel, puis rentrèrent lorsque la chaleur commença à monter. Comme toujours quand ils jouaient aux cow-boys, les gentils avaient mis les méchants en prison.

A 13 h 30, Trisha enfila un jean propre et le T-shirt rouge du Bitterroot Café. Puis elle examina le contenu limité de son placard.

S'acheter de nouveaux vêtements n'avait pas été une priorité au cours de ces dernières années. Elle s'en donnait à cœur joie pour Cooper, mais préférait mettre de l'argent de côté plutôt que de le dépenser pour elle. Elle tenait à partir de ce motel au plus vite.

Elle finit par choisir un chemisier sans manches en coton bleu roi pour se changer avant de retrouver Dusty. Le corsage lui allait bien, faisant ressortir la couleur de ses yeux.

Elle avait réussi à passer la matinée et le début d'après-midi sans penser à leur rendez-vous, mais les doutes commençaient à l'assaillir.

Ils ne la quittèrent pas lorsqu'elle entama son service. Elle ferait peut-être mieux d'appeler Dusty pour annuler, songea-t-elle en prenant les commandes. Ce qui avait semblé être une bonne idée la veille la rendait désormais fébrile.

Il était temps pour elle de passer un peu de temps avec un bel homme qui faisait palpiter son cœur, se dit-elle avec fermeté. Même Juanita avait dit qu'elle le méritait. C'était seulement une soirée… quelques heures tout au plus.

Heureusement, comme tous les samedis à l'heure du dîner, il y avait assez de travail pour qu'elle n'ait pas le temps de s'appesantir sur ces sentiments contradictoires.

Juste après 18 heures, Zeke Osmond, Greg Albertson et Lloyd Green franchirent le seuil et s'installèrent dans un box de sa section. Trisha ravala un soupir.

Elle détestait servir ces hommes, qui étaient non seulement grossiers et souvent obscènes, mais aussi avares en pourboires. Greg était supportable, mais Zeke et Lloyd lui donnaient la chair de poule.

Elle serra son carnet entre ses doigts et s'avança vers eux.

— Bonsoir, messieurs. Qu'est-ce que je vous sers ?

— Trisha, trésor, si tu étais au menu, je te commanderais en deux secondes, répliqua Zeke en l'examinant de la tête aux pieds de ses yeux sombres. En fait, je demanderais même double ration à emporter.

Lloyd donna un coup de coude à son copain et adressa une grimace d'excuse à Trisha, même si son regard n'avait rien de désolé.

— Ne fais pas attention à lui, Trisha. Tu sais que c'est un vrai crétin.

Daisy s'approcha d'un pas tranquille et sourit à Trisha.

— Et si tu prenais ta pause maintenant ? Je vais m'occuper de ces vauriens.

Avec un soupir de soulagement, Trisha marcha jusqu'à la salle de repos, une petite pièce à l'arrière de la cafétéria. Elle s'assit sur l'une des chaises en regardant son chemisier suspendu à un portemanteau. Puis elle sortit son portable de sa poche et baissa les yeux sur le clavier.

Elle avait déjà enregistré le numéro de téléphone de Dusty. Elle n'avait qu'à appuyer sur deux touches, et ils seraient connectés.

Le désir rivalisait avec la vieille peur qui lui était devenue si familière. Etait-elle complètement folle de penser qu'elle pouvait avoir une vie normale ? Une vie qui incluait des rencards avec des cow-boys séduisants, avec l'espoir de trouver un jour un homme formidable qui non seulement l'aimerait elle, mais aimerait aussi son fils ?

Trisha remit son portable à sa place. Elle n'allait pas annuler son rendez-vous avec Dusty. Elle ignorait s'il était l'homme formidable en question, mais elle ne le saurait jamais si elle ne tentait pas sa chance.

Est-ce prudent ?

Elle espérait de tout cœur être vraiment débarrassée des fantômes de son passé.

2

Debout devant le lavabo de sa petite salle de bains, Dusty examina son reflet dans le miroir. Cheveux soigneusement peignés… OK. Chemise bleu clair boutonnée et rentrée dans le jean… OK.

Il s'aspergea le cou et la mâchoire de son eau de toilette aux notes épicées, puis sortit de la salle de bains. Il était prêt ridiculement en avance : il n'était pas encore tout à fait 21 heures.

Dusty avait le ventre noué par le stress. Il allait devenir fou s'il restait tout seul à tourner en rond dans sa petite chambre. Une fois sorti de la pièce, il regarda l'enfilade de portes des unités où vivaient les cow-boys du ranch Holiday. Aucun des autres hommes n'était dans le coin.

Il se dirigea vers l'arrière du bâtiment, où se trouvaient le réfectoire et la salle de détente. Un samedi soir, la plupart de ses collègues seraient sûrement en ville, mais il y en avait toujours quelques-uns qui préféraient passer du temps ensemble sur place.

— Waouh, on t'a senti arriver à un kilomètre, s'exclama Adam Benson, le contremaître du ranch, en agitant la main devant son nez lorsque Dusty entra.

— Et il est tout pomponné, en plus, ajouta Tony Nakni. Tu as un rencard torride ?

— Je ne sais pas si ça sera torride, mais je retrouve Trisha au Watering Hole à la fin de son service, expliqua Dusty.

Il se laissa tomber sur une chaise à côté de Tony. Celui-ci lui donna une tape dans le dos.

— Alors, tu as fini par trouver le courage de l'inviter.

— Oui, et le plus étonnant, c'est qu'elle a accepté.

Une bouffée d'appréhension le saisit à nouveau.

— Il était grand temps, déclara Adam. Tu es dingue d'elle depuis des siècles.

— Tu peux parler, rétorqua Dusty. Tout le monde sait que tu en pinces pour Cassie. Quand vas-tu enfin lui demander de venir boire un verre avec toi ?

Cassie Peterson avait hérité du ranch de sa tante Cass, la femme qui avait accueilli un groupe de jeunes garçons perturbés et avait fait d'eux non seulement des cow-boys, mais aussi des hommes forts et compétents.

Il y avait eu beaucoup de conjectures à propos des projets de la jolie blonde : allait-elle rester pour exploiter le ranch ou allait-elle le vendre et retourner à New York où se trouvait la boutique qui exposait ses peintures à l'huile originales ?

La découverte de la scène de crime sur la propriété avait suspendu temporairement toute prise de décision, mais aucun d'entre eux ne savait ce que Cassie comptait faire, maintenant que les squelettes avaient été emportés.

— Ouais, peut-être que si tu te rapprochais un peu d'elle, tu pourrais la convaincre de rester dans les parages, lança Tony à Adam.

— Vous savez tous que je n'ai aucune envie qu'elle vende et qu'on se retrouve sans travail, sans foyer et séparés les uns des autres, rétorqua Adam.

Ils restèrent silencieux un long moment. Avec l'aide de l'assistante sociale Francine Rogers, Cass Holiday avait recueilli douze fugueurs qu'elle avait fait travailler sur son ranch. Ils avaient grandi ensemble, formant une véritable cellule familiale. Dusty considérait chaque homme comme un frère.

Tandis que les autres continuaient à spéculer sur les projets de Cassie pour le ranch, Dusty réfléchissait à son avenir imminent et à son rendez-vous avec Trisha.

Il était sorti avec plusieurs femmes de Bitterroot au cours des deux dernières années, mais ne s'était attaché à aucune d'entre elles. Parfois, dans le silence de la nuit, il s'interrogeait : son enfance l'empêchait-elle de faire confiance et d'aimer vraiment quelqu'un ?

Il bavarda avec les autres hommes jusqu'à 21 h 30, puis se leva.

— Il est temps que j'y aille.

— Bonne chance, lança Tony. J'espère que vous allez passer un bon moment.

— Ne fais rien que je ne ferais pas, ajouta Adam.

Dusty se mit à rire.

— Je n'oserais pas.

Après être sorti du bâtiment, il se dirigea vers le grand hangar où les employés garaient leurs véhicules personnels et rangeaient le matériel du ranch.

A la vive lueur du clair de lune, la tente bleue qui protégeait la scène de crime se dressait comme une entité extraterrestre. Dusty grimaça en pensant aux squelettes. Ils avaient été retrouvés sous le plancher d'une vieille cabane que les hommes avaient démolie après la tempête de printemps qui avait tué Cass.

Cette découverte les avait tous bouleversés. Encore plus choquant : d'après le chef de la police Dillon Bowie, il était possible que l'un des employés du ranch soit responsable de la mort des sept jeunes hommes.

Dusty refusait de croire que l'un de ses frères d'adoption

puisse être coupable des meurtres commis à l'époque où les douze garçons avaient commencé à travailler pour Cass.

Elle avait été fine psychologue. Elle n'aurait sûrement pas gardé quelqu'un faisant preuve de tendances violentes, quelqu'un capable d'abattre un tranchoir ou une hache sur le crâne d'un autre être humain.

S'il y avait un assassin à Bitterroot, il devait plutôt travailler au ranch Humes. Raymond Humes aimait que ses employés soient méchants et hargneux. Or bon nombre d'entre eux étaient là depuis des années ou étaient nés et avaient été élevés dans le coin.

Tout en parcourant la courte distance qui séparait le ranch de la ville, Dusty se remit à penser à sa soirée avec Trisha.

Il ignorait si elle était la femme de sa vie, mais il était sûr d'une chose : il était très attiré par elle. Elle hantait ses pensées et ses rêves depuis des mois.

Et puis il ne fallait pas oublier la solitude grandissante qu'il ressentait. Elle était peut-être plus perceptible ces derniers temps, parce que trois de ses camarades du ranch avaient rencontré le grand amour au cours des deux derniers mois. Ils avaient été douze célibataires vivant et travaillant ensemble ; ils n'étaient désormais plus que neuf. Dusty voulait trouver le même bonheur que les autres hommes.

Le Watering Hole, le seul bar officiel de la ville, se situait dans un grand bâtiment en bois. En ce samedi soir, le parking était presque plein.

Dusty aurait préféré un endroit plus tranquille, mais c'était le seul établissement ouvert en soirée autre que la cafétéria où travaillait Trisha.

Avec un peu de chance, il parviendrait à obtenir une table à l'écart de la piste de danse, où la musique serait moins forte et où ils pourraient discuter sans trop de difficulté.

Il trouva une place libre et se gara. La canicule d'août

se faisait sentir. Dès qu'il sortit du pick-up, il se retrouva plongé dans l'air nocturne étouffant. Impatient de se mettre au frais, il se dirigea à grands pas vers le bar.

A l'intérieur, l'ambiance était survoltée. Des douzaines de couples dansaient sur la piste au rythme de la chanson country entraînante diffusée par le juke-box. Dans un tintement de bouteilles et de verres, les serveuses remplissaient et apportaient les boissons aux tables. Des rires s'élevaient aux quatre coins de l'immense salle.

Dusty fit un signe de main en direction de Brody Booth, Sawyer Quincy et Jerrod Steen, trois autres cow-boys du ranch Holiday. Ils étaient assis autour d'une table près de l'arrière-salle, où se trouvaient deux billards et une cible de fléchettes.

Il sourit intérieurement. C'était une bonne chose que Brody et Jerrod soient avec Sawyer. Le jeune homme aux cheveux cuivrés ne tenait pas l'alcool. Il n'avait pas besoin de boire beaucoup de bière avant de devoir être porté hors du bar.

Se frayant un chemin à travers la foule, Dusty repéra une table vide pour deux personnes, non loin de celle de ses collègues. Au moins, la musique n'était pas aussi forte ici, même si le cliquetis des balles de billard et les cris triomphants provenant de l'arrière-salle étaient audibles.

Il s'assit et s'efforça à nouveau de surmonter son trac. Il n'avait jamais été aussi nerveux avant de retrouver une femme pour un rencard.

Ce n'était que l'affaire de quelques verres, se répéta-t-il. S'ils ne se plaisaient pas à la fin de la soirée, ils partiraient chacun de son côté, sans regret.

— Salut, Dusty, lança Janis Little, l'une des serveuses, en lui adressant un sourire amical. Qu'est-ce que je te sers ?

Dusty jeta un coup d'œil sur sa montre. Il était 22 h 10. Trisha était censée arriver dans un quart d'heure.

— Je vais prendre une bière. Mais j'attends Trisha Cahill. Elle doit me retrouver dans quelques minutes.

Janis haussa ses fins sourcils bruns.

— Ah… Et moi qui pensais que ton cœur n'appartenait qu'à moi…

Il lui sourit.

— Tu sais bien que je dois entretenir mon image de cow-boy coureur de jupons qui, au fond de lui, n'aime et ne fait confiance qu'à son cheval.

Elle éclata de rire, avant de reprendre :

— Je t'apporte ta bière tout de suite.

Dusty la suivit des yeux tandis qu'elle retournait vers le long bar rutilant de l'autre côté de la pièce. Janis était une jolie célibataire, mais il n'avait jamais envisagé de sortir avec elle. Au contraire de Trisha, elle n'éveillait en lui aucun frisson d'excitation.

Il avait à peine eu le temps de boire deux gorgées que Trisha franchissait la porte d'entrée. Il bondit aussitôt et agita la main dans sa direction.

Elle l'imita en souriant. Il resta debout pendant qu'elle contournait les tables et les clients pour le rejoindre. En la regardant avancer, il sentit son cœur battre plus vite. Elle était incroyablement sexy. Ses cheveux blonds étaient détachés et flottaient sur ses épaules. Son jean moulant mettait en valeur ses longues jambes minces et son chemisier bleu épousait ses seins ronds et sa taille fine.

— Je suis content que tu aies pu venir, Trisha, dit-il lorsqu'elle parvint enfin à la table.

— Moi aussi.

Dusty ne se rassit sur son siège que lorsqu'elle fut installée en face de lui.

Etait-elle aussi nerveuse que lui ? Elle n'en avait pas l'air. Elle semblait calme et sereine.

— Qu'est-ce qui te ferait plaisir ? demanda-t-il en faisant signe à Janis.

— Je ne bois pas souvent, mais je ne dirais pas non à une bière. Il fait tellement chaud dehors.

— Rien de mieux qu'une bonne bière bien fraîche pendant une chaude soirée d'été, approuva Dusty.

— Ces chaudes soirées vont nous manquer quand la neige commencera à tomber.

Janis arriva pour prendre la commande. Une fois la bière servie, ils se mirent à parler du service de Trisha à la cafétéria.

— Les samedis soir sont les pires, affirma-t-elle. A croire que personne ne cuisine dans cette ville.

Elle eut un sourire contrit.

— Oh ! Attends un peu… Je ne t'ai pas déjà dit ça hier soir à propos des vendredis ?

— Je crois bien que si. Mais c'est typique d'une petite bourgade. Les repas du week-end ne servent pas seulement à se nourrir. C'est aussi l'occasion de resserrer les liens de la communauté et, bien sûr, de cancaner, ironisa-t-il.

Avec un rire plaisant et musical, elle acquiesça.

— C'est vrai. Je connais beaucoup plus de détails intimes sur certains habitants que je n'aurais voulu en avoir.

Elle reprit son sérieux.

— Même si l'usine à ragots marche bien, et qu'on a parlé assez régulièrement à la cafétéria, je ne sais pas grand-chose sur toi. As-tu grandi à Bitterroot ?

— Non, je suis arrivé ici plus tard, après avoir passé mon enfance à Oklahoma City. Et toi ? D'où viens-tu, à l'origine ?

Il n'avait aucune envie de parler de lui et de son passé.

— Je viens de l'est, répondit-elle avant de boire une gorgée de bière.

— Alors comment as-tu atterri à Bitterroot ? demanda-t-il avec curiosité.

Il ne lui avait pas échappé que la réponse de Trisha avait été très vague. « De l'est » pouvait inclure un million d'endroits différents quand on vivait dans l'Oklahoma.

Elle baissa les yeux sur son verre, puis les releva sur Dusty. Ils étaient d'un bleu un peu plus sombre qu'un instant auparavant.

— J'étais enceinte de trois mois quand mon petit ami, le père de mon enfant, est mort dans un accident de moto. Quand mon fils est né, j'ai décidé que j'avais besoin de tout recommencer à zéro. Alors, j'ai fait mes valises, j'ai pris mon bébé et je suis partie.

— C'était très courageux de ta part.

Elle sourit et saisit à nouveau son verre.

— Je ne sais pas si c'était courageux ou complètement inconscient, mais, à l'époque, je savais que c'était indispensable. J'ai passé les six mois suivants à errer de ville en ville, pour finir par arriver à Bitterroot. Jusqu'à présent, je ne l'ai pas regretté.

Elle but une autre gorgée, puis reposa le verre sur la table. Sa main tremblait, remarqua Dusty. Et elle fixait un point juste au-dessus de sa tête.

Intéressant, songea-t-il. Etait-ce dû au trac d'un premier rendez-vous ? Ou s'agissait-il d'autre chose ?

Plutôt que d'être découragé, il était plus intrigué que jamais. Il ne la connaissait pas encore assez, bien sûr, mais Trisha Cahill semblait avoir quelques secrets à cacher.

Trisha était gênée par les fantômes de son passé et le fait d'enchaîner les mensonges. Ils lui laissaient un mauvais goût dans la bouche. Elle ne voulait pas mentir, mais elle n'avait pas le choix. Il était bien trop tôt pour se dévoiler complètement. En outre, elle ne pourrait jamais espérer avoir une vie normale si elle disait la vérité et faisait fuir tous ceux qui s'intéressaient à elle.

— Je sais que tu as un petit garçon, reprit Dusty. Parle-moi de lui.

Le stress qui l'avait envahie lorsqu'elle avait brièvement raconté ce qui l'avait amenée à Bitterroot se dissipa aussitôt.

— Cooper a un peu plus de trois ans, et c'est le grand amour de ma vie. Il adore les pancakes aux myrtilles, jouer aux cow-boys et les vieux films avec John Wayne.

Dusty éclata de rire et haussa un sourcil.

— Vraiment ? Les vieux films avec John Wayne ?

Elle hocha la tête en souriant.

— Il n'y a pas beaucoup de chaînes à la télé du motel, mais l'une d'entre elles passe de vieux westerns. Cooper a déjà décidé qu'il serait le cow-boy arrêtant tous les méchants et sauvant la ville comme le Duke.

— Il a l'air d'être un sacré petit bonhomme.

— Oh ! Il l'est… mais je ne suis peut-être pas très objective.

— Les mères sont censées être subjectives quand il s'agit de leurs enfants, répliqua-t-il avec fermeté. Et à part lui, tu as de la famille ?

— Non. Je suis fille unique. Mon père est décédé quand j'étais au lycée et ma mère est morte pendant ma grossesse.

Elle ignora le pincement de culpabilité, le poids de l'immense chagrin qui remonta du creux de son ventre jusque dans son cœur.

— Je suis navré de l'apprendre, répondit-il, posant sur elle son beau regard brillant de compassion. C'est quelque chose qu'on a en commun. Moi non plus, je n'ai pas de famille.

Au cours de l'heure qui suivit, ils continuèrent à bavarder de tout et de rien. L'attirance que Trisha éprouvait pour lui grandissait à chaque minute qui passait.

Elle le trouvait non seulement séduisant et sexy, mais aussi chaleureux et doté d'un merveilleux sens de l'humour. Elle se débrouilla pour ne pas être au centre de la conversation en l'interrogeant sur lui et son travail au ranch Holiday.

Il lui parla de ses camarades et lui raconta des anecdotes sur eux qui la firent éclater de rire à plusieurs reprises. C'était agréable de pouvoir s'amuser de quelque chose, et de percevoir la chaleur dans les yeux de Dusty lorsqu'il la regardait. Elle sentait son attirance pour lui vibrer en elle.

Peu après 23 h 30, il lui proposa de tester la piste de danse. Un slow venait de commencer, et elle eut brusquement envie de sentir ses bras musclés autour d'elle. Cela faisait tellement longtemps que personne ne l'avait enlacée.

— D'accord, acquiesça-t-elle. Mais je dois te prévenir que je n'ai pas dansé depuis des années. Alors, je suis sûrement rouillée.

— Ça ne me dérange pas, répliqua-t-il avec un charmant sourire.

Il se leva d'un bond, aussitôt imité par Trisha. Il la prit par la main et l'entraîna vers le bord de la piste, où plusieurs couples dansaient déjà, collés serrés. Il posa l'autre main sur sa hanche et l'attira à quelques centimètres de lui. Ils commencèrent à bouger au rythme lent de la chanson.

Sous sa paume, elle sentait la largeur de l'épaule de Dusty. L'odeur masculine qui émanait de lui, associée à un parfum épicé, menaçait de lui faire tourner la tête. Il la guidait sans hésitation et bougeait avec une grâce inattendue pour un cow-boy.

Cette soirée n'avait fait que confirmer ce qu'elle soupçonnait depuis des mois : elle était intensément attirée par

Dusty Crawford. Ce n'était pas seulement à cause de ses magnifiques yeux bleus ou de ses adorables fossettes. Ce n'était pas parce qu'il avait des épaules qui semblaient assez larges pour porter n'importe quel fardeau.

Elle était également attirée par l'homme qu'il semblait être sous son bel emballage. Il dégageait une aura de chaleur humaine et de générosité.

Un vague regret envahit Trisha lorsque la musique finit par s'arrêter. Il était temps pour elle de rentrer au motel. Elle avait dit à Juanita qu'elle serait de retour avant minuit. Elle avait beau passer un excellent moment, elle ne voulait pas arriver en retard.

Ils retournèrent à la table, mais elle ne se rassit pas. Tout en récupérant son sac sous la table, elle déclara :

— Je suis désolée, Dusty, mais je dois vraiment y aller.

Une lueur de déception traversa ses yeux, mais disparut presque aussitôt.

— Moi aussi, je suis désolé, mais je comprends. Je vais payer et, après, je te suis jusque chez toi.

— Oh ! Ce n'est pas la peine, protesta-t-elle.

— Au contraire, rétorqua-t-il en faisant signe à Janis. Un vrai gentleman raccompagne toujours une lady.

Trisha sentit un flot d'émotions l'envahir de façon inattendue. Cela faisait longtemps qu'aucun homme n'avait veillé à ce qu'elle arrive à bon port.

Dusty régla leurs boissons, puis ils sortirent du bar, accueillis par la chaleur de la nuit.

— Je te suis, annonça-t-il lorsqu'ils arrivèrent près de sa voiture. On pourra se dire au revoir devant ta porte.

Quelques minutes plus tard, elle jeta un coup d'œil dans son rétroviseur, étrangement rassurée par les phares du pick-up rouge vif qui roulait derrière elle.

La soirée avait été beaucoup trop courte à son goût. Dusty

allait-il l'inviter à nouveau ? Avait-il envie de la revoir plus longuement ? Elle le souhaitait de tout son cœur, constata-t-elle avec un certain étonnement.

Allait-il l'embrasser ? A cette pensée, son ventre se noua. Décidément, elle se faisait l'effet d'une écolière en proie à son premier béguin.

Elle se gara devant son unité, puis Dusty s'arrêta derrière sa voiture. Avant même qu'elle n'ait coupé le moteur, il avait atteint sa portière.

— J'ai passé une excellente soirée, Trisha.

Les lumières rouge et jaune de l'enseigne du motel dansaient sur son visage.

— Moi aussi, répondit-elle.

Elle sentit son cœur se mettre à battre un peu plus vite lorsque Dusty se rapprocha d'un pas.

— J'aimerais passer encore plus de temps avec toi. Est-ce que ton fils aime pêcher ?

Surprise, elle le regarda.

— Il n'est jamais allé à la pêche, mais je suis sûre que ça lui plairait.

— Alors, ça vous dirait de venir au ranch tous les deux ? On pourrait pêcher dans l'étang, et peut-être faire un pique-nique ?

Il était sûrement beaucoup trop tôt pour présenter Cooper à Dusty, pensa Trisha. Pourtant, à l'idée que son fils profite d'une journée en plein air et apprenne à pêcher, elle se sentit incapable de refuser l'invitation. Et puis, ce n'était pas comme si elle venait de rencontrer Dusty. Ses hésitations envolées, elle répondit :

— Ça m'a l'air super.

Il fit un autre pas vers elle.

— C'est quand, ton prochain jour de congé ?

— Demain.

— Dans ce cas, disons demain après-midi, vers 15 heures ? suggéra-t-il. Je passe vous chercher ici et je m'occupe de tout le reste. Comme ça, tu n'aurais rien à faire.

— Ce serait fantastique.

— Alors, c'est réglé, poursuivit-il, les yeux brillants de satisfaction. Et maintenant, la question la plus importante de la soirée : est-ce que je peux t'embrasser ?

La requête surprit Trisha, mais pas autant que sa propre impatience à ce qu'il la touche.

— Bien volontiers.

A peine avait-elle terminé sa phrase qu'il la prenait dans ses bras. Il l'attira tout contre lui et baissa la tête pour s'emparer de ses lèvres.

Le contact de son corps musclé et de sa bouche chaude sur la sienne embrasa Trisha. Elle enlaça Dusty par le cou, puis entrouvrit les lèvres pour l'encourager à aller plus loin. Sans perdre un instant, il se mit à caresser sa langue de la sienne.

Ce qui avait commencé comme un premier baiser doux et tendre prit vite une intensité qu'elle n'avait pas anticipée.

A contrecœur, elle le lâcha, coupant court à leur étreinte passionnée. Dusty baissa aussitôt les bras et s'écarta d'elle.

— Waouh ! s'exclama-t-il, tout sourires.

Elle laissa échapper un petit rire essoufflé.

— Entièrement d'accord. Et maintenant, il faut vraiment que je rentre.

Elle devait s'arrêter avant de perdre la tête et de se jeter sur lui pour un autre baiser… et encore un autre.

Alors qu'ils avançaient vers sa porte d'entrée, elle aperçut quelque chose d'inhabituel. Par terre, au pied du battant, se trouvait un mug jaune vif contenant un petit bouquet de fleurs des champs.

Du centre de son cerveau, un gémissement silencieux

s'éleva. Elle se figea, incapable de penser, incapable de bouger, tandis qu'une terreur lointaine, mais familière, se réveillait en elle.

— Qu'est-ce que c'est ?

La voix de Dusty brisa le silence. Sans répondre, Trisha le regarda se baisser pour ramasser le mug.

— On dirait qu'il y a un petit mot, remarqua-t-il.

Il saisit un morceau de papier blanc qui avait été coincé sous la tasse et le lui tendit. Elle le prit d'une main tremblante, puis le déplia, la bouche asséchée par la peur. A la lueur combinée de l'enseigne du motel et de la lune, la phrase écrite au marqueur rouge sembla jaillir de la page :

TU M'APPARTIENS.

L'horreur lui noua la gorge, et elle eut du mal à inspirer.

Non, hurla son esprit. Non, par pitié.

Est-ce prudent ? Non. Seigneur, ce n'est pas prudent du tout.

— Je dois m'en aller. Je dois faire mes bagages et quitter la ville. On doit partir d'ici, bredouilla-t-elle dans le même souffle, les yeux fixés sur Dusty.

— Hola…

Il posa le mug par terre et l'attrapa par les épaules.

— Trisha, calme-toi. Je pense que tu dramatises un peu, là. C'est moi qui devrais m'inquiéter. Apparemment, tu as un admirateur secret, et moi, j'ai un rival.

Un admirateur secret ?

Pouvait-il s'agir de cela, tout simplement ?

Elle essaya de calmer la terreur qui avait agrippé son âme. Dramatisait-elle vraiment ? Elle continua à fixer Dusty, avant de baisser les yeux sur le mug.

— Trisha, est-ce que ça va ? demanda-t-il d'une voix inquiète.

Légèrement embarrassée, elle reporta son attention sur lui.

— Oui, ça va. Je... Je n'aime pas les surprises, c'est tout.

— Cette surprise me fait seulement regretter de ne pas t'avoir offert une douzaine de roses, ironisa-t-il en lâchant ses épaules.

Elle inspira profondément pour se calmer.

— Dusty, je n'ai pas besoin de roses ou de fleurs offertes par un inconnu.

— Alors, notre partie de pêche de demain tient toujours ?

— Evidemment, répliqua-t-elle. Tu veux bien me rendre un petit service ?

Elle chiffonna le message et le lui fourra dans la main.

— Tu veux bien jeter ça et le mug dans la benne ?

— Tu en es sûre ? Les fleurs sont jolies.

— Certaine. Je n'en veux pas. Comme je l'ai dit, je n'aime pas les surprises.

— Dans ce cas, bien volontiers.

Il se baissa pour ramasser le mug, puis la regarda en fronçant les sourcils.

— Tu es sûre que ça va ?

— Je vais bien.

A présent, elle ne voulait plus que rejoindre la chambre de motel.

— Alors, je te souhaite une bonne nuit, Trisha.

Elle murmura bonne nuit en retour et s'échappa dans la chambre. Elle parvint à garder son sang-froid en disant au revoir à Juanita. Elle parvint même à rester calme en allant dans la salle de bains et en enfilant sa chemise de nuit.

Alors seulement la peur fit son retour et se remit à vibrer en elle. Elle marcha jusqu'à la fenêtre et repoussa le rideau doré, juste assez pour jeter un coup d'œil à l'extérieur.

Qui avait laissé le message et les fleurs à son intention ? Y avait-il quelqu'un dehors, qui la regardait en ce moment même ? Le parking semblait vide de présence humaine, mais les cachettes éventuelles étaient nombreuses.

Par exemple, quelqu'un pouvait s'abriter derrière la grosse benne au fond. La ligne d'arbres et de buissons paraissait également malveillante dans l'obscurité.

Un admirateur secret ? De qui pourrait-il bien s'agir ?

Trisha laissa le rideau retomber et scruta la porte, vérifiant que le verrou et la chaîne de sécurité étaient bien en place.

Elle se glissa enfin dans le lit à côté de son fils endormi. Le cerveau en ébullition, elle fixa le plafond.

Etait-ce prudent ? Il n'y avait jamais eu de messages ni de fleurs auparavant. Avaient-ils été déposés par un cow-boy solitaire ou par un homme en ville qui avait le béguin pour elle ? Venaient-ils d'un admirateur secret, comme Dusty l'avait suggéré ?

Crispant les paupières, elle essaya de ralentir les battements frénétiques de son cœur. Elle ne voulait pas faire ses bagages et s'enfuir à nouveau. Elle aimait vivre à Bitterroot, et cette soirée avec Dusty avait été merveilleuse.

Allait-elle prendre le risque de rester ici pour voir ce qui allait se passer ? N'y avait-il rien à craindre, ou les démons de son passé l'avaient-ils finalement rattrapée ?

3

Les dimanches au ranch Holiday étaient plutôt décontractés. Les tâches quotidiennes nécessaires au bon fonctionnement du domaine étaient partagées, afin que la moitié des employés travaillent un dimanche pendant que les autres étaient de repos. Le week-end suivant, la situation était inversée. Ce système permettait aux hommes d'avoir une journée entière de liberté une semaine sur deux.

Heureusement, c'était au tour de Dusty d'être en congé aujourd'hui. Il avait dormi plus tard que d'habitude, mais s'était quand même levé peu de temps après l'aube. Sa première pensée en se réveillant avait été pour Trisha et leur soirée.

Elle s'était montrée vive et pleine d'humour, telle qu'il l'avait imaginée, et plus encore. Ils avaient parlé à bâtons rompus, et son attirance pour elle avait grandi à chaque minute passée en sa compagnie.

Tout en prenant sa douche, il continua à se remémorer leur rendez-vous. Il avait adoré tenir Trisha dans ses bras pendant qu'ils dansaient, et leur baiser avait été tout simplement extraordinaire.

Mais la soirée avait pris un tour étrange lorsque la jeune femme avait vu le message et les fleurs laissés pour elle devant la porte du motel. Il avait trouvé sa réaction un peu exagérée, quand elle avait annoncé devoir quitter la ville, ses yeux bleus agrandis par la peur.

Que lui était-il arrivé par le passé pour qu'elle s'affole ainsi ? se demanda Dusty. Et qui avait pu laisser ces cadeaux inattendus ? Il y avait donc un homme quelque part qui avait envie de passer du temps avec elle, tout comme lui. C'était contrariant, songea-t-il, mais la seule chose à faire était de se concentrer sur sa relation avec Trisha et de voir comment elle évoluait.

Il se dirigea vers le réfectoire, où le petit déjeuner devait être servi. Comme d'habitude, Cord Cully, alias Cookie, se tenait près d'une longue table couverte de chauffe-plats remplis d'œufs brouillés, de tranches de bacon croustillantes et de petits pains chauds. Il y avait également là des fruits frais et du porridge.

Avant de s'asseoir à l'une des longues tables avec les autres cow-boys, Dusty remplit son assiette.

— Pile-poil l'homme à qui je voulais parler, lança-t-il à Cookie.

L'autre poussa un grognement et lui jeta un regard noir. Dusty ne se laissa pas démonter par cette attitude. Son collègue avait souvent l'air de vouloir taper sur tout ce qui bougeait.

— Me parler de quoi ?

— D'un goûter à emporter.

Dusty lui expliqua rapidement ce qu'il voulait pour l'après-midi. Quand il eut terminé, Tony Nakni lui fit signe de s'installer près de lui.

Tony était à moitié Choctaw. Il dégageait quelque chose d'un peu mystérieux, même si lui et Dusty s'étaient toujours bien entendus.

— Comment ça s'est passé, hier soir ?

— Très bien. En fait, Trisha et moi, on a prévu de pique-niquer près de l'étang cet après-midi. Je vais apprendre à pêcher à Cooper, son fils de trois ans.

Tony haussa un sourcil.

— Tu as dû lui faire bonne impression si elle te fait déjà rencontrer son fils.

— J'espère que oui, parce qu'il semblerait que j'aie un rival.

Il parla à Tony du message et des fleurs.

— Je n'ai jamais compris ce genre d'approche, remarqua son ami en secouant la tête. Franchement, quand on veut sortir avec une femme, pourquoi jouer à ces petits jeux idiots ? Il faut aller droit au but, voilà tout.

Dusty le contempla sans cacher son amusement.

— Et dis-moi quand, exactement, vas-tu te décider à aller droit au but avec une femme ?

— Quand j'en trouverai une qui vaille le coup, répliqua Tony.

Le silence tomba brusquement dans la pièce. Dusty leva les yeux et aperçut Cassie Peterson sur le pas de la porte. Elle était vêtue d'un jean de marque et d'un chemisier rose vif et ses cheveux blonds étaient impeccablement coiffés. Elle apportait comme une bouffée d'air citadin dans la pièce.

Le fait qu'elle surgisse ainsi dans le réfectoire des cow-boys — surtout à une heure aussi matinale — n'était pas très bon signe.

— Je suis désolée de vous déranger pendant le petit déjeuner, déclara-t-elle. Mais je voulais vous prévenir que le chef Bowie compte tous vous interroger à nouveau. Alors je voudrais que vous vous mettiez à sa disposition. Vous savez combien il est important de coopérer avec lui, pour que son enquête puisse progresser.

— Il nous a déjà interrogés une fois, rappela Brody Booth.

— J'aimerais bien savoir s'il accorde autant d'intérêt aux employés de Humes qu'à nous, ajouta Flint McCay.

Cassie leva les mains.

— Je suis sûre que Dillon questionne tout le monde pour élucider ces meurtres. Encore une fois, je vous demande de coopérer avec lui. Merci d'avance.

— Elle veut sûrement que tout ça soit réglé afin de pouvoir mettre le ranch sur le marché, dit Tony après le départ de Cassie. Ça risque d'être difficile de vendre une propriété où sept meurtres non résolus ont été commis.

— Raymond Humes achèterait en un clin d'œil, intervint Dusty. J'ai entendu dire qu'il l'avait déjà contactée pour faire une offre.

Une lueur d'agacement brilla dans les yeux noirs de Tony.

— Si elle lui vend le ranch, l'esprit de Cass ne reposera jamais en paix. Elle détestait cet homme.

Personne ne savait ce qui était à l'origine de l'animosité entre Raymond Humes et Cass Holiday. Dusty savait seulement que la femme forte qui les avait tous accueillis lui manquait profondément.

Une demi-heure plus tard, il retourna dans sa chambre. Il dut refréner l'envie d'appeler Trisha pour vérifier qu'elle n'avait pas quitté la ville avec son fils au cours de la nuit. Il avait toujours du mal à comprendre sa réaction de la veille. Cet après-midi, ils auraient peut-être une conversation qui éclairerait sa lanterne.

En attendant d'aller les chercher, elle et son petit garçon, il avait amplement de quoi s'occuper. En tout cas, la dernière chose qu'il voulait faire était de penser aux meurtres et au fait que Dillon Bowie allait l'interroger à nouveau.

Avoir une autre conversation avec le shérif ne dérangeait pas Dusty. Il n'avait rien à cacher. Et aucun de ses frères n'était impliqué dans les crimes atroces qui avaient eu lieu à l'époque où ils étaient tous arrivés au ranch. Il en était absolument certain.

Peu après 9 heures, il se rendit en ville pour faire quelques achats, afin que la journée avec Trisha et son fils soit un succès.

Il s'arrêta d'abord au magasin Bob's Bait Shack, à deux pas de la rue principale. Le bâtiment en bois érodé par le temps contenait toutes sortes de matériels de chasse et de pêche, ainsi que plusieurs types d'appâts.

Il acheta ce dont il avait besoin pour l'après-midi de pêche, puis se dirigea vers la cafétéria pour prendre une tasse de café. Il allait trouver le temps long avant leur rendez-vous. Il sentait déjà une pointe d'anxiété monter en lui en pensant à Trisha.

Elle l'aurait quand même appelé si elle avait fait quelque chose d'aussi fou que de quitter la ville, ses valises sous le bras, se dit-il en entrant dans l'établissement.

— Salut, Dusty, lui lança Daisy tandis qu'il s'asseyait à une petite table vide.

Julia Hatfield prit sa commande, puis lui servit son café.

Même si Trisha ne l'avait pas appelé, elle aurait au moins contacté Daisy pour la prévenir qu'elle ne travaillerait plus à la cafétéria. La patronne ne lui en avait pas touché mot lorsqu'il était arrivé.

Tout en sirotant son café, il observa les allées et venues des clients. Ses pensées se tournèrent alors vers le fils de Trisha.

Dusty n'avait jamais passé beaucoup de temps avec des enfants. Il ne s'était même pas posé la question de savoir s'il en voulait ou pas. Il ignorait comment être un père. En matière de parents, il était loin d'avoir eu de bons modèles.

Son ventre se crispa et une douleur fantôme explosa dans son oreille gauche. Il avait menti à Trisha en déclarant ne pas avoir de famille. Pour autant qu'il sache, ses parents vivaient toujours à Oklahoma City, en parfaite santé, mais ils avaient cessé d'exister pour Dusty dès qu'il s'était enfui de chez lui.

Il n'avait pas voulu confier à Trisha le moindre détail sur son passé cauchemardesque lors de leur premier rendez-vous.

Seul Forest Stevens connaissait l'étendue de ce que Dusty avait subi au cours de son enfance. Le grand cow-boy n'avait pas seulement été un autre fugueur vivant sous les ponts comme lui. Il avait aussi été le meilleur ami et le protecteur de Dusty pendant cette période sombre précédant leur arrivée au ranch de Cass.

Dusty le savait au plus profond de lui-même : il serait mort dans la rue si Forest n'avait pas été là. Il se promit d'appeler son ami très bientôt.

Il en était à sa seconde tasse de café lorsque Zeke Osmond entra dans la cafétéria. En apercevant Dusty, il s'approcha aussitôt de lui. Que lui voulait-il ? s'interrogea Dusty en se redressant sur sa chaise. Leurs rapports n'avaient rien d'amicaux.

— Le bruit court que tu es sorti avec Trisha hier soir, déclara Zeke d'un ton agressif en s'arrêtant près de lui.

Il sentait la transpiration, la fumée de cigarette et le fumier.

— C'est exact, répondit Dusty. Ça te pose un problème ?

— Je ne pensais pas qu'elle était assez bête pour perdre son temps avec un petit morveux qui avait pour parents une assistante sociale et une vieille tarée.

Zeke se balança sur ses talons et plissa les yeux, comme s'il anticipait une réaction violente.

Dusty ne comptait pas lui faire ce plaisir, malgré la bouffée de colère qui l'envahissait.

— C'est bon, tu as fini ?

Il soutint le regard de Zeke un long moment, puis reporta

son attention sur la table. Il reprit sa tasse, comme si ce dernier ne méritait pas une seule seconde de son temps.

Il sentit le cow-boy s'éloigner de sa table et releva les yeux pour le regarder rejoindre un groupe d'hommes installés dans un box de l'autre côté de la cafétéria.

Pourquoi Zeke Osmond s'intéressait-il à son rendez-vous avec Trisha ? Avait-il des vues sur elle ? Etait-il possible que ce soit lui qui ait laissé les fleurs et le message sur le pas de la porte de Trisha la veille ?

Zeke était-il son admirateur secret ?

Rien que d'y penser, Dusty en avait l'estomac retourné. Il ne savait pas s'il était l'homme dont Trisha avait envie ou besoin dans sa vie, mais il comptait tout faire pour s'assurer qu'un type comme Zeke ne le devienne pas.

Trisha avait passé l'une des plus longues nuits de sa vie. Elle s'était tournée et retournée pendant des heures en se demandant ce qu'elle devait faire. Juste après 3 heures du matin, elle avait enfin pris la décision de rester à Bitterroot pour le moment.

Elle avait alors sombré dans un sommeil agité, peuplé de cauchemars de fleurs sauvages fanées et d'une ombre masculine, immense et sinistre, la pourchassant sans relâche.

Cooper s'était réveillé tôt, comme d'habitude. Pendant qu'il prenait son petit déjeuner, Trisha but une tasse de café et songea à l'après-midi à venir.

Malgré son inquiétude à propos des « cadeaux » laissés au pied de sa porte, elle était impatiente de passer plus de temps avec Dusty. C'était ce qui avait fini par la décider à rester.

Avec un peu de chance, il avait eu raison en supposant qu'elle avait un admirateur secret. Il fallait espérer qu'il s'agisse de quelqu'un du coin, et non d'une certaine personne qui avait resurgi de son passé.

Avant de s'endormir pour de bon, elle avait passé en revue une douzaine de noms. Ces hommes susceptibles d'être le mystérieux inconnu choisissaient toujours d'être assis dans sa section à la cafétéria ou l'avaient déjà invitée à sortir avec eux. N'importe lequel d'entre eux aurait pu lui laisser les fleurs et le message.

Après le petit déjeuner, Cooper et elle sortirent dans la petite aire de jeux du motel. Elle s'obligea à chasser ces pensées perturbantes de son esprit. Elle refusait d'y réfléchir aujourd'hui.

— J'ai une surprise pour toi, lança-t-elle à son fils tandis qu'il s'installait sur l'une des balançoires.

— Une surprise ? répéta Cooper, les yeux brillants.

— Est-ce que ça te plairait si un cow-boy venait nous chercher cet après-midi pour nous emmener pêcher au ranch où il travaille ?

Le petit garçon la regarda d'un air ébahi.

— Comment il s'appelle le cow-boy ? C'est le Duke ?

Trisha éclata de rire.

— Non, mon poussin, ce n'est pas le Duke. Il s'appelle Dusty et il est très gentil.

— Et il va me montrer comment attraper un poisson ?

Il s'agita sur la balançoire, incapable de contenir sa joie.

— Super. Il arrive quand ?

— Dans l'après-midi, après ta sieste. Tiens-toi bien, que je te pousse.

Un peu plus tard, une fois Cooper endormi, Trisha profita d'une longue douche pour réfléchir. Elle allait présenter son fils à un homme. Elle ignorait si c'était une bonne ou une mauvaise idée de les faire se rencontrer aussi vite.

Elle n'avait pas de manuel à portée de main pour trouver la bonne réponse dans cette situation.

Elle savait seulement que Cooper allait adorer le programme du jour. Et ce serait bien pour lui de passer un peu de temps avec un homme.

Au cours des deux derniers mois, il avait parfois demandé pourquoi il n'avait pas de papa. Elle lui avait raconté la même histoire qu'à Dusty : son père était mort dans un accident. Elle n'avait pas le choix, la vérité étant bien pire que le mensonge. Comment expliquer à un petit garçon que son père était un monstre ?

En outre, ce serait peut-être une bonne chose de voir comment Dusty se comportait avec Cooper. Si Cooper ne l'aimait pas, ou qu'elle sentait que le cow-boy n'appréciait pas son fils, cela mettrait un terme à leur relation.

Elle enfila un short en jean et un chemisier en denim sans manches, fermé par des boutons-pressions nacrés. A l'idée de passer encore plus de temps avec Dusty, elle sentit une bouffée d'excitation l'envahir.

Elle voulait se détendre, être heureuse et insouciante. Etait-ce trop demander à la vie après tout ce qu'elle avait enduré par le passé ?

Tandis que Cooper continuait sa sieste, elle s'assit à la table et regarda les maisons à louer répertoriées dans le journal de Bitterroot.

Aujourd'hui, il y en avait cinq. Les deux premières étaient trop grandes et trop chères. La troisième était trop à l'écart de la ville, mais les deux dernières semblaient prometteuses. Trisha entoura ces annonces d'un cercle rouge, bien décidée à les visiter au cours des prochains jours.

Elle avait pensé déménager d'ici un mois ou deux, mais il était vraiment temps de trouver un foyer plus permanent, songea-t-elle en regardant l'enfant endormi au milieu du lit qu'ils partageaient. Cooper méritait bien plus que les conditions de vie qu'ils avaient actuellement.

Elle réveilla son fils à 14 heures. Normalement, si elle le réveillait avant qu'il n'ait dormi tout son soûl, il était un peu grognon. Mais aujourd'hui, il se leva avec un grand sourire, l'esprit rempli de cow-boys et de pêche.

Elle lui fit enfiler un short en jean propre et un T-shirt rouge, avant de l'enduire d'une bonne couche de crème solaire. Puis elle posa sur sa tête une casquette rouge qui protégerait son crâne sensible du soleil.

A 14 h 45, ils étaient prêts. Il ne leur resterait plus qu'à installer le siège-auto de sa voiture dans le pick-up de Dusty.

— Je vois un pick-up rouge ! s'exclama Cooper de son perchoir à la fenêtre. C'est lui, maman ? C'est Dusty ?

— Il a un pick-up rouge, alors c'est sûrement lui, répondit Trisha en frissonnant nerveusement.

Cooper descendit précipitamment de sa chaise et courut vers la porte d'entrée.

— Viens, on y va ! lança-t-il avec exubérance.

Trisha se mit à rire avec le même enthousiasme. Elle était résolue à n'avoir aucune pensée négative pour le reste de la journée. Elle allait seulement profiter du temps passé avec un beau cow-boy et son fils adoré.

Jamais le chef de la police Dillon Bowie ne s'était senti aussi frustré que depuis l'exhumation des squelettes sur le ranch Holiday.

L'automne approchait et il ne pouvait pas concevoir de ne pas avoir résolu ces horribles meurtres avant les premières neiges.

Malgré le bon travail du Dr Patience Forbes qui avait

récupéré et étudié les os, malgré l'efficacité du laboratoire médico-légal d'Oklahoma City qui avait mené toutes sortes de tests, personne n'avait trouvé de véritables indices permettant de résoudre les crimes commis plus de dix ans auparavant.

Même Francine Rogers, l'assistante sociale qui avait amené les enfants des rues à Cass Holiday pour leur offrir une seconde chance dans la vie, n'avait pas été d'une grande aide. Ses vieux dossiers étaient incomplets et, à soixante-douze ans, sa mémoire n'était plus aussi bonne qu'autrefois.

Le seul indice concret qui avait été découvert était une chevalière en or et onyx retrouvée au fond de la fosse. Dillon ignorait si elle avait appartenu au meurtrier ou à l'une des victimes. Il n'avait parlé à personne de cette trouvaille. Il préférait garder cette information pour lui pour l'instant.

Les squelettes étaient ceux de garçons âgés de quatorze à dix-huit ans environ. Il manquait un doigt à l'un des squelettes, et un autre n'avait plus de crâne.

Toutes les victimes avaient été tuées d'un coup porté à l'arrière de la tête avec un objet tranchant. Elles n'avaient pas toutes été assassinées au même moment, mais sur une période de plusieurs mois.

Dillon se leva de son bureau et attacha son ceinturon. Il n'avait qu'une certitude : il n'obtiendrait pas de réponses en restant assis ici à ruminer.

Bien qu'il n'ait pas le moindre élément pour le prouver, son instinct lui disait que le meurtrier était toujours dans les parages.

Un événement tragique avait eu lieu au ranch Holiday, plusieurs années auparavant, à peu près à l'époque où les cow-boys qui y vivaient et y travaillaient désormais avaient commencé à arriver pour entamer leur nouvelle vie.

Malgré l'attirance que Dillon ressentait pour Cassie Peterson, la nouvelle propriétaire, sa priorité était de s'assurer qu'elle n'hébergeait pas à son insu un homme capable de telles horreurs.

4

Dusty venait de sortir de son pick-up lorsque la porte du motel s'ouvrit à la volée. Un petit garçon vêtu d'un short et d'un T-shirt rouge déboula de la chambre, suivi de près par Trisha.

— Bien le bonjour, l'ami, déclara l'enfant d'une voix étonnamment grave.

— Bien le bonjour. Tu dois être Cooper. Je m'appelle Dusty.

Cooper sourit. Ses yeux bleus si semblables à ceux de sa mère pétillaient d'enthousiasme.

— Je sais ! Et tu nous emmènes pêcher.

Sa voix avait perdu sa profondeur. Il avait sûrement essayé d'imiter John Wayne en l'accueillant, comprit Dusty.

— Salut, Dusty, lança Trisha. Apparemment, je n'ai pas besoin de faire les présentations.

Il sourit au petit garçon, puis reporta son attention sur Trisha.

— Je crois que c'est bon, pas vrai, Cooper ?

— C'est bon, répéta l'enfant. On peut y aller.

Le départ fut retardé de quelques minutes, le temps que Dusty transfère le siège-auto de la voiture de Trisha sur la banquette arrière de son pick-up. Une fois installés, ils prirent la route.

— Je vais attraper un super gros poisson, annonça Cooper. Peut-être même une baleine.

Dusty échangea un regard amusé avec Trisha.

— Je ne pense pas qu'il y ait des baleines dans l'étang, mais tu pêcheras peut-être un gros poisson-chat.

— Un poisson-chat ? Est-ce qu'il miaule ? Moi, je sais miauler.

Cooper se mit à faire des bruits de chat.

— Je sais aussi aboyer. Tu veux entendre comment j'aboie, Dusty ? J'aboie super bien.

— Mon poussin, tu pourrais peut-être mettre tous ces animaux en sourdine pour l'instant, suggéra Trisha.

Dusty lança un coup d'œil dans sa direction. Elle était encore plus belle que d'habitude. Son chemisier était de la couleur de ses yeux et son short dévoilait ses longues jambes fuselées. Ses cheveux brillants étaient attachés en queue-de-cheval, ce qui mettait en valeur la structure délicate de son joli visage.

Une bouffée de chaleur l'envahit lorsqu'il repensa à leur baiser de la veille. Mais même s'il brûlait d'envie de goûter à nouveau à ses lèvres, il ne pourrait pas l'embrasser aujourd'hui. Pas en présence de Cooper. Cet après-midi n'était pas fait que pour lui et Trisha. Il les concernait tous les trois.

Cooper continua à bavarder tout au long du chemin entre le motel et le ranch. Il posa une centaine de questions à Dusty et à sa mère.

Dusty n'en savait pas long sur les enfants de trois ans, mais il était surpris par l'intelligence et la curiosité de Cooper. Apparemment, « pourquoi » était le mot préféré du petit garçon, qui demanda pourquoi les arbres poussaient et pourquoi les vaches avaient quatre pattes. Ce n'étaient que quelques-unes des questions qui semblaient avoir beaucoup d'importance pour lui.

Lorsqu'ils arrivèrent au ranch, Dusty gara son pick-up dans le hangar. Ils montèrent ensuite dans une des voiturettes utilisées de temps en temps à la place des chevaux pour se déplacer sur le domaine.

Trisha s'assit sur le siège passager avec Cooper sur les genoux. Dusty prit la direction du réfectoire pour aller chercher le panier de pique-nique que Cookie leur avait préparé.

— J'ai déjà apporté le matériel de pêche près de l'étang, annonça-t-il en conduisant lentement, soucieux de son précieux chargement. On doit seulement faire un arrêt pour récupérer notre goûter.

— Maman et moi, on a pique-niqué au motel, une fois, déclara Cooper. Mais on a mangé dedans parce qu'il faisait trop chaud.

— Il y a de l'ombre sous les arbres près de l'eau, alors on pourra goûter dehors, répondit Dusty, récompensé par les cris de joie de l'enfant.

Ils s'arrêtèrent devant la porte du réfectoire. Avant même que Dusty ne descende de la voiturette, Cookie apparut, muni d'une glacière de taille moyenne.

Dusty fit les présentations. Cookie émit son habituel grognement taciturne.

— Lui, c'est un méchant cow-boy, remarqua Cooper tandis qu'ils roulaient vers les pâturages et l'étang à distance.

— Ce n'est pas un mauvais type, Cooper, corrigea Dusty. Il prépare à manger pour tous ceux qui travaillent au ranch, alors, à mes yeux, ça fait de lui un cow-boy plutôt cool.

— Il a des yeux de voleur de banque, affirma le petit garçon, qui n'avait pas l'air entièrement convaincu. Regarde, il y a plein de vaches !

Ils étaient arrivés en haut d'une côte. Au loin, un grand troupeau de vaches Black Angus paissaient et se disputaient l'ombre au pied de plusieurs gros arbres. Dusty salua de la main un homme à cheval au milieu du bétail.

— C'est Mac McBride. Notre cow-boy chanteur. Souvent, le soir, il sort sa guitare et nous chante quelque chose.

— Et toi, tu chantes ? demanda Trisha.

Dusty lui lança un sourire rapide.

— Seulement sous la douche, et seulement si je suis seul.

— Moi, je sais chanter, affirma Cooper. Vous voulez que je chante *Bingo* ?

— Peut-être plus tard, après avoir pêché, répondit Trisha. On pourra peut-être chanter quelques chansons ensemble.

— Ça serait chouette, approuva le petit.

C'était donc ainsi que les familles vivaient ? se demanda Dusty. Elles pêchaient, pique-niquaient, chantaient et riaient ensemble ? Tout cela lui semblait tellement étrange. Il avait passé chaque minute de son enfance à avoir peur et à esquiver les coups de poing.

L'étang se situait à quelque distance du troupeau. C'était une petite étendue d'eau riche en poissons. Un ponton en bois d'environ deux mètres cinquante constituait l'endroit idéal pour s'asseoir et poser sa canne.

— Je sens que je vais bien m'amuser ! s'exclama Cooper tandis que Dusty arrêtait la voiturette.

— On va tous bien s'amuser.

Il ne lui fallut que quelques minutes pour apporter la glacière et une couverture bleu marine à l'ombre d'un vieux chêne. Ensemble, Trisha et lui étendirent la couverture et mirent la glacière de côté, pendant que Cooper dansait autour d'eux avec une excitation contagieuse.

— Et maintenant, passons à l'événement principal, annonça Dusty.

Il leur fit signe de le suivre jusqu'au bout du ponton, où les attendaient des cannes à pêche et des gobelets en polystyrène remplis de vers de terre.

Lorsqu'il était passé à Bob's Bait Shack un peu plus tôt, il avait acheté deux choses pour Cooper : une canne à pêche et un gilet de sauvetage orange vif.

— Tu t'es donné beaucoup de mal, remarqua Trisha d'un ton grave. J'aimerais te rembourser ce que tu as acheté.

— Ne dis pas de bêtises. Ça m'a fait plaisir.

Il saisit le gilet de sauvetage, puis s'accroupit devant Cooper.

— Et maintenant, mon petit pote, si tu veux pêcher, il faut que tu mettes ça.

— Pourquoi ? demanda Cooper en le fixant attentivement.

— Parce que seul le meilleur pêcheur de toute la terre porte ce gilet orange très spécial. Je peux te le mettre ?

Cooper hocha la tête. Dusty l'aida à enfiler le gilet et l'attacha. Hors de question qu'un accident tragique se produise aujourd'hui, songea-t-il en se relevant.

Lorsqu'il regarda Trisha, il sentit se répandre en lui une chaleur sans rapport avec le soleil au-dessus de leurs têtes. Elle le contemplait avec une douceur qui faillit lui couper le souffle.

Il se racla la gorge et lui fourra une des cannes dans les mains. Il tendit ensuite à Cooper une canne jaune vif plus petite, avec un flotteur rouge déjà monté sur la ligne.

— Les vers, ça t'inspire quoi ? demanda-t-il à Trisha en ramassant sa propre canne. Tu es du genre petite nature ?

— J'ai changé des couches sales. Je crois que je peux supporter quelques vers, répondit-elle avec un léger rire.

— Dusty, je ne porte plus de couches. Je suis un grand garçon, affirma l'enfant en levant fièrement les yeux vers lui.

— C'est bien, Cooper. Mais j'avais déjà remarqué que tu

étais un grand garçon. Et maintenant, je pense qu'on peut aller sur ce ponton pour essayer d'attraper des poissons.

Dusty posa la main sur l'épaule de Cooper, et ils s'avancèrent tous les trois sur la structure flottante.

Au cours de l'heure et demie qui suivit, Dusty apprit à Cooper à accrocher un appât sur l'hameçon, à lancer sa ligne, et à observer son flotteur sur l'eau.

Ils s'assirent sur le ponton, avec Cooper entre eux. Pendant que le petit garçon attendait avec la plus grande concentration qu'un poisson morde, Dusty et Trisha parlèrent de tout et de rien, depuis leurs plats favoris jusqu'aux choses étranges que les clients commandaient à la cafétéria.

Il découvrit qu'elle aimait la nourriture chinoise et que le violet était sa couleur préférée. Elle admit qu'elle aimait la télé-réalité et avait peur des araignées. A chaque nouveau détail, il l'appréciait davantage.

Elle attrapa le premier poisson, un crapet pas plus gros que les doigts de Dusty. Cooper voulait le garder, mais Dusty lui expliqua que le poisson devait grandir encore un peu. Le petit garçon l'aida alors à le remettre à l'eau.

— Et si on posait nos cannes pour l'instant, histoire de voir ce que Cookie nous a préparé à manger ? suggéra Dusty.

— Bonne idée, approuva Trisha en commençant à enrouler sa ligne.

— Mais je veux attraper un poisson.

La lèvre inférieure de Cooper se mit à trembler de façon inquiétante.

— On va faire une pause, et ensuite, on s'y remettra, le rassura Dusty.

L'enfant le récompensa par un grand sourire, avant de répondre joyeusement :

— D'accord, et j'attraperai un poisson.

Ce petit était un vrai charmeur, songea Dusty en regardant Trisha lui enlever son gilet. Quand ils s'assirent sur la couverture, Cooper s'installa presque sur les genoux de Dusty. C'était un sentiment étrange que de sentir la profonde confiance de l'enfant, de savoir qu'il l'aimait bien.

Cela lui faisait aussi chaud au cœur de lire l'approbation dans les yeux de Trisha. A l'évidence, elle était contente que Cooper et lui s'entendent si bien.

— Voyons voir… fit Dusty en ouvrant la glacière. Et si tu m'aidais à déballer tout ça, Cooper ?

— Je peux le faire. Maman dit que je l'aide beaucoup, répondit-il avec empressement.

Il entreprit de sortir les récipients de nourriture et les posa sur la couverture devant eux.

Dusty ôta les couvercles des boîtes. Elles contenaient des fruits coupés en petits morceaux, des dés de fromage, des sandwichs au jambon et au fromage, ainsi que trois grosses tranches de gâteau au chocolat. Il y avait aussi des bouteilles d'eau et de jus de fruits.

— Du gâteau ! s'exclama Cooper.

— Après le sandwich, s'empressa de dire Trisha.

Ils mangèrent, parlèrent et rirent. Dusty ne se souvenait pas de la dernière fois où il avait connu une joie aussi simple. Trisha dévorait de la même façon qu'elle avait embroché ses appâts : avec un enthousiasme qu'il trouvait rafraîchissant.

Même en présence de Cooper, Dusty ne pouvait réprimer le désir brûlant qu'elle éveillait en lui. Il suivit des yeux le bout de fraise qu'elle portait à sa bouche, rêvant de faire de même avec ses lèvres.

Ses doigts lui démangeaient de défaire la queue-de-cheval de Trisha pour caresser les mèches soyeuses. Quand elle rejeta la tête en arrière en riant aux éclats, il eut envie de couvrir de baisers son cou de cygne. Les boutons nacrés de son chemisier semblaient réclamer une ouverture rapide pour qu'il puisse partir en exploration.

Heureusement que Cooper était là pour l'obliger à garder son sang-froid, songea-t-il. Il ne voulait pas faire fuir Trisha en allant trop vite. Mais il était incapable de contrôler les images sensuelles qui continuaient à danser dans son esprit.

A priori, il n'aurait pas d'explications sur sa réaction lorsqu'elle avait découvert le message, la veille. Mais ce n'était ni le lieu ni le moment d'en discuter.

Il n'avait qu'une certitude : il l'aimait bien… beaucoup, même. Il admirait sa façon d'élever Cooper. L'enfant était visiblement heureux et choyé. Dusty n'avait jamais connu ce genre d'amour.

Elle devait travailler dur et être appréciée par les clients, sinon Daisy l'aurait renvoyée. La patronne rousse était en effet réputée pour être exigeante.

Trisha était une femme forte, sans nul doute. Elle n'avait pas de famille pour l'aider et avait quitté son foyer pour recommencer sa vie après la mort tragique de son petit ami.

C'était peut-être le début d'une belle histoire entre eux, pensa Dusty, plein d'espoir. Il voulait être l'homme qu'elle attendait, sur qui elle allait pouvoir compter.

La douleur fantôme explosa dans son oreille, et il réprima le réflexe de la couvrir de sa main. Le seul son qu'il entendait dans cette oreille était l'écho des voix lui disant qu'il ne serait jamais assez bon pour qui que ce soit.

Si le chemin pour toucher le cœur d'un homme passait par son estomac, alors celui pour toucher le cœur d'une mère célibataire passait incontestablement par son enfant, se dit Trisha en écoutant Cooper et Dusty discuter de la vie de cow-boy.

Dusty avait fait preuve d'une patience infinie tout au long de l'après-midi. Il n'avait jamais parlé de haut à Cooper, ni montré d'agacement face à ses nombreuses questions et son abondante énergie.

Bien sûr, le physique avantageux de Dusty ne gâchait rien. Son T-shirt blanc mettait en valeur ses larges épaules et sa taille étroite. Quant à son jean délavé, il lui allait comme un gant.

Il regardait ses lèvres quand elle parlait, comme s'il avait envie de l'embrasser à nouveau. Le souvenir du baiser qu'ils avaient échangé la veille ne cessa de faire irruption dans les pensées de Trisha.

Tandis qu'ils remettaient les couvercles sur les récipients et les replaçaient dans la glacière, Cooper se laissa rouler sur le dos et s'endormit en quelques secondes.

Dusty jeta un coup d'œil vers le petit garçon, puis sourit à Trisha.

— L'illustration parfaite du cow-boy qui a bien profité des trois principaux P de la vie, remarqua-t-il à mi-voix.

— Les trois principaux P ? répéta-t-elle, curieuse.

— Plein air, pêche et pique-nique.

Une fois les restes de leur goûter rangés, il s'allongea sur le côté et s'appuya sur un coude. Elle adopta la même position en souriant.

— Et si on ajoute à ça une sieste écourtée cet après-midi, on obtient un petit cow-boy endormi.

— C'est un gamin super, Trisha.

— Merci. Il met vraiment de la magie dans ma vie.

— Est-ce que tous les enfants de son âge sont aussi intelligents ?

Trisha se mit à rire.

— Je ne sais pas s'ils sont tous comme ça. Je ne peux répondre que pour Cooper. D'après moi, il est incroyablement intelligent pour son âge. Je pense que c'est en grande partie lié à notre baby-sitter, Juanita.

— Juanita Gomez ?

Elle hocha la tête, et Dusty poursuivit :

— Son mari, Richard, travaillait au ranch Swanson avant de mourir d'une crise cardiaque. C'était un chic type.

— Juanita a été un véritable don du ciel pour moi. Elle s'occupe de Cooper depuis un an et demi, depuis que j'ai commencé à travailler à la cafétéria.

— Le seul enfant avec qui j'ai passé un peu de temps est le fils de Nicolette Kendall, quand elle vivait au ranch avec Cassie.

— Sammy, précisa Trisha. Nicolette, Lucas et Sammy viennent à la cafétéria de temps en temps. Lucas travaillait ici avant de rencontrer Nicolette et de s'installer dans le ranch où ils vivent maintenant, n'est-ce pas ?

— C'est exact. Il m'a dit qu'à présent qu'ils sont mariés, ils vont entamer les procédures pour qu'il adopte Sammy, étant donné que son père est mort.

— C'est fantastique. J'espère qu'un jour, Cooper aura lui aussi un modèle paternel dans sa vie.

— Lucas a été le premier d'entre nous à trouver l'amour. Ensuite, Nick Coleman est tombé amoureux d'Adrienne Bailey et Forest, de Patience.

— Ça n'a pas été tout rose pour elle ici, n'est-ce pas ?

— En effet, répondit Dusty. Son assistant a essayé de la tuer en la jetant du haut d'un silo de maïs. De la jalousie professionnelle dans toute sa splendeur.

Il secoua la tête.

— Heureusement que Forest a compris qu'elle était dans le silo et a réussi à la tirer de là. Au passage, ils se sont rendu compte tous les deux qu'ils s'aimaient.

Elle le contempla avec une franche curiosité.

— Dis-moi, Dusty, pourquoi n'as-tu pas déjà une femme dans ta vie ?

Elle se posait la question depuis un bout de temps. Il était séduisant, sexy et gentil, mais elle n'avait jamais surpris de commérages sur lui et une quelconque femme. A vrai dire, elle n'avait jamais rien entendu de négatif sur Dusty.

Il soutint son regard sans ciller.

— Ça s'explique en partie par le fait que je craque pour toi en secret depuis des mois et que je n'avais aucune envie de draguer qui que ce soit d'autre.

A ces mots, Trisha sentit son cœur frémir et une onde de chaleur la traverser.

— Alors pourquoi ne m'as-tu pas invitée plus tôt ?

— Tu n'es pas vraiment connue pour enchaîner les rendez-vous galants, rétorqua-t-il du tac au tac. Je sais que beaucoup d'hommes t'ont invitée par le passé et que tu les as tous repoussés. Il m'a fallu une éternité pour oser venir te parler, tout en me préparant à essuyer un refus immédiat. Pourquoi as-tu accepté de sortir avec moi ?

Elle fixa un instant son fils, puis releva les yeux vers Dusty.

— Au cours de ces deux dernières années, j'ai eu comme priorités mon travail et Cooper. Ça fait seulement quelques mois que j'ai compris que j'étais prête pour autre chose.

Elle lui adressa un autre sourire.

— Disons, pour faire simple, que tu étais la bonne personne au bon moment.

— J'en suis ravi. A propos de béguin secret, tu as réagi plutôt violemment hier soir en voyant les fleurs qu'on a laissées devant ta porte.

La question était informulée, mais bien présente dans sa voix. La chaleur qui avait envahi Trisha se dissipa. Il méritait une explication après son attitude de la veille.

Elle devait aussi le convaincre qu'elle n'était pas une diva complètement hystérique.

— Quand j'étais jeune, j'ai été victime d'un harceleur, finit-elle par répondre. Ça a été l'une des expériences les plus effrayantes de ma vie. Quand j'ai vu les fleurs et le message, j'ai dû avoir une sorte de flash-back.

Ce n'était pas tout à fait un mensonge, mais ce n'était pas non plus l'entière vérité. Le regard de Dusty s'adoucit.

— Je suis désolé que tu aies dû vivre ça, mais je veux que tu me promettes quelque chose.

— Quoi donc ? demanda-t-elle avec un regard circonspect.

— Si jamais tu reçois un autre cadeau mystère, promets-moi de m'appeler avant de faire quelque chose d'impulsif comme de quitter la ville. Je ne veux pas que tu aies peur, Trisha, mais je n'ai pas non plus envie que tu partes.

En voyant la détermination qui animait le regard de Dusty, elle sentit refluer la sensation glacée qui avait failli la paralyser.

— Marché conclu.

Décidément, cet homme lui faisait baisser la garde beaucoup plus rapidement qu'elle ne l'aurait imaginé. Au cours des minutes suivantes, ils parlèrent de son désir de déménager du motel.

— J'aimerais vraiment acheter une maison, mais ce n'est pas possible pour l'instant, expliqua Trisha. Ce matin, j'ai trouvé deux annonces de maisons à louer dans le journal. Je pense que je vais aller les visiter demain avant le travail.

— Je serais ravi de t'accompagner. Tu sais, histoire de jeter un œil sur les fondations et la toiture…

— Je ne voudrais pas t'empêcher de travailler, protesta-t-elle, même si une seconde paire d'yeux pouvait s'avérer utile.

— Notre planning est plutôt souple. Cassie se moque

du nombre d'heures qu'on fait et à quel moment on les fait, pourvu que les tâches quotidiennes soient accomplies.

— Dans ce cas, j'accepte avec plaisir. J'ai l'intention d'y aller vers 11 heures. Je dois être à la cafétéria à 14 heures.

— Alors, je te retrouverai au motel à 11 heures, répliqua-t-il en souriant.

Trisha fut surprise du plaisir qu'elle éprouva à l'idée de passer encore plus de temps avec lui. Les choses progressaient très vite entre eux, mais elle n'était pas sûre de vouloir les ralentir.

— Il est temps de retourner pêcher ? demanda Cooper en se redressant et en se frottant les yeux avec ses poings.

Dusty se mit à rire et se rassit à son tour.

— Oui. Je pense que les poissons doivent être affamés.

— Tant mieux, parce que j'ai vraiment envie d'attraper un gros poisson, s'exclama le petit garçon.

— D'abord, laisse-moi te remettre une couche de crème solaire, fit Trisha en sortant le tube de son sac à main.

Une fois Cooper muni de son gilet de sauvetage, ils retournèrent tous les trois sur le ponton. Trisha observa son fils avec amusement. Il imitait non seulement la posture de Dusty, mais aussi ses expressions faciales et ses gestes. Apparemment, il s'était trouvé un héros.

Craignait-elle que Dusty ne brise le cœur de Cooper ? se demanda-t-elle. Sûrement. Mais pour rien au monde elle ne priverait son fils de cette merveilleuse expérience.

Tout en attendant que cela morde, Cooper les bombarda de questions. Les poissons avaient-ils des oreilles ? Jouaient-ils dans l'eau ? Dusty aimait-il les bâtonnets de poisson ? Les mangeait-il avec du ketchup ?

Dusty répondit à chaque question après y avoir mûrement réfléchi. Puis, tout à coup… le flotteur de Cooper s'enfonça sous l'eau. Le petit garçon poussa un cri perçant, tandis que Dusty posait sa propre canne pour l'aider à ramener sa prise.

Sous les hourras de Cooper, ils posèrent la petite perche sur le ponton.

— J'ai attrapé un poisson ! J'ai attrapé un poisson !

— Absolument, répondit Dusty en s'accroupissant près de l'enfant qui dansait.

Cooper prit le visage de Dusty entre ses mains et l'embrassa sur la joue. Qui, d'elle ou de Dusty, fut le plus surpris, Trisha n'aurait su le dire. Dusty leva les yeux vers elle d'un air stupéfait, puis les rabaissa sur le poisson qui s'agitait sur le ponton.

— Oh ! C'est juste un bébé, remarqua Cooper d'un ton déçu. Même pas de quoi faire un bâtonnet. On ferait mieux de le remettre à l'eau et de le laisser grandir.

— Je pense que c'est une bonne idée, approuva Trisha.

— Maintenant, je veux en attraper un plus gros, affirma-t-il une fois son appât en place.

Au cours de la demi-heure suivante, rien ne mordit, et Cooper commença à montrer des signes d'ennui. Trisha avait été surprise par son attention tout au long de la journée, mais il avait atteint ses limites.

Elle jeta un coup d'œil sur sa montre. Il était presque 19 heures. Le temps avait passé très vite, constata-t-elle avec surprise. Elle s'apprêtait à annoncer à Dusty qu'il était temps pour eux de retourner au motel lorsqu'il tira sur sa canne. La ligne se tendit.

— Ça mord, Dusty ? demanda Cooper, tout excité.

— On dirait bien.

Il commença à mouliner furieusement. Les yeux rivés sur lui, Trisha ne put s'empêcher d'admirer ses biceps qui se gonflaient sous l'effort. Ses cheveux dorés qui brillaient au soleil semblaient réclamer une caresse.

Du calme, s'ordonna-t-elle, alors même que le souvenir de leur baiser resurgissait dans sa tête. Ils n'en étaient qu'au tout début de leur relation… quelle qu'elle soit.

— Il est gros, Dusty ? C'est un gros poisson ? demanda Cooper.

— J'ai changé d'avis. En fait, je ne crois pas que ce soit un poisson, répondit-il en fronçant les sourcils. J'ai l'impression de traîner une branche d'arbre ou un gros bâton.

Il se mit à mouliner un peu plus facilement. L'eau se rida, puis un objet lisse et couvert d'algues apparut brusquement à la surface. Trisha sursauta, horrifiée. S'agissait-il vraiment de…

— Trisha, ramène Cooper là-bas, ordonna Dusty d'un ton alarmé.

— Mais je veux voir le gros bâton, protesta Cooper.

— Viens par là, mon grand, lança-t-elle en l'attrapant par l'épaule. Tu en as déjà vu plein, des bâtons.

Elle l'entraîna loin du ponton. Lorsqu'ils furent assis sur la couverture, elle pensa à ce qu'elle avait vu au bout de la ligne de Dusty : il s'agissait d'un crâne humain.

5

— Je suis désolé que la journée se soit terminée comme ça, déclara Dusty deux heures et demie plus tard.

Après avoir enfin quitté le ranch, ils roulaient en direction du motel. La nuit était tombée et Cooper était profondément endormi dans son siège-auto.

— Tu n'as pas à t'excuser, répliqua aussitôt Trisha. Je suis sûre que ce n'était pas prévu au programme.

Non, en effet, songea-t-il en grimaçant. Il n'avait pas envisagé de sortir un crâne humain des profondeurs de l'étang. Il était encore horrifié par cette pêche macabre.

— Heureusement que le chef Bowie était déjà au ranch, poursuivit-elle.

Dusty ne répondit pas. Il savait pourquoi Dillon s'était trouvé dans les parages. Si jamais le crâne s'avérait être celui du squelette incomplet, les cow-boys du ranch Holiday allaient se retrouver encore plus dans son collimateur. Or il était peu probable que ce crâne n'ait rien à voir avec les restes dans la fosse.

— Je suis déjà soulagé que Dillon ne m'ait pas parlé devant vous deux et qu'il ait récupéré le… l'objet avant que Cooper ne l'aperçoive, finit-il par confier. Je m'en serais voulu que le petit ait des cauchemars à cause de moi.

Il serra le volant plus fort, surpris par l'instinct de protection qu'il venait de ressentir.

— Merci d'avoir demandé à tes amis de m'aider à distraire Cooper, déclara-t-elle.

— Pas de souci.

Tony et Mac McBride étaient venus tenir compagnie à Trisha et Cooper, pendant qu'il parlait à Dillon et que d'autres policiers passaient les abords de l'étang au peigne fin.

Il les avait entendus chanter *Old McDonald*, *Bingo* et d'autres comptines enfantines. La guitare de Mac et les éclats de rire de Cooper l'avaient un peu réconforté.

Pour le petit garçon, la journée s'était terminée en beauté. Mais elle avait rappelé à Dusty, de la plus macabre des façons, les meurtres non élucidés qui jetaient une ombre sur le ranch et son personnel.

— Dusty, merci de tout ce que tu as fait pour rendre cette journée merveilleuse, lança Trisha alors qu'il ralentissait pour tourner dans le parking du motel.

— Tout le plaisir était pour moi, répondit-il en se garant près de sa voiture.

Il coupa le moteur, défit sa ceinture et descendit du pick-up. Trisha l'imita, puis ouvrit la portière arrière côté passager. Il la rejoignit alors qu'elle s'apprêtait à récupérer Cooper.

— Laisse-moi faire, murmura-t-il en la poussant doucement sur le côté.

Il détacha l'enfant endormi, puis le souleva dans ses bras. En le sentant se blottir contre lui sans se réveiller, le cœur de Dusty se serra d'une façon inhabituelle, mais pas désagréable. La confiance et la merveilleuse innocence de Cooper étaient comme un cadeau précieux.

Trisha déverrouilla la porte, puis fit signe à Dusty de poser l'enfant sur le grand lit.

La pièce sentait comme elle : un parfum enivrant de

fleurs sauvages rehaussé d'une note de vanille. Il sentit le désir monter en lui et le refréna aussitôt. Lorsqu'il se dirigea vers la porte, Trisha lui emboîta le pas. Une fois dehors, ils s'arrêtèrent sur le seuil.

— Je vais remettre le siège-auto dans ta voiture, déclara-t-il.

— Merci, c'est très gentil.

La lune donnait une couleur argentée aux yeux de Trisha, qui semblaient l'inviter à répéter leur baiser de la veille. Comme si elle percevait ses intentions, elle leva le visage vers lui, les lèvres légèrement entrouvertes.

Sans hésiter, il la prit dans ses bras et l'embrassa, laissant libre cours à la passion qui avait couvé en lui toute la journée.

Avec le même enthousiasme, elle l'attrapa par le cou et plaqua son corps contre le sien. Sa bouche chaude avait vaguement le goût du gâteau au chocolat qu'ils avaient mangé dans l'après-midi.

Au contact des seins ronds pressés contre son torse, des longues jambes intimement mêlées aux siennes, Dusty sentit un brasier s'allumer en lui. Il n'avait jamais réagi de façon aussi viscérale face à une femme.

Il mit brusquement fin au baiser et s'écarta de Trisha. Il préférait éviter qu'elle ne découvre à quel point il était excité. Les yeux levés vers lui, elle toucha ses lèvres gonflées et légèrement tremblantes.

— Tu me fais un peu peur, Dusty Crawford.

Il enfonça les mains dans ses poches, de crainte de céder à l'envie de l'attirer à nouveau contre lui.

— Je ne ferais jamais rien qui puisse te blesser, Trisha. Mais je dois avouer que tu me rends complètement dingue.

— J'ai besoin d'y aller en douceur, Dusty. Ça fait longtemps que je n'ai pas eu de relation avec un homme, et je ne veux pas me précipiter.

— Je ne te le demande pas. Je peux être patient,

Trisha, et je suis conscient qu'on commence à peine à faire connaissance. Mais je ne peux pas te promettre de ne pas t'embrasser à nouveau si l'occasion se présente.

Elle rit doucement.

— Me voilà prévenue.

— C'est toujours bon pour demain ? lança-t-il en sortant les mains de ses poches.

— J'aimerais beaucoup que tu viennes visiter ces maisons avec moi.

— Alors, je te retrouve ici à 11 heures.

Il recula pour qu'elle puisse fermer et verrouiller la porte, puis marcha jusqu'à son pick-up. Tout en remettant le siège-auto dans la voiture de Trisha, il repensa au moment où Cooper lui avait attrapé le visage de ses petites mains chaudes et l'avait embrassé sur la joue.

Etait-il censé éprouver autant d'affection pour un enfant qui n'était pas le sien ? se demanda Dusty, avant de balayer la question de son esprit. Ce qu'il était *censé* ressentir n'avait pas la moindre importance.

Au moins, Trisha n'avait pas trouvé d'autres cadeaux sur le pas de sa porte, ce soir. Elle ne s'était pas appesantie sur sa mauvaise expérience avec son harceleur, mais Dusty pouvait comprendre qu'une situation de ce genre fasse peur à n'importe quelle femme.

Tandis qu'il roulait vers le ranch, il repensa à sa sinistre prise du jour. Combien d'années ce crâne était-il resté immergé avant d'être délogé et capturé par son hameçon ?

C'était forcément celui du squelette de la fosse, songea-t-il. Quand il l'avait ramené vers lui, il avait vu l'os déchiqueté indiquant que la victime avait été frappée par un objet tranchant à l'arrière de la tête.

Exactement comme les autres, pensa-t-il sombrement.

Dillon n'avait pas voulu tirer de conclusions avant

d'envoyer le crâne au laboratoire d'Oklahoma City, mais Dusty avait lu la même certitude dans ses yeux.

Lorsqu'il arriva au dortoir des cow-boys, il trouva Tony assis devant sa porte sur un siège de camping.

— Tu en veux une ? demanda son ami en sortant une bière d'une petite glacière à ses pieds.

— Excellente idée. J'arrive.

Il entra dans sa chambre, saisit une chaise pliante en toile, puis la posa près de Tony.

— Après le cauchemar que tu as vécu tout à l'heure près de l'étang, je me suis dit que ça te ferait du bien de boire une bière ou deux, lança Tony.

Dusty ouvrit la bouteille et avala une longue gorgée.

— C'est sympa à toi et Mac de m'avoir filé un coup de main avec Trisha et Cooper. Je ne voulais vraiment pas que le petit voie ce crâne.

— Aucun problème. C'est un gosse adorable.

— Oui, c'est vrai. Tu as déjà pensé à avoir des enfants ?

— Non, répondit Tony fermement. Je ne suis pas fait pour être le père de qui que ce soit. Et toi ? Tu te sens prêt à assumer ce genre de responsabilité ?

— Je ne sais pas, avoua Dusty avec honnêteté. Ce n'est pas une chose à laquelle j'ai beaucoup réfléchi par le passé.

Un silence confortable s'établit entre eux. Tout en sirotant sa bière, les yeux fixés sur le ciel étoilé, Dusty se repassait les événements de la journée.

Il existait une alchimie sexuelle intense entre lui et Trisha, c'était indéniable. Mais ses sentiments pour elle dépassaient déjà la simple attirance physique. Il était stupéfait par la vitesse à laquelle son fils et elle se frayaient un chemin dans son cœur.

Etait-ce la conséquence de sa solitude ? Eprouverait-il la même chose pour n'importe quelle femme qu'il aurait invitée ? Probablement pas. Trisha Cahill était vraiment spéciale.

— Tu t'es déjà demandé si ce n'était pas l'un d'entre nous qui avait tué ces garçons ? questionna Tony.

Dusty le contempla avec surprise. La lune brillait sur les pommettes hautes de son ami et dans ses longs cheveux noirs. Ses yeux sombres soutinrent les siens sans ciller.

— Jamais. Toi, oui ?

Tony détourna le regard en direction de la tente bleue qui protégeait la fosse commune.

— Depuis une semaine, oui.

Il termina sa bière, puis se pencha en avant pour mettre la bouteille vide dans la glacière. Il reporta ensuite son attention sur Dusty.

— On sait tous les deux que le crâne que tu as repêché aujourd'hui est celui du squelette sans tête. Je n'arrête pas de penser que quelqu'un a assassiné ces ados, puis les a enterrés sous le plancher de la remise. Cette personne avait forcément accès à la propriété, savait que ces lattes étaient défoncées et que l'étang était assez profond pour qu'un crâne puisse y être jeté sans jamais refaire surface.

— Je n'arrive pas à comprendre pourquoi ce crâne n'a pas été enterré avec le corps, comme les autres, remarqua Dusty.

— Je suppose que seul le meurtrier connaît la réponse.

— Alors… soupçonnes-tu un gars en particulier ?

Malgré cette question, Dusty se refusait à envisager qu'un des hommes qu'il considérait comme ses frères puisse être le meurtrier.

— Pas toi, c'est sûr, répliqua Tony. Forest et toi êtes les derniers garçons à avoir été ramenés ici par Francine Rogers. Je pense qu'à ce moment-là, les meurtres avaient déjà eu lieu.

Il se pencha pour prendre une autre bouteille. Après l'avoir décapsulée, il poursuivit :

— Brody a toujours eu un sale caractère. Quant à Jerrod, c'est un solitaire, qui n'a jamais vraiment parlé de son passé comme on l'a tous plus ou moins fait.

Il poussa un soupir frustré.

— Et Adam ? C'est lui qui est arrivé ici en premier, et je ne crois pas qu'il ait jamais pêché dans cet étang. Je ne sais pas… Je suis peut-être dingue.

— J'espère bien que tu es dingue, rétorqua Dusty. Tout ce que je sais, c'est que je n'ai jamais vu d'autres garçons ici quand on est arrivés, Forest et moi. Et je n'ai jamais entendu les autres cow-boys parler d'ados qui auraient vécu là avant nous.

Parmi les employés du ranch, combien pensaient désormais la même chose que Tony ? Les soupçons allaient-ils détruire la fraternité qu'ils avaient partagée pendant si longtemps ?

Le cœur lourd, Dusty fronça les sourcils. Tout cela signifiait-il la fin de la famille que Cass Holiday avait formée avec autant d'amour ?

Trisha rêva de gens morts, de crânes et de squelettes sans tête, qui la pourchassèrent tout au long de la nuit. Elle se réveilla à l'aube, le cœur battant à tout rompre, un hurlement au bord des lèvres. Après avoir jeté un coup d'œil rapide vers Cooper, toujours profondément endormi, elle se rendit dans la salle de bains.

Heureusement qu'elle n'avait pas crié à cause des horribles visions qui avaient envahi son sommeil. Elle ne voulait surtout pas que ses terreurs nocturnes réveillent son fils.

Elle s'aspergea le visage d'eau froide, puis s'assit sur le

bord de la baignoire. Là, elle prit de profondes inspirations jusqu'à ce que son cœur retrouve un rythme normal.

Elle souffrait parfois de cauchemars, mais, cette nuit, ils avaient été pires que d'habitude. Heureusement que Cooper n'avait pas vu le crâne. Il ne s'était même pas rendu compte qu'il se passait quelque chose d'anormal. Trisha appréciait la façon dont Dusty avait géré la situation : non seulement il lui avait dit d'éloigner Cooper du ponton, mais encore il avait appelé quelques-uns de ses collègues pour les distraire pendant que Dillon et ses hommes s'occupaient du crâne.

Sous la douche, elle revécut en pensée cette journée qui s'était terminée par ce merveilleux baiser. Elle ignorait où allait sa relation avec Dusty, mais une chose était évidente : ils partageaient une complicité physique d'une intensité incroyable.

Elle n'avait fait l'expérience de ce genre de connexion qu'une autre fois dans sa vie, et les conséquences avaient été d'une horreur sans nom.

Elle n'avait pas exagéré en disant à Dusty qu'il lui faisait un peu peur. Plus que l'homme en tant que tel, c'était le désir brûlant entre eux qui l'inquiétait. Ce genre de passion pouvait facilement obscurcir le jugement.

Une fois douchée, elle mit son jean et le T-shirt rouge de la cafétéria, puis alla préparer une demi-cafetière.

Quelque chose de malfaisant avait marché sur cette terre, avait dit Juanita.

Cela n'avait rien à voir avec elle, songea Trisha. Mais Dusty était-il mêlé à cette histoire ?

Elle avait du mal à croire que l'homme attentif et patient, avec ses sourires chaleureux et ses profondes fossettes, puisse être lié au chaos et au meurtre. Mais elle le savait mieux que personne : la beauté physique pouvait dissimuler un cœur glacé ; un charmant sourire pouvait masquer une rage et une jalousie meurtrières.

Elle aurait dû prêter plus d'attention aux ragots qu'elle entendait parfois à la cafétéria à propos des hommes qui travaillaient dans ce ranch en particulier.

Sois prudente, s'ordonna-t-elle. Elle ne pouvait rien faire d'autre. Elle devait se montrer plus intelligente qu'elle ne l'avait été par le passé. Elle ne pouvait pas laisser son attirance pour Dusty la rendre aveugle à ses défauts.

Pourtant elle ne put empêcher son cœur de bondir dans sa poitrine lorsqu'il frappa à sa porte à 11 heures.

— Dusty ! s'écria Cooper.

Il l'enlaça au niveau de la taille et se pressa contre lui.

— Bonjour, petit homme.

Dusty ébouriffa les cheveux du petit garçon, puis sourit à Trisha et Juanita. La baby-sitter était arrivée plus tôt pour que Trisha puisse aller visiter les deux maisons à louer.

— Tu veux jouer avec moi et Juanita ? demanda Cooper.

Il courut vers sa baby-sitter, assise à la table de la cuisine devant un jeu de société.

— C'est avec des bonbons, et c'est super rigolo.

— Une autre fois, peut-être, répondit Dusty. Bonjour, Juanita. Ça me fait plaisir de vous revoir.

— Moi aussi, répliqua celle-ci avec un sourire agréable.

— Je t'ai dit que Dusty et moi allions essayer de trouver une maison pour nous, dit Trisha à son fils.

— Et que j'aurai ma chambre à moi, comme un grand garçon ! s'exclama Cooper.

— C'est ça.

Trisha marcha jusqu'à lui et l'embrassa sur la joue.

— Sois gentil avec Juanita. Je te dis à demain matin.

Lorsqu'ils furent sortis de la chambre, Dusty suggéra :

— Et si je te suivais jusqu'à la cafétéria ? Comme ça, tu pourras te garer, et je t'emmènerai avec ma voiture.

— D'accord, si ça ne t'embête pas.

Il sourit.

— Si ça m'embête ? Pourquoi ça m'embêterait de passer le maximum de temps avec toi ?

Oui, cet homme était vraiment dangereux, songea Trisha, quelques minutes plus tard, alors qu'elle se garait dans le parking du personnel, derrière la cafétéria.

Vêtu d'une chemise bleu marine à manches courtes et d'un jean serré, il était aussi séduisant que d'habitude. Même si, en vieillissant, il devenait gros et chauve, il aurait toujours cet incroyable sourire qui la réchauffait de la tête aux pieds.

— Prête ? demanda-t-il lorsqu'elle s'installa dans le pick-up et boucla sa ceinture.

— Fin prête.

— Indique-moi la direction, et on y va.

Elle lui donna la première adresse, et il sortit du parking.

— Comment vas-tu ce matin, après la débâcle d'hier ? s'enquit-il.

— Ça va, même si j'ai rêvé de crânes et de squelettes sans tête qui me pourchassaient.

Il fit la grimace.

— Je suis désolé.

— Tu n'y es vraiment pour rien.

Elle regarda par la fenêtre quelques instants. Un éclair d'incertitude la traversa lorsqu'elle pensa à la scène de crime sur le ranch. Elle se tourna vers lui.

— Je ne crois pas que tu m'aies raconté quand et comment tu as commencé à travailler au ranch Holiday.

Il lui lança un coup d'œil en coin puis, à la surprise de

Trisha, tourna dans une ruelle et s'arrêta le long du trottoir. Il coupa le moteur, défit sa ceinture, puis lui fit face.

— Pourquoi me demandes-tu ça maintenant ?

Ses yeux s'assombrirent.

— Pourquoi veux-tu savoir quand exactement j'ai commencé à travailler ici ?

— Simple curiosité, répondit-elle.

Il l'observa un long moment.

— Que se passe-t-il, Trisha ? Est-ce qu'il s'agit du crâne ? Dis-moi la vérité. Ça a quelque chose à voir avec les meurtres ?

Trisha sentit ses joues rougir. Elle ne savait même pas comment lui répondre.

— Je suis curieuse, c'est tout, finit-elle par déclarer.

Il la regarda d'un air entendu, puis poussa un profond soupir.

— Je suppose que ça ne devrait pas me surprendre. Tout le monde doit se demander lequel d'entre nous au ranch Holiday est un assassin potentiel.

— Je ne voulais pas sous-entendre quoi que ce soit, protesta-t-elle, regrettant déjà les questions brusques qu'elle avait posées.

Il fixa le pare-brise puis se tourna à nouveau vers elle.

— Je t'ai menti quand je t'ai dit que mes parents étaient morts, annonça-t-il froidement.

Il avait menti ? Mais pour quelle raison ? se demanda Trisha avec méfiance. *Quelle hypocrite*, murmura une petite voix dans sa tête. *Tu ne lui as pas dit toute la vérité sur ta vie. Alors tais-toi et écoute ce qu'il a à dire sans juger.*

— En réalité, je ne sais pas si mes parents sont en vie ou pas. J'ai fugué de chez moi quand j'avais treize ans et j'ai tourné la page. Je ne voulais pas aborder le sujet aussi tôt dans notre relation, parce que je préférais que tu connaisses l'homme que je suis, et pas le garçon que j'étais.

— Mais je veux tout savoir de toi, Dusty.

Elle le voulait… et elle en avait besoin. Ses sentiments pour lui avaient grandi à une vitesse incroyable. D'une certaine façon, elle voulait savoir s'il allait la faire souffrir.

— Qu'est-ce que tu as fait après être parti de chez toi ? demanda-t-elle, consciente d'avoir mis le doigt là où cela faisait mal.

— J'ai échoué dans la rue.

Ses yeux paraissaient encore plus sombres et sa mâchoire semblait se crisper.

— Je me serais sûrement fait tuer sans Forest Stevens. J'étais un gamin maigrichon qui avait peur de son ombre. La proie idéale pour les enfants plus costauds et plus méchants. Mais Forest m'a pris sous son aile, et personne ne cherchait de noises à Forest.

— Comment avez-vous réussi à survivre ?

Elle n'arrivait pas à imaginer Cooper dans la rue, que ce soit à treize ans ou à n'importe quel autre âge.

— On ne dormait que d'un œil, sous les ponts et dans les ruelles, répondit Dusty. On mendiait au coin de la rue. Et on volait de la nourriture quand on ne pouvait pas faire autrement.

Il grimaça.

— Je n'en suis pas fier, mais on était en mode survie.

Il se remit à regarder par le pare-brise.

— Je venais d'avoir quatorze ans lorsque Francine Rogers, une assistante sociale qui travaillait avec les ados sans-abri, nous a offert la possibilité d'aller dans un ranch et de travailler pour une femme du nom de Cass Holiday. Forest et moi avons sauté sur l'occasion de faire quelque chose de nous-mêmes. A notre arrivée ici, il y avait dix autres jeunes qui bossaient déjà pour Cass, les mêmes qui sont toujours ici.

Cette fois, quand il la regarda, ses yeux brillaient d'une intensité saisissante.

— Je ne sais rien à propos des jeunes hommes dont on a retrouvé les cadavres dans la fosse. Je n'ai jamais vu qui que ce soit sur le ranch, à part les hommes avec qui j'ai grandi. Et je ne suis pas un meurtrier.

Sur la défensive, il releva le menton pour ponctuer ses mots. Elle n'avait pas de vraies raisons de le croire, pourtant elle ne put s'en empêcher. Son cœur prenait-il le pas sur son cerveau ? Avait-elle besoin qu'il soit l'homme qu'elle voulait ? A priori, non. Ses doutes sur lui avaient été provoqués par le crâne et par les horribles cauchemars qui avaient hanté son sommeil.

— Pourquoi as-tu fugué ? demanda-t-elle avec curiosité.

— Parce que mon père me battait tous les jours et que ma mère non seulement le laissait faire, mais en plus l'encourageait. Je me suis dit que je préférais mourir de la main d'inconnus dans la rue plutôt que d'être tué par les gens qui étaient censés m'aimer.

Pendant un instant, elle reconnut l'enfant blessé au fond de ses yeux.

— Dusty, je suis vraiment désolée.

D'un geste instinctif, elle posa la main sur son bras.

— Ça fait partie de mon passé, fit-il en haussant les épaules. Cass m'a appris il y a bien longtemps à ne pas me laisser définir par ce passé.

Trisha reposa la main sur ses cuisses.

— C'était sûrement quelqu'un de bien.

— La meilleure des femmes, répondit-il en fourrageant dans ses cheveux. Trisha, je n'ai aucun moyen de te prouver que je n'ai rien à voir avec ces meurtres qui ont été commis il y a si longtemps. Ma seule défense, c'est la vérité, et la vérité absolue sur le sujet, c'est que j'ignore ce qui est arrivé à ces ados.

Il poussa un soupir.

— J'aimerais vraiment le savoir. Alors, est-ce que tu veux toujours que je t'emmène voir ces maisons ou préfères-tu que je te ramène à la cafétéria ?

Elle lui adressa un léger sourire et s'obligea à chasser tous les doutes qui avaient pu la troubler à son sujet.

— Je veux vraiment que tu m'emmènes.

— OK c'est parti, répondit-il d'un air soulagé.

Il se tourna sur son siège, rattacha sa ceinture et démarra. Alors qu'il s'écartait du trottoir, Trisha se demanda si elle parviendrait un jour à être complètement honnête avec lui à propos de son propre passé.

Dusty marcha vers l'arrière de la petite maison d'un étage pour vérifier l'état du jardin et de la climatisation. Trisha était à l'intérieur avec Damon Wilkins, le propriétaire.

En marchant dans les herbes sèches, il lutta contre la vague de vulnérabilité qui s'était élevée en lui au moment où Trisha l'avait interrogé et qu'il lui avait parlé de son passé.

Dès l'instant où elle lui avait demandé ce qui l'avait amené à travailler au ranch, il avait compris ce qu'elle cherchait à savoir : pouvait-il être coupable des meurtres ?

Ses doutes sur lui avaient été le second coup reçu ce jour-là. Il avait ressenti le premier pendant le petit déjeuner, lors duquel les hommes avaient été inhabituellement sombres et silencieux.

Cela ne leur ressemblait pas, et Dusty redoutait que les doutes évoqués par Tony la veille n'aient été contagieux. Apparemment, la découverte du crâne et les nouvelles questions de Dillon avaient provoqué une suspicion qui n'avait jamais existé entre les cow-boys.

Il n'y pouvait rien, tout comme il ne pourrait rien faire si Trisha décidait de ne plus le revoir après ce matin. Si elle croyait vraiment qu'il était le meurtrier, ou même si elle ne faisait que s'interroger sur son innocence, alors elle ne voudrait sûrement pas le côtoyer davantage. Elle était célibataire, avec un jeune enfant, et elle devait veiller à sa propre sécurité et à son bien-être.

Seule la vérité permettrait à Dusty de lutter contre les doutes qu'elle avait peut-être encore sur lui. Et la vérité, c'était qu'il ne pouvait pas lui prouver réellement qu'il n'avait pas assassiné ces garçons.

Il repoussa ces pensées au fond de son esprit pour se concentrer sur le problème actuel. La climatisation de la maison était saine et semblait relativement récente.

Il était nettement moins impressionné par le jardin. Il n'y avait pas un seul arbre à escalader, et un morceau de contreplaqué posé sur le sol cachait ce qui ressemblait à un vieux puits asséché. Aux yeux de Dusty, c'était loin d'être idéal pour Cooper.

Il longea la maison pour rejoindre Trisha et Damon sur le petit perron.

— Je vous remercie d'avoir pris le temps de nous faire visiter la maison, déclara-t-elle à l'homme chauve. Je vous rappellerai dans la soirée pour vous annoncer ce que j'ai décidé.

— Très bien, répondit Damon.

Elle se tourna et sourit à Dusty.

— Tu es prêt ?

— On peut y aller. J'ai l'impression que ce n'est pas ce à quoi tu t'attendais, poursuivit-il une fois de retour dans le pick-up.

Elle fronça les sourcils d'un air songeur.

— C'est correct, je suppose, mais ça ne me fait pas l'effet d'un « chez-nous pour toujours ». Je ne sais pas… J'en attends peut-être trop pour le loyer que je suis en mesure de payer.

— Pour moi, c'était non.

Il lui parla de ses inquiétudes à propos du jardin.

— Ce n'était pas sécurisé pour un petit garçon. Tu préféreras peut-être l'autre maison.

La location suivante était une vieille bâtisse d'un étage qui nécessitait beaucoup de travaux, aussi bien à l'intérieur qu'à l'extérieur. La peinture écaillée et une cuisine qui n'avait sûrement pas été rénovée depuis la construction lui firent très mauvaise impression.

Un endroit comme celui-ci était une source de migraines potentielles. Quoi qu'il se passe entre eux deux à l'avenir, c'était la dernière chose qu'il voulait pour elle et Cooper.

Le découragement de Trisha était évident lorsqu'ils remontèrent dans le pick-up pour retourner à la cafétéria.

— Trisha, tu viens à peine de commencer à chercher une maison. Je suis sûr que tu vas finir par trouver la bonne. Tu dois seulement faire preuve d'un peu de patience.

Elle lui lança un de ses beaux sourires.

— Tu as raison. Mais j'ai vraiment hâte de quitter ce motel et de nous installer dans un endroit qui puisse être notre foyer, à Cooper et à moi.

— Et tu le trouveras, affirma Dusty.

— Et toi ? As-tu déjà pensé à avoir un endroit rien qu'à toi ?

— J'ai toujours considéré le ranch Holiday comme mon foyer, mais ça ne veut pas dire que je ne suis pas prêt à déménager, si les circonstances idéales se présentent.

Il se gara derrière la cafétéria.

— Je n'ai jamais eu de raison m'incitant à déménager.

Elle et Cooper pouvaient être cette raison, mais il était trop tôt pour le dire. Il ne savait même pas ce que les prochaines minutes avec elle allaient donner, après la conversation difficile qu'ils avaient eue plus tôt.

Il ouvrit les vitres, éteignit le moteur, puis se tourna vers Trisha.

— Je ne sais pas ce qui va se passer. J'ai envie de te revoir, Trisha. Je veux passer plus de temps avec toi et ton fils, mais si tu préfères qu'on s'en tienne là, je comprendrai.

— Dusty, pourquoi est-ce que je ne voudrais plus te revoir ?

— C'est évident que tu as des doutes sur moi, répondit-il.

Elle rougit.

— C'était à cause du crâne et d'une nuit de mauvais rêves. Et puis je ne peux pas m'excuser d'être prudente. Je t'aime beaucoup, Dusty. Je ne crois vraiment pas que tu puisses être un meurtrier.

Une vague de soulagement le submergea. Il ne s'était pas rendu compte jusqu'ici à quel point il avait besoin de l'entendre dire ces mots.

— Pendant les treize premières années de ma vie, je n'ai connu que la brutalité, dit-il. Le soir où je me suis enfui par la fenêtre de ma chambre, j'ai juré de ne jamais ressembler à mon père et de devenir un homme bien meilleur que lui.

— Tu aimes manger mexicain ?

Il cligna des yeux. La question semblait venue de nulle part.

— Beaucoup, répondit-il. Pourquoi ?

— Je fais des enchiladas délicieuses. Je me suis dit qu'on pourrait dîner tous les deux à la cafétéria mercredi soir, étant donné que ça ferme plus tôt.

— Tu veux dire que non seulement tu sers à manger, mais que tu sais également cuisiner ?

Elle sourit.

— J'adore ça, mais, malheureusement, c'est difficile au motel. La kitchenette est trop petite et je manque d'ustensiles. Laisse-moi parler à Daisy et voir si c'est possible. Je t'appellerai demain pour mettre tout ça au point.

— J'ai hâte d'y être.

Quelques minutes plus tard, alors qu'il reprenait la direction du ranch, il eut l'impression d'avoir fait un immense pas en avant. Trisha l'avait écouté sans sourciller, alors qu'il avait tellement peur de parler de son passé.

Elle ne semblait pas se soucier du fait qu'il avait été un enfant négligé et maltraité par ses parents. Aucun des deux ne l'avait recherché quand il avait enfin trouvé le courage de s'enfuir.

« Attends un peu que ton père rentre.

Attends que je lui dise quel méchant garçon tu es. »

Il secoua la tête pour chasser le souvenir de la voix stridente de sa mère. Il lui en avait voulu plus qu'à son père. Celui-ci portait peut-être les coups, mais c'était sa mère qui était aux commandes.

Une partie de son attirance pour Trisha était clairement liée au genre de mère qu'elle était pour Cooper. Il savait sans nul doute qu'elle ferait toujours passer son fils en premier, et c'était ce qu'une bonne mère devait faire.

Il estimait aussi avoir apaisé ses craintes qu'il soit un meurtrier. Il ne pouvait pas lui reprocher d'avoir été prudente avant d'inviter quelqu'un dans sa vie. Elle ne devait pas penser qu'à elle-même. Son fils entrait bien sûr en ligne de compte.

Pourvu que Dillon Bowie élucide les crimes au plus vite,

songea Dusty. Plus cette enquête traînait, plus la vie des hommes du ranch allait devenir compliquée.

L'après-midi se déroula comme d'habitude. Ils s'occupèrent des tâches qui devaient être accomplies avant la tombée de la nuit, puis Cookie servit le dîner aux cow-boys. Au crépuscule, Dusty enfourcha à nouveau son cheval, Juniper, pour faire un dernier tour au milieu du bétail. Le temps avait fraîchi et les étoiles commençaient à briller dans le ciel.

Allait-il quitter ces terres pour entamer une nouvelle vie ailleurs ? Pour la première fois, il l'admit : il n'hésiterait pas une seconde s'il s'agissait de suivre son âme sœur.

Du bonheur et de l'amour, c'était ce que Cass aurait voulu pour tous les garçons qu'elle avait élevés. Comme toujours, les pensées de la vieille femme à présent disparue éveillèrent une pointe de chagrin en lui. C'était presque amusant, de ressentir autant de tristesse pour une femme qui n'était pas de sa famille, alors qu'il n'en avait jamais éprouvé pour les parents qu'il avait quittés.

Alors qu'il s'approchait du troupeau, il aperçut la silhouette d'un autre cow-boy à cheval. Malgré l'obscurité, il reconnut Brody, l'un des hommes que Tony avait évoqués lors de leur conversation de la veille.

Même quand il n'avait que seize ans, Brody était déjà grand et fort. Assez pour avoir pu commettre les meurtres. Et il avait mauvais caractère, c'était incontestable.

Pourtant, depuis le temps qu'il le connaissait, il ne l'avait jamais vu se conduire de façon cruelle, que ce soit avec un animal ou un être humain.

Dusty resserra sa prise sur les rênes, et Juniper protesta avec un léger hennissement et un coup de tête.

Brody lui fit un signe de la main et il agita la sienne en retour. Il contourna le troupeau pour vérifier qu'aucun animal sauvage ne le menaçait.

Son regard se porta sur le ranch Humes au loin. C'était beaucoup plus facile de soupçonner l'un des sales types qui travaillaient là-bas plutôt que l'un des hommes avec qui Dusty avait grandi. La plupart des employés de Humes aimaient la violence et la bagarre. Même s'ils semblaient partager une sorte de fraternité, ils étaient souvent fâchés avec la morale.

Zeke Osmond avait-il laissé les fleurs pour Trisha ?

Etait-ce l'œuvre d'un autre solitaire qui avait été ébloui par la serveuse ? Trisha était assez jolie pour faire tourner la tête à n'importe quel homme.

Bien après la nuit tombée, Dusty retourna à l'écurie, où il brossa Juniper avant de le mettre au box. Puis il se dirigea vers le bâtiment où se trouvait sa chambre.

Même s'il était encouragé par le déroulement des choses entre lui et Trisha, il sentait l'épuisement peser sur ses épaules. C'était plus émotionnel que physique. Il avait l'habitude d'accomplir les tâches du ranch et était moins accoutumé à la fatigue morale. Avoir évoqué son passé difficile et réfléchi aux meurtres l'avait mis sur les rotules.

Personne n'était dehors lorsqu'il arriva devant sa chambre. C'était aussi bien, parce qu'il avait hâte de se coucher. Il ouvrit la porte et entra. Il ôta aussitôt le ceinturon avec son arme, qu'il plaça sur le dessus de la commode. Il ne portait le pistolet que lorsqu'il était sur la propriété et risquait de devoir l'utiliser contre un animal sauvage.

Il s'assit sur le côté du lit et commença à tirer sur son T-shirt pour l'enlever. Il s'interrompit, les sourcils froncés, en entendant un son qui n'avait pas sa place dans sa chambre et déclencha aussitôt une bouffée d'adrénaline en lui.

Tous ceux qui travaillaient dans un ranch ou qui passaient du temps à l'air libre en Oklahoma auraient reconnu ce bruit.

Un serpent à sonnette.

6

Dusty se leva lentement et s'éloigna du lit. Le son inquiétant provenait de dessous ses draps froissés. L'adrénaline dissipa aussitôt la profonde fatigue qu'il ressentait quelques instants auparavant.

Il regarda désespérément autour de lui, puis reporta son attention sur la forme sous les couvertures. Il n'avait rien à portée de main pour chasser le serpent, et celui-ci semblait sur la défensive, ce qui le rendait d'autant plus dangereux.

Il frappa sur le mur qui séparait sa chambre de celle de Tony. Il ne voulait pas quitter le lit des yeux et risquer que le serpent se faufile dans un autre endroit de la pièce où il ne pourrait pas le retrouver. Il tapa à nouveau.

Tony surgit, arme au poing.

— Ne tire pas, s'exclama Dusty. Il n'y a que moi et un crotale dans mon lit.

— Quoi ?

Son ami laissa retomber son bras. Ses longs cheveux noirs, qui étaient normalement attachés en queue-de-cheval, étaient répandus sur ses épaules. Il ne portait qu'un boxer noir. Il regarda le lit, puis Dusty.

— Comment ce crotale est arrivé là ?

— On l'enlève d'abord et on en reparle après, d'accord ?

— « On » ? Comment ça, « on » ? répliqua Tony avec un rire gêné.

— Bon, d'accord. Moi, je vais l'enlever de là. Tu peux aller me chercher un râteau ?

— Ouais, après avoir été mettre mes bottes, mes gants, et peut-être même une combinaison de protection. Tu sais ce que je pense des serpents.

— Crois-moi, cette situation est loin de me ravir. Tu peux te dépêcher, Tony ? Je ne veux pas que ce petit enfoiré bouge et se déplace ailleurs dans la pièce. Et je ne vais sûrement pas dormir ici avec un crotale en liberté.

— Je reviens tout de suite, lança Tony en ressortant.

Dusty continua à observer la petite bosse sous le drap. Le cliquetis s'interrompit, mais Dusty savait que dès qu'il essaierait de l'enlever de là, le serpent allait se défendre, ce qui était souvent le moment où ils frappaient.

Tony revint, muni d'un râteau, le passa à Dusty et recula. L'outil dans une main, Dusty tira lentement sur le drap.

Il poussa un juron en apercevant un gros crotale à bandes brunes. La queue de l'animal vibra, produisant le cliquetis caractéristique.

— La vache, il est énorme, remarqua Tony, immobile sur le seuil, semblant sur le point de s'enfuir à toutes jambes.

Dusty ne voulait pas le tuer, même s'il savait qu'il n'hésiterait pas en cas de nécessité. Mais les serpents permettaient de limiter le nombre de souris et de rats sur la propriété.

Il tendit le bras pour poser le côté plat du râteau sur le dos du crotale. Celui-ci frappa le métal avec fureur, et Dusty retourna rapidement l'outil pour essayer de l'enrouler dessus.

— Je vais devoir l'attraper avec la main, déclara-t-il après plusieurs tentatives ratées.

Il continua à appliquer assez de pression sur l'animal pour le maintenir sur le lit. Avec précaution, il fit glisser ses mains le long du râteau pour les rapprocher de la tête du serpent.

— Fais gaffe, mec, s'exclama Tony. Je te rappelle que tu n'es pas un charmeur de serpents professionnel.

Dusty concentra toute son attention sur la créature qui se tortillait. Un simple moment de distraction… une seule seconde d'inattention pouvait se conclure par une morsure venimeuse.

Il dut s'y reprendre à trois fois avant de réussir à attraper le serpent par l'arrière de la tête.

— Tu le tiens ! lança Tony en s'écartant de la porte.

Dusty souleva le serpent et l'emporta au loin, avant de le relâcher dans les broussailles. Il poussa un soupir de soulagement en voyant l'animal disparaître dans l'obscurité.

Il retourna dans sa chambre. Sous le regard d'un Tony silencieux, il ôta les draps de son lit et les remplaça par des draps propres. Lorsqu'il eut terminé, Tony proposa d'aller leur chercher des bières.

— Oui, je crois qu'une bière est d'actualité après tout ça, déclara Dusty.

Quelques minutes plus tard, ils étaient assis sur des chaises devant la chambre de Dusty.

— Franchement, je crois que mon cœur a cessé de battre quand j'ai entendu le premier cliquetis, admit-il.

— Donne-moi une meute de loups affamés ou une grosse araignée poilue quand tu veux, mais garde les serpents loin de moi, en particulier les crotales.

Tony but une gorgée de bière, puis contempla Dusty.

— Ce n'était pas un jeune qui aurait réussi à se glisser par une fissure du plancher. Comment un serpent de cette taille a-t-il réussi à entrer dans ta chambre ? Dans ton lit ?

— Aucune idée, répondit Dusty en fronçant les sourcils. J'imagine qu'il a dû se faufiler à l'intérieur dans la journée.

— Un serpent aussi gros ? Et tu ne l'aurais pas vu ? Dusty, je sais que tu ne verrouilles jamais la porte de ta chambre. Tu devrais peut-être la fermer à clé dorénavant.

Surpris, Dusty regarda son ami.

— Qu'est-ce que tu sous-entends ?

Tony garda le silence.

— Tu penses vraiment que quelqu'un a mis ce serpent dans ma chambre ? demanda Dusty d'un ton incrédule.

Tony but une autre gorgée, puis se pencha en avant.

— Je sais seulement que ce serpent était bien trop gros pour être rentré comme ça, accidentellement.

— Mais pourquoi me ferait-on une chose pareille ?

— Je n'en sais rien. As-tu eu des problèmes avec un des cow-boys, hier ou avant-hier ?

— Non, aucun, répondit Dusty. J'ai du mal à croire qu'un des gars d'ici fasse quelque chose d'aussi dangereux.

— Ce qui est sûr, c'est que si tu n'avais pas entendu le cliquetis, tu te serais couché et tu aurais été mordu un nombre incalculable de fois avant qu'on puisse t'aider.

Dusty ne put s'empêcher de frissonner.

— Je ne peux pas croire que quelqu'un soit capable de faire ça. Demain, je vérifierai s'il n'y a pas de trou de souris par lequel le serpent aurait pu passer.

Malgré cette réponse, une fois couché, Dusty ne put s'empêcher de repenser aux paroles de Tony. Etait-il possible que quelqu'un soit entré en douce dans sa chambre et lui ait laissé en cadeau ce serpent venimeux ?

Qui aurait pu faire cela... et pourquoi ? Cela n'avait aucun sens. Il devait y avoir une explication logique.

Le lendemain matin, avant d'aller travailler, il inspecta le plancher et les murs de la chambre pour vérifier si la présence du serpent pouvait s'expliquer par un trou menant vers l'extérieur. Il ne trouva rien.

Il ne pouvait que supposer que le serpent était entré sans qu'il le remarque, alors qu'il ouvrait la porte. A la lueur du jour, il semblait absolument ridicule d'envisager une autre possibilité.

La matinée passa rapidement. Dusty sauta le déjeuner avec les autres employés. Il prit sa pause à 14 h 30 et se rendit à la cafétéria.

Peu importait ce que Daisy avait prévu comme plat du jour. C'était surtout la femme qui allait le servir qu'il avait envie de voir.

En franchissant la porte d'entrée, il l'aperçut aussitôt. Elle était en train de verser du café à un propriétaire de ranch du coin, Abe Breckenridge, et à sa femme, Donna. Abe avait du succès avec son ranch, mais il était mieux connu à Bitterroot pour les fabuleux quadrilles qu'il organisait. Avec un peu de chance, si les choses continuaient à progresser entre eux, Dusty et Trisha iraient peut-être ensemble à la prochaine fête.

Il se rendit dans un box voisin. Lorsque Trisha le vit, elle le regarda avec une expression ravie qui lui fit chaud au cœur. Cette femme risquait vraiment de lui faire perdre la tête.

— Quelle bonne surprise, déclara-t-elle en s'approchant de lui. J'allais t'appeler un peu plus tard, pendant ma pause, mais c'est mieux de te dire ça de vive voix.

— Me dire quoi ?

— J'ai parlé à Daisy ce matin. C'est d'accord pour notre dîner, demain soir. La cafétéria ferme à 18 heures. Tu peux venir vers 19 h 30 ? Ça me laissera amplement le temps de finir de cuisiner.

— Ça me paraît super. Mais tu es sûre de vouloir te donner autant de mal ?

— Sûre et certaine. En fait, je suis vraiment impatiente. J'espère que tu auras faim.

Il sourit.

— Crois-moi, ça ne devrait pas poser de problème.

Il avait de l'appétit, c'était évident, mais ce n'était pas pour le plat qu'elle allait préparer. Il était affamé de la tenir dans ses bras et de l'embrasser à nouveau.

Il passa sa commande puis, tandis qu'elle s'éloignait, se renfonça sur son siège en souriant. Pour la première fois de sa vie, il était convaincu d'être sur la bonne voie, celle qui allait mener au vrai bonheur.

Il refréna l'envie de toucher du bois. Il était quand même un peu effrayé. Il avait connu la satisfaction de la camaraderie avec les autres hommes. Il savait apprécier la fierté d'un travail bien fait. Mais le vrai bonheur était une émotion étrangère. Au plus profond de lui-même, il n'avait jamais vraiment cru l'avoir à sa portée.

C'était peut-être un mauvais coup préparé par le destin pour le frapper en plein cœur et lui rappeler une fois de plus qu'il ne serait jamais l'homme qu'il voulait être.

Le mercredi soir, à 19 h 15, Trisha jeta un coup d'œil sur les enchiladas dans le four. La sauce bouillonnait et une couche de fromage fondait sur le dessus. Elle éteignit le four, remua la casserole de riz sur la gazinière, puis ôta son tablier et se rendit dans la salle de repos.

Quand la cafétéria avait fermé à 18 heures, Daisy avait demandé à deux commis d'apporter une table pour deux dans la pièce. Une nappe bleu pâle et une bougie avaient été posées dessus.

Trisha sentit une boule de nervosité dans son ventre tandis qu'elle allait dans la petite salle de bains pour se regarder dans le miroir. Ses joues étaient légèrement roses. Elle ignorait si c'était dû à la chaleur du four ou à son trouble à l'idée de la soirée à venir.

C'était seulement Dusty, se rassura-t-elle. Il n'y avait aucune raison d'être aussi nerveuse.

Elle se brossa les cheveux, puis se mit un peu de gloss rose. Cette nervosité n'était pas désagréable, bien au contraire.

C'était la réaction normale d'une femme sur le point de partager un dîner intime avec l'homme qui lui faisait battre le cœur un peu plus vite à chaque moment qu'ils passaient ensemble.

Elle vérifia son apparence une dernière fois avant de sortir des toilettes. Puis elle lissa le chemisier rose qu'elle avait mis après son service, alluma la bougie, puis s'assit à table. La nourriture était prête, l'ambiance était créée. Ne manquait plus que l'invité.

Qui aurait cru que le sympathique cow-boy qui venait manger ici une fois par semaine en viendrait à compter autant pour elle en aussi peu de temps ?

Les doutes qu'elle avait eus à son sujet avaient disparu. Son esprit et son cœur lui disaient que Dusty ne pouvait pas être lié à ces meurtres. Il lui avait raconté qu'il était un garçon maigrichon de treize ans au moment de sa fugue, et qu'il n'avait que quatorze ans à son arrivée au ranch Holiday.

Peu importait qu'il ait été grand et fort ou faible et chétif lorsqu'il avait débarqué ici. Elle ne pouvait pas croire qu'il ait quoi que ce soit à voir avec les garçons assassinés.

Ses doutes ayant été dissipés, il ne restait rien d'autre que les sentiments grandissants qu'elle éprouvait pour lui. Elle n'était pas amoureuse de lui, du moins pas encore, mais elle avait l'impression qu'ils se fréquentaient depuis des semaines déjà.

Alors que les minutes s'écoulaient, ses pensées passèrent de Dusty à Cooper. Au cours des trois derniers jours, son fils n'avait cessé de parler de Dusty et des bons moments qu'ils avaient passés ensemble pendant la partie de pêche.

Cooper avait hâte de répéter l'expérience, mais Trisha n'avait pas très envie d'aller pêcher à nouveau dans cet étang où on avait découvert un crâne. Il y avait fort à parier que Dusty ressentait la même chose.

Il y avait d'autres activités à faire à trois… si la soirée se passait bien et que Dusty veuille encore faire partie de leur vie. Et si, après ce repas avec lui, elle décidait qu'elle voulait continuer à le voir.

Elle bondit de sa chaise en entendant le coup frappé doucement à la porte de service. C'était Dusty.

Il était vêtu d'un jean et d'une chemise à manches courtes, blanche à rayures bleu marine. Il sentait le savon, la mousse à raser et son eau de toilette habituelle.

— Bonsoir, madame, dit-il en souriant.

Il s'inclina devant elle de façon formelle, puis lui fourra dans les mains un paquet à l'emballage très gai.

— Qu'est-ce que c'est ?

Elle recula pour le laisser entrer.

— Dusty, ce n'était pas la peine de m'offrir quoi que ce soit.

— J'ai trouvé que c'était trop cliché de t'apporter des fleurs. Tu n'as pas besoin de l'ouvrir maintenant. Ce sont deux puzzles de seize pièces, pour toi et Cooper.

— Merci, Dusty.

Une bouffée d'émotion emplit la poitrine de Trisha. Des fleurs… des sucreries, et même des diamants n'auraient pas pu lui faire plus plaisir. Elle serra le paquet contre son cœur, puis retourna dans la salle de repos.

— Waouh ! C'est très joli, remarqua-t-il en la regardant, les yeux brillants. Tu t'es donné beaucoup de mal.

— Daisy est en partie responsable, répondit-elle en

posant le cadeau sur une étagère près de son sac. C'est elle qui a décidé de mettre la table ici. Elle ne voulait pas qu'on dîne dans la salle principale, où quelqu'un aurait pu nous voir par la fenêtre.

— Quelle que soit la raison, ça me va.

— Alors, assieds-toi et mets-toi à l'aise. Avant que j'apporte les assiettes, que voudrais-tu boire ?

— Et si j'allais chercher les boissons pendant que tu t'occupes des assiettes ? répliqua-t-il.

— D'accord. Je veux seulement de l'eau glacée.

Ils se rendirent dans la cuisine ensemble. Seules les lumières de secours étaient allumées. La salle principale était plongée dans l'obscurité. Pendant que Trisha prenait deux assiettes, il remplit deux verres d'eau.

— Est-ce que tu aimes les enchiladas ? demanda-t-elle. J'en ai fait au bœuf et au fromage, avec du riz à l'espagnole en accompagnement.

— Je vais commencer par une de chaque et je verrai après.

Elle remplit les assiettes, puis ils revinrent près de la table et s'assirent l'un en face de l'autre.

La seule lumière dans la pièce était celle de la salle de bains et la lueur de la bougie au milieu de la table.

— Tout a l'air délicieux, Trisha.

— J'espère que tu trouveras ça bon.

Il la regarda en s'attardant sur ses lèvres.

— Oh ! Je crois que je sais déjà quel goût ça a.

— Tu es un sacré coquin, Dusty Crawford, répliqua-t-elle avec un petit rire.

Il se mit à rire à son tour, ce qui donna le ton de la soirée. Tout en mangeant, il lui raconta des histoires drôles sur les hommes avec qui il travaillait, tandis qu'elle évoquait des anecdotes sur Cooper.

Il n'y avait rien de plus sexy que de plaisanter à l'unisson avec quelqu'un d'autre. Cela faisait trop longtemps que Trisha n'avait pas ri avec un homme.

La conversation continua à couler sans effort entre eux. Dusty termina son assiette, puis retourna se servir dans la cuisine, affirmant qu'il n'avait jamais mangé d'enchiladas aussi bonnes.

— Dis-moi ce que tu sais cuisiner, demanda-t-il lorsqu'ils eurent fini de manger.

— Je fais un très bon poulet frit et des macaronis au fromage maison. J'aime aussi cuisiner tout ce qui est italien et mexicain.

— Elle est non seulement magnifique, mais elle fait aussi du poulet frit… La femme idéale, en somme, répondit-il avec un sourire nonchalant qui réchauffa le ventre de Trisha.

— Non seulement il monte à cheval et s'occupe d'un ranch, mais il rapporte des puzzles pour mon fils et moi… L'homme idéal, en somme, répliqua-t-elle.

Il se pencha en arrière et l'observa plus sérieusement.

— Dommage qu'il n'y ait pas de musique. J'ai très envie de te prendre dans mes bras et de danser avec toi.

Trisha sentit sa bouche se dessécher.

— Qui a besoin de musique ?

Les yeux de Dusty s'embrasèrent. Il se leva, contourna la table et tira Trisha de sa chaise.

— M'accordes-tu cette danse ?

— Avec plaisir.

Ils firent quelques pas pour s'écarter de la table, puis il l'enlaça et la serra contre lui. Elle passa les bras autour de son cou et soupira contre sa peau, tandis que leurs corps se fondaient l'un dans l'autre.

Ils étaient censés danser, mais aucun des deux ne faisait même semblant de bouger les pieds. Au lieu de cela, ils restèrent parfaitement immobiles. La seule chose qui semblait en mouvement était le cœur de Trisha, qui battait frénétiquement.

— Trisha, murmura Dusty.

Elle leva la tête pour le regarder, et il s'empara aussitôt de sa bouche. Elle enfonça les doigts dans ses cheveux et entrouvrit les lèvres.

Alors qu'il l'embrassait passionnément, tout le reste disparut. L'étagère avec les T-shirts de la cafétéria… La table avec sa bougie qui se consumait… Il ne restait rien d'autre qu'elle et Dusty.

Il baissa lentement les mains jusqu'à ses fesses, l'attira encore plus près de lui, puis pressa ses hanches contre les siennes.

Il était excité, mais elle l'était autant que lui. Elle se frotta contre son érection, cherchant un point de friction qui lui envoya une décharge d'électricité dans les veines.

Dusty remonta les mains le long de son dos, sous son chemisier. Des étincelles se déclenchaient partout où ses doigts légèrement calleux touchaient sa peau nue. Elle lutta pour retenir un gémissement de plaisir.

— Trisha, murmura-t-il à nouveau en quittant sa bouche pour explorer son cou. Tu me rends dingue.

Et c'était entièrement réciproque. Elle avait envie d'arracher son chemisier, de se débarrasser de son soutien-gorge et de l'autoriser à toucher le moindre centimètre de sa peau. Elle voulait lui enlever sa chemise pour que leurs corps fassent plus amplement connaissance.

Dusty prit à nouveau possession de sa bouche, et leurs langues se mêlèrent intimement d'une façon qui lui coupa le souffle. Puis il la lâcha brusquement et s'éloigna de quelques pas.

Il fourragea dans ses cheveux et la regarda avec une intensité telle qu'il semblait encore la toucher physiquement.

— Il faut qu'on arrête… J'ai envie de toi, Trisha. J'ai envie de te faire l'amour, mais pas à l'arrière de la cafétéria.

Elle hocha la tête. Il se rapprocha, mais, au lieu de la prendre dans ses bras, il se contenta d'effleurer son visage.

— Je ne veux pas seulement attendre le bon moment. Je veux aussi que ce soit le bon endroit, et ce n'est pas le cas ici.

— Je suis d'accord.

Elle prit une inspiration tremblante afin de ralentir les battements de son cœur. Elle tituba jusqu'à la table et but quelques gorgées, dans l'espoir que le liquide froid lui permettrait de reprendre ses esprits.

— Je ne crois pas qu'un verre d'eau va m'aider, déclara Dusty avec un sourire chagrin. Ce qu'il me faut, là tout de suite, c'est une douche glacée. On devrait peut-être y aller. Je vais t'aider à tout ranger, puis je te raccompagnerai jusqu'au motel.

— Tu n'es pas obligé.

— Tu veux que je rate une occasion de t'embrasser encore une fois ? Pas question.

Vingt minutes plus tard, elle était dans sa voiture, avec le pick-up de Dusty juste derrière elle. La soirée avait été réussie. Si incroyable que cela puisse paraître, elle était en train de tomber amoureuse de son cow-boy, comprit-elle.

Si quelqu'un lui avait dit qu'elle pourrait ressentir cela pour un homme aussi rapidement, elle aurait répondu que c'était impossible. Mais son cœur ne semblait pas du même avis.

Elle se gara devant la porte de sa chambre. Dusty la rejoignit à la portière avant qu'elle n'ait pu rassembler ses affaires. En plus de son sac à main, elle tenait un récipient en aluminium qui contenait les restes pour Cooper et Juanita, ainsi que le cadeau offert par Dusty.

— Passe-moi la nourriture et les puzzles, je vais les porter, suggéra-t-il.

Elle les lui tendit, puis prit son sac et sortit de la voiture. Ils n'avaient fait que deux pas vers la porte lorsqu'elle s'immobilisa.

Non… pas encore.

Une grosse boîte de bonbons et un morceau de papier blanc étaient posés contre le battant.

— Trisha, prends la nourriture, je vais voir ce que c'est, dit Dusty.

Sa voix semblait provenir de très loin. Luttant contre la panique, elle prit le récipient et le cadeau, puis regarda Dusty ramasser le message et les bonbons.

— Trisha, il n'y a pas de quoi avoir peur, lança-t-il en revenant à ses côtés. C'est seulement un autre cadeau mystère.

— Ouvre le message.

Sa voix lui paraissait tout aussi distante et tendue.

Les mots sur le papier semblèrent hurler sous ses yeux.

« Tu m'appartiens et personne d'autre ne t'aura.

» Tu es à moi et je suis tout ce dont tu auras jamais besoin dans ta vie. »

La voix profonde et horriblement familière résonna dans sa tête tandis qu'elle fixait le message.

— C'est bien notre veine, dit Dusty d'une voix qu'il tentait de rendre légère. Toi, tu as des bonbons, et moi, j'ai un crotale dans mon lit.

Les paroles de Dusty pénétrèrent le voile de terreur qui l'entourait, et elle le dévisagea, horrifiée. Il avait le visage illuminé par les néons du motel. Il semblait parfaitement calme, la peau tour à tour jaune, puis rouge.

Elle n'était pas calme du tout.

— Un crotale dans ton lit ? demanda-t-elle en faisant deux pas en arrière. Quand… quand est-ce que c'est arrivé ?

— Lundi soir.

— Pourquoi… pourquoi tu ne m'en as pas parlé avant ?

La peur continuait à la torturer. Dusty pencha la tête sur le côté.

— Pourquoi est-ce que je t'en aurais parlé ? Ça n'avait rien à voir avec toi.

— Mais si. Je sais que c'est lié. Je dois partir… Cooper et moi, on doit quitter la ville.

Il se pencha pour poser la boîte et le message par terre.

— Trisha, calme-toi. Je t'ai déjà dit que je vous protégerais, toi et ton fils.

Trisha laisssa échapper un éclat de rire hystérique.

— Ce n'est pas pour moi que je m'inquiète. Il est ici, Dusty.

Son rire fut remplacé par un sanglot étranglé.

— Il est dans les parages et il a déjà tué. Il va s'en prendre à toi, Dusty, et il ne s'arrêtera pas tant que tu ne seras pas mort.

7

— Mais bon sang, de quoi parles-tu ? demanda Dusty.

Le visage de Trisha était si pâle à la lueur de la lune qu'elle ressemblait à un fantôme.

Il n'attendit pas sa réponse. Il lui prit des mains le récipient de nourriture et le cadeau, puis frappa doucement à la porte du motel. Lorsque Juanita ouvrit, il lui tendit les objets.

— Pourriez-vous rester encore une demi-heure avec Cooper ?

— Est-ce que tout va bien ? demanda la baby-sitter d'une voix inquiète.

— Oui, ça va. On pensait être prêts à mettre un terme à la soirée, mais on a encore besoin de discuter de certaines choses. On revient très vite.

— Prenez votre temps.

Trisha ne parlerait jamais de ce qui la perturbait dans la chambre en présence de Cooper. Et Dusty ne voulait pas avoir cette conversation au beau milieu du parking.

De quoi s'agissait-il donc ? Qui, selon Trisha, risquait de le tuer ? Il n'était sûr que d'une chose : il n'allait pas s'en aller avant d'avoir obtenu des réponses.

Il la prit par le coude et l'entraîna vers son pick-up.

— Monte, ordonna-t-il en ouvrant la portière côté passager.

Elle s'installa sans protester, et il contourna le véhicule à la hâte pour s'asseoir au volant. Sans dire un mot, il démarra et s'éloigna du parking dans une gerbe de gravillons.

Toujours en silence, il quitta la ville et ne s'arrêta pas avant d'avoir atteint une route de campagne déserte. Là, il se rangea sur le bas-côté, coupa le moteur et se tourna vers Trisha.

Elle avait toujours le visage pâle à la lueur de la lune qui filtrait à travers les vitres, mais ses yeux brûlaient d'une peur immense qu'il ne parvenait pas à comprendre.

— Parle-moi, Trisha. Dis-moi ce qui se passe. S'agit-il de cette histoire de harceleur dont tu m'as parlé ? Qui est-ce ? A cause de qui as-tu aussi peur ?

Elle battit rapidement des paupières, et ses yeux s'embuèrent de larmes.

— Il s'appelle Frank D'Marco, et c'est le père de Cooper.

Les mots semblaient sortir du plus profond de son âme.

Le père de Cooper ? Dusty n'y comprenait plus rien.

— Mais tu m'as dit qu'il était mort, qu'il s'était tué dans un accident de moto.

Trisha ferma les yeux et entoura son buste de ses bras, comme pour se réchauffer.

— J'ai menti, Dusty. Je voulais croire qu'il était mort.

Elle se tourna vers lui pour le regarder.

— Mais il n'a jamais eu d'accident. A présent, je crois qu'il est à Bitterroot. « Tu es à moi… » C'est ce qu'il avait coutume de me répéter, encore et encore. Il est dangereux, Dusty.

Ses lèvres se mirent à trembler et une larme coula sur sa joue.

— Tu as dit qu'il avait déjà tué quelqu'un. Qui ? demanda Dusty.

Son esprit était en ébullition à cause de ces nouvelles informations, mais il n'était pas sûr de savoir comment réagir. A l'évidence, c'était beaucoup plus grave que l'incident dont elle avait parlé.

— Je crois qu'il a tué ma meilleure amie… et ma mère, annonça Trisha avant de se couvrir le visage de ses mains et de se mettre à pleurer pour de bon.

Dusty n'essaya pas de la calmer. Il se contenta de poser la main sur son genou et de le serrer pour montrer son soutien silencieux.

Il n'avait toujours pas les réponses dont il avait besoin, mais il savait reconnaître un profond chagrin. Son cœur se serra devant la peine manifeste de Trisha.

Elle pleura pendant de longues minutes, puis se redressa sur son siège. Elle s'essuya le visage et laissa retomber ses mains crispées sur ses cuisses.

Dusty lâcha son genou pour attraper une de ses mains. Elle serra ses doigts glacés autour des siens.

— Raconte-moi tout depuis le début, déclara-t-il doucement. Ne laisse rien de côté. J'ai besoin de tout comprendre.

Elle lui agrippa la main comme si c'était une bouée de sauvetage, avant de prendre une profonde inspiration.

— J'avais vingt-deux ans lorsque je l'ai rencontré dans le restaurant qu'il tenait avec son père et ses deux frères à Chicago. Il était séduisant et charmant, et on a commencé à sortir ensemble.

Elle secoua la tête en fronçant les sourcils.

— Il y avait tellement de signaux d'alerte, mais j'étais jeune, naïve et tout bonnement stupide.

— Vous avez commencé à sortir ensemble… répéta Dusty pour faire avancer la conversation.

Elle hocha la tête.

— C'est vite devenu intense. Au bout de trois mois, on passait déjà quasiment tout notre temps libre ensemble et, lorsque je n'étais pas avec lui, il m'appelait ou m'envoyait des SMS. C'était ma première relation sérieuse, et je trouvais toute cette attention adorable. Pourtant, ma meilleure amie Courtney le trouvait trop possessif et dominateur. Elle n'aimait pas Frank, et c'était réciproque. Six mois après le début de notre relation, Courtney a été tuée par une balle tirée depuis une voiture devant son immeuble.

Elle ferma les yeux comme pour réprimer une nouvelle vague de larmes.

Dusty n'essaya même pas de réfléchir à ce qu'elle lui disait. Il avait besoin de tout entendre avant de pouvoir bien comprendre la situation.

Elle tourna la tête pour regarder par sa vitre.

— C'était étrange, parce que Courtney ne vivait pas dans un quartier dangereux. De plus, la police ne parvenait pas à trouver un mobile ou un suspect pour ce meurtre. Pour autant que je sache, le dossier est toujours ouvert.

— Et après ça ? demanda doucement Dusty.

Il lui serra à nouveau la main pour l'encourager à poursuivre.

— Après ça, Frank m'a beaucoup soutenue, et notre relation a continué. Mais quand il a commencé à insister pour que j'emménage avec lui, j'ai refusé. Même si je pensais être amoureuse de lui, j'aimais avoir mon propre appartement. Quand je suis tombée enceinte de Cooper, je n'étais toujours pas prête à vivre avec Frank. Je n'étais tout simplement pas prête pour ce genre d'engagement.

Elle libéra sa main pour la passer dans ses cheveux.

— Les trois premiers mois de ma grossesse n'ont pas été faciles. J'avais des nausées du matin terribles, et ma mère est venue vivre avec moi. Même si Frank n'a rien dit, j'ai compris qu'il n'appréciait pas sa présence. Comme Courtney, ma mère était très inquiète à propos de Frank. Elle craignait même qu'il ne soit tellement jaloux qu'il en vienne à détester le bébé et peut-être à lui faire du mal. J'étais enceinte de huit mois quand elle a été tuée lors d'un cambriolage. J'ai complètement disjoncté. Je suis restée dans le brouillard jusqu'à ce que je commence à avoir des contractions.

Elle s'interrompit un moment. Puis elle inspira profondément et poursuivit :

— Frank était au travail. C'était comme si la première contraction m'avait éclairci les idées. J'ai su au plus profond de moi-même que Frank avait tué Courtney et ma mère. J'ai compris que je devais faire le nécessaire pour m'éloigner de lui.

Elle parlait vite, comme si un barrage avait cédé en elle.

— J'ai rassemblé mes affaires et tous les cadeaux que j'avais reçus pour le bébé et je suis allée à l'hôpital en voiture. Cooper est né dix heures plus tard. Deux jours après, quand on a eu l'autorisation de quitter l'hôpital, je suis montée dans ma voiture et j'ai quitté Chicago.

Dusty la fixa d'un air stupéfait.

— Tu ne devais même pas être remise de l'accouchement, à ce moment-là.

— Non, mais c'est incroyable ce qu'on peut faire quand on a peur, surtout pour son enfant. J'ai conduit pendant cinq heures, puis je me suis arrêtée dans un motel miteux où je pensais que personne ne nous trouverait. Cooper et moi y sommes restés deux semaines. Ensuite, j'ai repris la route, je me suis arrêtée dans un autre motel… puis un autre encore.

— Comment faisais-tu pour l'argent ? Comment as-tu survécu ?

L'étonnement de Dusty se transforma en admiration lorsqu'il se rendit compte de son incroyable force intérieure.

Elle avait subi le meurtre de deux de ses proches, avant de fuir pour assurer sa sécurité et celle de son fils.

— J'avais quelques économies qui nous ont servi pendant les deux premiers mois, puis j'ai fini par contacter le notaire de ma mère. Je savais que j'étais sa seule héritière, et il avait un chèque à mon intention. La somme n'était pas très importante, mais elle nous a permis de vivre jusqu'à ce que j'obtienne ce travail à la cafétéria.

Submergée par le chagrin, Trisha se remit à pleurer.

— Et Frank ? demanda Dusty. As-tu eu de ses nouvelles ?

Elle secoua la tête, avant de s'essuyer les joues.

— Non. En tout cas, pas jusqu'à maintenant. Je pensais qu'il s'était écoulé assez de temps. Que j'étais assez en sécurité pour commencer à construire quelque chose de normal, mais j'aurais dû me méfier.

La défaite assombrissait son regard.

— Tu dois me ramener au motel, Dusty. Cooper et moi devons partir d'ici.

— Non, tu n'as aucune raison de t'enfuir, rétorqua-t-il. On ne sait toujours pas si ces cadeaux mystérieux viennent de Frank ou de quelqu'un d'autre en ville. Il nous faut plus d'informations. On doit contacter Dillon et voir ce qu'il peut dénicher sur Frank. Après tout, cet homme est peut-être mort ou en prison.

— Et le crotale dans ton lit, tu l'expliques comment ?

— Oh ! cette bestiole aurait pu entrer d'une douzaine de façons différentes. Ce n'est pas la première fois qu'un serpent se glisse dans l'une des chambres, répondit-il avec insouciance.

Les lèvres de Trisha tremblèrent à nouveau.

— Dusty, j'ai tellement peur.

— On va résoudre le problème.

Il réfléchissait à toute allure pour trouver une solution, même temporaire.

— Je ne veux pas que vous restiez dans ce motel.

Il se tourna sur son siège, rattacha sa ceinture et démarra.

— On va préparer vos bagages dès ce soir et vous faire sortir de là, toi et Cooper.

Il ne voulait pas qu'elle passe une autre nuit dans un endroit où n'importe quel criminel en puissance pouvait avoir pris une chambre. Il ne voulait pas qu'elle reste dans un endroit où elle risquait de recevoir d'autres cadeaux.

Il refusait qu'elle passe une minute de plus avec cette peur qui brillait au fond de ses yeux. Elle devait se sentir à l'abri.

— Mais qu'est-ce qu'on va faire ? demanda-t-elle.

— Tu peux rester au ranch avec Cassie.

Cassie n'hésiterait pas à accueillir une jeune mère et son fils ayant besoin d'aide, il en était sûr.

— Tu y seras en sécurité. Je pourrai veiller sur Cooper et toi, et tous les autres cow-boys du ranch pourront m'aider.

— Tu en es sûr ? J'ai déjà servi Cassie à la cafétéria, mais on ne se connaît pas bien.

Un espoir prudent s'ajoutait à la peur qui était audible dans sa voix.

— Je suis certain que ça va bien se passer, affirma-t-il. On va vous installer là-bas ce soir, puis on parlera à Dillon demain. Attends un peu avant de prendre le large, Trisha. Laisse-nous d'abord trouver des réponses qui pourraient vous donner une chance, à toi et à Cooper. Une chance à toi et à moi.

— C'est ce que je veux, Dusty, mais si j'ai l'impression que le danger est tout près, si on découvre qu'il s'agit de Frank, alors je n'aurai pas d'autre choix que de quitter Bitterroot et de trouver un refuge plus sûr.

Une fois de retour au motel, Dusty resta dans le pick-up

pendant que Trisha entrait et que Juanita sortait. Lorsque la baby-sitter s'arrêta à côté du véhicule, il baissa sa vitre.

— Je ne sais pas exactement ce qui se passe, mais elle m'a dit qu'elle m'appellerait quand les choses se seraient calmées. J'espère que tu veux ce qu'il y a de mieux pour eux, Dusty Crawford.

— C'est le cas.

Le regard sombre de Juanita soutint le sien pendant un long moment, puis elle hocha brusquement la tête et se hâta vers sa voiture. Dusty attrapa son téléphone portable et composa le numéro de sa patronne.

Comme il l'avait pensé, Cassie accepta immédiatement qu'il amène Trisha et Cooper au ranch. La jeune femme ne savait peut-être pas encore où elle voulait passer sa vie, mais, au cours des derniers mois, elle avait montré qu'elle avait autant de cœur que sa tante Cass.

Il mit fin à la communication et resta dans le pick-up, prenant quelques minutes pour repenser à tout ce qu'il avait appris au cours des vingt dernières minutes. Cela faisait beaucoup de choses à intégrer.

Il était choqué par l'histoire que Trisha lui avait racontée. Même s'il avait rejeté l'idée que quelqu'un ait mis ce serpent dans sa chambre, il n'était plus sûr de ce qu'il devait croire maintenant.

Se pouvait-il que ce Frank l'ait retrouvée ? Et s'il était en ville, les avait-il vus ensemble ? Avait-il mis ce serpent dans son lit dans l'espoir de le tuer ? Cela semblait tellement ridicule.

Et pourtant Trisha était persuadée que cet homme avait assassiné sa mère et sa meilleure amie, tout ça parce qu'il voulait être la seule personne dans sa vie. Elle pensait qu'il était possible que Frank l'ait retrouvée et qu'il risque de s'en prendre à Dusty… ou, plus effrayant encore, qu'il puisse vouloir du mal à Cooper.

Avec un peu de chance, Dillon serait en mesure de trouver des indices permettant la localisation de Frank. Et peut-être découvrirait-il si ce type était en prison, mort, ou quelque part loin de cette petite ville d'Oklahoma.

Dusty n'était pas prêt à conclure automatiquement que Frank était en ville. Selon lui, les cadeaux avaient été faits par un habitant de la ville qui était amoureux d'elle. Il n'y avait probablement pas de danger. Mais il ne pouvait pas en être sûr.

Il pianota sur son volant, les yeux fixés sur la porte du motel. Il espérait surtout qu'il n'avait pas convaincu Trisha de rester s'il y avait un danger réel pour elle et son fils.

Lorsqu'elle réveilla Cooper pour commencer à faire les bagages, Trisha lui présenta la situation comme une aventure.

— Est-ce qu'on va vivre avec Dusty ? questionna l'enfant en mettant ses jouets dans une des valises.

— Pas avec lui, mais dans le ranch où il travaille, répondit-elle.

Ce nouveau plan était-il une bonne idée ? se demanda-t-elle avec angoisse.

Après tout ce temps, Franck avait-il fini par la retrouver ? S'il était en ville, était-il prêt à tuer Dusty pour le faire sortir de sa vie ? Ou allait-il essayer de faire du mal à Cooper pour se venger parce qu'elle l'avait quitté ? Il avait toujours voulu qu'elle soit à lui seul. Une fois qu'elle avait pris ses distances, elle s'était rendu compte que le besoin qu'il avait d'elle était obsessionnel jusqu'à la folie.

Elle devait garder son sang-froid. Elle ne pouvait pas laisser Cooper voir la terreur affreuse qui brûlait toujours en elle. Elle ne voulait pas qu'une seule partie de cette peur, de cette folie, le touche de quelque façon que ce soit.

Plier et ranger les vêtements ne fit rien pour soulager la sensation qu'un destin funeste la menaçait.

Elle releva les yeux lorsque Dusty entra dans la pièce. Sa présence la calma légèrement.

— Je ne sais pas comment on a fait pour amasser autant de choses, déclara-t-elle en essayant d'adopter un ton enjoué.

— Ça en fait des trucs, en effet, remarqua Dusty.

— Maman a dit que c'était une « venture ».

— Une « aventure », corrigea Trisha.

— C'est bien ça, répondit Dusty en aidant Cooper à ranger le reste de ses affaires.

Il fallut une heure pour tout préparer et charger. Pendant ce temps, le petit garçon ne cessa de bavarder avec enthousiasme, ce qui permit à Trisha de mettre sa panique de côté.

Ils prirent enfin la direction du ranch Holiday. Trisha n'avait jamais eu peur du noir, mais cette nuit-là, l'obscurité lui semblait menaçante. Elle n'avait fait que sept ou huit kilomètres lorsque Cooper s'endormit, l'abandonnant à ses mornes pensées.

Elle n'avait jamais voulu parler de son passé. Embarrassée et honteuse de sa propre incapacité à voir le danger, elle s'était aussi sentie responsable de la mort de Courtney et de celle de sa mère.

Si seulement elle avait écouté leurs inquiétudes, elle aurait peut-être trouvé la force de quitter Frank quand elle avait vu les premiers signes alarmants. Il était tellement possessif, tellement concentré sur elle et sur rien d'autre. Cette attitude était malsaine, et elle ne s'en était rendu compte que bien trop tard.

Longtemps, elle avait eu peur de laisser qui que ce soit se rapprocher d'elle. L'idée de perdre quelqu'un d'autre à cause de Frank était trop effrayante. Elle avait fini par baisser la garde avec Dusty.

Il s'était montré compréhensif, mais pourquoi un homme accepterait-il ce genre de drames ? Elle ne serait pas étonnée qu'au matin il se ravise et décide qu'elle n'était pas la femme qu'il voulait dans sa vie. Cette pensée l'emplissait d'un nouveau désespoir.

Elle était vaguement consciente du côté irrationnel de ses pensées. Elle voulait s'enfuir. Elle voulait rester. Elle refusait de mettre Dusty en danger, pourtant elle avait peur qu'il s'éloigne d'elle.

Lorsqu'ils atteignirent le ranch, un autre genre de chagrin la transperça. Si elle devait partir ou que Dusty décidait qu'il ne voulait pas être avec elle, elle ne saurait jamais ce qui aurait pu se passer avec lui. Elle se gara au bout du long chemin et Dusty s'arrêta près d'elle.

Alors qu'elle sortait de la voiture, la lumière du perron s'alluma, et Cassie apparut à la porte de la maison.

— On déchargera le plus gros demain, déclara Dusty. Je vais seulement prendre la grosse valise bleue et le sac à dos. Occupe-toi de Cooper.

Elle avait mis dans la valise bleue assez de vêtements pour plusieurs jours. Le sac à dos contenait ses affaires de toilette et sa chemise de nuit.

Dusty prit les sacs sur la banquette arrière, pendant qu'elle prenait son fils endormi dans ses bras.

Etait-ce la bonne décision ? Faisait-elle une erreur en restant ici ? Elle pouvait remonter dans sa voiture et s'en aller. Elle pouvait reprendre la fuite et trouver une autre petite ville au milieu de nulle part pour se cacher.

Au moment où elle allait se laisser dominer par la panique, Cassie s'approcha avec un sourire chaleureux et accueillant. Elle posa la main sur son épaule.

— Tout va bien se passer, Trisha. Vous êtes en sécurité, ici. Venez, entrez pour mettre ce petit bonhomme au lit.

La panique reflua lentement tandis que Trisha suivait la jolie blonde dans la maison à un étage. Dusty leur emboîta le pas avec les bagages.

Ils entrèrent dans une grande cuisine campagnarde, puis ils suivirent Cassie jusqu'à une grande pièce et elle leur montra un escalier.

— A droite en haut des marches, il y a la chambre idéale pour Cooper. Il y a deux lits simples. De l'autre côté du couloir, il y a une chambre avec un grand lit. Vous pouvez profiter des deux aussi longtemps que vous resterez ici.

— Cassie, je ne sais pas comment vous remercier…

— Stop, fit Cassie en levant la main. Pas besoin de me remercier. Allez plutôt mettre ce bout de chou au lit.

Trisha hocha la tête et monta l'escalier, suivie de Dusty. Cooper ne bougea pas tandis qu'elle le posait sur l'un des deux lits jumeaux. Elle le recouvrit d'un drap frais, puis retourna dans le couloir où Dusty l'attendait.

— Tu veux que je mette les bagages là ? demanda-t-il en désignant la chambre de l'autre côté du couloir.

— Non. Je vais dormir ici avec Cooper.

Elle récupéra le sac à dos et le posa dans la chambre. Dusty posa à son tour la grosse valise.

Ensemble, ils redescendirent l'escalier, pour rejoindre Cassie, assise sur le canapé en cuir.

— Il est un peu tard pour une conversation entre filles ce soir, déclara-t-elle avant de se lever. Je veux seulement vous dire de faire comme chez vous. On bavardera demain matin.

Elle se tourna vers Dusty et lui sourit.

— Tu veilleras à tout verrouiller quand tu sortiras ?

— Absolument, répondit-il.

— Alors, je vous souhaite une bonne nuit.

Ils gardèrent le silence le temps que Cassie disparaisse à l'étage, puis Dusty ouvrit ses bras à Trisha. Elle s'empressa de se coller à lui. Elle blottit la tête dans le creux de son cou et poussa un soupir.

C'était la première fois depuis des heures qu'elle avait l'impression d'être en sécurité. Avec ses bras musclés autour d'elle, elle se sentait complètement protégée.

— J'ai l'impression que ça fait des siècles qu'on mangeait des enchiladas à la cafétéria en parlant et en riant, dit-elle.

Il leva la main pour lui caresser doucement les cheveux.

— Le plus important, c'est que tu sois en sécurité maintenant. Tu n'as pas à t'inquiéter d'être toute seule avec Cooper dans la chambre du motel.

— Heureusement. Je ne voulais pas y rester une seconde de plus.

— Demain, j'appellerai Dillon. On verra ce qu'il dénichera. J'ai mis la boîte de bonbons et le message dans le pick-up. Il arrivera peut-être à trouver des empreintes qui nous permettront de savoir qui les a laissés pour toi.

Elle s'écarta de lui à regret.

— Dusty, je comprendrais si tu ne veux pas avoir à te confronter à tout ça… avec moi.

La surprise s'afficha sur le visage de Dusty.

— Trisha, je ne veux pas m'en aller. Je veux t'aider à tout résoudre. Je veux que tu ailles de l'avant avec moi.

Elle scruta son visage, mais ne vit que de l'honnêteté et de la tendresse dans ses yeux.

— C'est ce que je veux, Dusty. C'est la seule chose qui me retient ici.

— On a besoin de dormir un peu, tous les deux.

Il posa le bras sur son épaule et l'entraîna vers la porte

de service. Un espoir fragile monta en elle tandis qu'il l'embrassait doucement.

— Je te vois demain matin.

Sur cette promesse, il tourna le verrou, puis sortit et referma la porte derrière lui. Quelques instants plus tard, les phares de son pick-up s'allumèrent, et Trisha le suivit des yeux jusqu'à ce qu'il disparaisse.

La porte de service avait aussi un verrou intérieur. Elle le tourna, puis sortit de la cuisine. Lorsqu'elle arriva en haut de l'escalier, elle remarqua une porte fermée au bout du couloir. C'était sûrement la chambre où dormait la propriétaire des lieux.

Elle était très reconnaissante envers Cassie, qui avait fait preuve de beaucoup de générosité en leur ouvrant sa maison sans poser de questions.

Trisha entra dans la chambre et alluma la petite lampe sur la table entre les deux lits. La faible lueur ne réveilla pas Cooper, qui dormait toujours profondément. Le plus silencieusement possible, elle ouvrit le sac à dos et en sortit sa chemise de nuit et sa trousse de toilette.

La salle de bains se trouvait à côté de la chambre. Trisha s'y rendit pour se changer, se laver le visage et se brosser les dents. Les hauts merveilleux et les bas dramatiques de la soirée l'avaient laissée complètement épuisée.

Tout ce qu'elle souhaitait, c'était une nuit de sommeil sans rêves. Elle ne voulait pas penser à Frank ou à son passé douloureux. Elle ne voulait pas réfléchir aux mystérieux messages et aux cadeaux qu'on lui avait laissés.

Pourvu que Dillon trouve des réponses qui puissent tout expliquer. Pourvu que Frank soit vraiment en prison… ou mort.

Elle retourna dans la chambre et éteignit la lampe. Mais au lieu de se coucher dans le lit jumeau voisin de celui de son fils, elle marcha jusqu'à la fenêtre. Elle écarta les rideaux bleu marine et scruta l'obscurité.

Son cœur se remit à battre trop vite, et elle posa la main sur sa poitrine comme pour le ralentir. Etait-il ici ? Frank se trouvait-il quelque part, là dans le noir… à la regarder ? A attendre l'occasion idéale pour agir ?

Et que ferait-il ? Essaierait-il d'atteindre Cooper ? de tuer Dusty ? Tenterait-il de la kidnapper et de l'emmener ? Elle ne pouvait pas savoir ce qu'il allait faire après tout ce temps. Elle savait seulement que cela serait néfaste pour tout le monde.

Elle prit plusieurs inspirations pour essayer de se calmer. Avait-elle tort de faire confiance à Dusty ? Etait-elle à nouveau en train de se fier à son cœur au lieu de réfléchir avec sa tête ? Elle ne voulait pas commettre une autre erreur. Ses sentiments pour Dusty la rendaient-ils imprudente ?

Sur ces pensées troublantes, elle se détourna de la fenêtre et se coucha dans le lit. Elle remonta le drap sur son menton et attendit que le sommeil vienne.

Assis dans sa voiture dans la ruelle derrière l'épicerie, il prit plusieurs inspirations profondes pour essayer de reprendre le contrôle de ses émotions.

Il s'était toujours félicité pour son extraordinaire capacité de contrôle, mais, ce soir, il l'avait vraiment perdu. *Elle* l'avait fait sortir de ses gonds. Il crispa les mains sur le volant et fixa l'obscurité au-delà de sa vitre.

Pourquoi ne comprenait-elle pas qu'elle lui appartenait, qu'elle serait toujours à lui ? Elle n'aurait jamais de vie avec un autre homme, surtout pas avec ce cow-boy stupide nommé Dusty.

Son sang se remit à bouillonner dans ses veines à la

pensée de l'homme blond qui s'était envolé dans la nuit avec *sa* femme. Des gouttes de sueur commencèrent à couler sur son visage.

Du calme. Il devait se calmer. Il inspira par le nez et expira doucement par la bouche. Il devait maîtriser ses émotions afin de planifier sa prochaine action.

Il se contrefichait du gamin. Cooper. C'était un nom stupide pour un gosse stupide qui détenait une partie de son cœur. Elle ne tarderait pas à l'oublier.

Il voulait seulement Trisha. Il avait l'impression de l'avoir voulue toute sa vie. Il abaissa sa vitre, dans l'espoir que l'air nocturne fasse baisser la fièvre en lui. Au lieu de cela, l'air remplit la voiture de l'odeur nauséabonde des ordures dans une benne à proximité.

Il remonta sa vitre et démarra. Au moins, il savait où elle se trouvait en ce moment. Elle était au ranch Holiday. Il avait raté l'occasion de l'enlever ce soir, mais il devait seulement se montrer patient, prendre son temps, et il finirait par l'avoir rien qu'à lui, comme cela aurait toujours dû être.

8

— Maman, j'ai dormi dans un lit à moi !

Deux petites mains chaudes se posèrent sur les joues de Trisha. Elle ouvrit les yeux pour voir le visage de Cooper éclairé par la lumière d'une belle journée qui commençait.

— Oui, c'est vrai, répondit-elle en se redressant.

Son sommeil n'avait pas été interrompu par des cauchemars, et elle se sentait reposée et prête à affronter ce que ce jour nouveau allait apporter. Elle devait être forte. Non seulement pour elle, mais aussi pour son fils.

— J'ai faim. Est-ce qu'on mange dans la nouvelle maison ? demanda Cooper.

Trisha lui sourit.

— Oui, mon poussin, on mange ici, mais d'abord, on fait notre toilette et on s'habille.

Une demi-heure plus tard, ils entrèrent dans la cuisine, où une bonne odeur de café flottait dans l'air. Cassie était assise à la table en bois. Elle sourit en les voyant.

— Vous voilà. Je me demandais si j'allais devoir manger ces pancakes aux pépites de chocolat toute seule.

— J'aime les pancakes aux pépites de chocolat ! s'exclama Cooper. Je les adore.

— C'est ce que je me suis dit. Je m'appelle Cassie et je sais que tu t'appelles Cooper.

— Cooper Cahill, répliqua-t-il avec fierté. Et j'ai trois ans et demi.

— Eh bien, assieds-toi, Cooper Cahill.

— Je peux faire quelque chose ? demanda Trisha.

— Servez-vous du café, et j'apporte les pancakes tout de suite.

Quelques minutes plus tard, ils étaient assis tous les trois devant leur petit déjeuner. Au cours du repas, Cassie répondit aux millions de questions de Cooper à propos du ranch et de Dusty.

— J'aime beaucoup Dusty, affirma-t-il.

Trisha se pencha pour enlever avec sa serviette la traînée de sirop qui décorait son menton.

— Moi aussi, je l'aime beaucoup, dit Cassie. J'aime bien tous les cow-boys qui travaillent ici.

— Mac et Tony ont chanté des chansons avec moi et maman. Tu sais comment chanter *Bingo* ?

— Mon poussin, on ne chante pas à table, déclara Trisha avant que Cooper ne puisse montrer l'étendue de son savoir musical.

— Peut-être qu'on pourra chanter ensemble plus tard, toi et moi, fit Cassie, s'attirant un sourire approbateur du petit garçon.

— Dusty a apporté une autre valise tout à l'heure, déclara Cassie lorsque Cooper eut vidé son assiette.

— Il a dit qu'elle était remplie des jouets de Cooper. Je pense qu'il y a aussi un cadeau que tu peux ouvrir si ta maman est d'accord. Tout est dans le salon, prêt à être déballé.

— Un cadeau ? Mais c'est pas mon anniversaire, lança Cooper.

Il regarda Trisha avec enthousiasme.

— Va l'ouvrir, lui dit-elle. Tu peux jouer avec tes jouets

et ton cadeau, mais ne touche pas à ce qui n'est pas à toi, ajouta-t-elle.

— D'accord, acquiesça-t-il en descendant de sa chaise.

— Qu'est-ce qu'il est mignon, déclara Cassie une fois l'enfant sorti de la pièce.

— Merci.

Trisha referma les doigts sur sa tasse.

— Dusty a aussi apporté les enchiladas qui restaient. Il m'a dit de les mettre dans le frigo.

Trisha hocha la tête.

— Je ne sais pas ce que Dusty vous a expliqué…

— Il m'en a dit assez pour savoir que vous et Cooper êtes exactement là où vous avez besoin d'être pour aussi longtemps que nécessaire.

— J'espère qu'il n'est question que de deux ou trois jours. Je suis prête à vous payer quelque chose en guise de loyer, déclara Trisha.

— Ne dites pas de bêtises. A vrai dire, je vais être ravie de vous avoir tous les deux ici. Je me sens un peu seule dans cette maison. On va tous s'entendre à merveille, Trisha.

Ses mots, ainsi que la chaleur de son sourire, assurèrent Trisha de son accueil. Elles venaient de finir la vaisselle lorsque Dusty apparut à la porte de service.

— Bonjour, lança-t-il en entrant dans la cuisine.

Comme toujours, il était très sexy dans son jean délavé et son T-shirt bleu marine.

— Dusty !

Cooper revint dans la pièce en courant et se précipita dans les bras de Dusty.

— Tu m'as offert des puzzles, et c'est même pas mon anniversaire !

Dusty se mit à rire et reposa l'enfant par terre.

— C'est pour toi et pour ta mère.

— Qu'est-ce qu'on dit à Dusty, Cooper ? demanda Trisha.

— Merci, merci et merci ! Je dois y aller, les méchants cow-boys sont en ville.

Ils éclatèrent tous de rire, tandis qu'il disparaissait dans la pièce principale.

L'amusement dans les yeux de Dusty se dissipa comme il regardait Trisha.

— Je voulais seulement te dire que j'ai déjà parlé à Dillon ce matin. Il sera là vers 11 heures pour discuter de ton… euh, problème. Si ça ne t'embête pas, j'aimerais être avec toi quand il arrivera.

— Volontiers, répondit-elle.

— Et je serai ravie de m'occuper de Cooper pendant que vous parlez à Dillon, fit Cassie.

Trisha la regarda avec reconnaissance.

— Merci. Ce n'est pas quelque chose dont je veux discuter devant lui. Il est trop petit.

— Alors, je vais partir et je reviendrai vers 11 heures, lança Dusty.

— C'est un chic type, déclara Cassie dès qu'il fut sorti.

— Je le découvre à chaque minute que je passe avec lui, répondit Trisha. Je regrette vraiment qu'il se soit retrouvé mêlé à mes problèmes.

Cassie sourit.

— Trisha, s'il ne voulait pas être mêlé à tout ça, il ne s'en serait pas occupé. S'il y a une chose que j'ai apprise au cours de la période relativement brève que j'ai passée sur le ranch, c'est que les hommes qui bossent ici ne sont pas seulement d'excellents travailleurs, mais qu'ils sont aussi entêtés et savent ce qu'ils veulent. Vous pourriez tomber plus mal que Dusty.

— Ça m'est déjà arrivé, répondit Trisha sombrement.

Une pointe de peur se faufila en elle lorsqu'elle pensa à ce que Dillon avait pu découvrir sur Frank.

— Je crois avoir vu une barrière de protection dans l'une des remises, déclara Cassie en faisant la vaisselle. Même si je ne sais pas pourquoi tante Cass en avait une... Je demanderai à Adam de la retrouver et de l'apporter ici. Je me sentirais mieux si on la mettait en haut de l'escalier.

Une vague de gratitude submergea Trisha. Elle s'était déjà un peu inquiétée à propos des marches. Si Cooper se levait au milieu de la nuit, il risquait d'être désorienté et de quitter la chambre sans la réveiller.

— Je vous remercie. S'il ne la retrouve pas, j'en prendrai une en ville. En parlant de ça, j'ai besoin d'appeler Daisy pour lui dire que je ne viendrai pas travailler pendant au moins deux jours.

— Allez téléphoner, je vais terminer ici, répliqua Cassie.

Daisy ne posa pas de questions. Elle se contenta de dire à Trisha de prendre autant de temps que nécessaire et de la prévenir quand elle serait prête à retourner au travail.

Trisha ne savait pas quand elle serait prête à retourner au travail, ni si elle le serait un jour. Son avenir était en stand-by ici, à Bitterroot. Même si elle s'était attachée à Dusty, sa peur de Frank prédominait.

Il était le monstre dans le placard et le croque-mitaine sous le lit. Elle savait de quoi il était capable, et elle ne voulait pas que Cooper ou Dusty en viennent à souffrir, parce qu'ils étaient importants dans sa vie. Elle s'enfuirait avant que cela n'arrive.

La matinée s'écoula tandis qu'elle attendait de rencontrer le chef de la police. Elle ne connaissait pas bien Dillon Bowie, mais il avait toujours été gentil avec elle quand il mangeait à la cafétéria.

Adam arriva avec la barrière pour enfant et l'installa en haut des marches, puis il retourna dehors.

— Hé, Cooper, ça te dirait d'apprendre à peindre un tableau ? demanda Cassie une fois Adam parti.

— Je peux peindre un cow-boy ?

— Tu peux peindre ce que tu veux, répondit-elle avec un regard rapide vers Trisha. J'ai toutes mes peintures et mes toiles dans ma chambre.

Cooper regarda Trisha pour avoir sa permission.

— Va t'amuser, dit celle-ci avant d'adresser un regard reconnaissant à Cassie. Quand tu auras fini ton tableau, on l'encadrera et on l'accrochera dans notre nouvelle maison.

— Youpi, s'exclama Cooper.

Cassie le prit par la main et l'emmena vers l'escalier au moment où Dusty entrait par la porte de service.

— Comment vas-tu ? Tu es prête ? demanda-t-il, une expression inquiète sur le visage.

— Je pense que je ne peux pas être plus prête.

Elle lui fit signe de s'asseoir à la table et s'installa en face de lui.

— Je n'arrive pas à croire à quel point Cassie est gentille avec nous.

— Il y a beaucoup de gens bien à Bitterroot, et elle en fait partie, répondit-il.

— C'est ce que j'aime ici. Il y a des personnes formidables. J'espérais faire de cette ville notre foyer.

En aurait-elle l'occasion ? Ou allait-elle fuir et repartir de zéro une fois de plus ? Combien de fois elle et son fils allaient-ils devoir tout abandonner pour échapper à Frank ? Elle était découragée rien que d'y penser.

— Ça peut toujours se produire, Trisha. Même si c'est Frank, il est peut-être temps de lui résister et de te battre pour ce que tu veux vraiment.

Elle sentit une vague de froid la submerger.

— Comment peux-tu résister face à un monstre ?

Elle secoua la tête et se recroquevilla sur son siège.

— Tu te tiens debout à côté des gens qui tiennent à toi, répondit Dusty. Tu n'es pas toute seule cette fois, Trisha. Tu as des gens à tes côtés… tu m'as, moi.

Un coup frappé à la porte l'empêcha de répondre. Dusty alla ouvrir et revint avec le chef de la police, Dillon Bowie.

Dillon avait les traits tirés et une forte tension se lisait dans ses yeux gris.

— Trisha, dit-il en guise de salut.

Il s'assit en face d'elle, pendant que Dusty prenait la chaise à côté d'elle.

— Bonjour, Dillon. Je suis désolée d'ajouter à tes soucis en t'appelant ici, répondit-elle.

— La matinée avait déjà mal commencé, et j'aurais dû venir vous parler de toute façon.

— Pourquoi ? s'enquit Dusty en plissant les yeux. Que s'est-il passé ce matin ?

— Fred Ferguson m'a appelé pour me demander de venir au motel. Il a dit qu'il y avait eu des actes de vandalisme au cours de la nuit.

Trisha échangea un coup d'œil alarmé avec Dusty.

— De vandalisme ?

Dillon hocha la tête, puis sortit un carnet et un crayon de sa poche. Il se tourna vers Trisha et l'observa d'un air dubitatif.

— Je présume que toi et Dusty n'avez pas saccagé la chambre avant de quitter le motel hier soir.

— Bien sûr que non, répondit Trisha, sentant un frisson nerveux la parcourir.

— Alors, quelqu'un d'autre s'en est chargé. La fenêtre de façade était brisée et le lit était en lambeaux. Le micro-ondes était fracassé par terre, ainsi que tout ce qui n'était pas accroché. Comme si on avait piqué une grosse crise de rage dans cette pièce.

Trisha le dévisagea avec horreur. Quelqu'un était entré par effraction dans sa chambre ? Aussi vite après leur départ ? Si Dusty et elle avaient mis quinze minutes de plus pour finir les valises, se seraient-ils retrouvés face à une personne en proie à une rage meurtrière ? Et que se serait-il passé si Dusty n'avait pas trouvé de solution ? Et qu'elle ait été toute seule dans cette pièce avec Cooper ?

Frank avait-il décidé de passer à l'acte ? Avait-il cru que Trisha et Cooper étaient dans la chambre ? Ou s'agissait-il de quelqu'un d'autre… de quelqu'un qu'elle n'avait pas vu arriver parce qu'elle ignorait qui c'était ?

Dusty écouta attentivement pendant que Trisha disait à Dillon ce qu'elle avait partagé avec lui à propos du père de Cooper. Une fois de plus, la panique troublait son regard, amplifiée encore par la nouvelle liée à la chambre du motel.

Se pouvait-il que quelqu'un les ait observés la veille pendant qu'ils faisaient les bagages ? Ou cette personne était-elle venue dans la chambre pour se présenter, avant de piquer une crise en constatant que Trisha était partie ?

Quel que soit le scénario, Dusty le redoutait. C'était très différent d'une simple histoire d'admirateur secret.

— Avez-vous transmis à la police vos soupçons concernant Frank, à l'époque ? demanda Dillon.

— J'ai appelé le lieutenant responsable du dossier de meurtre de ma mère en partant de Chicago. Il m'a dit qu'ils enquêtaient sur le crime, mais je n'ai jamais eu de nouvelles, répondit Trisha.

— Comment s'appelait ce lieutenant ?

Elle fronça les sourcils.

— Eric Kincaid.

Dillon écrivit le nom, puis s'appuya contre le dossier de sa chaise.

— Dusty a mentionné que des choses avaient été laissées dans votre chambre de motel à deux occasions. Racontez-moi.

D'une voix tremblante, elle lui parla des fleurs, des bonbons et des deux messages.

— La boîte de bonbons et le message qui ont été déposés hier soir sont dans mon pick-up, dit Dusty quand elle eut fini.

— J'irai les récupérer au moment de partir, dit Dillon.

Il reporta son attention sur Trisha.

— Avez-vous une idée de qui en ville pourrait laisser ces choses pour vous ?

— Aucune.

Elle posa les mains sur la table et entrelaça ses doigts.

— Une jolie femme comme vous attire sûrement beaucoup l'attention des hommes, reprit Dillon. Y en a-t-il un qui a été particulièrement amical ces derniers temps ? Peut-être quelqu'un qui vous a invitée à dîner et que vous avez rejeté ?

— Il y en a eu quelques-uns par le passé, répondit-elle. Mais personne qui me semble capable d'un tel acte. J'ai des clients réguliers qui s'assoient toujours dans ma section quand je travaille. Ils sont tous sympathiques avec moi.

— Donnez-moi des noms, dit Dillon.

Trisha fronça à nouveau les sourcils.

— Je ne veux pas causer de problèmes à un innocent.

— Trisha.

Dusty tendit le bras pour lui couvrir la main d'une des siennes.

— Si on veut avancer, tu dois dire à Dillon ce qu'il a besoin de savoir pour commencer une enquête.

— Et puis je n'ai pas l'intention de sortir d'ici et d'aller arrêter tous ceux dont vous me parlez, ironisa Dillon. Dans tous les cas, ce n'est pas un délit de laisser des cadeaux de façon anonyme. Mais ce qui s'est passé dans cette chambre de motel hier soir est un crime, et je veux trouver celui qui en responsable.

Trisha fronça davantage les sourcils.

— Steve Kaufman est un de mes clients réguliers. Il se contente de s'asseoir et de lire, la plupart du temps, mais j'ai la sensation qu'il s'intéresse à moi.

Dusty ôta sa main de la sienne et se balança sur sa chaise tandis qu'elle continuait à donner des noms. Il était surpris d'apprendre l'identité de tous ceux qui l'avaient invitée à sortir avec eux par le passé et curieux de savoir si l'un d'entre eux était son admirateur secret.

Il était regrettable que personne au motel n'ait été témoin de qui avait semé le chaos dans la chambre 4. Malheureusement, d'après Dillon, les autres chambres étaient vides la veille.

— Tu devrais peut-être vérifier Zeke Osmond, lança Dusty lorsqu'elle en eut fini avec sa liste de noms.

Il raconta à Dillon sa brève conversation avec Zeke à la cafétéria, le lendemain de son rendez-vous avec Trisha au Watering Hole.

Dillon soupira.

— Pourquoi est-ce que chaque fois qu'il y a des problèmes, le nom de Zeke apparaît-il ?

Il secoua la tête et reposa les yeux sur Trisha.

— Avez-vous quelqu'un d'autre en tête ?

— Quelques-uns des hommes du ranch Humes viennent souvent dans ma section quand je travaille, mais Zeke est le seul qui m'ait jamais invité à sortir avec lui. Aucun des autres ne l'a jamais fait, même s'ils sont parfois suggestifs, à la limite du salace, indiqua-t-elle.

— Zeke t'a invitée ? demanda Dusty, surpris par cette nouvelle. Quand ça ?

— Il y a environ six mois.

Trisha fronça les sourcils.

— C'était inattendu, et je lui ai répondu que je ne voulais sortir avec personne.

Elle reporta son attention sur Dillon.

— Combien de temps vous faudra-t-il pour avoir des informations concernant Frank ?

Dillon haussa les épaules, avant de ranger son carnet et son stylo dans la poche de sa chemise.

— Je vais passer quelques coups de fil pour essayer de retrouver le lieutenant Kincaid. Je vous préviendrai dès que j'en saurai plus.

Il se leva en regardant Dusty.

— Viens avec moi. Je vais récupérer les objets que tu as dans ton pick-up.

— Je reviens tout de suite, lança Dusty à Trisha.

Les deux hommes se dirigèrent vers la remise où se trouvait le véhicule de Dusty.

— Alors, qu'est-ce que tu en penses ? demanda Dusty.

— Franchement, je ne sais pas. Elle a l'air convaincue que ce Frank est en ville et qu'il présente une menace réelle pour elle et son fils. S'il est vraiment le monstre qu'elle décrit, j'ai du mal à croire qu'il lui laisserait des cadeaux l'avertissant de sa présence ici.

— J'ai autant de mal à croire qu'il y a quelqu'un en ville capable de détruire une chambre avec une telle hargne, remarqua Dusty sombrement.

Ils marchèrent quelques minutes en silence. Lorsqu'ils passèrent devant la tente bleue, Dusty demanda :

— Ça va être enlevé quand, ça ?

— Je comptais faire venir deux hommes cet après-midi pour s'en occuper. Je suis sûr que Cassie sera contente de la voir disparaître du domaine.

— Comme nous tous, répliqua Dusty. Il y a du nouveau dans l'enquête ?

— Rien. J'attends toujours que le labo me donne des infos sur le crâne que tu as repêché.

— Tu sais qu'il va correspondre au squelette incomplet, n'est-ce pas ?

Dillon poussa un profond soupir.

— Oui, je sais. Entre-temps, j'espère pouvoir donner à Trisha des nouvelles le plus tôt possible. J'aimerais bien régler son problème pour pouvoir me consacrer pleinement à l'affaire des squelettes.

— Pour l'instant, tout ce qui m'importe, c'est Trisha et Cooper, affirma Dusty.

Lorsqu'ils atteignirent la remise, Dusty précéda Dillon jusqu'à son pick-up et ouvrit la portière côté passager. Il fixa le siège où il avait posé la boîte de bonbons et le message.

Ils avaient disparu.

Il se tourna vers Dillon.

— Je les avais mis là, hier soir.

Il se pencha pour vérifier le plancher. Rien.

— Ils n'y sont plus. Quelqu'un a dû venir les prendre.

— Bon Dieu ! s'exclama le policier.

Dusty ressentait la même chose. Qui était entré dans la remise ? Etait-il possible que l'admirateur secret de Trisha soit l'un des hommes qui travaillaient sur le ranch, quelqu'un que Dusty considérait comme un frère ?

Dusty ne parla pas à Trisha des objets manquants quand

il retourna dans la maison. Cooper et Cassie étaient redescendus, et Cooper l'accueillit avec enthousiasme.

— J'ai peint un tableau, déclara-t-il fièrement.

— C'est vrai ? Un tableau de quoi ? demanda Dusty.

— C'est toi sur un cheval. Cassie m'a aidé.

Jamais Dusty n'aurait imaginé le plaisir qu'il ressentit à l'idée qu'un enfant de trois ans fasse un tableau de lui.

— C'est génial, Cooper. Quand est-ce que je vais voir cette œuvre d'art ?

— Elle est en train de sécher, répondit Cassie. On s'est dit qu'on ferait une petite expo après le dîner.

— Une expo et de la glace, pas vrai, Cassie ? demanda Cooper.

Elle lui sourit avec une affection visible.

— Je te l'ai promis.

Elle regarda Dusty.

— Tu peux peut-être revenir ici vers 19 heures ?

— Bien sûr, acquiesça Dusty. Et à présent, je ferais mieux d'aller travailler.

Il se tourna vers Trisha.

— Tu m'accompagnes ?

— Cooper, tu veux bien qu'on cherche ce qu'on va manger pour le déjeuner pendant que ta maman va dehors avec Dusty ? demanda Cassie.

Alors que Dusty et Trisha sortaient par la porte de service, Cassie et Cooper ouvrirent la porte du réfrigérateur et discutèrent des mérites du fromage gratiné.

Dès qu'ils furent seuls à l'arrière, Dusty dut refréner l'envie d'attirer Trisha dans ses bras. Elle était pâle et ses yeux s'étaient assombris à la suite de sa conversation avec Dillon.

— Je sais que tout ça a été très stressant pour toi, dit-il.

— Stressant bien sûr, mais je suis soulagée d'avoir

tout raconté à Dillon. Frank a été un secret pendant trop longtemps.

— Dillon est un type bien, Trisha. Il est intelligent. Là, tout ce qu'on peut faire, c'est lui faire confiance.

— Ça fait longtemps que ça ne m'est pas arrivé.

— J'espère que tu sais que tu peux me faire confiance, à moi aussi, répliqua Dusty.

Elle le contempla un long moment, et son regard s'éclaircit.

— Oui, j'ai confiance en toi.

Il lui sourit avec un optimisme forcé.

— On va s'en sortir, Trisha.

— J'ai vraiment envie de te croire. Et maintenant, je ferais mieux de rentrer avant que Cooper ne convainque Cassie d'avoir du gâteau et des cookies pour le déjeuner.

Dusty se détendit un peu.

— Je suppose que je te verrai ce soir pour de la glace et une expo.

— Je ne manquerais ça pour rien au monde.

Il attendit qu'elle ait pénétré dans la maison avant de retourner vers les étables où il avait pour tâche aujourd'hui de nettoyer et de graisser la sellerie.

Tandis qu'il marchait, ses pensées se tournèrent vers la boîte de bonbons et le message disparus. La valise de jouets de Cooper et les puzzles étaient à l'arrière de son pick-up. Quand il les avait pris dans la matinée, il n'avait pas pensé à vérifier ce qui était sur le siège passager.

Comment avait-on pu savoir qu'ils étaient dans son pick-up ? Se pouvait-il que quelqu'un observe le moindre de ses mouvements ? Ceux de Trisha ?

Il tourna les yeux vers le ranch Humes au loin. Trisha avait nommé quatre hommes qui travaillaient dans la propriété voisine et qui s'installaient dans sa section quand ils venaient à la cafétéria.

Zeke Osmond avait une réputation de pauvre type, tout comme Lloyd Green. Greg Albertson et Shep Harmon n'avaient jamais causé de souci à Dusty, mais cela ne voulait rien dire.

L'un de ces hommes était-il responsable de tout ce qui se passait ? Leur proximité géographique les plaçait en haut de la liste des suspects.

N'importe lequel d'entre eux aurait pu entrer sur le domaine, au cours de la nuit, pour se glisser dans son pick-up. Avec des jumelles, l'un d'entre eux aurait pu voir Dusty et Trisha arriver dans l'allée. Il était plus facile d'envisager cette explication que de penser que l'un des hommes du ranch Holiday était coupable.

Il entra dans l'écurie et marcha jusqu'à la salle de sellerie. Il s'assit sur un banc, mais ne commença pas à travailler tout de suite. Ses pensées continuèrent à tourbillonner dans sa tête.

De la rage.

C'était ce que Dillon avait décrit de ce qu'il avait vu dans la chambre du motel.

S'agissait-il de Frank ? Etait-il possible que son béguin pour Trisha ait évolué en une émotion d'une telle intensité ? Etait-ce une obsession qui aurait mal tourné ?

Zeke avait-il ressenti une rancœur secrète envers Trisha après qu'elle avait décliné son invitation ? Cette rancœur avait-elle empiré lorsqu'il avait appris que Trisha sortait avec Dusty ? Impossible de le savoir avec certitude.

Quelqu'un devait savoir que ces objets étaient dans son pick-up. Quelqu'un qui savait sûrement que Trisha et Cooper se trouvaient au ranch.

Dusty voulait les protéger contre toute menace, mais comment pouvait-il combattre un ennemi invisible ? Comment pouvait-il deviner d'où le danger allait surgir ?

Es-tu vraiment assez fort ?

Es-tu vraiment assez intelligent ?

Ses doutes résonnèrent dans son cerveau. Il secoua la tête pour essayer de les déloger. *Tu n'es plus ce gamin pleurnichard*, se rappela-t-il.

Es-tu vraiment assez fort ?

Il espérait seulement que, le moment venu, il serait capable de protéger Cooper et Trisha.

9

— C'est super de ne plus avoir cette tente bleue sous les yeux, déclara Cassie dans la soirée.

La fête avec expo et glace s'était terminée et Dusty était reparti dans sa chambre. Cooper était au lit et les deux femmes traînaient dans la cuisine avec des verres de thé glacé.

— Je n'imagine même pas à quel point tu as dû être horrifiée quand ces squelettes ont été découverts, fit Trisha.

Elle réprima un frisson. Ses pensées semblaient constamment se tourner vers les mauvaises choses : squelettes, harceleurs et monstres en tout genre.

— Ça, tu peux le dire !

Cassie s'interrompit pour boire une gorgée. Les sourcils froncés, elle reposa le verre sur la table.

— Apprendre que j'avais hérité de ce ranch d'une tante que je connaissais à peine a été pour moi une incroyable surprise, mais ça a été effroyable de comprendre que j'avais aussi hérité de meurtres mystérieux vieux d'une décennie.

Elle tourna les yeux vers la fenêtre, où la nuit était profonde, avant de regarder Trisha avec un sourire ironique.

— Tu as un petit ami fou dans ton passé, et moi, ces derniers temps, je me suis demandé si ma tante Cassie n'avait pas un peu de folie méchante en elle.

Trisha la regarda avec surprise.

— Dusty estime que Cass était formidable.

— Oui, comme tous les autres cow-boys. Mais ils disent aussi qu'elle était coriace. D'après la rumeur, elle était capable de faire sauter la cigarette de la bouche de quelqu'un avec son fouet et elle ne tolérait pas la moindre cachotterie.

— Crois-tu qu'elle ait quelque chose à voir avec les meurtres ? demanda Trisha.

Cassie passa une main dans ses cheveux blonds et poussa un soupir.

— A vrai dire, je ne sais que penser. J'ai trouvé plusieurs journaux intimes dans une vieille remise et j'ai commencé à les lire pour en apprendre davantage sur elle et sur sa vie. Malheureusement, quand je me couche pour lire un peu, je finis par m'endormir. Les horaires ici au ranch sont vraiment différents de ceux que j'avais quand j'étais à New York.

— J'ai entendu dire que tu avais une boutique là-bas. Ça doit être palpitant.

Cassie se mit à rire.

— Je suppose que c'est palpitant si ça rime avec stressant. En fait, j'ai parlé avec mon propriétaire, qui est un ami, et à la fin du mois, il va emballer le contenu de la boutique et le mettre au garde-meubles.

— Ça veut dire que tu as décidé de rester à Bitterroot ?

Cassie fronça à nouveau les sourcils.

— Franchement, je ne sais pas ce que l'avenir me réserve. Je n'ai pas encore décidé si je veux rester ici ou si je retourne à New York. Mon cœur est encore en ville, avec mon art, mais il y a beaucoup de choses à faire au ranch avant de le mettre en vente.

— Je suis sûre que tout le monde ici veut que tu restes, remarqua Trisha.

Cassie hocha la tête.

— Quelques-uns des employés ont dit clairement qu'ils ne souhaitaient pas que je vende.

Elle s'appuya contre son dossier.

— On dirait qu'il se passe quelque chose d'intéressant entre Dusty et toi.

Trisha se sentit rougir.

— Il a quelque chose de particulier. Et toi ? As-tu rencontré un cow-boy qui fasse battre ton cœur un peu plus vite ?

— Je ne veux pas rencontrer quelqu'un qui rende ma décision de partir d'ici plus difficile encore.

Trisha sourit.

— C'est amusant. Tu n'es pas sûre de vouloir rester, et je n'ai pas envie de partir.

— Tu auras peut-être demain des nouvelles de Dillon qui te tranquilliseront.

— Je l'espère. Et maintenant, je ferais mieux d'aller me coucher. Mon petit bonhomme va se lever tôt.

Trisha termina son verre de thé glacé et le plaça dans le lave-vaisselle.

Une demi-heure plus tard, elle était sous la couette. Les yeux fixés sur le plafond obscur, elle écoutait les respirations douces de Cooper.

Elle ne pouvait s'empêcher de repenser à la chambre de motel saccagée et à ce que cela voulait dire. Plus tôt dans la journée, elle avait appelé Fred Ferguson, le propriétaire du motel, pour lui dire à quel point elle était désolée.

Fred lui avait assuré qu'il ne la tenait pas pour responsable. Comme tout le monde, il avait hâte que Dillon mette la main sur le coupable.

Elle avait espéré que le shérif aurait des nouvelles avant

la fin de la journée. Il aurait peut-être quelque chose pour elle demain, songea-t-elle avant de s'endormir.

La journée suivante passa avec une lenteur désespérante, tandis qu'elle attendait un coup de fil ou une visite du chef de la police. Cassie était partie juste avant midi avec Adam, son contremaître, pour s'occuper des affaires du ranch. Trisha et Cooper déjeunèrent, puis l'enfant alla faire la sieste.

Pendant qu'il dormait, Trisha fit les cent pas dans la grande pièce. Elle finit par s'installer sur le canapé et par allumer la télévision, mais le jeu ne retint pas son attention.

Même si Cassie était gentille, Trisha et Cooper ne pouvaient pas rester ici pour toujours. Et Trisha ne pouvait pas non plus passer plusieurs semaines sans travailler. Il vaudrait peut-être mieux pour tout le monde qu'elle et Cooper quittent vraiment la ville.

Une petite voix dans sa tête gémit lorsqu'elle envisagea de ne plus voir Dusty. Il possédait déjà une grande partie de son cœur. Elle pouvait imaginer un avenir avec lui. Mais à quel prix ?

Heureusement, Cooper se réveilla et Cassie revint à la maison. Leur joyeux bavardage parvint à tirer Trisha de ses sombres pensées, en tout cas pour l'instant.

Juste après le dîner, Dusty apparut à la porte de derrière.

— Je me suis dit que Cooper et toi aimeriez sortir pour jouer, déclara-t-il avec son charmant sourire.

— A quoi on va jouer, Dusty ? demanda Cooper avec enthousiasme.

— Je me suis dit que tu pouvais apporter tes petits cow-boys dehors, et que ta maman et moi, on te regarderait pendant que tu construirais une ville.

— Super ! s'exclama Cooper.

Tout excité, il se tourna vers Trisha.

— On peut aller jouer dehors ?

— Bien sûr, acquiesça-t-elle.

— Il y a deux chaises de jardin dans l'abri, déclara Cassie.

— Merci, répondit Dusty. Je les ai déjà sorties.

Vingt minutes plus tard, Cooper était très occupé à construire des bâtiments avec les branches et les cailloux que Dusty avait rassemblés, pendant que Trisha et Dusty le regardaient, assis sur les chaises.

— Tu as passé une bonne journée ? demanda Dusty.

— Elle a été longue. J'espérais avoir des nouvelles de Dillon.

— Je suis sûr qu'il te contactera dès qu'il aura du nouveau. Les crimes que tu attribues à Frank ne datent pas d'hier, lui rappela-t-il doucement.

— Je sais, mais je ne peux pas passer ma vie chez Cassie. Tôt ou tard, il faudra que je retourne travailler.

— Trisha, ça fait seulement deux nuits.

Il soutint son regard avec intensité, puis sourit.

— Ne m'oblige pas à t'attacher pour te faire rester ici.

Elle ne put retenir son rire.

— Toi tout seul, cow-boy ?

L'amusement dans le regard de Dusty s'effaça.

— Je suis sérieux, Trisha. Laisse-nous une chance.

— Je ne vais nulle part, répliqua-t-elle.

Du moins, pas encore. Mais elle ne pouvait refouler l'anxiété qu'elle sentait vibrer en elle.

Au cours de l'heure suivante, ils regardèrent Cooper jouer. Dusty raconta tout ce qu'il avait fait pendant la journée et elle sentit sa tension disparaître.

Quand elle était avec Dusty, tout semblait possible. Le monde était un peu moins effrayant quand il lui souriait. Lorsqu'elle plongeait dans ses yeux bleus, elle pouvait croire que le vrai bonheur était à sa portée.

Alors que la soirée commençait, les cigales se mirent à chanter dans les arbres. Trisha ne put s'empêcher de penser qu'il serait merveilleux de passer chaque soirée de cette façon : assise avec Dusty, à regarder Cooper jouer.

— C'est agréable, remarqua-t-elle.

— Je pensais justement la même chose, répondit-il avec un sourire serein.

— Regarde, Dusty, c'est la prison pour les méchants, déclara Cooper en désignant une structure rocheuse.

— Ça fait une belle prison, répliqua Dusty.

— Les gentils cow-boys ont attrapé tous les méchants et ils ne peuvent pas s'échapper, dit Cooper.

Trisha était sur le point de mettre un terme à la soirée pour pouvoir donner son bain à Cooper avant de le coucher lorsqu'un bruit de moteur venant du chemin la figea.

La voiture de police de Dillon apparut et s'arrêta au bout du chemin.

Dillon sortit du véhicule et marcha vers eux. Sa mine sombre n'atténua pas le stress de Trisha. Avant qu'il ne puisse les saluer, Cassie sortit par la porte de derrière.

— Bonsoir, Dillon.

Malgré sa nervosité, Trisha crut percevoir une inflexion étrange dans la voix de Cassie.

— Cassie, dit-il.

Le léger sourire sur ses lèvres disparut lorsqu'il se tourna vers Trisha et Dusty.

— Et si on rentrait, Cooper ? demanda Cassie. Je crois que j'ai envie de cookies et de lait avant d'aller me coucher.

— Moi aussi, acquiesça Cooper avec enthousiasme. J'adore les cookies trempés dans le lait.

— Alors allons-y.

— Désolé d'avoir mis autant de temps à vous donner des nouvelles, déclara Dillon une fois Cassie et Cooper disparus dans la maison. Je viens seulement de réussir à joindre le lieutenant Kincaid.

— Et alors ?

Trisha se pencha en avant, le cœur battant. Sa vie semblait dépendre de ce qu'allait dire Dillon.

— Il m'a dit que les meurtres de votre mère et de Courtney étaient toujours non élucidés. Frank D'Marco était leur suspect numéro un à l'époque, mais ils n'ont pas pu rassembler de preuves pour l'arrêter et le mettre en examen.

— Sait-il où est D'Marco maintenant ? demanda Dusty en se penchant lui aussi.

— D'après Kincaid, il s'est volatilisé, répondit Dillon.

Trisha fronça les sourcils.

— Volatilisé ? Qu'est-ce que ça veut dire ?

— Six mois après votre départ de Chicago, il a disparu. Depuis, il n'y a eu aucun versement sur ses comptes, aucun véhicule enregistré à son nom et aucune adresse ou numéro de téléphone où on pourrait le joindre. J'ai aussi procédé à quelques vérifications, et je sais qu'il n'est ni mort ni en prison.

— Alors, il est possible qu'il soit à Bitterroot ? demanda Trisha d'une voix faible.

Le visage de Dillon se crispa.

— Oui, je suppose que c'est possible.

Trisha prit une profonde inspiration et regarda au-delà de Dillon, en direction d'un bosquet au loin. Son cœur s'accéléra et la peur lui glaça le sang.

— Trisha, on n'en sait pas plus qu'avant le passage de Dillon, déclara Dusty après le départ du policier. Il est peut-être là, mais le contraire aussi est possible. Dillon a une photo de ce type et il t'a dit qu'il l'avait distribuée à tous ses hommes. Si ce taré est à Bitterroot, alors quelqu'un le verra et le dénoncera. Avec un peu de chance, Dillon pourra au moins l'arrêter pour les actes de vandalisme commis dans la chambre du motel.

— Je sais tout ça, Dusty, répondit-elle d'une voix blanche. Mais, si c'est Frank et qu'il est égal à lui-même, alors la vraie menace ne me concerne pas. Elle te concerne, toi.

Dusty fut touché au-delà des mots par l'inquiétude qu'il lut dans son regard.

— Ne t'en fais pas pour moi, Trisha. Je peux prendre soin de moi. Je l'ai fait quasiment toute ma vie. Mais si ce n'est pas Frank, alors on doit être vigilants quant à ta sécurité.

Elle lui lança un sourire résigné.

— Essaierais-tu de me remonter le moral ?

Il lui rendit son sourire.

— Je sais que tu ne te sentiras pas mieux tant que le responsable de tout ça ne sera pas derrière les barreaux.

Il se rapprocha d'elle. Le crépuscule était tombé, teintant le visage de Trisha d'une légère nuance de mauve.

— Fais-moi confiance, Trisha. Je tiens à toi et je ne te demanderais jamais de rester ici si je ne pensais pas pouvoir vous protéger, toi et Cooper.

— Je te fais confiance, répondit-elle. Si ce n'était pas le cas, je serais déjà partie.

— Et c'est bien la dernière chose que je veuille.

Conscient qu'elle devait rentrer, il se pencha pour déposer un baiser sur son front.

— Essaie de ne pas t'inquiéter, Trisha. Je te vois demain.

— Tu sais où me trouver. Bonne nuit, Dusty.

Il la suivit des yeux jusqu'à ce qu'elle soit rentrée dans la maison, puis se pencha et sortit l'arme qu'il avait coincée en haut de sa botte. Il n'avait pas voulu qu'elle ou Cooper voient le pistolet, mais il n'avait pas non plus l'intention d'être désarmé tant que cette situation ne serait pas réglée.

Il y avait dans les parages quelqu'un qui avait laissé des cadeaux à Trisha. Cette personne avait potentiellement vandalisé la chambre du motel. Il n'était sûr que d'une chose : ce type l'avait en ligne de mire, et ses intentions n'étaient sûrement pas pures. En fait, depuis que Dillon les avait prévenus pour la chambre, Dusty avait senti le danger.

Au grand désarroi de Trisha et Dusty, la semaine suivante se déroula sans apporter plus de nouvelles. Dillon passa à plusieurs reprises pour les informer qu'il procédait à des interrogatoires, mais sans obtenir de résultat.

Chaque soir, après le dîner, Dusty se rendait à la grande maison pour finir la soirée avec Trisha et Cooper.

Le moindre instant passé avec eux deux ne faisait que renforcer ses sentiments… et son profond agacement de ne rien pouvoir faire pour résoudre le mystère qui libérerait Trisha de la peur.

A la fin de la semaine, Dusty voulait plus que tout se retrouver seul avec Trisha. Il avait beau adorer Cooper, il avait besoin d'être en tête à tête avec sa mère.

Samedi soir, il se rendit à la maison pour surprendre Trisha avec un plan que Cassie et lui avaient concocté. La nuit était déjà tombée, et il avait attendu d'être sûr que Cooper soit au lit, endormi.

Il frappa doucement à la porte de derrière et Cassie le laissa entrer.

— Trisha est en train de regarder la télévision dans la grande pièce, déclara-t-elle.

— Tu es sûre que ça ne te dérange pas ? demanda Dusty.

Cassie lui adressa un grand sourire.

— Qu'est-ce qui me dérangerait ? Cooper dort et je suis

ravie de jouer la baby-sitter pour que Trisha et toi puissiez passer un peu de temps seuls.

— Merci, Cassie. Ça me fait vraiment plaisir.

Il la suivit dans la grande pièce. Trisha le regarda d'un air surpris.

— Dusty, qu'est-ce que tu fais ici ?

Son regard s'assombrit.

— Il s'est passé quelque chose ?

— Non, répondit-il, mais si tu es d'accord, toi et moi, on va passer la soirée sous les étoiles.

Les yeux de Trisha étincelèrent de plaisir, mais un petit pli de frustration se forma sur son front.

— Mais pour…

— Je m'occupe de Cooper, annonça Cassie avec légèreté. Va passer un bon moment avec ton petit ami.

Dusty tendit la main à Trisha.

— Tu es partante ?

— Absolument, répliqua-t-elle en se levant.

— Ne t'en fait pas, pas de couvre-feu, cria Cassie d'un ton taquin lorsqu'ils marchèrent vers la porte de service.

— Merci, maman, répondit Dusty, récompensé par le gloussement de Trisha.

— Tu avais prévu ça d'avance avec Cassie ? demanda-t-elle tandis qu'ils sortaient dans l'air chaud.

— J'ai peut-être fait allusion à quelque chose hier soir. Ton carrosse t'attend.

Il fit un signe de la main vers Juniper, qui était sellée et prête.

— Oh ! Dusty, je ne suis jamais montée à cheval.

— Tu n'as pas de souci à te faire. Juniper est très douce. Tu dois juste monter derrière moi et bien te tenir.

Trisha émit le petit rire familier, qui était plus rempli

d'excitation que de peur, ce petit rire qui déclenchait des pulsions de désir en lui.

— Le fait que je sois prête à monter sur le dos de cette bête devrait te prouver à quel point je te fais confiance.

Il lui sourit, puis monta sur le cheval. Il se pencha vers elle et la prit par l'avant-bras.

— Pose ton pied sur le mien dans l'étrier, puis passe la jambe par-dessus et assieds-toi sur la selle derrière moi.

Elle y arriva du premier coup et rit de son succès.

— Tu vois, tu as ça dans le sang, remarqua-t-il.

Elle passa les bras autour de la taille de Dusty.

— Et tu es un homme plein de surprises.

— Celles-ci ne font que commencer.

Il partit à pas lents à travers le jardin, ravi par le clair de lune qui les éclairait. Il voulait qu'elle ait l'impression d'être une princesse, ce soir. Sa princesse.

Il ne voulait pas parler de vieux meurtres ou de menaces potentielles. Il voulait cette soirée pour l'entraîner loin de tout, sauf de lui.

Par-dessus l'odeur des prés portée par une légère brise, le parfum de fleurs sauvages et de vanille de Trisha lui emplit les narines et provoqua une bouffée d'adrénaline en lui. Son corps chaud se pressait contre son dos, nourrissant son désir. Il n'attendait rien de cette soirée. Une seule chose comptait : la débarrasser de ses pensées négatives, et peut-être lui voler un baiser ou deux.

— Quelle nuit magnifique, remarqua-t-elle, son souffle effleurant agréablement le cou de Dusty.

— Une nuit magnifique, une fille magnifique… Que demander de plus ?

— Une bière bien fraîche, peut-être ? lança-t-elle malicieusement.

Il se mit à rire, appréciant qu'elle ait l'air détendue et heureuse d'être là.

— En fait, j'ai prévu quelque chose de mieux que de la bière, mais tu vas devoir attendre qu'on soit installés.

Plus ils s'éloignaient de la maison, plus les étoiles semblaient brillantes. Mère Nature coopérait, avec une nuit sans nuages et une température agréable.

Dusty finit par s'arrêter dans un champ que les vaches n'avaient pas brouté cette année. Il n'y avait pas d'arbres ou de dépendances pour masquer la beauté du splendide ciel nocturne d'Oklahoma.

— Voici notre destination finale.

Il rechignait presque à mettre fin à leur chevauchée. Il aimait le contact du corps de Trisha contre le sien et la pression de ses bras autour de sa taille.

Il l'aida à descendre de la selle, puis la rejoignit à terre et s'approcha des sacs de selle.

Il sortit d'abord une couverture douce.

— Ne bouge pas, laisse-moi m'occuper de tout, indiqua-t-il.

— Loin de moi l'idée de protester.

Il prit un moment pour la contempler, ému par sa beauté. Elle portait un chemisier rose pâle et un short en jean. La lumière de la lune dansait dans ses cheveux et sur son visage. Le fait qu'elle ne semble pas se rendre compte à quel point elle était jolie ne faisait qu'ajouter à son charme.

Dusty se hâta d'étendre la couverture par terre. Pendant que Trisha s'asseyait, il sortit des sacs les autres objets qu'il avait apportés et la rejoignit.

— On a du champagne et des fraises, à déguster nature ou à tremper dans du chocolat noir.

Il sortit deux flûtes délicates d'une serviette.

— Tu t'es donné beaucoup de mal ! s'exclama-t-elle.

Cela en valait la peine, songea Dusty en voyant le

plaisir qui faisait briller ses yeux. Il fit sauter le bouchon de champagne et remplit leurs verres. Il lâcha une fraise dans celui de Trisha, puis le lui tendit.

— Je crois que c'est comme ça qu'on fait dans les grandes villes.

Elle sourit.

— Je n'en sais rien. C'est la chose la plus gentille qu'on ait jamais faite pour moi.

Elle but une gorgée.

— Merci pour tout ça, Dusty.

— Ne me remercie pas, protesta-t-il. Je suis si heureux de t'avoir à moi tout seul.

Ils burent deux verres de champagne, puis s'allongèrent sur le dos pour regarder les étoiles.

— Je ne savais pas qu'un ciel nocturne pouvait être aussi beau jusqu'à ce que j'emménage ici, déclara-t-il.

— Il paraît que tout est plus grand au Texas, mais je pense que l'Oklahoma a les plus jolies étoiles, répliqua-t-il avant de tendre un doigt vers le ciel. Tu vois la Grande Ourse ?

— Hmm… Et voici la Petite, répondit-elle.

Au cours de la demi-heure suivante, il lui montra les différentes constellations. Puis il roula sur le côté et se mit à jouer avec une mèche de ses cheveux, heureux qu'ils soient lâchés.

— Si tu devais faire trois vœux, qu'est-ce que ce serait ? demanda-t-il.

— Hormis le souhait que Dillon découvre la vérité ?

— Hormis ça, répondit Dusty. Je ne veux même pas que tu y penses ce soir.

Elle leva les yeux au ciel comme si elle faisait déjà les vœux qu'il lui avait demandés.

— Mon premier souhait serait que Cooper soit toujours heureux et en bonne santé.

Il n'était pas surpris que sa première pensée soit pour son fils. Cela faisait partie de ce qu'il admirait chez elle.

— Et quel serait le deuxième ?

— Probablement ce que tout le monde veut… aimer et être aimée.

— Et ton dernier vœu ?

Elle tourna la tête et le regarda.

— Que tu me fasses manger une de ces fraises au chocolat et que tu m'embrasses jusqu'à me faire perdre le fil de mes pensées.

Elle faillit pouffer de rire en voyant à quelle vitesse il se redressa et ouvrit le récipient avec les fraises au chocolat. Elle savait ce qu'elle avait demandé. Elle n'en avait rien à faire des fraises. Ce qu'elle voulait, c'était de la passion. Ce qu'elle désirait le plus en ce moment, c'était Dusty.

Elle avait eu envie de lui dès le moment où elle avait grimpé sur le cheval, où elle l'avait enlacé et avait senti la chaleur de son corps contre le sien. Son désir avait été remué lorsqu'elle avait senti son odeur familière… un parfum qui à la fois l'émoustillait et la faisait se sentir en sécurité. Malgré la peur qui bouillonnait en elle à tout moment du jour et de la nuit, elle n'avait pas oublié le désir brûlant qu'il avait éveillé en elle le soir où ils avaient dîné à la cafétéria. Elle l'avait senti frémir en elle depuis ce soir-là.

Il attrapa une fraise dans le récipient, puis s'inclina vers elle en tenant le fruit charnu du bout des doigts. Les yeux rivés aux siens, il l'abaissa vers ses lèvres.

Effrontément, elle attira dans sa bouche non seulement la fraise, mais aussi ses doigts. Elle avait à peine fini de mâcher et d'avaler la sucrerie qu'il plaqua sa bouche sur la sienne.

La douceur de la fraise au chocolat combinée avec le brasier de son baiser inonda aussitôt tous les sens de Trisha.

Elle passa les bras autour du cou de Dusty et, tandis que leur baiser se faisait plus passionné, l'attira contre elle.

Ils avaient fait quelques préliminaires au cours de la semaine, et à présent, elle avait envie de lui plus que jamais. Elle voulait qu'il lui fasse l'amour maintenant, sur cette couverture, sous les étoiles.

Il s'allongea à moitié sur elle pendant qu'ils continuaient à s'embrasser. Les seuls sons audibles étaient le léger souffle de la brise, le gémissement grave de Dusty et ses respirations haletantes à elle, tandis que leurs langues jouaient l'une avec l'autre.

Lorsqu'il posa la main sur son ventre, elle sentit la chaleur de sa paume brûler à travers le fin coton de son chemisier. Il baissa la bouche jusqu'à son cou et commença à mordiller.

— Dusty, je veux que tu me fasses l'amour.

Il se figea, puis releva lentement la tête pour la regarder. Ses yeux brûlaient de désir, mais elle y lut aussi de l'hésitation. Elle posa la paume sur sa joue.

— La pièce à l'arrière de la cafétéria était le mauvais endroit, mais ici et maintenant, c'est l'endroit idéal.

En guise de réponse, il s'assit et ôta son T-shirt blanc. Elle commença à déboutonner son chemisier, mais s'interrompit lorsqu'il posa les mains sur les siennes.

— Laisse-moi faire, murmura-t-il. Tu ne peux pas savoir le nombre de fois où j'ai rêvé de faire ça.

Il dégagea lentement son cou, et se pencha pour embrasser la moindre parcelle de peau qu'il découvrait. Lorsqu'il eut enfin terminé de déboutonner le chemisier, elle avait hâte d'enlever son soutien-gorge et de sentir sa peau contre la sienne.

Dusty ne s'arrêta pas à son chemisier et à son soutien-gorge. Il défit le bouton de son short, tandis qu'elle se débarrassait de ses sandales. Lorsqu'elle n'eut plus que sa culotte, il s'écarta d'elle pour enlever ses bottes et ses chaussettes. Il ôta ensuite son jean, ne gardant que son boxer noir.

Il la reprit dans ses bras, lui arrachant un gémissement de plaisir. Il était chaud et musclé. Elle aimait le contact de son corps contre le sien.

Il l'embrassa à nouveau tout en couvrant un de ses seins de la main. Son mamelon durcit en réponse. Tout était parfait… cet instant, cet homme et les émotions grisantes qui la submergeaient.

Il laissa sa bouche courir de ses lèvres à ses seins, qu'il embrassa et suça l'un après l'autre. Lui caressant le dos, elle eut l'impression de faire l'amour pour la première fois de sa vie.

Il continua à la caresser, avec une tendresse et une douceur qui lui donnèrent la sensation d'être plus belle et plus chérie que jamais auparavant.

Il n'y eut aucun tâtonnement, aucune maladresse. Au contraire, ils bougeaient avec facilité, comme s'ils avaient été amants depuis des années. Lorsqu'il sortit un préservatif de la poche de son jean, Trisha fut reconnaissante qu'il ait pensé à un moyen de protection et ait anticipé ce qui pourrait se passer entre eux ce soir.

Sa respiration s'étrangla dans sa gorge lorsqu'il glissa la main dans sa culotte et la plaça entre ses cuisses.

— Oh ! oui… souffla-t-elle en sentant ses doigts danser contre sa chair.

Elle baissa le bras et empoigna son érection à travers son boxer. Ce qui avait commencé comme une lente exploration devint urgent et précipité. Il lui ôta sa culotte, puis enleva son boxer.

Il la caressa à nouveau, et elle souleva les hanches et planta ses talons dans la couverture. Son orgasme la prit par surprise, la traversant avec une intensité qui la laissa à bout de souffle.

— Tu es tellement belle, Trisha. J'ai tellement envie de toi.

Il se positionna entre ses jambes et la pénétra tout en l'embrassant.

Elle enroula les jambes autour de ses fesses, le voulant au plus profond d'elle. Il la remplissait complètement. C'était une connexion d'esprit, de corps et d'âme.

Il se retira légèrement, puis s'enfonça à nouveau, provoquant des sensations exquises. Il accéléra son rythme, et elle l'accompagna en projetant les hanches en avant.

Rapidement et fiévreusement, ils bougèrent ensemble jusqu'à ce que Dusty atteigne l'extase en grognant.

Il roula sur le côté et passa le doigt sur la lèvre inférieure de Trisha. Elle sourit et poussa un soupir de contentement. Si les étoiles lui avaient semblé brillantes auparavant, elle les trouvait désormais tout simplement splendides.

— Tu veux une autre fraise au chocolat ? demanda-t-il avec amusement. Ça a très bien fonctionné pour moi il y a quelques instants.

Elle éclata de rire et lui donna une tape enjouée sur le torse.

— Je dois te dire un secret : tu n'avais même pas besoin de ces fraises.

— Et j'ai un secret à te dire : je suis en train de tomber amoureux de toi, Trisha.

Il soutint son regard, ses yeux argentés.

— Moi aussi, Dusty admit-elle. Je n'aurais pas laissé ça arriver si ce n'était pas le cas.

Pendant de longues secondes, ils se contemplèrent, sans avoir besoin d'ajouter d'autres mots. Dusty descendit lentement la main le long de sa joue, comme si ses doigts mémorisaient la forme de son visage.

— Est-ce que je t'ai déjà dit à quel point je te trouve magnifique ? finit-il par demander.

— Peut-être une fois ou deux, mais n'hésite pas à me le répéter.

Il sourit.

— Tu es tellement belle que j'en ai le souffle coupé.

— Je sais que ça paraît fou, mais j'ai l'impression qu'on se connaît depuis toujours, déclara Trisha. Tout semble si naturel et facile avec toi.

— Ce n'est pas fou. Je ressens la même chose.

Il roula sur le dos et elle se coucha sur le côté pour le regarder.

— Et toi, si tu pouvais exaucer trois vœux, ce serait quoi ?

— Je souhaiterais que Cooper soit toujours heureux et en bonne santé, déclara-t-il, faisant gonfler d'allégresse le cœur de Trisha.

— C'est vraiment adorable. Et ton deuxième vœu ? demanda-t-elle.

— Que tu n'aies plus jamais peur de ta vie.

Il se tourna pour lui faire face.

— Et mon troisième vœu serait de faire l'amour avec toi encore et encore.

Il lui adressa un large sourire.

— Tu es bien un homme, s'esclaffa-t-elle.

Il soupira et tendit à nouveau la main pour jouer avec une de ses mèches.

— J'aimerais beaucoup passer toute la nuit ici et dormir à la belle étoile avec toi dans mes bras.

Elle sourit avec une pointe de regret.

— C'est une belle pensée, mais, à vrai dire, je ferais sûrement mieux de rentrer à la maison.

A contrecœur, elle s'assit et tendit la main vers sa culotte. Dusty se leva. Lorsqu'il s'écarta d'elle, elle remarqua l'éclat d'un pistolet sur la couverture à côté de ses bottes. C'était un dur retour sur terre après la beauté de leurs ébats. Elle n'en parla pas et, lorsqu'il se fut habillé, l'arme avait disparu à nouveau. Il n'avait sûrement pas l'intention qu'elle la voie.

Alors qu'ils chevauchaient en direction de la maison, elle appuya la joue contre son dos et repensa au pistolet qu'elle venait de voir. Le fait que Dusty soit armé et ne veuille visiblement pas qu'elle soit au courant ne fit que renforcer ses sentiments pour lui.

Il avait juré qu'il les protégerait, elle et Cooper. Cette arme voulait dire qu'il était sérieux. Elle pouvait compter sur lui. Cela faisait tellement longtemps qu'elle n'avait pu se fier à qui que ce soit.

Le pas rythmé de Juniper l'avait rendue somnolente lorsqu'ils s'arrêtèrent devant la maison.

Dusty l'aida à descendre de la selle, puis mit pied à terre. Il la raccompagna jusqu'à la porte.

— J'ai horreur de devoir te dire au revoir, murmura-t-il en l'attirant contre lui.

— Moi aussi.

Elle s'appuya contre lui tandis qu'il lui caressait les cheveux. Il lui releva le menton et l'embrassa doucement.

— Va dormir, Trisha. On se voit demain.

Elle recula.

— Dusty, merci pour tout.

Il sourit.

— Crois-moi, tout le plaisir était pour moi. Fais de beaux rêves.

Elle rentra et, avant de verrouiller la porte, le regarda monter Juniper et se diriger vers l'écurie. Il était tout ce qu'elle avait toujours voulu, tout ce qu'elle avait eu peur d'imaginer.

Aujourd'hui, ils avaient fait un immense pas en avant, un pas qui pouvait facilement mener à un avenir de joie et de bonheur. Pour cela, ils devaient simplement rester en vie.

10

Trois jours passèrent. Le mardi soir, Trisha et Dusty regardaient Cooper jouer avec ses figurines de cow-boys sur le sol depuis leurs chaises de jardin.

Ils avaient passé tous les soirs ensemble. Chaque minute avait confirmé pour Trisha qu'il était l'homme que Cooper et elle voulaient dans leur vie.

Mais ce soir, c'était son avenir immédiat qui occupait son esprit.

— J'ai besoin de retourner travailler à la cafétéria, annonça-t-elle.

Dusty la regarda d'un air surpris.

— Pourquoi ? Est-ce que Cassie t'a dit quelque chose à ce propos ?

— Non. Elle est très amicale et me soutient complètement. Mais je n'ai pas l'habitude de dépendre de quelqu'un et je ne peux pas attendre ici pendant une durée indéfinie sans m'occuper de mes finances. C'est peut-être embêtant, mais c'est une réalité.

Dusty fronça les sourcils.

— Et Cooper ?

— Je suis sûre que Juanita serait ravie de le garder chez elle. La seule raison pour laquelle je la faisais venir au motel était que je trouvais plus commode qu'elle le surveille là où il avait son lit pour la sieste et tous ses jouets à portée de la main.

— J'aime l'idée que tu sois en sécurité ici.

— Moi aussi, mais ça fait bientôt deux semaines, et Dillon n'a toujours aucune réponse. Combien de temps suis-je censée mettre tout en suspens ? Daisy ne va pas me garder mon emploi pour toujours.

— Ce travail compte-t-il à ce point pour toi ?

— Absolument, répondit-elle. Je sais que la plupart des femmes n'ambitionnent pas d'être serveuse, mais j'aime ce que je fais. J'aime parler avec les clients et leur servir des plats qui les rendent heureux. Est-ce que je rêvais de faire ça quand j'étais jeune ? Non, mais ça correspond vraiment à qui je suis aujourd'hui.

Il haussa un sourcil et la dévisagea avec curiosité.

— Et que rêvais-tu de devenir quand tu étais jeune ?

— Une rock star, mais ça n'a pas marché, et ne change pas de sujet, rétorqua-t-elle.

Il sourit, puis fourragea dans ses cheveux.

— Il n'y a qu'une solution pour que j'accepte que tu retournes travailler : je t'y emmène et je passe te chercher tous les jours. Je suis sûr que tu serais à l'abri dans la cafétéria, au milieu des autres gens, mais je ne voudrais pas que tu conduises toute seule.

Elle poussa un soupir de frustration. Elle ne voulait pas ajouter à la charge de travail de Dusty. Mais elle avait besoin de se sentir utile, de contrôler quelque chose dans sa vie.

En outre, ces deux derniers jours, Cooper avait demandé quand il reverrait Juanita. Celle-ci avait fait partie de sa vie depuis qu'il était bébé. A l'évidence, elle lui manquait. Elle était comme la grand-mère gâteau qu'il n'avait jamais eue.

— Peu importe, finit par dire Trisha.

Dusty la regarda avec un amusement évident.

— Vraiment ? C'est comme ça que tu te bats pour ce que tu veux ? Tu renonces aussi facilement ?

— Seulement quand mes désirs représentent un fardeau pour quelqu'un d'autre.

— Trisha, tu ne peux pas être un fardeau pour moi, la rassura-t-il. Je serai plus qu'heureux de m'assurer que tu arrives au travail et repars en toute sécurité. Préviens-moi et je me rendrai disponible.

Quelle bonne étoile lui avait permis d'avoir un homme comme Dusty dans sa vie ? se demanda Trisha. Etait-ce seulement un tour du destin ? Un aperçu du bonheur avant qu'il ne lui soit dérobé ?

Pourtant, il lui était difficile de continuer à broyer du noir, alors que Dusty se levait de sa chaise pour rejoindre Cooper dans la poussière, leurs éclats de rire s'élevant dans l'air du soir.

Pendant qu'ils jouaient à faire semblant, elle ne pouvait s'empêcher de constater à quel point ils se ressemblaient, avec leurs cheveux blonds et leurs yeux bleus. Dusty pouvait facilement passer pour le père de Cooper. La pensée déclencha une nostalgie étrange en elle, l'envie d'un autre bébé… du bébé de Dusty.

La luminosité commença à baisser et, très vite, il fut temps pour Trisha de mettre fin à la soirée.

— Je crois qu'il est temps de ranger les cow-boys et de rentrer, annonça-t-elle.

— Encore cinq minutes ? demanda Cooper.

— D'accord. Encore cinq minutes, mais pas de protestations après.

— Merci, ma p'tite dame, répondit le petit garçon d'une voix traînante.

Un quart d'heure plus tard, Cooper était dans la baignoire remplie d'eau chaude et de bulles parfumées à la vanille.

— J'aime Dusty, déclara-t-il en se frottant les genoux. Pourquoi il peut pas être mon papa ?

— Parce que ce n'est pas si simple que ça, répondit Trisha.

— Pourquoi c'est pas si simple ?

— C'est comme ça.

Ce n'était pas une vraie réponse, Trisha le savait, mais elle ne pouvait pas expliquer à son fils qu'elle avait toujours peur de devoir quitter Bitterroot en laissant Dusty derrière elle. Cooper était trop jeune pour comprendre que la paternité était autre chose que de simplement appeler quelqu'un papa.

Elle et Dusty n'avaient pas parlé mariage. Et Dusty n'avait jamais dit qu'il voulait être un père pour Cooper.

— Si tu ne frottes pas derrière tes oreilles, tes figurines risquent de s'enfuir, prévint-elle pour changer de sujet de conversation. Ils m'ont dit qu'ils n'aimaient pas les petits garçons aux oreilles sales.

— C'est bête, répondit-il, avant de mouiller le gant de toilette et de le passer derrière chaque oreille.

Plus tard, une fois Cooper endormi, Trisha téléphona à Daisy pour la prévenir qu'elle reviendrait travailler à l'heure habituelle, le jeudi. Elle appela ensuite Juanita, qui accepta aussitôt de garder Cooper chez elle, à quelques centaines de mètres de la cafétéria.

Son dernier coup de fil fut pour Dusty. Depuis le soir où ils avaient fait l'amour sur la couverture, ils avaient pris l'habitude de se parler au téléphone tous les soirs avant de se coucher.

— Qu'est-ce que tu fais ? demanda-t-elle lorsqu'il décrocha.

— Je pense à toi. Tu es dans ton petit lit ? la taquina-t-il.

— J'aimerais bien que tu y sois avec moi.

— Oh ! Ma belle, tu ne devrais pas dire ce genre de

choses quand je suis tout seul dans ma chambre, répliqua-t-il d'une voix rauque.

Les joues de Trisha rosirent. Elle n'avait jamais rien dit de semblable à un homme. Mais, grâce à lui, elle se sentait sexy et désirable. Elle se sentait en sécurité pour explorer toutes les dimensions de sa féminité.

— En fait, je n'appelais pas pour te mettre dans tous tes états. Je voulais seulement te dire que j'ai prévu de retourner travailler jeudi.

— Trisha, tu m'excites même quand tu me dis bonjour, répondit-il. Et ne t'inquiète pas pour le travail, on va trouver un moyen.

Elle serra le téléphone contre son oreille, tandis que la profondeur de ses sentiments pour lui emplissait sa poitrine. Elle était follement amoureuse, et le besoin de le lui dire lui brûlait les lèvres.

Mais elle aimait Courtney, et Courtney avait été tuée. Elle aimait sa mère, et sa mère aussi était partie, assassinée par Frank et sa jalousie démente.

Quand elle s'attachait aux gens, ils mouraient. Elle ne pouvait pas dire à Dusty qu'elle l'aimait jusqu'à ce que ce soit absolument sûr, que cette folie soit finie.

— Je voulais seulement te souhaiter une bonne nuit, finit-elle par dire.

— Fais de beaux rêves, Trisha, répondit-il doucement.

Une heure plus tard, allongée dans le noir, elle réfléchit à son retour à la cafétéria. Si ce n'était pas Frank, revenu pour la torturer, peut-être trouverait-elle un indice sur l'identité du coupable en revenant au travail et en parlant à ses clients ?

L'un des cow-boys qu'elle servait allait-il dire ou faire quelque chose qui prouverait sa culpabilité ? Elle l'espérait.

Ce serait peut-être la seule façon d'identifier le responsable, et cette affaire serait enfin bouclée.

Elle détestait cette incertitude. Elle détestait attendre que quelque chose se produise. Elle voulait que tout soit fini pour pouvoir aller de l'avant.

Le jeudi après-midi, le trajet jusqu'à la cafétéria se passa sans anicroche. Cooper fut déposé chez Juanita et Dusty promit de repasser à 22 heures pour les ramener au ranch.

Daisy l'accueillit en la serrant chaleureusement dans ses bras, mais cela ne suffit pas à dissiper la nervosité de Trisha tandis qu'elle se remettait à travailler.

Etonnamment, au fil de l'après-midi, elle finit par se détendre. Elle discuta avec de nombreux clients, étonnée de constater que personne ne semblait savoir ce qui se passait dans sa vie personnelle.

Juste après l'heure de pointe, quelques-uns des hommes qu'elle soupçonnait commencèrent à arriver. Le premier était Steve Kaufman, qui prit son box habituel dans sa section.

— Trisha, ça m'a manqué de ne pas te voir ici, déclara-t-il lorsqu'elle s'avança vers lui pour prendre sa commande. J'espère que tout va bien pour toi et ton fils.

Ses yeux sombres la fixèrent tandis qu'il posait son édition de poche de *Sa Majesté des mouches* à côté de lui.

— Tout va bien, Steve. J'ai seulement décidé que j'avais besoin d'un peu de vacances. C'était super de passer plus de temps avec mon fils.

— C'est bien, mais je dois avouer que je suis content de ton retour, répondit-il.

Etait-ce lui ? se demanda-t-elle en lui servant une tasse de café. Sa femme était morte deux ans plus tôt, elle le savait. Le chagrin de cet homme l'avait-il transformé en un dangereux harceleur ?

A moins que Frank ne se trouve quelque part en ville,

ses cheveux blonds teints en noir, et une barbe négligée dissimulant ses traits bien dessinés ? S'il y avait un inconnu en ville, Dillon serait sûrement au courant. Bitterroot n'était pas bien grande, et tous les policiers étaient sur le qui-vive.

Juste après 18 h 30, Shep Harmon et Greg Albertson franchirent le seuil. A leur tour, ils s'assirent dans la section de Trisha. Les deux employés du ranch Humes n'étaient pas trop désagréables quand Zeke Osmond, Lloyd Green et quelques autres n'étaient pas là.

— Salut, Trisha. Ça fait longtemps, lança Greg, son visage un peu rond éclairé d'un sourire amical.

— On commençait à se demander si tu n'avais pas quitté la ville, ajouta Shep.

— Pourquoi est-ce que je ferais ça ? riposta-t-elle.

Shep avait-il laissé ces objets à sa porte ? Ou Greg ? Elle aurait voulu lire dans la tête de chaque homme en ville pour savoir qui était coupable et qui était innocent.

Shep haussa ses larges épaules.

— Aucune idée. Je n'essaie jamais de comprendre pourquoi une femme fait ce qu'elle fait. C'est quoi, le plat du jour ?

— Spaghettis et boulettes de viande, répondit-elle.

— Je vais prendre ça. Les boulettes de viande de Daisy sont géniales.

— Deux, ajouta Greg.

Trisha retourna dans la cuisine pour transmettre leurs commandes au cuisinier. Quand elle revint dans la salle, elle aperçut Zeke et Lloyd aux côtés de Shep et Greg.

Après avoir pris une profonde inspiration pour s'exhorter à la patience, elle retourna au box. Les deux hommes lui adressèrent des sourires pleins de sous-entendus qui lui donnèrent envie d'aller prendre une douche.

— Ah, jolie Trisha, c'est tellement bon de revoir notre serveuse sexy, déclara Lloyd.

— Hé, Trisha, tu vois toujours ce petit morveux de cow-boy ? demanda Zeke.

— Je ne vois pas de qui tu veux parler et, dans tous les cas, ça ne te concerne vraiment pas, répliqua-t-elle sévèrement.

Zeke plissa les yeux, tandis que Lloyd se mettait à rire.

— Elle t'a bien mouché, lança-t-il à Zeke. Je vais prendre un double cheese-burger et des frites.

— Et moi, le rôti de bœuf, ajouta Zeke d'un ton hargneux. Et préviens-moi quand tu seras prête à larguer cet imbécile pour avoir un vrai mec dans ta vie.

— Veux-tu la purée à part ou sur ton T-shirt ? répondit Trisha d'une voix douce.

Les trois autres hommes s'esclaffèrent.

— Tu te crois marrante. Eh bien, écoute ça : ton pourboire vient d'être divisé par deux, rétorqua-t-il.

— Bon sang, Zeke, tu n'es jamais très généreux de toute façon, s'exclama Greg tandis que Trisha se tournait pour aller passer les commandes.

Une fois dans la cuisine, elle prit une minute pour se calmer. Daisy la rejoignit, la mine inquiète.

— Tu vas bien ?

— Oui, répondit Trisha à sa patronne. Je déteste avoir affaire aux cow-boys du ranch Humes. Ils sont tellement… tellement…

— Abrutis, conclut Daisy.

Trisha lui lança un sourire chagrin.

— Le mot « abruti » n'est pas le premier qui me soit venu à l'esprit.

Daisy rit.

— Trisha, tu sais qu'ils n'ont même pas un seul cerveau à eux tous. Ne te laisse pas démonter.

— Je sais.

Trisha ne put s'empêcher de regretter son échange avec Zeke.

Se pouvait-il qu'elle ait déclenché la réaction d'un homme violent, révélant ainsi sa nature dangereuse ?

Samedi soir, Dusty était dans les écuries, à brosser Juniper après une chevauchée tardive au milieu du troupeau. Comme toujours quand il était seul, ses pensées étaient remplies de Trisha.

Il était heureux qu'elle soit retournée au travail sans incident pour l'instant. Il trouvait étonnamment normal d'amener Cooper chez Juanita, puis de déposer Trisha à la cafétéria, avant d'aller les chercher tous les deux à 22 heures.

En général, à l'aller, Cooper maintenait une conversation légère et amusante. Quand Dusty revenait le chercher, l'enfant était profondément endormi.

Avec Cooper, Dusty explorait une partie inconnue de lui-même, le monde merveilleux de l'enfance. Dusty n'avait peut-être pas pensé avoir d'enfant avant, mais, désormais, il ne pouvait imaginer sa vie sans Cooper, tout comme il ne pouvait l'envisager sans Trisha.

Jamais auparavant il n'avait pensé à son avenir comme il le faisait depuis que Trisha et lui avaient fait l'amour sous les étoiles. Il était satisfait de sa vie au ranch et ne s'était pas vraiment figuré une autre existence jusqu'à maintenant.

Il était prêt à aller de l'avant et à trouver un endroit où ils pourraient vivre ensemble tous les trois et bâtir un avenir. Mais les choses avançaient très vite entre eux. Il n'était pas sûr de ce que Trisha attendait. Elle n'en était peut-être pas au même stade que lui.

En outre, il y avait tant de choses en suspens pour l'instant. Comment pouvait-elle prévoir un avenir avec ce danger suspendu comme une épée de Damoclès au-dessus de sa tête ?

Dusty était déjà soulagé qu'elle n'ait pas quitté la ville, qu'elle ait choisi de rester ici pour voir comment la situation allait évoluer. Il espérait qu'elle allait rester, parce qu'il avait de plus en plus de mal à imaginer sa vie sans elle et sans Cooper.

Il finit de brosser Juniper et mit le cheval dans une stalle. Sur un coup de tête, il sortit son portable et appela Forest. Cela faisait trop longtemps qu'il n'avait pas parlé à son ami.

— Dusty ! Ce matin, je disais justement à Patience qu'il était grand temps que je prenne de tes nouvelles.

— Comment ça se passe à Oklahoma City ?

— Je n'ai jamais été aussi heureux de ma vie, répondit Forest. J'ai fait une offre sur une propriété à la sortie de la ville. Il y a une belle maison. On espère que le propriétaire va accepter.

— Alors, le mariage est pour quand ? demanda Dusty.

— Patience veut une cérémonie à Noël. Elle organise déjà tous les détails. Comment ça se passe, pour toi et les autres gars ?

— Je t'ai dit que j'avais enfin pris mon courage à deux mains pour inviter Trisha. Les choses se déroulent mieux que je l'aurais imaginé. Je suis fou d'elle, Forest, mais il y a des problèmes.

— De quel genre ?

Dusty s'appuya à la porte du box de Juniper et résuma tout ce qui s'était passé.

— J'espère seulement qu'elle est en sécurité ici au ranch, sous ma surveillance.

— Bien sûr que oui, déclara Forest d'un ton confiant. Tu es fort, Dusty, et je suis certain que tu feras ton maximum pour garder les personnes auxquelles tu tiens en sécurité.

Dusty ferma les yeux un instant. Jusque-là, il ne s'était pas rendu compte qu'il avait besoin qu'on lui rappelle qu'il n'était plus un petit garçon vulnérable. A présent, il était un homme capable de protéger les siens.

— J'espère que toi et Trisha pourrez faire un saut ici pour le mariage. En fait, j'aimerais que tu sois mon témoin, Dusty.

La demande surprit et ravit Dusty.

— Ce serait un honneur, Forest.

— Je te donnerai tous les détails dès que Patience me les communiquera, déclara Forest avec une pointe d'humour. C'est elle qui est responsable de cette opération.

Les deux hommes bavardèrent pendant quelques minutes, puis se dirent au revoir. Après avoir raccroché, Dusty resta quelques instants immobile contre la porte du box.

Forest avait l'air si heureux, et personne n'était plus content pour lui que Dusty. Forest avait tellement compté dans sa vie. Il l'avait non seulement protégé pendant ces terribles jours dans la rue, mais il avait aussi été une source de soutien, de sagesse et de conseils au fil des années.

Dusty venait de se détourner de la porte du box lorsqu'il entendit le craquement bruyant de la porte d'entrée principale. Il se crispa et posa une main sur la crosse de l'arme passée dans sa ceinture.

— Qui va là ? demanda-t-il d'une voix forte.

— Dusty, c'est moi.

La voix de Trisha résonna à l'avant de l'écurie.

— Où es-tu ?

— Reste où tu es, j'arrive.

Il marcha jusqu'à la porte de l'écurie et sourit en la voyant.

— Quelle bonne surprise. Qu'est-ce que tu fais ici à une heure aussi tardive ?

— Cassie m'a dit de venir te rejoindre. Tony était dehors et il m'a escortée ici depuis le jardin.

Dusty la prit dans ses bras et posa un baiser sur son front.

— Bienvenue dans mon monde, annonça-t-il avant de la relâcher.

Elle regarda autour d'elle avec intérêt.

— Je n'étais encore jamais allée dans une écurie. Tu me fais visiter ?

Elle avait les yeux brillants de plaisir, et comme d'habitude, son parfum troubla Dusty.

Ils n'avaient pas eu de temps à eux depuis leur nuit dans le pré. Il rêvait de l'allonger sur un lit de paille fraîche et de lui faire l'amour à nouveau. Mais elle ne semblait pas être venue pour cela, songea-t-il. De toute façon, Brody était toujours dehors, avec son cheval, et pouvait revenir ici à tout moment.

Cela importait peu. Dusty était tout simplement heureux de l'avoir pour lui tout seul un instant.

— Est-ce que tu faisais tourner Cassie en bourrique ? demanda-t-il en la menant vers les stalles des chevaux.

— Je ne crois pas. Elle m'a seulement dit de faire une pause et de venir passer un peu de temps avec toi, sans Cooper. Je pense que ta patronne a une âme romantique.

— Je suis heureux de te voir, répliqua-t-il.

Il fit un signe vers un box.

— Comme tu peux le voir, c'est ici que réside mon cheval.

— Ne laisse pas Cooper le voir, il te demandera de lui en acheter un, ironisa-t-elle.

— En fait, il pourrait commencer à monter n'importe

quand, répondit Dusty, avant de rire devant son regard horrifié. Les cow-boys s'y mettent jeunes.

— Mais c'est toujours mon bébé, protesta-t-elle.

— Et tu es une maman incroyable.

Il passa le bras par-dessus son épaule.

— Allez, je vais te montrer la pièce où on les nourrit, le bureau d'Adam, puis la sellerie.

Elle se nicha contre lui et ils marchèrent d'un même pas. Comme s'ils étaient faits spécialement l'un pour l'autre, pensa-t-il.

Le bureau d'Adam était une petite pièce avec un bureau en bois et plusieurs classeurs à tiroirs. Cela sentait le cheval, le foin et le café froid.

— En général, il est là tôt le matin, à s'occuper de la compta et à commander des fournitures, expliqua Dusty.

— Lui et Cassie ont l'air proches.

— On pense tous qu'Adam craque pour la patronne, mais pour l'instant, il n'a pas tenté d'approche. Tu passes beaucoup de temps avec elle. A-t-elle fait allusion à Adam devant toi ?

A la faible lueur de l'ampoule nue au-dessus d'eux, le sourire de Trisha se fit taquin.

— As-tu l'intention de jouer les entremetteurs ?

Il haussa les épaules.

— Pas vraiment. J'ai seulement envie que tout le monde se sente aussi bien que moi ces derniers temps.

— Même si ça a l'air fou, avec tout ce qui se passe, je suis plus heureuse ces dernières semaines que je ne l'ai jamais été.

Malgré la faible luminosité, il vit la charmante rougeur qui colorait ses joues.

— Je venais de raccrocher avec Forest quand tu es

arrivée. Lui et Patience prévoient un mariage à Noël, et il m'a demandé d'être son témoin.

— Dusty, c'est merveilleux ! s'exclama-t-elle.

— Je suis très honoré qu'il m'ait proposé ça, alors j'ai accepté, bien sûr. Forest fait partie de mon adolescence. Je suis tellement heureux qu'il ait trouvé le bonheur. A présent, je vais finir la visite avant de t'emporter dans mes bras, directement dans ma chambre.

Elle laissa fuser le rire étouffé qu'il trouvait si sexy.

— Pas de ça ce soir, monsieur Crawford. C'était une courte visite, rien de plus.

— Ça ne veut pas dire que je ne vais pas t'embrasser avant que tu retournes à la maison, répliqua-t-il.

— Et ça ne veut pas dire que si tu le fais, je vais t'en empêcher.

Ses yeux étincelaient d'une lueur taquine.

— Maintenant, montre-moi le reste de l'écurie.

Il l'entraîna dans la salle d'alimentation, avec les cuves de grain et les balles de foin frais. Il l'emmena ensuite dans la sellerie. Il referma la porte et entreprit de désigner les différentes selles et d'expliquer le fonctionnement des autres équipements.

— Mais tout ça ne doit pas beaucoup t'intéresser, dit-il, s'apercevant qu'il parlait à tort et à travers.

— Dusty, je m'intéresse à tout ce que tu fais et à toutes les choses qui sont importantes pour toi.

— *Tu* es importante pour moi.

Il s'appuya à l'étable et attira Trisha contre lui.

— Toi et Cooper avez rempli ma vie d'une façon que je n'aurais jamais prévue. Je n'arrive pas à croire le temps que j'ai mis à t'inviter, tout ce temps perdu à hésiter.

Elle sourit.

— Le plus important, c'est que tu m'aies invitée et que j'ai accepté.

— Et maintenant, nous voilà ici ensemble.

Il pencha la tête et captura sa bouche. Il ne se lasserait jamais de son goût, de la chaleur de ses lèvres.

Elle s'inclina vers lui, s'abandonnant à leur baiser. Leur environnement sembla disparaître.

Dusty ne sentait plus le cheval, le foin et le cuir. Il ne sentait plus que le parfum de Trisha, qui déclencha une bouffée de désir en lui. Il perdit tout sens du temps et de l'espace.

Il la prit par les fesses et la rapprocha de lui. Son cœur battait plus vite à chaque respiration. Aucune femme ne l'avait jamais autant troublé. Physiquement, elle l'entraînait à des hauteurs qu'il n'avait jamais connues, mais leur lien émotionnel était tout aussi fort. C'était la femme qu'il voulait pour toujours. La femme avec qui il voulait bâtir sa vie et avoir des enfants.

Il ignorait depuis combien de temps ils s'embrassaient lorsqu'elle s'écarta, une expression alarmée dans les yeux.

— Tu as entendu ? demanda-t-elle.

— Quoi ?

— J'ai entendu un gros boum.

Il tendit à nouveau les bras vers elle.

— C'est sûrement Brody qui rentre du pré.

Il fronça les sourcils et laissa retomber ses bras.

Alors, une odeur étrange parvint à ses narines.

De la fumée.

Incendie, lui cria son esprit.

11

— Il y a un incendie tout près d'ici. On doit sortir.

Dusty attrapa Trisha par la main et l'entraîna vers la porte de la sellerie. Posant la paume sur le battant, il sembla en vérifier la chaleur.

Le cœur de Trisha s'emballa, tandis que la peur la submergeait, effaçant le désir que Dusty avait éveillé en elle quelques secondes auparavant.

Dusty ouvrit la porte à la volée et, lorsqu'ils entrèrent dans la partie centrale de l'écurie, Trisha fut horrifiée par l'épaisseur de la fumée. Les chevaux cognaient les côtés de leurs stalles en poussant des hennissements paniqués.

Toute l'écurie était-elle en feu ? se demanda-t-elle. Comment cela avait-il pu arriver ? Elle savait quel danger représentait un incendie sur un ranch. Les bâtiments ainsi que toute la zone alentour allaient brûler comme du petit bois.

La porte principale semblait à des kilomètres, tandis que la fumée s'épaississait et que les chevaux s'agitaient de plus en plus. Elle devinait la tension de Dusty à la pression de sa main qui s'agrippait à la sienne alors qu'il la tirait en avant.

Pourtant, elle ne sentait aucune chaleur. Mais avec une telle quantité de fumée, il devait bien y avoir des flammes.

— Dusty… tu es là ? appela soudain une voix masculine depuis la porte.

— Brody !

Dusty passa un bras autour des épaules de Trisha pour la faire avancer plus vite.

— Il y a le feu. Je crois que c'est du côté ouest du bâtiment.

— Je l'ai vu quand je suis arrivé, répondit Brody. Tony et deux autres ont déjà sorti les lances pour l'arroser,

Trisha et Dusty sortirent de l'écurie. Les hommes se précipitèrent hors du bâtiment où ils dormaient et la lumière arrière de la maison principale s'alluma.

— Je vais ouvrir les portes pour faire sortir les chevaux, annonça Brody en courant vers la bâtisse.

— Je dois retourner à la maison, déclara Trisha.

Elle ne voulait pas gêner. C'était le chaos partout.

— Non, reste avec moi, répondit Dusty.

Il plissa les yeux et baissa la main vers son arme. Trisha sentit une nouvelle peur la traverser. Croyait-il qu'on avait mis le feu intentionnellement pour les faire sortir de l'écurie ? Pensait-il que quelqu'un les attendait ? Quelqu'un qui n'avait pas anticipé l'arrivée inattendue de Brody ?

Le ventre noué, elle scruta du regard le paysage obscur. L'air était rempli de voix masculines. Une lueur vacillante était visible sur le côté du bâtiment, accompagnée du craquement distinctif d'un feu ardent.

— Allons voir ce qu'il en est, déclara Dusty.

A nouveau, il la prit par l'épaule et la serra contre lui. Ensemble, ils se hâtèrent vers l'angle du bâtiment. Tony et deux autres hommes tenaient de gros tuyaux et arrosaient ce qui semblait être un mur de feu.

La scène était inquiétante, les flammes semblant grandir plutôt que diminuer. Sawyer et Jerrod rejoignirent les hommes qui tenaient les tuyaux et se servirent d'extincteurs pour tenter d'éteindre le sinistre.

Appuyée contre Dusty, les yeux embués de larmes, Trisha

regarda les hommes se battre. Comment cela avait-il pu se produire ? Sa présence ici y était-elle pour quelque chose ? Frank avait-il provoqué cet incendie pour l'atteindre, elle... ou Dusty ?

Elle pivota en entendant un bruit de sabots martelant le sol. Dans le clair de lune, elle vit les chevaux galoper vers les prés, au loin. Elle regarda à gauche, puis à droite, guettant le moindre danger susceptible de surgir de l'obscurité.

Le temps sembla se suspendre tandis que les hommes s'efforçaient de maîtriser l'incendie. Au bout d'un moment, Tony jeta le tuyau derrière lui et recula. Les flammes étaient éteintes, mais une épaisse fumée noire continuait à tourbillonner dans l'air.

La mine sombre, Tony, Mac et Adam rejoignirent Trisha et Dusty.

— C'est un acte criminel, c'est clair, déclara Adam.

— Heureusement qu'on l'a éteint avant que tout le bâtiment ne flambe, ajouta Mac. A priori, deux stalles sont entièrement détruites.

— Quand je suis arrivé, j'ai vu une pile de foin qui brûlait à côté du mur, affirma Tony.

— Du foin ? demanda Dusty. Il n'y avait pas de foin à cet endroit.

— Eh bien, quelqu'un l'y a déposé, rétorqua Mac.

Le cœur battant, Trisha écoutait les cow-boys. Un incendie criminel ? Le feu avait été mis intentionnellement ? Pourquoi ? Les questions se remirent à tourbillonner dans sa tête. Dusty resserra sa prise sur elle.

— Est-ce que quelqu'un a appelé Dillon ?

— J'y vais tout de suite, répondit Rony.

— Et je vais téléphoner à Cassie pour la prévenir de ce qui s'est passé, ajouta Adam, avant de tourner les yeux vers Trisha. Et si j'en profitais pour te raccompagner à la maison ?

Dusty laissa retomber son bras.

— Vas-y, Trisha. Je me sentirai mieux si tu es bien à l'abri à l'intérieur.

— Et si tu venais avec moi ?

Elle se sentirait mieux s'il était avec elle, et non pas en plein air, où il pouvait lui arriver n'importe quoi.

— On dirait que les autres ont pris les choses en main, murmura-t-elle.

Il soutint son regard un long moment. A la faible lueur de la lune, il avait l'air de lire la moindre de ses pensées.

— Ne t'inquiète pas pour moi, Trisha. Ça va aller.

Malgré le stress qui lui tenaillait toujours le ventre, elle hocha la tête, puis suivit Adam vers la maison.

Ils n'échangèrent pas un mot avant d'arriver à la porte de derrière et d'entrer dans la cuisine.

— C'est grave ? demanda Cassie en leur faisant signe de s'asseoir à la table.

— Tout bien considéré, ça aurait pu être pire, répondit Adam. Deux stalles ont brûlé, mais, au moins, tout n'est pas parti en flammes. On se fera une meilleure idée des dégâts demain matin. Les chevaux sont tous au pré. Ça aurait pu être plus grave si Brody n'était pas revenu à ce moment-là.

— C'était intentionnel, fit Trisha.

Une vague d'horreur la traversa à nouveau en pensant à ce qui aurait pu se passer.

Dusty et elle auraient pu être encerclés par la fumée. Le feu aurait pu devenir incontrôlable et les tuer. Les chevaux auraient pu jaillir de leurs stalles et, dans leur course paniquée, les piétiner à mort.

— Heureusement que Cass avait veillé à ce que la plupart des dépendances aient une source d'eau à proximité. Et maintenant, je dois y retourner, déclara Adam en se levant de sa chaise. Tony a dû appeler Dillon. Je reviendrai vous voir quand il arrivera.

Cassie et Trisha restèrent assises tandis qu'il disparaissait.

— Tu es blanche comme un linge, finit par remarquer Cassie.

— C'était effrayant, et ce qui me fait vraiment peur, c'est l'idée que j'ai peut-être mis tout le monde en danger ici.

Trisha plaça les mains sur la table et croisa les doigts, en proie à une profonde anxiété.

— Tu es bien consciente que ce qui vient de se passer est probablement lié à moi.

— On n'en sait rien pour l'instant, riposta Cassie d'un ton ferme. D'après ce que les hommes m'ont dit, ça ne serait pas la première fois qu'un feu volontaire est déclenché sur le domaine.

— C'était beaucoup plus qu'un feu volontaire.

Trisha appréciait que Cassie essaie de la rassurer, mais cela ne marchait pas. Malgré ces quelques semaines de paix, elle n'avait pas vraiment cru que la menace envers elle — et envers Dusty — s'était envolée comme par magie.

Elle savait, au plus profond d'elle-même, que quelqu'un attendait simplement une autre occasion de frapper. Celui qui avait allumé ce feu ne pensait pas que Brody allait arriver à ce moment-là. Il savait seulement qu'elle et Dusty étaient seuls dans l'écurie.

— Trisha, ne fais rien d'irréfléchi, conseilla Cassie d'une voix douce. N'y pense même pas. On ne sait pas avec certitude ce qui s'est passé ce soir.

Trisha hocha la tête.

— Je monte voir Cooper. Je redescends dans quelques minutes.

Elle se leva et gravit lentement l'escalier. Elle s'immobilisa à la porte de la chambre. Grâce à la lumière du couloir, elle put voir Cooper, sereinement endormi, inconscient du drame extérieur. Son cœur se gonfla d'amour.

Heureusement qu'il avait un sommeil de plomb et ne se réveillait presque jamais au milieu de la nuit. Elle appuya sa tête contre le chambranle et poussa un soupir.

Peu importait ce que disait Cassie, Trisha n'était pas disposée à croire que le feu n'avait rien à voir avec elle. Dusty était d'accord avec elle. Elle l'avait vu à sa mâchoire serrée, à la façon dont sa main avait aussitôt cherché la crosse de son arme. S'il avait vraiment cru à un feu volontaire, il n'aurait pas réagi de cette façon.

Des questions effrayantes tourbillonnaient dans sa tête, des questions sans réponses. Qui se cachait derrière tout cela ? Pourquoi la police n'était-elle pas capable de le découvrir ?

Il est temps de partir, murmura une petite voix dans sa tête. *Il est temps de s'enfuir.* Tous les muscles de son corps étaient tendus. Elle ferma ses yeux brûlants de larmes.

Elle ne voulait pas partir. Elle avait moins peur pour elle-même que pour l'homme qu'elle aimait. Elle pensa à Courtney... à sa mère... et les larmes la brûlèrent encore plus.

Elle aimait Dusty, mais l'amour suffisait-il pour qu'ils affrontent ce qui les menaçait ? Et l'homme qu'elle aimait risquait-il d'être tué à cause de ce qu'elle éprouvait pour lui ?

Dillon n'arriva pas seul à la propriété. Jim Browbeck, le chef des pompiers bénévoles de Bitterroot, gara son véhicule officiel derrière le sien dans l'allée. Une autre voiture de police s'arrêta à son tour. Plusieurs agents en sortirent et rejoignirent le groupe.

Dusty, accompagné d'Adam, de Tony et de plusieurs autres,

les regarda approcher de l'écurie. Toutes les lumières du jardin avaient été allumées pour les aider dans leur enquête.

— Ne me dis pas que tu es mêlé à ça, lança Dillon à Dusty.

— Trisha et lui étaient dans l'écurie quand le feu a été déclenché, répondit Tony.

Dillon secoua la tête avec lassitude, puis alluma sa puissante lampe électrique.

— Voyons ce qu'on a.

Les hommes suivirent Dillon et Jim jusqu'aux lieux noircis et mouillés. Jim alluma sa lampe à son tour et s'accroupit.

— Je ne sens pas de produit accélérateur.

— Etant donné que tout était sec, ce n'était sûrement pas nécessaire, répliqua Dusty.

— Quand je suis arrivé, une grosse pile de foin était en train de brûler. Le temps que j'aille chercher le tuyau, ça s'était propagé au bâtiment, expliqua Tony.

Dusty réprima le malaise qu'il ressentait depuis qu'il avait senti la fumée. Il n'y avait rien de plus effrayant sur un ranch qu'un incendie.

Dillon parla, mais il était à gauche de Dusty et ses mots étaient confus. Il se tourna pour regarder le policier.

— Pardon ?

— Est-ce que tu as vu quelqu'un rôder dans les parages quand tu es entré dans l'écurie la première fois ?

— Non. Si ça avait été le cas, j'aurais vérifié.

Dusty poussa un soupir frustré. Les chances de découvrir qui avait mis le feu étaient très faibles.

— Je n'ai rien vu ni entendu d'inhabituel, pas jusqu'à ce qu'on sente la fumée.

Dillon regarda ses trois agents.

— Déployez-vous et vérifiez la zone.

— Je vais dire à certains de nos gars de jeter un œil aussi, déclara Mac.

Jim sortit une paire de gants de protection et commença à fouiller dans les débris.

— Qu'est-ce qu'on a ici ?

Il trouva un mégot de cigarette détrempé et le leva en l'air.

— Est-ce l'un des employés fume des cigarettes ?

— Aucun de nous, répondit Tony. Mais je connais des fumeurs.

Son regard se tourna vers le ranch Humes.

— Zeke Osmond et Lloyd Green, dit Dusty d'un ton monocorde.

— Evitons de nous avancer, répliqua Dillon. Cette ville est pleine de fumeurs. Mets-le dans un sac, Jim, et on verra bien si le labo en tire quelque chose.

Presque une heure plus tard, Dusty et Dillon reprirent la direction de la maison.

— Crois-tu que ça soit lié à l'admirateur secret de Trisha ? demanda Dillon.

Dusty fronça les sourcils.

— Très sincèrement, Dillon, je ne vois pas que penser d'autre. Ma première pensée quand j'ai senti la fumée, c'était que quelqu'un avait allumé un feu pour nous obliger à sortir de l'écurie. Je m'attendais à moitié à recevoir une balle.

Dillon s'arrêta net et dévisagea Dusty avec curiosité.

— Alors, tu penses que le danger te concerne toi, et non Trisha ?

Dusty regarda vers la maison, où la lumière de la cuisine perçait la nuit maintenant que les autres lampes avaient été éteintes.

— Je ne sais pas. Je sais que Trisha pense que c'est moi qui suis en danger à cause des meurtres de sa meilleure amie et de sa mère. Sans parler du gros crotale dans ma chambre.

— Quoi ?

Dusty expliqua rapidement sa découverte du serpent dans son lit.

— J'ai inspecté ma chambre plusieurs fois, mais je n'ai pas réussi à comprendre comment le crotale était rentré.

Dillon poussa un soupir las.

— Fais attention, Dusty. Je n'arrive pas à saisir ce qui se passe en ce moment. Aucun de mes hommes n'a repéré d'inconnu en ville et aucun de mes interrogatoires ne m'a fourni de réponse. Je n'ai jamais été aussi frustré.

— On est deux, répondit Dusty.

Ils marchèrent vers la maison en silence. Dusty n'avait qu'une envie : parler à Trisha. Il voulait s'assurer qu'elle n'était pas prête à prendre la fuite.

Cassie et elle étaient assises à la table lorsqu'ils entrèrent. Trisha était toujours pâle et ses yeux brillaient un peu trop. Alors qu'ils s'asseyaient, Cassie s'adressa à Dillon.

— Dis-moi quelque chose que je ne sais pas.

— J'aimerais bien, répondit Dillon sobrement.

— La bonne nouvelle, c'est que Jim a trouvé un mégot de cigarette, déclara Dusty.

— Et j'espère que le labo trouvera des traces d'ADN, ajouta le policier.

— Combien de temps cela va-t-il prendre ? s'enquit Trisha.

— Avec un peu de chance, pas plus d'une semaine. Ça dépend de la charge de travail du labo, répondit Dillon. Je demanderai à un de mes hommes de l'apporter à Oklahoma City à la première heure, demain matin.

Adam entra par la porte de derrière. De la suie noire marquait son front et ses joues.

— L'écurie est toujours enfumée, alors on ne va pas

essayer de rassembler les chevaux ce soir. Je vais commander les fournitures pour réparer les deux box dès demain matin.

— Merci, Adam, fit Cassie.

— Cassie, ça t'embête si je parle à Trisha en privé ? demanda Dusty.

— Pas du tout.

Ils se levèrent, et Dusty mena Trisha dans le salon. Il s'installa dans la causeuse fleurie et lui fit signe de s'asseoir à côté de lui.

— On détestait tous cette pièce, remarqua-t-il. C'est ici que Cass nous faisait venir quand elle était fâchée contre l'un de nous.

— Tu y venais souvent ? demanda Trisha.

Elle s'assit au bord du canapé, comme si elle était prête à déguerpir.

— Seulement deux fois. La première fois, parce que j'avais jeté un pétard dans la chambre de Sawyer, le 4 Juillet. La seconde, parce que je m'étais soûlé avec de l'alcool de contrebande et que j'étais trop malade pour travailler. Je ne sais pas ce qui a le plus contrarié Cass : le fait que je buvais de l'alcool à seulement seize ans ou que je ne pouvais pas faire ma part de travail le lendemain. Je vais te dire, c'est la première et la dernière fois que je me suis soûlé.

Trisha le regarda d'un air inquisiteur.

— Ça ne fonctionne pas, Dusty. Tu ne peux pas t'asseoir ici et me raconter des anecdotes amusantes pour essayer de me distraire.

Il se pencha en avant et lui prit la main.

— D'accord, c'était effrayant, mais on va bien tous les deux, et on continuera à aller bien jusqu'à ce que Dillon ait mis quelqu'un derrière les barreaux.

Elle ne le croyait pas. Ses doutes assombrissaient ses yeux, les rendant bleu nuit. Il soupira.

— Alors, ça y est, Trisha ? C'est de cette façon que tu te bats ? Tu abandonnes déjà ?

Il répétait ce qu'il lui avait dit lorsqu'elle avait voulu retourner au travail.

Elle ferma les yeux. Quand elle les rouvrit pour le regarder, la force avait remplacé la peur.

— Je ne veux pas fuir, Dusty. Mais si quelque chose de mal t'arrivait, je ne me le pardonnerais jamais.

— Si tu me quittes maintenant, c'est *lui* qui gagne. Ton avenir, et celui de Cooper, sera de fuir en regardant par-dessus ton épaule. Tu auras toujours peur de t'attacher à quelqu'un, de rester sur place trop longtemps. Est-ce vraiment ça que tu veux ?

— Bien sûr que non.

Elle dégagea sa main de la sienne.

— Est-ce que c'est notre première dispute ? demanda-t-il dans une tentative d'alléger un peu de la tension qui vibrait dans l'air.

Un sourire contrit releva un coin de la bouche de Trisha.

— Tu as l'incroyable capacité de me donner de l'espoir quand je suis au bord du désespoir.

Il reprit sa main et fut récompensé quand elle referma les doigts sur les siens.

— Tout va bien entre nous ? demanda-t-il.

Elle hocha la tête.

— Oui.

Il la tira du canapé et l'embrassa sur le front.

— Va dormir un peu, Trisha. Tout paraît plus clair à la lueur du jour.

Lorsqu'il eut quitté la maison en direction du dortoir, Dusty se remit sur ses gardes. Il sortit son arme du holster et accéléra le pas pour retrouver la sécurité de sa chambre.

Une fois à l'intérieur, il verrouilla sa porte, puis se laissa tomber au bord de son lit. Il croyait avoir réussi à calmer Trisha pour le moment, mais pour combien de temps ? Que pouvait-elle supporter de plus avant de renoncer ?

Pourvu que Dillon ait des réponses très vite, songea-t-il. Il avait la sensation de lutter contre les projets d'un fou, mais également contre les incertitudes de Trisha concernant leur relation.

Dillon roula dans la nuit, sentant en lui la brûlure de la frustration. Comme si le mystère des squelettes ne suffisait pas… Il serra les doigts autour du volant.

Même si on découvrait à qui appartenait l'ADN sur le mégot que Jim avait trouvé, il allait devoir effectuer des prélèvements sur tous les fumeurs de la ville pour faire des comparaisons. Et c'était impossible. Il n'avait pas le budget, ni l'autorité pour une telle tâche. Il n'avait pas mentionné ce petit problème à Cassie.

Fred Ferguson, le propriétaire du motel, avait appelé le poste presque tous les jours pour demander si Dillon avait arrêté quelqu'un pour l'acte de vandalisme. Trisha et Dusty comptaient tous les deux sur lui pour avoir des réponses.

Il voulait seulement protéger les braves gens de Bitterroot, mais, ces derniers temps, il avait l'impression d'échouer dans les grandes largeurs.

Pour la première fois dans sa carrière de shérif de la petite ville, il doutait de ses capacités d'homme de loi. Un crime affreux s'était produit sur le domaine Holiday dix ans plus tôt, et aujourd'hui Dillon pensait qu'un taré traînait parmi eux.

Un vent froid le traversa, s'ajoutant à la sensation terrible que les choses allaient empirer.

Bon sang !

L'occasion était idéale. Il avait surveillé le ranch depuis des jours, guettant le moment où il atteindrait Dusty, et Trisha du même coup.

Il avait vu Dusty entrer dans l'écurie seul, et son cœur avait bondi d'excitation lorsque Trisha l'avait rejoint. Il avait cru tenir le plan parfait. Allumer le feu, tirer sur Dusty, puis, dans le chaos ambiant, prendre ce qui lui appartenait.

Tout avait mal tourné. Il n'avait pas prévu la réaction rapide des employés du ranch. Il était désormais dans sa voiture, à conduire sans but, tandis que la sensation d'échec le rendait fou.

Il était temps de se montrer plus audacieux. Il était temps de prendre de vrais risques pour atteindre son objectif final. Il en avait assez de ne pas avoir Trisha dans sa vie. Elle lui appartenait, elle lui avait toujours appartenu.

Il avait échoué, ce soir, mais cela ne faisait que renforcer sa détermination à y arriver la prochaine fois. Elle était son avenir, et il n'aurait de cesse qu'il ne la fasse sienne pour toujours.

12

— Des nouvelles de Dillon ? demanda Tony à Dusty, assis à côté de lui près de la porte de sa chambre.

— Rien. Mais je ne m'attendais pas vraiment à en avoir.

Depuis le feu, les hommes avaient passé deux jours à réparer les box. Les chevaux avaient tous retrouvé leur place, et Dusty était sur le point d'aller chercher Trisha au travail.

— Je ne pense pas que ce mégot de cigarette va apporter la moindre réponse, poursuivit-il. Je ne sais même pas si cet incendie a été allumé par l'admirateur secret de Trisha ou par quelqu'un qui n'a rien à voir dans cette histoire.

— Et elle n'a pas donné de noms d'hommes qui pourraient être suspectés ? demanda Tony.

— Elle avait plusieurs noms, mais personne qui ait fait quoi que ce soit d'assez évident pour être inquiété. Que sais-tu de Steve Kaufman ?

— Pas grand-chose, répondit Tony. Je sais que sa femme a été emportée par un cancer il y a deux ou trois ans. Il a toujours été sympathique, mais il est plutôt réservé. Pourquoi ? Trisha pense que ça pourrait être lui ?

— Elle a cité son nom en plus de celui de Zeke.

Tony fronça les sourcils.

— Le nom de Zeke est invariablement en haut de la liste

quand il y a des problèmes. Je n'arrive pas à croire qu'il n'ait jamais été emprisonné pour un crime ou un autre.

— Malheureusement, soupçonner et prouver sont deux choses différentes, répliqua Dusty. Au point où on en est, j'ai bien peur que tous les hommes de la ville ne soient suspects.

Il poussa un soupir de frustration, puis regarda sa montre.

— Il est temps que j'y aille.

Il se leva.

— A demain matin, lança Tony.

— Oui, à demain.

Dusty remit la chaise pliante dans sa chambre, verrouilla la porte, puis marcha jusqu'à son pick-up. Il allait se rendre à la cafétéria, avant de récupérer Cooper chez Juanita.

Malgré le traumatisme du feu, malgré les risques potentiels qui le menaçaient, ses sentiments pour Trisha et son fils ne faisaient que grandir chaque jour. Ce soir, il comptait lui dire à quel point il était amoureux d'elle.

Il ignorait si elle était prête à l'entendre, mais son amour était devenu trop grand pour qu'il ne le partage pas avec elle. Il voulait aller de l'avant. Il voulait commencer à chercher une maison, un endroit où ils pourraient bâtir leur avenir ensemble, tous les trois.

Et malgré le danger qui tournoyait autour d'eux, il était confiant : ils avaient un avenir ensemble. Pour la première fois de sa vie, il croyait que le bonheur et l'amour étaient à sa portée et que le destin lui avait enfin accordé ce qui lui échappait jusqu'à présent.

Trisha devait savoir qu'il était amoureux d'elle, tout comme il pensait qu'elle était amoureuse de lui.

Quand il arriva au café, il se gara sur le parking où les employés stationnaient d'habitude. Comme toujours, les places autour de la porte de service étaient occupées. Il trouva un emplacement vide à bonne distance de la porte et recula.

Il coupa le contact et plissa les yeux pour regarder sa montre. La seule lumière dans le coin était celle d'un réverbère, non loin de là.

Il avait vingt minutes d'avance. Il recula son siège et baissa sa vitre. Il détestait entrer trop tôt, parce qu'il craignait que Daisy ne se sente obligée de libérer Trisha avant la fin de son service.

Septembre avait apporté des températures un peu plus basses. Auraient-ils des réponses avant l'arrivée de l'hiver ?

Il repoussa cette pensée négative. Ce soir, il voulait du positif. Il voulait seulement enlacer son avenir.

A 21 h 55, il sortit du pick-up pour marcher vers la porte de service. Il s'apprêtait à l'ouvrir lorsque Trisha apparut.

— Salut, toi, déclara-t-il.

— Salut, répondit-elle en souriant.

— Bonne soirée ? demanda-t-il en retournant avec elle jusqu'à son véhicule.

— Oui, rien à signaler. Et la tienne ?

— Ça a été.

Ils montèrent dans le pick-up pour se rendre chez Juanita.

— On a terminé la réparation des stalles cet après-midi, déclara-t-il. Et Adam nous a dit que Cassie envisageait d'organiser une grosse fête à l'automne et d'inviter la moitié de la ville.

— Ça a l'air sympa, remarqua Trisha tandis qu'il se garait.

Juanita habitait une petite maison située dans une rue tranquille bordée d'arbres. Comme d'habitude, lorsqu'ils sortirent du pick-up, Dusty inspecta les parages, à l'affût de la moindre menace pouvant jaillir de l'obscurité.

Juanita ouvrit la porte et il la suivit dans le couloir jusqu'à la chambre où Cooper dormait à poings fermés.

Il se baissa et souleva le petit garçon. Cooper ouvrit un œil, sourit, puis passa les bras autour de son cou.

— Salut, Dusty.

— Salut, bonhomme.

Le temps que Dusty rejoigne Trisha à la porte d'entrée, Cooper s'était rendormi. Quelques minutes plus tard, ils étaient dans le pick-up et roulaient en direction du ranch.

— J'ai parlé à Daisy ce soir à propos d'un changement possible de mes horaires, déclara Trisha.

— Pour quelle raison ? demanda Dusty, surpris.

— J'aimerais prendre mon service plus tôt pour ne pas avoir à sortir Cooper du lit tous les soirs.

— Qu'a dit Daisy ?

— Elle a répondu qu'elle verrait ce qu'elle pouvait faire en établissant le planning la semaine prochaine. Etant donné que tu m'amènes au travail et que tu viens me rechercher, j'aurais sûrement dû t'en parler d'abord.

Il lui lança un regard en coin et sourit.

— Ça ne change rien pour moi, même si j'aime bien l'idée que tu sois libre le soir, pour qu'on passe plus de temps ensemble.

— C'est aussi pour ça que je voulais faire ce changement. J'ai hâte de m'asseoir à nouveau dehors le soir pour vous regarder jouer par terre, toi et Cooper.

Il se mit à rire.

— J'aime bien jouer aux cow-boys avec le petit.

Pendant le reste du trajet, Trisha parla de sa soirée au travail.

— C'est toujours une bonne soirée quand aucun des employés du ranch Humes ne débarque.

— J'aimerais bien savoir ce qui a causé l'animosité entre Raymond Humes et Cass, dit Dusty. J'ai l'impression que même si elle est morte, Raymond encourage ses hommes à nous causer des problèmes.

— Cassie m'a dit qu'elle lisait de vieux journaux intimes de Cass. Elle trouvera peut-être la réponse dans l'un d'entre eux.

— Peut-être, même si à mon avis ça ne résoudra probablement rien.

Il tourna dans la propriété, parcourut la longue allée et se gara. Puis il prit Cooper sur la banquette et suivit Trisha jusqu'à la porte de derrière. Apparemment, Cassie s'était déjà couchée car la porte était verrouillée. Trisha sortit la clé que Cassie lui avait donnée pour l'ouvrir.

Il ne fallut pas longtemps à Dusty pour mettre Cooper au lit. Trisha et lui retournèrent ensuite dans la grande salle et s'assirent sur le sofa. Dusty sentit la nervosité l'envahir lorsqu'il pensa à tout ce qu'il voulait dire à Trisha.

— Tu es fatiguée ? demanda-t-il.

Il tendit la main pour enlever l'élastique qui retenait ses cheveux. Les longues mèches glissèrent sur ses épaules, et il joua avec l'une d'elles.

Elle lui prit l'élastique pour le poser sur la table basse.

— Un peu, mais je mets toujours un peu de temps à décompresser.

— Hmm… tu sens la cannelle, remarqua-t-il.

Elle rit.

— J'ai servi beaucoup de chaussons aux pommes ce soir.

Il laissa sa main retomber.

— J'ai beaucoup réfléchi ces derniers jours.

Elle le regarda d'un air prudent.

— Réfléchi à quoi ?

— A nous.

— Alors ?

Ses yeux s'assombrirent aussitôt comme si elle s'attendait au pire. Il prit une de ses mains dans les siennes.

— N'aie pas l'air aussi inquiète. Je me suis dit qu'il était peut-être temps que je commence à chercher une maison.

Il l'observa attentivement.

— Je veux trouver un endroit pour nous trois, Trisha, et

j'aimerais y vivre avec toi et Cooper. Je suis amoureux de toi. J'adore ton fils, et je veux vivre avec vous pour toujours.

Il retint son souffle en attendant qu'elle réponde. Elle le regarda à son tour, et s'exclama d'une voix tremblante :

— Oh ! Dusty, moi aussi, je suis amoureuse de toi.

Le cœur de Dusty explosa de bonheur. Il tendit les bras vers elle, désireux de la tenir tout contre lui, d'embrasser ses lèvres frémissantes.

Elle s'appuya à lui et le baiser qu'ils échangèrent était tendre et rempli des émotions qui brûlaient dans son cœur. Il mit fin au baiser et elle recula.

— J'ai l'impression d'être née pour t'aimer, murmura-t-il. Ça fait un moment que je veux te le dire.

— J'en suis au même point que toi, Dusty.

Les yeux de Trisha brillaient d'un bonheur qui émut profondément Dusty.

— Je n'ai jamais aimé un homme comme je t'aime.

— On n'a jamais vraiment parlé de ce à quoi ressemblerait notre avenir.

— C'est parce que je n'étais pas sûre d'avoir un avenir.

— Tu as un avenir, Trisha. On a un avenir ensemble, et il va être merveilleux. Je voudrais trouver une maison en ville près de la cafétéria, et je continuerai à travailler ici au ranch.

Il passa le bras autour de son épaule et l'attira contre lui. Elle appuya la tête contre lui et poussa un soupir.

— Dis-m'en plus, murmura-t-elle. Parle-moi de ce merveilleux futur qu'on va partager.

— On va vivre dans une maison avec au moins trois chambres, une pour nous, une pour Cooper et une autre pour nos bébés. Tu veux d'autres enfants, n'est-ce pas ?

— Au moins un, répondit-elle. J'aimerais avoir un bébé de toi.

Il la serra plus fort contre lui et poursuivit :

— Le soir, on mangera ensemble, on regarda Cooper jouer, puis on ira se coucher. On se mariera, on rira, on fera l'amour et on regardera nos enfants grandir. On connaîtra le genre de bonheur dont on n'avait fait que rêver jusque-là.

Il s'interrompit. Pendant qu'il parlait longuement de leur avenir ensemble, elle s'était endormie. Il resta immobile, profitant de ce moment d'abandon.

Le soir où il l'avait invitée pour la première fois, il n'avait pas imaginé qu'il se retrouverait ici, à l'entendre lui dire qu'elle l'aimait. Il ne savait pas qu'il était capable d'aimer aussi profondément. Il avait peur que son enfance terrible ne le rende incapable d'aimer et ne l'empêche de devenir un bon père.

Avec elle à ses côtés, tout ce qu'il avait souffert dans sa vie s'effaçait. Il aimait, et il était résolu à être pour Cooper le genre de père qu'il aurait aimé avoir.

Il avait du mal à croire qu'il avait trouvé non seulement une femme qui l'aimait, mais aussi un petit garçon qui le regardait comme s'il était le plus grand cow-boy, le meilleur depuis John Wayne.

Es-tu assez fort ?

Es-tu vraiment assez intelligent ?

Les questions obsédantes le hantaient toujours. Il appuya sa tête contre le dossier du canapé et ferma les yeux avec une résolution qu'il n'avait jamais éprouvée jusque-là.

Oui, il était assez fort pour les aider à traverser ce qu'ils devaient affronter. Les fantômes de son passé n'étaient que des spectres sans danger qui n'avaient plus le pouvoir de le tourmenter.

Il était capable de protéger ce qui était à lui. Ce fut sa dernière pensée avant de s'endormir près de la femme qu'il aimait, blottie contre lui.

— Encore un peu de café, Steve ?

Trisha inclina la cafetière au-dessus de la tasse vide de Steve Kaufman.

— Oui, volontiers, acquiesça-t-il. J'ai été surpris de te voir en arrivant. Tu ne travailles pas le samedi, en général.

— Julia s'est fait porter pâle aujourd'hui. Apparemment, elle a la grippe, ou quelque chose comme ça, alors Daisy m'a demandé de la remplacer.

Sachant combien Daisy s'était montrée accommodante avec elle, Trisha n'avait pas hésité à venir lui donner un coup de main.

— Tu as l'air drôlement heureuse, ce soir, observa Steve.

— Je suis heureuse.

— Pour une raison en particulier ?

Il haussa un sourcil sombre et l'étudia attentivement.

— La météo a prévu de la pluie ce soir, dit-elle, éludant sa question. Ça a mis tous les ranchers de bonne humeur.

— Une bonne pluie serait la bienvenue, répliqua-t-il. Il fait tellement sec.

— Je peux t'apporter autre chose ?

— Non. Ça va, pour le moment.

Kaufman rouvrit son livre de poche.

— Merci, Trisha.

Elle hocha la tête, puis retourna derrière le comptoir remettre la cafetière à sa place. Daisy s'approcha d'elle.

— Et si tu allais te chercher quelque chose à manger et faire une pause, maintenant que l'heure de pointe est passée ?

— Bonne idée. Je meurs de faim, et tu sais que j'adore ta tourte au poulet, répondit Trisha.

Daisy sourit.

— Tout le monde aime ma tourte quand je la mets au menu. Et merci d'avoir remplacé Julia.

— Pas de problème.

Pendant qu'elle remplissait une assiette dans la cuisine, Trisha repensa à la soirée passée avec Dusty. Il lui avait dit qu'il l'aimait et qu'il voulait être son homme pour toujours. Elle avait du mal à contenir son bonheur.

Pour la première fois depuis la naissance de Cooper, un espoir fort brûlait dans son cœur, un espoir bâti sur l'amour qu'elle avait trouvé avec Dusty. Elle croyait vraiment qu'ils traverseraient ces épreuves pour avoir droit à leur vie ensemble.

Heureusement qu'elle n'avait pas fui, songea-t-elle. Heureusement qu'elle n'avait pas quitté la ville avec Cooper lorsque ces fleurs et ce message avaient été déposés au motel. Depuis cette nuit, elle était devenue plus forte et plus déterminée à construire une vraie vie pour elle et son fils. A présent, son avenir incluait Dusty.

Si seulement sa mère était encore en vie… Si seulement elle pouvait rencontrer Dusty et voir l'amour que sa fille avait enfin trouvé. Trisha en était certaine : sa mère aurait adoré Dusty.

La tourte au poulet n'avait jamais été aussi bonne que ce soir. Le travail n'avait jamais été aussi agréable, et c'était parce qu'elle savait avec certitude qu'elle aimait et était aimée en retour.

Il était presque 2 heures lorsque Dusty l'avait sortie de son sommeil sur le canapé. Il l'avait laissée à la porte de derrière avec un baiser et la promesse qu'ils étaient au début d'un incroyable voyage ensemble, qui durerait toute leur vie. C'était difficile de ne pas être heureuse, avec cette promesse résonnant dans ses oreilles, au plus profond de son cœur.

Une fois sa pause finie, elle retourna en salle, où le reste de la soirée se passa agréablement. A 20 heures, de gros nuages d'orage masquèrent la lumière du jour et les clients se mirent à discuter des besoins en pluie.

Shep Harmon, Greg Albertson et Zeke Osmond entrèrent

et prirent un box dans sa section sans qu'elle y attache d'importance. Rien ne pouvait lui faire perdre sa bonne humeur, pas même les cow-boys du ranch Humes.

Ils commandèrent de la tarte et du café. Pour une fois, Zeke ne l'embêta pas.

— Les garçons ont l'air de se tenir à carreau, remarqua Daisy, debout derrière le comptoir à côté de Trisha.

— Ça tient du miracle, non ? ironisa Trisha.

La patronne lui sourit.

— En parlant de miracles, tu as la voix qui chante et les yeux qui brillent. J'avais averti ce cow-boy à fossettes de ne pas jouer avec toi.

Trisha éclata de rire.

— Il ne le fait pas.

— Alors, tu vas l'épouser et quitter ton travail ?

— Oui, oui, je vais l'épouser.

Son cœur se mit à battre plus vite.

— On va se marier et vivre heureux jusqu'à la fin de nos jours, mais ne t'inquiète pas, je ne vais pas démissionner. J'aime travailler ici et j'ai l'intention de continuer jusqu'à ce que tu me renvoies.

Le sourire de Daisy s'élargit.

— Je n'en ai pas l'intention. Mais je suis heureuse pour toi. Ça m'embêterait vraiment de te perdre, Trisha. Tu es l'une des meilleures serveuses que j'aie jamais eues, et les clients t'adorent.

Mais quelqu'un l'aimait un peu trop, songea Trisha, avant de se secouer. Elle refusait d'avoir des pensées négatives. Elle voulait seulement profiter du bonheur qu'elle ressentait en ce moment.

— J'espère que tu prévoies un grand mariage et que tu vas m'inviter. Il n'y a rien que j'aime tant que pleurer comme une madeleine aux mariages, affirma Daisy.

— On n'a pas vraiment parlé de l'organisation, mais tu seras invitée, bien sûr, déclara Trisha. Dusty va commencer à chercher des maisons en ville. Il veut qu'on s'installe dans un endroit où on pourra débuter notre vie ensemble.

— Je t'envie, fit Daisy, un éclat nostalgique dans les yeux.

— Tu aimerais te remarier ?

— Oh, ça non, alors. J'ai déjà divorcé de deux gros losers. Je n'ai pas envie d'épouser qui que ce soit, mais parfois, j'aimerais bien avoir un corps d'homme pour réchauffer mon lit, la nuit.

Daisy parcourut la salle du regard.

— Malheureusement, je suis plus douée pour les affaires que pour l'amour. Je suppose que je suis mariée avec cet endroit.

Trisha lui sourit avec amusement.

— J'ai la sensation que si tu décidais vraiment d'avoir un homme dans ton lit, tu n'aurais pas de mal à le trouver.

Daisy rejeta une mèche de ses cheveux roux par-dessus son épaule. Ses yeux brillaient de son goût irrévérencieux pour la vie.

— Tu as raison. Je pourrais sûrement me dégoter un jeune amant si je me décidais. Mais il faudrait que je sois gentille avec lui lorsqu'il quitterait mon lit, et je ne sais pas si j'en ai envie.

Trisha éclata de rire. Daisy était vraiment une originale, une parmi tant d'autres dans cette ville que Trisha avait fini par aimer. Elle se félicita une nouvelle fois de ne pas avoir fui cette merveilleuse petite ville et les braves gens qui y vivaient.

Elle réprima un soupir lorsque Zeke lui fit signe de venir à leur box.

— Le devoir m'appelle, murmura-t-elle à Daisy avant de se hâter vers les trois hommes.

— Est-ce qu'on pourrait avoir plus de café ? Ou est-ce que tu fais juste semblant de travailler ici ? demanda Zeke. Et on veut aussi l'addition.

— Ah, Zeke, dire que je pensais qu'on allait finir la soirée sans se chamailler, répliqua-t-elle.

— Eh, Zeke… détends-toi, intervint Shep avec une touche d'agacement. Pourquoi tu te conduis toujours comme un enfoiré avec elle ?

Il lança un sourire d'excuse à Trisha qui alla récupérer la cafetière, puis revint remplir leurs tasses.

— Shep dit que je te dois des excuses, déclara Zeke.

— Je ne veux rien entendre de toi que tu n'aies pas envie de dire, répondit-elle en posant l'addition sur la table.

— Ecoute, je suis désolé d'être grossier. En fait, je crois qu'on devrait avoir un bouton de réinitialisation, Trisha. Ces derniers temps, on est à couteaux tirés. Je promets d'essayer de faire mieux.

Il la regarda d'un air ingénu. Elle le contempla avec surprise.

— Merci, Zeke. J'apprécie.

Elle s'éloigna du box, inquiète de ce qu'il préparait peut-être. Elle ne croyait pas vraiment à son excuse, et il n'y avait aucun moyen de penser qu'il allait se transformer d'un coup en gentleman.

Elle poussa un soupir de soulagement lorsqu'ils quittèrent la cafétéria, vingt minutes plus tard. Steve Kaufman partit lui aussi, ainsi qu'un couple de clients. Encore une demi-heure, et elle pourrait rentrer chez elle.

Dehors, le ciel était sombre, traversé seulement par un éclair de temps en temps.

— Je viens de l'entendre à la radio : on est en alerte tornade, annonça Daisy en rejoignant Trisha derrière le comptoir. C'est dans des moments comme ça que j'envisage de déménager sur une plage de Floride.

Trisha sourit.

— En Floride, il y a des ouragans.

— Et en Californie il y a des tremblements de terre. On dirait que je vais passer le reste de ma vie ici. Au moins, j'ai une cave ici et un abri anti-tempête à la maison.

— Espérons que la tempête ne sera pas trop sévère ce soir, conclut Trisha.

Elle souhaitait surtout que la pluie attende qu'ils aillent chercher Cooper chez Juanita et retournent au ranch.

— Si Dusty est déjà dehors, pourquoi tu n'irais pas le rejoindre un peu plus tôt ? dit Daisy alors qu'il n'était que 21 h 40.

— Tu en es sûre ?

— Vas-y. On dirait qu'il va pleuvoir, et je n'attends pas un afflux subit de clients. En fait, tout le monde à l'air de vouloir rentrer pour se mettre à l'abri.

Trisha fonça aussitôt dans la salle de repos pour récupérer son sac à main. Même si Dusty n'était pas encore entré, il était probablement dans le parking en train de l'attendre.

Elle sortit par la porte de derrière et repéra aussitôt son pick-up, là où il se garait d'habitude. Un roulement de tonnerre troubla le silence de la nuit.

Elle avait fait deux pas dehors lorsqu'un bras puissant s'enroula autour de son cou. Elle se retrouva plaquée contre un corps dur.

Une bouffée de panique la traversa quand elle sentit le bras se resserrer. Elle leva les mains pour essayer de soulager la pression sur sa gorge… une pression qui l'empêchait de respirer.

— Dusty ! parvint-elle à crier juste avant que de petits points ne se mettent à danser devant ses yeux.

13

Le tonnerre gronda au-dessus de Dusty tandis qu'il sortait du pick-up et fonçait vers la porte de service de la cafétéria. Trisha allait finir son service d'une minute à l'autre, et il avait hâte de les ramener à la maison, elle et Cooper, avant que la tempête ne commence.

Le dernier bulletin météo qu'il venait d'entendre à la radio faisait état d'une alerte tornade, une menace qui était toujours prise au sérieux dans cette région.

La dernière tempête grave qui s'était abattue dans le coin avait tué Cass. Elle avait eu lieu au printemps dernier, mais les tornades d'automne pouvaient être mortelles, elles aussi, Dusty le savait.

L'odeur âcre de l'ozone l'accueillit, lui rappelant cette fin d'après-midi où la tornade avait frappé. C'est un peu plus tard que le corps de Cass avait été retrouvé entre la maison et le bâtiment des ranchers.

Les employés pensaient qu'elle était venue les prévenir du danger lié à la tempête qui approchait lorsqu'une branche d'arbre l'avait frappée à la tête. Cesserait-il un jour d'éprouver du chagrin à la pensée de Cass Holiday ? se demanda-t-il.

Il repoussa le souvenir de la tragédie. Il parcourut le couloir et se rendit dans la salle principale, où Daisy était assise au comptoir, une tasse de café devant elle.

— Que fais-tu ici ? s'enquit-elle.

— Comment ça ? Je viens chercher Trisha.

— Elle est sortie il y a dix minutes, répondit Daisy, une expression inquiète sur le visage. Tu ne l'as pas vue ?

Le cœur de Dusty faillit jaillir de sa poitrine.

— Non, je ne l'ai pas vue.

— Elle est peut-être encore dans la salle de repos, suggéra Daisy en descendant de son tabouret.

Dusty fit volte-face et se rendit dans la petite pièce, priant pour qu'elle soit à l'intérieur et que la panique qui l'envahissait soit sans fondement.

— Trisha ?

Il se précipita dans la pièce, mais un coup d'œil lui suffit pour voir qu'elle était vide, de même que les toilettes attenantes. Il pivota à nouveau et faillit renverser Daisy.

— Elle n'est pas ici.

Daisy s'écarta aussitôt.

— Elle est peut-être dans ton pick-up, suggéra-t-elle d'un ton plein d'espoir. Vous vous êtes peut-être ratés quand tu es entrée, et…

Dusty n'attendit pas que Daisy termine sa phrase. Il se précipita dans le couloir, franchit la porte au pas de course et surgit sur le parking.

— Trisha !

Il fonça vers le pick-up et ouvrit la portière côté passager à la volée, tout en sachant qu'elle n'était pas là.

Son cœur battait frénétiquement. Il claqua la portière et inspecta le parking du regard. Où était-elle passée ? Que lui était-il arrivé ?

Il aperçut quelque chose sur le sol à droite de la porte de service. *Non. Non !* Le mot explosa dans sa tête lorsqu'il comprit que l'objet était le sac à main de Trisha.

Il l'attrapa au moment où Daisy apparaissait sur le seuil.

— J'ai appelé Dillon, déclara-t-elle.

Dusty serra le sac contre son torse. Trisha était sortie par ici. Quelqu'un se trouvait à cet endroit. Quelqu'un lui avait fait lâcher son sac et l'avait fait disparaître. Etait-elle morte sur ce parking ? Cette idée lui donna la nausée.

Un éclair zébra le ciel, suivi d'un coup de tonnerre. Dusty fourra le sac dans les mains de Daisy, puis commença à chercher sur les côtés et autour de chaque véhicule garé dans le parking. Il explorait rapidement, mais méthodiquement, et sentait peu à peu la panique le gagner.

Elle n'était ni à côté ni sous les voitures. Elle n'était pas cachée par la benne. L'idée que Trisha avait été attaquée pendant qu'il écoutait la météo dans son pick-up le remplissait d'une rage impuissante.

Qu'avait-il manqué ? Comment diable n'avait-il pas vu ou entendu qu'elle était en danger ? Alors qu'il se sentait tout près de perdre son calme, Dillon arriva dans le parking, le gyrophare sur le toit de sa voiture envoyant des rayons rouges à travers l'obscurité.

— Elle n'est plus là, Dillon.

Dusty attrapa le policier par les épaules lorsqu'il sortit de la voiture.

— Je n'ai pas vu ce qui lui est arrivé. Elle est sortie par la porte de service et a disparu. Elle n'est pas ici, et on doit la retrouver avant qu'elle ne soit blessée.

Dillon grimaça sous la pression des doigts de Dusty enfoncés dans ses épaules.

— Du calme, Dusty !

Se calmer ? Comment pouvait-il se calmer alors que Trisha avait disparu et qu'il n'avait aucune idée de là où elle était ? Il lâcha Dillon et recula. Tout son corps était électrisé par le besoin de faire quelque chose, n'importe quoi. Ils devaient la retrouver, maintenant.

— Rentrons, Dusty. Je dois poser quelques questions à Daisy, déclara Dillon calmement.

— Elle ne sait pas où est Trisha, lança Dusty, vaguement conscient du ton hystérique de sa voix.

Bon sang, il était complètement hors de lui. Son pire cauchemar se réalisait.

Cooper. Le nom du petit garçon résonna dans son esprit.

— Je dois appeler Juanita. Je dois m'assurer que Cooper va bien.

Il sortit son portable de sa poche et composa d'un doigt tremblant le numéro de la baby-sitter.

— Je vais dire à mes hommes de venir, lança Dillon à Dusty, en s'éloignant de quelques pas pour passer son appel.

Juanita décrocha à la seconde sonnerie.

— Juanita, avez-vous vu ou eu des nouvelles de Trisha, ce soir ? demanda Dusty.

— Non… Pourquoi ?

— Elle a disparu, finit-il par répondre d'une voix étranglée par l'émotion. Dillon est avec moi à la cafétéria et on la cherche. Est-ce que Cooper va bien ?

— Oui. Il dort.

Dusty referma les yeux pour contenir une vague de chagrin. Quand Cooper se réveillerait, il voudrait voir sa mère. Pourvu qu'elle soit saine et sauve à ce moment-là, pria-t-il avec ferveur.

— Est-ce qu'il peut rester avec vous pour l'instant ?

— Bien sûr, répondit-elle sans hésiter.

Dusty rouvrit les paupières, à temps pour voir un autre éclair zébrer le ciel.

— Appelez-moi si jamais Trisha vous contacte. Et, Juanita, si elle vient chercher Cooper, ne la laissez pas l'emmener.

— Vous pensez qu'il est en danger ?

La voix de Juanita dénotait son inquiétude.

— Je ne sais que penser, répondit-il. Je vais demander à Dillon de poster un agent devant chez vous. Je vous tiens au courant.

Il mit fin à l'appel, puis se tourna vers Dillon, qui avait raccroché, lui aussi. Toujours en proie à une panique qui le faisait trembler, il demanda au policier de poster un agent devant la maison de Juanita, ce que Dillon fit aussitôt.

— On doit faire quelque chose, déclara Dusty.

Un sentiment d'urgence lui envoya une décharge d'adrénaline.

— J'ai besoin d'interroger Daisy, annonça Dillon calmement. On doit découvrir avec qui Trisha a communiqué juste avant de disparaître.

— On n'a pas le temps de poser des questions ! s'exclama Dusty.

Son esprit tourbillonnait dans mille directions différentes. Il voulait que des policiers aillent frapper à toutes les portes de la ville. Il voulait de l'action plutôt que des mots.

— Dusty, il faut qu'on sache par où commencer, affirma Dillon en l'attrapant par le bras. Rentrons pour voir quelles informations Daisy…

La fin de sa phrase fut assourdie par un autre coup de tonnerre. Dusty hocha la tête à contrecœur. Dillon lâcha son bras et Dusty le suivit dans le bâtiment. Daisy avait fermé la cafétéria. Elle était seule avec les quatre employés qui nettoyaient la cuisine et la salle.

Dusty avait l'impression que la tempête couvait en lui. La peur grondait dans son cœur et le sang dans ses veines bouillonnait comme s'il avait été frappé par la foudre.

Trisha, où es-tu ? Qui t'a enlevée ? Bon sang, pourquoi n'était-il pas entré la chercher quand il était arrivé ? Pourquoi ne l'avait-il pas vue quand elle était sortie ?

Dillon avait à peine commencé à interroger Daisy lorsque les agents Ben Taylor et Michael Goodall arrivèrent. Deux policiers là où Dusty en voulait une centaine.

— Trisha avait-elle l'air nerveuse ou étrange avant de partir du travail ? demanda Dillon à Daisy.

— Pas du tout. Elle était égale à elle-même.

Le regard de la patronne laissait transparaître son inquiétude.

— En fait, elle était de très bonne humeur.

— Quelqu'un lui a causé des soucis ? interrogea Dusty, incapable de garder le silence. Des inconnus sont-ils entrés dans la cafétéria, aujourd'hui ?

— Non, c'était une soirée normale, avec tous les habitués.

— Il me faut des noms, déclara Dillon.

Daisy commença à énumérer les clients qui avaient mangé sur place dans la soirée. Dillon les écrivit sur le carnet qu'il avait sorti de sa poche.

Chaque seconde qui passait était un calvaire. Chaque minute qui s'écoulait était une souffrance comme Dusty n'en avait encore jamais connu de toute sa vie. Même les raclées brutales qu'il avait subies régulièrement de la part de son père ne l'avaient pas préparé à cette souffrance.

Le temps était l'ennemi et, déjà, des heures semblaient s'être écoulées depuis qu'il était entré dans la cafétéria et s'était rendu compte que Trisha n'était plus là.

— Steve Kaufman était présent, comme d'habitude, poursuivit Daisy.

— Trisha se demandait s'il n'était pas son admirateur secret, dit Dusty.

Si le veuf détenait Trisha ou qu'il lui avait fait du mal, Dusty lui arracherait la tête. Dillon se tourna vers Ben Taylor.

— Appelle Aaron et dis-lui d'aller chez Kaufman pour vérifier.

Dusty réprima l'envie de bondir de sa chaise et de foncer chez Steve.

— Trois des hommes de Humes étaient là, poursuivit Daisy.

— Lesquels ? demanda Dillon.

Un tic faisait tressauter sa mâchoire.

— Greg, Shep et Zeke. Je suppose que la seule chose un peu inhabituelle ce soir est que Trisha m'a dit que Zeke s'était réconcilié avec elle.

Zeke.

Le nom fit tilt dans l'esprit de Dusty. Zeke Osmond, qui avait semblé contrarié que Trisha fréquente Dusty après l'avoir rejeté. Zeke était un suspect potentiel aussi bien pour Dusty que pour Trisha.

Dusty ne pouvait plus se contenir. Il bondit de sa chaise. Le temps des questions à propos de la culpabilité de Zeke était terminé. Il allait avoir une vraie confrontation avec ce type.

— Je vais au ranch Humes.

— Dusty, assieds-toi et laisse-moi gérer ça, ordonna Dillon avec fermeté.

Dusty dévisagea le shérif avec une résolution glacée.

— J'en ai assez de rester assis et d'attendre. Je m'en vais.

Il sortit du bâtiment en trombe, en proie à une rage sourde. Si Zeke était responsable de la disparition de Trisha, alors Dusty le saurait en quelques minutes. S'il n'avait rien à voir dans tout ça, Dusty se tournerait vers une autre piste.

La pluie s'abattit sur le pare-brise lorsqu'il sortit du parking.

Trisha, où es-tu ? Zeke vivait sur la propriété Humes. L'avait-il attachée dans sa chambre ? L'avait-il emprisonnée ailleurs ? Où ? Pour autant qu'il sache, Zeke ne possédait pas de terrain autour de la ville.

En plus de sa rage croissante, une bouffée de désespoir le traversa. *Ta faute*, fit une petite voix dans sa tête. *Tout est ta faute. Tu aurais dû savoir à quoi t'en tenir. Tu n'as pas été assez fort. Tu n'as pas été assez intelligent pour la garder en sécurité.*

Elle a disparu. Tu t'es planté en beauté, cow-boy. Il enfonça l'accélérateur, priant pour que la voix intérieure se trompe, pour qu'il ne soit pas trop tard pour secourir la femme qu'il aimait.

Quel succès !

L'émotion grisante lui monta aussitôt à la tête lorsqu'il regarda dans le rétroviseur et vit Trisha inconsciente sur le siège arrière. Il avait fallu une organisation méticuleuse et une prise de risque incroyable, mais elle était enfin à sa place. Avec lui, pour toujours.

La clé d'étranglement l'avait fait s'évanouir. Il avait traîné son corps derrière une voiture et avait regardé Dusty sortir de son pick-up et entrer dans la cafétéria.

La tempête avait été une aubaine. Le tonnerre avait couvert le seul cri que Trisha avait réussi à pousser avant de s'évanouir.

Dès que Dusty avait disparu de sa vue, il avait porté Trisha jusqu'à sa voiture garée dans une rue à proximité, l'avait mise dedans et était parti.

Après avoir roulé pendant quelques kilomètres, il s'était arrêté. Trisha commençait à reprendre connaissance, et il avait réglé le problème en lui injectant une dose de tranquillisant dans le bras. Elle devrait rester inanimée pendant quatre à six heures, calcula-t-il. Assez de temps pour qu'il puisse arriver au chalet et l'attacher.

Une nouvelle vie commencerait alors pour eux deux.

Leur passé n'aurait plus d'importance. Le chalet contenait assez de provisions pour une année environ. Le temps qu'elle oublie son ancienne vie et se rende compte à quel point elle l'aimait.

Il n'était pas stupide. Il savait qu'il aurait du mal à la conquérir. Mais il savait aussi que cela arriverait. Ils étaient voués à être ensemble, et on ne pouvait pas lutter contre le destin.

Une pluie légère commença à tomber tandis qu'il laissait Bitterroot derrière lui. Les cieux semblaient laver toute trace du passé, ne laissant que l'avenir… son avenir merveilleux avec la femme qu'il aimait.

La pluie avait cessé de tomber, mais un vent fort avait commencé à s'abattre sur les vitres du pick-up tandis que Dusty tournait sur la propriété Humes. Un coup d'œil dans son rétroviseur l'informa que la voiture de police était toujours derrière lui.

Il passa en trombe devant la grande maison d'un étage où vivait Raymond Humes. Il savait que les hommes qui vivaient sur le domaine étaient logés dans un bâtiment comme celui du ranch Holiday. Il ignorait seulement dans lequel vivait Zeke.

Après s'être arrêté devant la structure en bois, il sortit du pick-up. La voiture de police se gara derrière lui et Ben Taylor en sortit.

— Ne te mets pas en travers de mon chemin, Ben, l'avertit Dusty.

— Ne fais rien d'idiot, c'est tout, répliqua Ben.

Dusty marcha à grands pas jusqu'à la porte et frappa. Il posa ensuite la main sur la crosse de son arme et recula. Lloyd Green ouvrit la porte. Ses yeux se plissèrent.

— Qu'est-ce que tu fous là ?

— Je cherche Zeke.

Lloyd regarda Ben, puis reporta son attention sur Dusty.

— Il y a un problème ?

— Oui, il y a un problème. Dans quelle unité se trouve Zeke ? demanda Dusty brusquement.

— Deux portes plus bas, répondit Lloyd en tournant le pouce vers la droite.

Alors que Dusty marchait vers la porte de Zeke, Lloyd sortit de sa chambre. Dusty frappa à coups redoublés sur la porte. Le stress tendait ses muscles. Zeke était-il ici ? S'il n'était pas là, Dusty pouvait supposer qu'il était ailleurs avec Trisha.

Il tambourina à nouveau avec son poing. L'anxiété se mêlait à la terreur qui le rongeait. La porte s'ouvrit, et Zeke apparut, seulement vêtu d'un boxer.

— C'est quoi, ce délire ? demanda-t-il.

D'un geste machinal, Dusty sortit son revolver et le plaça au milieu du torse de Zeke.

— Où est Trisha ?

— Dusty ! cria Ben juste derrière lui. Baisse ton arme.

Dusty ne cilla pas. Il ne fit aucun geste. Il avait les yeux rivés sur Zeke, qui avait lentement levé les mains au-dessus de la tête.

— Je ne sais pas de quoi tu parles. Comment est-ce que je saurais où est Trisha ?

— C'est toi, son admirateur secret ? Tu l'as kidnappée à la cafétéria ? Où est-ce que tu l'as emmenée, Zeke ? Qu'est-ce que tu as fait d'elle, bon sang ?

Les questions jaillirent tandis qu'il continuait à braquer Zeke.

— La dernière fois que j'ai vu Trisha, elle me servait à la cafétéria. Je ne suis pas un admirateur secret, je ne sais même pas ce que ça veut dire, et je n'ai aucune idée de ce qui s'est passé si elle a disparu, affirma Zeke en soutenant le regard de Dusty.

Dusty aurait voulu qu'il soit coupable, car si ce n'était pas lui, il ne savait pas vers où aller ni qui interroger. Pourtant, au fond de lui, il savait que Zeke lui disait la vérité.

Il laissa retomber son bras et remit son arme dans le holster. Il recula de quelques pas.

— Où sont Shep et Greg ? demanda-t-il, se rappelant que les trois hommes étaient ensemble à la cafétéria.

Zeke haussa les épaules.

— J'imagine qu'ils sont dans leurs chambres. Shep et moi sommes rentrés tous les deux, mais Greg avait pris sa voiture.

— Fais-les venir ici, ordonna Dusty.

Il ne quitterait pas ce ranch tant qu'il n'aurait pas vu les trois hommes.

— Fais ce qu'il dit, lança Ben en se plaçant à côté de Dusty.

Zeke hocha la tête. Il marcha jusqu'à la porte voisine et frappa. Shep l'ouvrit aussitôt. Dusty s'approcha pour regarder dans la pièce. Trisha n'y était pas, et rien n'indiquait qu'elle y soit venue.

Le portable de Ben sonna et tout le monde se figea. Il décrocha et écouta un instant.

— Merci, je vais le lui dire.

Il raccrocha et regarda Dusty.

— C'était le chef. Aaron a appelé de chez Steve Kaufman. Kaufman est chez lui, et il n'y a pas de raison de croire qu'il ait quoi que ce soit à voir avec la disparition de Trisha.

L'amertume de la défaite envahit Dusty. Et si elle avait été kidnappée par quelqu'un qui n'était pas sur leur liste ?

Et si Frank l'avait trouvée et l'avait pour lui tout seul comme il l'avait toujours voulu ?

Dusty observa Zeke et Shep. Le rapport d'Aaron signifiait que trois des suspects potentiels étaient désormais écartés. Comment allaient-ils la retrouver ? Comment allait-il réussir à la sauver ?

— Greg, finit-il par articuler. Je dois parler à Greg, et puis je suppose qu'on partira.

Il lutta contre un intense désespoir. Zeke hocha la tête. Il se mit à marcher le long du bâtiment en direction de la dernière porte. Dusty et Ben lui emboîtèrent le pas. Shep et Lloyd restèrent où ils étaient. Zeke frappa à la porte.

— Greg ! Ouvre !

Aucune lumière ne brillait à la petite fenêtre. Le bonhomme était-il couché ? Dormait-il profondément malgré le tonnerre et les éclairs de la tempête qui faisait rage ?

Zeke frappa à nouveau, plus fort. La tension monta en Dusty pendant qu'ils attendaient. Enfin, Zeke attrapa la poignée, puis se tourna pour regarder Dusty.

— C'est verrouillé, mais je ne crois pas qu'il soit là. Il aurait déjà répondu.

— Quelqu'un a une clé ? demanda Dusty, le ventre noué.

— Juste Greg, répondit Zeke.

— Je n'arrive pas à croire qu'il ait quoi que ce soit à voir avec tout ça, remarqua Lloyd en approchant d'eux. C'est seulement un brave garçon qui n'a pas beaucoup de jugeote.

— Ecarte-toi, je vais défoncer la porte, déclara Dusty.

Il avait besoin de voir à l'intérieur de la pièce. Si Greg était lié à la disparition de Trisha, alors il y avait peut-être un indice.

— Tu ne peux pas faire ça, protesta Ben.

Dusty se tourna pour regarder l'agent d'un air sombre.

— Ben, tu devras me passer les menottes si tu veux m'en empêcher.

Il fit signe à Zeke de se pousser. Puis il abaissa les épaules et percuta la porte.

La douleur explosa dans son corps tout entier, mais il l'accueillit car elle remplaçait momentanément la souffrance émotionnelle qui le bouleversait. Il prit une profonde inspiration et s'élança à nouveau contre la porte…

Avec un craquement, elle finit par s'ouvrir. Dusty se précipita à l'intérieur, tâtonnant pour trouver l'interrupteur. L'ampoule nue qui pendait du plafond éclaira la pièce.

Incrédule, il regarda autour de lui. Non seulement il n'y avait aucun signe de Trisha, mais, en plus, la pièce donnait l'impression que personne n'y avait jamais vécu. Il n'y avait là aucun objet personnel, en dehors d'un téléphone portable sur la table de chevet.

Dusty le saisit. C'était un appareil jetable à bas prix. Il l'ouvrit mais n'entendit aucune tonalité. Il le referma sèchement.

— Nom d'un chien ! s'exclama Zeke. Peut-être que Greg n'est pas aussi idiot qu'on le pensait.

— J'ai trouvé un peu étrange qu'il veuille conduire sa propre voiture ce soir plutôt que de rentrer avec nous, lança Shep.

— Il a sûrement laissé le portable ici pour qu'on ne puisse pas le tracer, déclara Ben. Donne-le-moi. Dillon arrivera peut-être à en tirer quelque chose.

Dusty tendit l'appareil à Ben. Greg Albertson. Le nom vibra dans son esprit.

— Tu ferais bien d'appeler Dillon pour lui dire que c'est Greg, gronda-t-il. Et qu'il a intérêt à le trouver avant moi.

14

Mal à la tête… Trisha avait une migraine terrible. Ce fut sa première pensée consciente. Un gémissement lui échappa. La douleur était atroce.

Quelque chose de froid et d'apaisant atterrit sur son front. C'était tellement bon, songea-t-elle. Un linge frais… Dusty savait toujours exactement ce dont elle avait besoin et quand elle en avait besoin. Elle commença à lever le bras pour déplacer le tissu, mais quelque chose l'en empêcha.

Pourquoi ne pouvait-elle pas bouger le bras ? Son esprit embrumé essaya de comprendre ce qui se passait. Avait-elle eu un accident ? Comment allait Dusty ? Oh non… Etait-elle paralysée ?

Non… Non, ce n'était pas possible. Elle travaillait à la cafétéria et une tempête approchait. Il y avait eu une alerte. Y avait-il eu une tornade ? La cafétéria avait-elle été touchée ?

Elle rejeta cette idée tout en continuant à fouiller dans ses souvenirs. Oui, elle avait été à la cafétéria et Daisy lui avait dit de terminer plus tôt.

Elle avait franchi le seuil. Elle avait vu Dusty dans son pick-up. Un bras autour de son cou… *Peux pas respirer… Au secours !*

Elle ouvrit brusquement les yeux et regarda autour

d'elle. Elle était dans une chambre qu'elle ne connaissait pas, meublée d'une commode, d'un lit une place sur lequel elle se trouvait et d'une table de chevet. Il y avait une petite fenêtre de l'autre côté de la pièce. Seul le cadre peint en noir était visible autour de la plaque de contreplaqué qui recouvrait la vitre.

La douleur lui martela à nouveau les tempes tandis que l'horreur la submergeait. Ses mains étaient attachées aux montants du lit, ses jambes ligotées ensemble au niveau des chevilles.

Il n'y avait personne avec elle dans la chambre, mais un bruit d'eau lui parvenait de l'autre pièce. Qui était là ? Qui l'avait amenée ici et l'avait attachée ?

Danger ! Elle se mordit la lèvre pour retenir un cri de panique. Elle fixa la porte et tenta de libérer ses bras, mais les cordes qui la retenaient étaient solides.

S'agissait-il de Frank ? Le monstre dans son placard l'avait-il enfin retrouvée et ramenée où il voulait ? Et Cooper ? Où était-il ? Etait-il en sécurité ?

Les larmes lui montèrent aux yeux tandis qu'elle pensait à son fils. Pourvu qu'il soit sain et sauf, et en sécurité.

Et Dusty ? Une nouvelle vague de chagrin la transperça. Etait-il mort ? La personne qui l'avait enlevée avait-elle réussi à le tuer avant de la kidnapper ?

Une fois de plus, elle se posa la question et frémit, horrifiée : s'agissait-il de Frank ?

Son cœur battait frénétiquement dans sa poitrine. Tous les muscles de son corps se tendirent lorsque le bruit d'eau s'interrompit.

Qui allait franchir la porte ? Allait-elle se retrouver face à son passé ou devrait-elle affronter une nouvelle épreuve tout aussi horrible ? Etait-ce Zeke qui l'avait enlevée ? Ses excuses n'étaient-elles qu'une ruse pour la tranquilliser ?

Des pas lourds se firent entendre et le plancher grinça tandis qu'ils se rapprochaient. La respiration de Trisha se bloqua. Elle regarda sans comprendre l'homme qui venait d'apparaître sur le seuil, un verre d'eau à la main.

— Ah, tu es réveillée, tant mieux.

Un large sourire éclairait le visage grassouillet de Greg Albertson.

— Greg ?

La voix de Trisha était rauque. Elle le regarda avec incrédulité. Il avait la même apparence que lorsqu'il venait manger à la cafétéria. Son jean était délavé et un T-shirt gris s'étirait sur ses larges épaules et son ventre légèrement proéminent. Il avait l'air tellement… normal. Pourtant, la situation n'avait rien de normal.

— Tu as l'air assoiffée, remarqua-t-il avant de marcher vers le lit. Tiens, bois.

Il pressa le verre contre ses lèvres. Elle les serra l'une contre l'autre, inquiète à l'idée d'accepter quoi que ce soit de lui.

— Allez, Trisha… Je te jure que c'est seulement de l'eau froide.

Son regard était innocent comme celui d'un enfant. Trisha avait la gorge sèche et râpeuse. Elle allait devoir croire qu'il disait vrai, comprit-elle. Elle leva la tête et ouvrit la bouche. Elle avala plusieurs gorgées, appréciant le liquide froid. Greg posa le verre sur la table de nuit.

— Ça va mieux ? demanda-t-il d'un ton soucieux.

Elle hocha sèchement la tête.

— Greg, que se passe-t-il ? Qu'est-ce que je fais ici ?

Elle s'efforçait de parler d'une voix aussi calme que possible. Elle n'avait aucune idée de ce qui l'attendait, de ce dont Greg était capable.

Il ôta le gant de toilette qui était sur son front et sourit à nouveau.

— Tu es ici parce que tu m'appartiens.

Ses yeux marron brillèrent tandis qu'il la regardait avec une adoration qui la mit mal à l'aise.

— Tu as laissé les fleurs pour moi… les bonbons et les messages ? C'est toi, mon admirateur secret ?

Elle avait servi cet homme des milliers de fois à la cafétéria sans jamais envisager qu'il était dérangé. Mais c'était bien de la folie qui brillait dans son regard.

— Je n'avais pas l'intention de rester secret aussi longtemps.

Il tordit le gant dans ses mains et son sourire s'effaça.

— Je me suis dit que j'allais prendre mon temps avec toi, te prouver que j'étais l'homme à qui tu étais destinée. Mais quand Dusty a commencé à te draguer, j'ai compris que je devais accélérer les choses.

Dusty, songea-t-elle avec désespoir.

— Où est Dusty en ce moment ? demanda-t-elle, craignant ce qu'il allait lui dire.

— Qui sait ? Ne t'inquiète pas, il ne nous retrouvera jamais ici. Mais le moment venu, je m'occuperai de lui.

Il entortilla le gant de toilette autour de ses doigts.

— Pourquoi veux-tu t'occuper de lui ?

Le cœur de Trisha se remit à battre la chamade. Greg lui sourit comme si elle était une enfant ignorante.

— Trisha, je sais bien que pour que tu sois entièrement libre de profiter de notre vie ensemble, Dusty doit être mort.

Greg n'était pas seulement dérangé, comprit alors Trisha. Il était fou à lier.

— J'ai déjà essayé de me débarrasser de lui deux fois, poursuivit-il. J'ai mis un crotale dans sa chambre, dans l'espoir qu'il serait mordu. J'ai déclenché l'incendie de l'écurie. Je voulais que Dusty et toi vous précipitiez dehors pour pouvoir lui tirer dessus et t'enlever, mais ça ne s'est pas passé comme prévu. Bien sûr, tout ça n'a plus la moindre importance maintenant. Tu es ici avec moi et, tôt ou tard, Dusty mourra.

Il s'exprimait d'un ton dégagé, comme s'il parlait du plat du jour de Daisy ou de la météo. Cela ne fit qu'amplifier la peur de Trisha.

— Où est mon fils ?

— Je ne sais pas et je m'en fiche. Il ne fait pas partie de notre destin. Quand tu finiras par avoir mes enfants, tu ne te rappelleras même plus son nom. Veux-tu que je mouille le gant à nouveau pour le remettre sur ton front ? demanda-t-il en tendant le tissu vers elle.

— Non.

Elle ne voulait pas qu'il la touche de quelque façon que ce soit. Le fait qu'il ait l'air convaincu qu'il lui ferait l'amour un jour, qu'il la mettrait enceinte, lui donnait envie de vomir.

— Je ne me sens pas très bien. Je crois que j'ai besoin de dormir encore un peu, déclara-t-elle d'une voix faible.

— C'est sûrement à cause du sédatif que je t'ai donné. Dors un peu. Je suis sûr que tu te sentiras beaucoup mieux tout à l'heure.

Il recula vers la porte.

— Appelle-moi si tu as besoin de quoi que ce soit, Trisha. Quand tu te réveilleras, on parlera de notre avenir ensemble.

Il lui adressa un sourire triomphant.

— Ça va être merveilleux.

Elle ne recommença à respirer vraiment que lorsqu'il eut quitté la chambre. Elle était en grand danger, et Dusty aussi, même s'il l'ignorait encore.

Greg n'avait pas précisé où Trisha et lui se trouvaient, mais il semblait certain qu'on ne les retrouverait pas.

Elle ne savait même pas combien d'heures avaient passé depuis qu'il l'avait enlevée. Elle ignorait quelle heure il était maintenant.

Etaient-ils près de Bitterroot ? Etait-elle restée inconsciente assez longtemps pour que Greg ait le temps de parcourir plus de cent cinquante kilomètres ?

Comment allait-on la retrouver ? Même si Dillon et Dusty parvenaient d'une façon ou d'une autre à comprendre que Greg était coupable, comment sauraient-ils où chercher ?

Trisha essaya de libérer ses poignets à nouveau et remua les chevilles pour tenter de se dégager, mais sans y parvenir. Un sanglot lui échappa. Elle s'empressa de serrer les lèvres. Elle ne voulait pas que Greg l'entende pleurer. Elle ne voulait pas qu'il revienne dans la chambre.

Elle ne pouvait compter sur personne pour la secourir. D'une façon ou d'une autre, elle allait devoir trouver un moyen d'être plus rusée que ce fou.

Dusty était assis à la cafétéria avec une tasse de café devant lui. Daisy avait ouvert son établissement pour la nuit, pour servir de quartier général aux policiers et aux bénévoles qui cherchaient Greg et Trisha.

La nuit avait passé lentement, pendant que tout le monde essayait de deviner où Greg était allé. Il n'avait pas de famille, et il avait vécu au ranch Humes durant ces dix dernières années.

Dillon n'avait pas trouvé de propriété lui appartenant. Et bien qu'il ait lancé un avis de recherche sur sa voiture, cela n'avait encore rien donné.

Le soleil qui se levait brillait faiblement dans le ciel. Il semblait incroyable pour Dusty qu'une nuit entière se soit écoulée sans que Trisha soit à l'abri dans ses bras.

— Dusty, tu devrais manger quelque chose, suggéra Tony en s'asseyant à côté de lui à la table.

Les employés du ranch Holiday étaient restés dehors toute la nuit, à explorer les rues et à essayer d'apporter leur aide de quelque manière que ce soit.

— Je ne peux pas, répondit Dusty.

Il avait le ventre tellement noué et la poitrine si serrée qu'il n'était même pas sûr de pouvoir avaler le café qui refroidissait rapidement devant lui.

Tony posa la main sur son épaule.

— Tu dois rester fort, Dusty. Quand on la retrouva, elle aura besoin de toi.

Dusty était reconnaissant que son ami n'ait pas dit « si » jamais ils la retrouvaient, mais plutôt « quand ». Il avait besoin d'optimisme pour lutter contre le désespoir.

Trop de temps avait passé. Ils n'avaient rien pour avancer, aucun nouvel endroit à fouiller. Greg Albertson avait réussi à disparaître comme un fantôme dans la nuit en emportant Trisha.

Greg était natif de Bitterroot. Il avait dix-neuf ans à la mort de ses parents. Il avait alors emménagé au ranch Humes pour y vivre et y travailler. Il n'avait apparemment aucun lien avec d'autres villes. Il n'était pas sur les réseaux sociaux et son portable à bas prix avait été déconnecté deux jours auparavant.

L'homme rondouillard au visage agréable et au sourire un peu idiot les avait tous trompés. Il avait même réussi à duper les hommes avec qui il avait travaillé et vécu pendant des années. A l'évidence, Greg était beaucoup plus malin que tout le monde ne le pensait.

Trisha était-elle toujours en vie ? Dusty devait croire que oui, sinon il sombrerait dans le désespoir.

Tant qu'il ne verrait pas son corps, tant qu'un légiste ne

confirmerait pas qu'elle était vraiment morte, il ne perdrait jamais espoir. Il fallait qu'elle soit vivante. Cooper avait besoin de sa mère et Dusty, de sa femme.

— Tu es sûr de ne pas vouloir manger ? demanda Tony. Peut-être un pancake ou des œufs ?

Dusty secoua la tête.

— Dans quelques heures, je dois aller chez Juanita Gomez. Cooper va se réveiller et il voudra savoir où est sa mère. Je dois être là.

— Que vas-tu lui dire ? demanda Tony.

— Je ne sais pas.

Il serra les doigts autour de son mug, comme pour s'accrocher à quelque chose en pensant à Cooper. Comment dire à un enfant de trois ans que sa mère avait été enlevée ? Comment avouer à un petit garçon que sa mère avait disparu et que personne ne parvenait à la retrouver ?

— Dis-moi si je peux faire quelque chose, déclara Tony.

Dusty hocha la tête, tandis que son ami se levait et rejoignait les autres. Il but une gorgée de café et lutta contre les larmes qui s'amassaient sous ses paupières.

Il n'allait pas lâcher maintenant. Il ne pouvait succomber à ses émotions. Il n'était plus un petit morveux pleurnichard. Il était un homme et devait rester fort.

Il avala le reste de son café, puis se leva et marcha jusqu'à Dillon.

— Maintenant que le soleil se lève, je vais faire un tour en ville. Tu m'appelles s'il se passe quelque chose ?

Dillon hocha la tête.

— Bien sûr. Dusty, j'ai envoyé tous mes hommes dans les rues. Je fais mon maximum.

— Je sais. Je reviens plus tard.

Il sortit de la cafétéria et marcha jusqu'à son pick-up. Le

seul signe qu'une tempête avait brièvement envahi la ville durant la nuit était la température plus fraîche.

Une fois au volant, il resta immobile un long moment. Il laissa tomber son front sur le volant, luttant contre la fatigue d'une nuit sans sommeil.

Tôt ou tard, il allait devoir dormir, il le savait, mais, pour le moment, il ne pouvait pas imaginer trouver le sommeil alors que Trisha était introuvable. Il tourna la clé et sortit du parking.

Il n'avait pas de destination en tête. Il avait seulement éprouvé le besoin de faire autre chose qu'attendre. Les rues étaient paisibles. Il avança lentement, observant chaque maison qu'il dépassait.

Où était Trisha ? se demanda-t-il. Où Greg l'avait-il emmenée ? Dusty vivait son pire cauchemar et il ne savait pas comment se réveiller. Il conduisit sans but pendant presque deux heures. Puis il finit par se garer dans une ruelle et sortit son portable de sa poche.

Juanita décrocha dès la première sonnerie.

— Est-ce qu'il est réveillé ? demanda Dusty.

— Oui, et il réclame sa mère. Je ne sais pas quoi lui dire. Elle parlait à voix basse, comme si Cooper était à proximité.

— Il y a du nouveau ?

— Non, rien, répliqua-t-il d'une voix monocorde. Pouvez-vous le garder encore un peu ?

— Il est le bienvenu ici aussi longtemps que nécessaire.

— Ça vous embête si je passe pour parler avec lui ?

— Je pense que ça lui plaira. Il vous a aussi réclamé.

— Je suis là dans cinq minutes.

Dusty raccrocha, puis fourra le téléphone dans sa poche. Qu'allait-il dire à Cooper ? Il n'y avait pas de mots pour expliquer cette situation d'adultes à un petit garçon.

Quelques minutes plus tard, il se gara devant la maison

de Juanita, le cœur plus lourd que jamais. Qu'allait-il dire à Cooper pour ne pas l'effrayer, alors qu'il était lui-même terrifié ?

Juanita vint l'accueillir à la porte.

— Il termine son petit déjeuner dans la cuisine, déclara-t-elle en le laissant entrer.

Dusty traversa le petit salon bien rangé et entra dans la cuisine. Cooper était assis à la table.

— Dusty !

Le petit garçon glissa de sa chaise, courut vers lui et entoura sa taille de ses bras.

— Comment va mon petit bonhomme ce matin ? demanda Dusty lorsque Cooper le relâcha.

— J'ai passé toute la nuit ici. Toi et maman, vous n'êtes pas venus me chercher pour aller à la maison. Pourquoi vous n'êtes pas venus, Dusty ?

Dusty s'accroupit et l'attira contre lui. Cooper le fixa de ses grands yeux candides.

— Ta maman s'est perdue.

L'enfant fronça les sourcils.

— Elle s'est perdue ? Comment ça ?

— Je ne sais pas encore, mais je la cherche.

Cooper posa les mains de chaque côté du visage de Dusty.

— Tu vas la retrouver, hein, Dusty ?

L'enfant lui fit un grand sourire, ses yeux bleus brillants de confiance.

— Tu vas la retrouver, parce que tu es le meilleur cow-boy depuis le Duke.

L'émotion que Dusty avait réprimée tout au long de cette nuit interminable le submergea brusquement. Il enlaça Cooper, la vision embrumée par les larmes. Peu importait ce qui arriverait, il ferait tout son possible pour être le modèle masculin dans la vie de Cooper.

Il ravala ses larmes et relâcha Cooper.

— Tu seras bien, ici avec Juanita, le temps qu'on retrouve ta maman ? demanda-t-il.

Cooper se rapprocha de lui.

— J'aimerais mieux rentrer avec toi, chuchota-t-il.

— J'aimerais bien, mais je dois continuer à chercher ta maman.

— Alors d'accord. Je peux rester ici. Mais tu reviendras me voir ?

— Bien sûr que oui.

Dusty se leva. Il devait partir avant de perdre son calme. L'immense confiance de Cooper était lisible dans ses yeux. S'il ne parvenait pas à ramener Trisha auprès de son fils, Dusty ne se le pardonnerait jamais.

Quelques minutes plus tard, il était de retour dans son pick-up. Cette fois, il ne put retenir ses larmes. Tout était sa faute. Il n'avait pas été à la hauteur.

Qu'arriverait-il au petit si sa mère ne revenait pas ? Quelque part, il y avait un père biologique qui pouvait surgir pour réclamer son fils. L'idée que ce monstre puisse avoir la garde de Cooper horrifia Dusty.

Il baissa la tête sur le volant, secoué par de violents sanglots. Il ne pouvait plus lutter contre son profond désespoir.

Trisha, on a besoin de toi, cria-t-il intérieurement. Mais plus que tout, il avait peur qu'il n'y ait pas de fin heureuse à ce drame.

15

— Petit déjeuner !

La voix joyeuse de Greg tira Trisha d'un sommeil peu réparateur. Il portait un plateau, qu'il lui posa sur le ventre.

— Rien de mieux qu'un bon petit déjeuner pour commencer la journée.

Elle le regarda sans rien dire. Le petit déjeuner ? Cela signifiait que c'était le matin, et qu'elle avait disparu pendant une nuit entière. Elle baissa les yeux sur le bacon et les œufs brouillés. Elle avait envie de vomir.

Greg quitta la pièce, puis revint avec une chaise. Il la posa à côté du lit et s'assit.

— Je n'ai pas faim, déclara-t-elle.

— Mais tu dois manger, protesta-t-il. Tu ne veux pas être malade. Et puis je me suis donné beaucoup de mal rien que pour toi.

Elle se moquait bien du mal qu'il s'était donné, mais il avait raison. Elle ne devait surtout pas tomber malade ou s'affaiblir, sinon elle ne parviendrait jamais à échapper à ce cauchemar.

— Je vais avoir du mal à manger avec les mains attachées, remarqua-t-elle, dans l'espoir qu'il la libère de ses liens.

— Ne t'inquiète pas. Je vais te nourrir.

Il prit une fourchette sur le plateau et piqua dans les œufs brouillés.

— Je prendrai toujours soin de toi, Trisha.

A contrecœur, elle ouvrit la bouche et prit les œufs. Elle mâcha et avala, luttant contre la nausée.

— Greg, tu dois me laisser partir. Je suis sûre que plein de gens nous recherchent en ce moment.

— Ils ne nous trouveront pas. Personne ne connaît l'existence de ce chalet.

Il tendit une autre fourchetée d'œufs, mais elle secoua la tête. Elle ne pourrait pas avaler une autre bouchée sans vomir.

— Tôt ou tard, tu devras sortir pour aller chercher de la nourriture, et quelqu'un te verra, déclara-t-elle.

Il reposa la fourchette, puis s'appuya à son dossier en souriant.

— Tu sais, c'est incroyable, le genre d'aliments qu'on peut se procurer de nos jours dans les endroits spécialisés dans la fin du monde. Ils sont réservés aux gens qui se préparent à l'effondrement de la société et à l'anarchie. J'ai plein d'aliments qui ont une durée de conservation de vingt-cinq ans. Il y a un puits pour l'eau, et je peux toujours attraper quelques lapins et autre gibier pour qu'on ait de la viande fraîche. On s'en sortira très bien sans que j'aie jamais besoin d'aller faire les magasins.

Ses mots ne firent qu'intensifier la nausée de Trisha.

— Je dois aller aux toilettes, déclara-t-elle.

Il ne comptait quand même pas lui apporter un bassin.

Il prit le plateau et le posa par terre près du lit.

— Je vais te détacher, mais ne tente rien pour t'échapper, Trisha. Ne me mets pas en colère, s'il te plaît. Ne m'oblige pas à te faire du mal.

La peur avait un goût de cuivre et d'amertume, songea-t-elle en voyant l'éclat menaçant dans ses yeux. Il était assez fort pour la blesser et l'obliger à rester au lit, impuissante, pendant très longtemps.

Il détacha ses chevilles en premier, avant de passer à ses poignets. Une fois libre, elle poussa un soupir de soulagement. Puis il l'attrapa par le haut du bras et la tira hors du lit.

Elle voulait se dégager, courir vers la porte ou la fenêtre la plus proche, mais elle n'en fit rien. Elle ne pouvait pas se permettre d'être diminuée. Elle devait avoir une idée de l'agencement du chalet avant de pouvoir organiser sa fuite.

Ils sortirent de la chambre pour entrer dans une pièce qui servait à la fois de salon et de cuisine. Une cuisinière à l'ancienne se trouvait dans un coin. L'unique fenêtre donnait sur un bois touffu.

La salle de bains était petite, avec seulement une cabine de douche, des W.-C. et un lavabo. Il y avait une petite fenêtre au-dessus de la cuvette. Trisha l'observa avec attention, mais elle ne pourrait pas passer à travers.

— Je te laisse seule quelques minutes.

Dès qu'il eut fermé la porte, les larmes inondèrent les joues de Trisha. Elle était enfermée avec un malade qui la prenait pour son âme sœur.

Heureusement que Cooper n'était pas ici avec elle. Mais même cette pensée ne la réconfortait pas. Le tiendrait-elle dans ses bras à nouveau ? Reverrait-elle jamais son beau sourire, entendrait-elle ses discours heureux sur les cowboys et le Duke ? Elle ne pouvait pas penser à lui. Cela faisait trop mal. Elle devait se concentrer sur ce qu'elle devait faire pour partir d'ici.

Il n'y avait pas d'armoire à pharmacie susceptible de contenir quelque chose qui aurait pu lui servir d'arme. Il n'y avait même pas de miroir à casser pour essayer de blesser Greg. Ses larmes se remirent à couler.

Quelques minutes plus tard, elle sortit de la salle de bains. Greg apparut aussitôt à côté d'elle.

— Tu dois retourner dans la chambre pour finir ton petit déjeuner.

— Je n'ai pas faim. Je ne peux pas rester assise ici avec toi ?

Elle désigna le canapé et s'obligea à sourire.

— S'il te plaît, Greg.

Il fronça les sourcils, puis hocha la tête.

— D'accord. On va s'asseoir un moment.

Il l'accompagna jusqu'au canapé et s'assit à côté d'elle.

— C'est quoi, cet endroit ? demanda-t-elle, tout en réfléchissant à la possibilité de fuir.

Greg ne semblait pas avoir d'arme sur lui, mais il était costaud. Elle ne pourrait pas le dominer physiquement assez longtemps pour s'échapper par la porte d'entrée.

— On est à un peu plus de cent cinquante kilomètres de Bitterroot, répondit-il.

Cent cinquante kilomètres. Le cœur de Trisha flancha. Elle avait espéré être plus près de la ville, où Dillon, Dusty et les autres devaient la chercher.

— Personne ne va nous trouver, Trisha. Au bout d'un moment, tu finiras par comprendre qu'on est faits l'un pour l'autre. J'attends ce moment depuis longtemps. Je me suis donné beaucoup de mal pour que ça arrive.

— C'est toi qui as saccagé ma chambre au motel ?

Il lui lança un sourire chagrin.

— Je plaide coupable. J'ai vu Dusty partir avec toi et j'ai pété les plombs.

Dillon avait dit que quelqu'un avait piqué une énorme crise de rage dans la pièce. La dernière chose qu'elle voulait était que cette rage soit dirigée contre elle.

Le sourire de Greg disparut peu à peu. Il la fixa avec une intensité qui augmenta sa peur.

— Tu ne comprends pas, Trisha ? Je ferais n'importe quoi pour te garder avec moi, pour que tu sois à moi jusqu'à la fin de tes jours.

Trisha sentit ses poils de hérisser sur ses bras. Elle avait eu tellement peur que Frank la retrouve qu'elle n'avait jamais imaginé que le cow-boy enrobé et affable qu'elle avait servi à maintes reprises représentait un danger pour elle.

A midi passé, Zeke franchit la porte de la cafétéria. Dusty le regarda approcher de sa table en fronçant les sourcils. Si ce type était venu causer des ennuis, Dusty le mettrait K-O sans la moindre hésitation. Il n'était pas d'humeur à supporter ses discours.

Le cow-boy s'assit en face de Dusty.

— Je sais que toi et moi, on n'a pas toujours eu le même point de vue, mais je me suis creusé la tête et j'ai repensé à toutes les conversations que j'avais eues avec Greg.

— Alors ? demanda Dusty en se penchant en avant.

— Alors, Greg a parlé d'un chalet de chasse appartenant à l'un de ses cousins, et situé pas très loin d'ici. Il y a passé du temps quand il était gosse. Il m'a dit qu'un jour, il s'y installerait et qu'il y vivrait de la terre.

Une bouffée d'adrénaline traversa Dusty.

— Où est ce chalet ? Peux-tu être plus précis ? Réfléchis bien, Zeke. C'est une question de vie ou de mort.

Zeke fronça les sourcils.

— Si je me souviens bien, il a parlé d'un endroit autour de Rush Springs.

— Dillon ! cria Dusty.

Il regarda le policier assis non loin de là, un ordinateur portable ouvert devant lui, puis reporta son attention sur Zeke.

— Est-ce que tu te souviens du nom du cousin ?

— Bailey… Bailey quelque chose. Je ne connais pas son nom de famille. Greg n'a pas fait allusion à ce chalet depuis longtemps. Je ne sais pas s'il était sérieux ou pas, mais je me suis dit que je devais en parler à quelqu'un.

Lorsque Dillon les rejoignit à la table, Zeke répéta ce qu'il venait de dire à Dusty.

— Je vais passer quelques coups de fil, pour voir ce que je peux trouver, déclara Dillon quand Zeke eut fini.

Dillon quitta la table, puis Dusty et Zeke se levèrent à leur tour.

— Merci, Zeke, dit Dusty.

L'autre homme haussa les épaules.

— J'espère que ça va donner quelque chose.

Il sortit de la cafétéria. Dusty commença à faire les cent pas en attendant que Dillon obtienne assez d'informations pour leur indiquer exactement où aller.

Pour la première fois depuis la disparition de Trisha, il sentit un semblant d'espoir naître en lui. Le moment était-il enfin venu ? Avaient-ils enfin le détail dont ils avaient besoin pour la retrouver ?

Il était prêt à sauter dans son pick-up et à rouler jusqu'à la petite ville de Rush Springs pour taper à toutes les portes. Mais sans plus de détails, ce serait une recherche inutile.

— C'est bon ! s'exclama Dillon. Bailey Summers possède un chalet situé sur une propriété de quatre hectares au sud de Rush Springs.

Dusty se dirigea vers la porte, mais s'arrêta lorsque Dillon l'attrapa par le bras.

— Je m'en occupe, Dusty. C'est mon travail.

— Oui, eh bien, c'est ma femme, et rien ne m'empêchera de la rejoindre.

Dusty n'avait pas l'intention de rester ici et de faire le pied de grue pendant que quelqu'un d'autre la sauvait. Il devait la trouver.

Dillon le lâcha et hocha la tête.

— Très bien. Dans ce cas, tu viens avec moi et on fait les choses à ma façon.

— On perd du temps.

— Ben… Michael… suivez-moi, ordonna Dillon.

Dusty et lui sortirent du bâtiment et foncèrent vers la voiture de service de Dillon.

Le trajet jusqu'à Rush Springs allait prendre environ une heure et demie. Des millions de choses pouvaient se produire pendant ce temps-là, songea Dusty. Mais un million de choses avaient déjà pu se produire depuis la disparition de Trisha.

Une fois sur la route, Dusty vit avec satisfaction Dillon utiliser son gyrophare pour aller plus vite.

Avaient-ils déjà trop tardé ? Tellement de temps avait passé. Si Zeke ne s'était pas rappelé une conversation fortuite avec Greg, ils seraient encore à la cafétéria, sans la moindre piste à suivre.

Dillon garda le silence, au grand soulagement de Dusty. Il n'avait aucune envie de parler. Il était trop plongé dans ses pensées. Ses souvenirs du temps passé avec Trisha et Cooper le hantaient.

Les kilomètres s'enchaînèrent. Sa tension augmentait sans cesse. S'ils affrontaient Greg, ce dernier risquait-il de commettre un acte désespéré ? Etait-il tellement obsédé, tellement fou qu'il croyait que si Trisha et lui mouraient ensemble, ils passeraient l'éternité ensemble ?

Es-tu assez intelligent ? Es-tu assez fort ?

Les mots familiers furent comme un murmure dans sa tête. Lui, Dillon et les autres hommes devaient être assez intelligents pour sortir Trisha du chalet avant que Greg ne fasse quelque chose d'insensé… s'il ne l'avait pas déjà fait.

— On doit retrouver Abel Grant, le chef de la police de Rush Springs, à notre arrivée en ville, déclara Dillon, rompant le long silence qui régnait entre eux depuis cent kilomètres. Il aura des informations sur la configuration du terrain et peut-être sur l'intérieur du chalet pour nous donner une idée de ce qui nous attend.

— Je veux entrer dans cette barraque le plus tôt possible, répliqua Dusty sèchement.

— Tu es conscient qu'on va peut-être se casser les dents.

— Je refuse de croire ça.

Il avait besoin de penser que ce qu'il faisait était la seule chose à faire, que dans une demi-heure, il tiendrait Trisha dans ses bras. Penser autrement le détruirait.

Vingt minutes plus tard, Dillon arrêtait son véhicule devant le commissariat de Rush Springs. Ben et Michael se garèrent à côté d'eux.

Les quatre hommes entrèrent dans le petit bâtiment en brique. Le ventre de Dusty était si noué qu'il en avait la nausée. Ils étaient désormais tout près. Avaient-ils vu juste ? Trisha était-elle vraiment dans un chalet appartenant au cousin de Greg ? Greg et Trisha étaient tous les deux partis… C'était la seule chose qui semblait logique.

Abel Grant était un homme grand et mince qui les accueillit sobrement.

— La propriété est entourée de bois épais. Tout le monde en ville pensait que le chalet était abandonné depuis longtemps. En résumé, c'est une bâtisse rustique de deux pièces avec salle de bains. Il y a aussi une cabane assez grande à proximité. Alors, comment voulez-vous vous y prendre ?

— Avec un peu de chance, on bénéficiera de l'effet de surprise et on pourra intervenir vite, déclara Dillon. On ne veut surtout pas que la situation tourne à la prise d'otage. On ne connaît pas l'état mental exact du criminel.

Une prise d'otage… Les mots déclenchèrent une nouvelle crise de panique chez Dusty.

— On perd du temps, lança-t-il.

Il était déjà plus de 16 heures, et il ne supportait pas l'idée de passer une autre nuit sans Trisha. En outre, l'obscurité risquait de compliquer encore les choses.

— Il y a deux entrées sur la propriété, déclara Abel. La meilleure approche sera de passer par l'arrière. Je vais vous y emmener, et on pourra organiser un plan d'attaque, une fois sur place.

Quelques minutes plus tard, Dillon et Dusty étaient de retour dans leur voiture. Ils suivaient Abel et un de ses collègues. Ben et Michael fermaient le convoi.

Six hommes pour attaquer un dingue, songea Dusty. Mais le nombre importait peu. En fin de compte, Greg détenait tout le pouvoir tant qu'il gardait Trisha prisonnière.

Ils n'étaient pas sortis de la ville depuis longtemps lorsque Abel tourna sur un chemin de gravier. Dusty s'agita sur son siège, anticipant la bataille à venir.

La seule chose qui comptait était de tirer Trisha de là saine et sauve. Dusty n'hésiterait pas à donner sa vie pour assurer sa sécurité. Tans pis s'il lui arrivait quelque chose, mais Cooper avait besoin de sa mère et, pour l'instant, c'était ce qui comptait le plus.

Ils dépassèrent un chemin de terre sur la droite et Abel s'arrêta sur le bas-côté juste après. Les autres se garèrent derrière lui et sortirent.

— Le chalet est plus haut sur cette route, à gauche. La cabane est à droite, annonça-t-il doucement.

Les seuls autres sons étaient les chants d'oiseaux dans les arbres et le battement frénétique du cœur de Dusty.

Il brûlait d'envie de courir à travers les bois et d'attaquer le chalet. Il voulait frapper Greg Albertson jusqu'à ce qu'il oublie jusqu'à son nom. Plus que tout, il voulait serrer Trisha dans ses bras et sentir son cœur battre contre le sien.

— Comme on ne sait pas avec une certitude absolue si Trisha est dans ce chalet, évitez de le tuer, conseilla Dillon. Si elle n'est pas ici, on aura peut-être besoin qu'il nous mène à elle.

— Je vais envoyer l'agent Dunhill inspecter l'intérieur de la cabane, déclara Abel.

Dillon hocha la tête.

— Michael et Ben, restez à l'arrière du chalet. Abel et moi, on va contourner par l'avant. Restez à couvert. On ne sait pas quelles armes il peut avoir, et il ne faut pas qu'il nous voie arriver.

Dusty ne voulait plus rien entendre. Il s'élança à travers les bois, son arme serrée dans la main. S'ils avaient tort et que Greg n'était pas ici, alors Trisha serait peut-être perdue pour toujours.

Les arbres étaient serrés et fournissaient une bonne couverture. Il se faufila entre eux et poussa un soupir de soulagement en reconnaissant la voiture de Greg garée derrière la petite bâtisse en bois.

A l'arrière, il n'y avait pas de porte, seulement deux fenêtres, une qui semblait être celle d'une chambre et une petite qui correspondait sûrement à la salle de bains.

Où était Trisha ? Etait-elle toujours en vie ? Greg ne s'était certainement pas donné le mal de la kidnapper et de venir ici s'il avait l'intention de la tuer. Se trouvait-elle dans le chalet ou était-elle enfermée dans la cabane ?

Dusty entendait les bruits de pas des hommes qui couraient

d'arbre en arbre autour de lui. Où était Greg ? Etait-il posté à une fenêtre, en train regarder dehors ? S'attendait-il à avoir des ennuis ?

Les ennuis étaient arrivés, pensa Dusty sombrement en se rapprochant du chalet. Les oiseaux avaient cessé de chanter et un silence étrange flottait dans l'air.

Il agrippa son arme plus fermement en courant vers le chalet. Il s'aplatit contre le mur, tout près de la plus grande fenêtre. S'il parvenait à jeter un coup d'œil à l'intérieur, il apercevrait peut-être Trisha ou Greg. Il avait besoin de savoir où ils se trouvaient dans le chalet.

Dillon le rejoignit et Dusty fit un signe en direction de la fenêtre. Il bougea légèrement la tête, de façon à pouvoir regarder à l'intérieur. Mais il ne vit rien. La fenêtre avait été condamnée, comprit-il avec frustration.

Il se tourna vers Dillon et secoua la tête. Puis il indiqua de la main qu'il allait faire le tour de la maison. Dillon partit dans l'autre direction.

En s'accroupissant, Dusty tourna à l'angle de la bâtisse et passa devant. Sur sa gauche, il y avait une fenêtre plus grande, et un peu plus loin, la porte d'entrée.

Il était tout près. Tout en restant accroupi, il jeta un œil à l'angle de la fenêtre. Greg était allongé sur le canapé, les yeux fermés. Il n'y avait pas trace de Trisha.

Dusty n'attendit pas les instructions. Il regarda à peine Dillon, qui avait surgi à l'angle opposé, et se faufila sous la fenêtre. Puis il s'arrêta devant la porte.

Retenant son souffle, il posa la main sur la poignée et tourna lentement. A sa grande surprise, la porte n'était pas verrouillée. Apparemment, Greg était certain de ne pas être retrouvé.

Ce fut sa dernière pensée avant de se ruer à l'intérieur. Greg bondit aussitôt du canapé et courut vers une porte à proximité. Comprenant qu'il ne pourrait pas tirer sur lui sans savoir si Trisha était ici, Dusty rengaina son arme et se jeta sur son dos.

Il passa un bras autour du cou de Greg. Celui-ci rugit comme un taureau furieux. Il pivota et recula contre le mur le plus proche pour essayer de faire lâcher prise à Dusty.

Dusty sentit la douleur l'envahir au contact du mur, mais il tint bon. Il devait mettre Greg à terre. Il n'avait pas le choix.

Les deux hommes tombèrent sur le sol. Dusty expédia son poing sur le nez de Greg. Du sang jaillit.

— Dusty !

La voix de Dillon pénétra à peine le cerveau de Dusty.

— Dusty, lâche-le.

Un hurlement dans la pièce voisine décupla la rage de Dusty. Greg le renversa sur le côté. Alors que les deux hommes se relevaient, Dusty sortit son arme.

— Fais un geste et je te tue, déclara-t-il alors que l'autre semblait prêt à attaquer.

— Dusty, baisse ton arme, ordonna Dillon. On prend la suite.

— Vas-y, tire ! cria Greg.

— Dusty… lança Dillon.

— Elle est à moi, s'exclama Greg, avant de se mettre à rire. Si tu ne me tues pas maintenant, je reviendrai la chercher encore et encore. Je ne suis rien sans elle.

— Dusty ! cria Trisha depuis l'autre pièce.

Un calme froid s'abattit sur Dusty, repoussant sa rage meurtrière. Son besoin de retrouver Trisha et son amour pour elle étaient plus forts que son désir de mettre une balle entre les yeux de Greg.

Il rengaina son arme. Tandis que Dillon et les autres hommes se précipitaient, il se rua vers la porte, vers Trisha.

En la voyant attachée au lit, il sentit la rage le gagner à

nouveau. Elle murmura son nom encore et encore, le visage couvert de larmes, tandis qu'il courait vers elle.

— Tout va bien, lança-t-il en faisant de son mieux pour la détacher. Je suis là, et tu es en sécurité, Trisha.

Lorsqu'elle fut libérée, il la prit dans ses bras et la souleva. Elle passa les bras autour de son cou et continua à pleurer contre son épaule tandis qu'il la portait hors de la chambre.

Greg avait été menotté et se tenait entre Dillon et Abel. Il saignait toujours du nez et ses yeux luisaient d'une folie meurtrière.

— Trisha, dis-leur… Dis-leur que tu m'appartiens. On est faits l'un pour l'autre, cria-t-il.

— Pose-moi, ordonna soudain Trisha d'une voix forte et assurée.

Elle marcha jusqu'à Greg, leva la main et le gifla violemment.

— Tu aurais pu me garder ligotée pendant un siècle, je ne t'aurais jamais appartenu, déclara-t-elle passionnément. J'appartiens à Dusty. C'est lui mon âme sœur, et ça n'aurait jamais changé.

— Ce n'est pas vrai, protesta Greg. Tu aurais fini par m'aimer, Trisha.

— La ferme, intervint Dillon avant de se tourner vers Ben et Michael. Emmenez-le.

Une fois Greg dehors, Trisha revint vers Dusty. Elle s'appuya contre lui et essuya ses larmes.

— Je suis tellement heureuse que tu m'aies retrouvée. Il m'attendait à la sortie de la cafétéria.

Elle se tourna pour regarder Dusty.

— Je t'ai vu dans ton pick-up. Quand il m'a attrapée, j'ai hurlé ton nom, mais j'imagine que tu ne m'as pas entendue.

— On pourra parler de tout ça sur le trajet du retour, déclara Dillon.

— On va tout boucler ici, et je vous enverrai mon rapport, ajouta Abel.

Dusty écouta distraitement l'échange des deux policiers, pendant que Trisha continuait à s'appuyer sur lui. Elle était saine et sauve. Greg allait se retrouver derrière les barreaux pour longtemps.

Trisha et Cooper avaient un avenir merveilleux devant eux, il le savait. Mais il savait aussi, avec une douloureuse clarté, que leur avenir se ferait sans lui.

16

Lorsque Trisha se réveilla, le soleil du matin filtrait à travers les rideaux de sa chambre. Sa première pensée fut pour son fils, avant que la mémoire ne lui revienne : Cassie lui avait dit la veille qu'elle prendrait soin de Cooper quand il se lèverait.

La nuit avait été longue. Sur le trajet du retour, elle avait raconté à Dusty et à Dillon tout ce qui s'était passé entre elle et Greg. Elle avait pleuré et pesté en parlant du moment où Greg l'avait attrapée jusqu'à celui où ils l'avaient retrouvée. Tout du long, Dusty avait gardé son bras autour d'elle, la soutenant en silence.

Une fois de retour en ville, elle avait insisté pour que Dillon la conduise directement chez Juanita. Elle avait besoin de son fils, besoin de sentir son petit corps blotti contre le sien. Elle avait voulu le couvrir de baisers pour se rassurer qu'ils allaient bien tous les deux.

Ils avaient ramené Cooper chez Cassie, et Trisha avait bordé le petit garçon heureux.

Ensuite, Dillon avait continué à l'interroger jusqu'au petit matin. Quand il avait fini par quitter la maison de Cassie, Dusty était rentré chez lui et Trisha s'était effondrée sur son lit. Elle avait dormi d'un sommeil de plomb, sans cauchemars pour la tourmenter.

Elle roula sur le côté pour faire face au soleil et sourit. Le danger avait disparu et elle pouvait enfin penser à son avenir avec Dusty. Ils allaient trouver un endroit où vivre, se marier, puis donner un frère ou une sœur à Cooper.

Son cœur se gonfla à cette vision du vrai bonheur. Dans ce chalet avec Greg, elle avait eu tellement peur de ne pas avoir de futur du tout, et voilà qu'à présent, l'avenir s'étirait devant elle avec de douces promesses.

Elle n'avait pas une minute à perdre au lit. Elle se doucha rapidement, enfila un short et un T-shirt, puis descendit l'escalier.

Cooper et Cassie étaient assis à la table de cuisine. L'enfant coloriait un dessin, tandis que Cassie sirotait une tasse de café.

— Maman !

Cooper sauta de sa chaise et l'accueillit en lui entourant la taille de ses bras.

— Cassie a dit que je devais pas faire de bruit ce matin parce que tu as pas beaucoup dormi.

Il s'écarta légèrement de lui et leva les yeux vers elle.

— Tu as pas beaucoup dormi ?

— Non.

Elle le souleva et le porta jusqu'à sa chaise.

— Mais maintenant, le soleil brille, je suis ici avec toi et tout est merveilleux.

— Prends donc un café, ça rend les choses encore plus magnifiques, déclara Cassie.

En riant, Trisha prit une tasse, puis les rejoignit à table.

— Je colorie un dessin pour Dusty, annonça Cooper. Tu étais perdue, mais je savais qu'il te retrouverait. Regarde, c'est Juniper.

Trisha pouffa à nouveau, en regardant le dessin censé représenter le cheval de Dusty.

— Dusty est passé ce matin ?

— Pas encore, répondit Cassie.

Au cours de la demi-heure suivante, Cassie et Trisha burent leur café en bavardant avec Cooper. Quand il eut terminé son coloriage, Cassie trouva un aimant et fixa le dessin sur le réfrigérateur.

— Comme ça, quand Dusty arrivera, tu pourras le lui donner, lança-t-elle à Cooper. Il sera heureux de le voir.

Mais l'heure du déjeuner passa sans que Dusty vienne à la maison. Son absence n'inquiéta pas Trisha outre mesure. Après tout, la nuit avait été longue pour lui aussi, et il avait des tâches à accomplir.

Lorsque l'heure du dîner fut passée, elle commença à se demander pourquoi elle ne l'avait pas vu de la journée. Elle appela son portable plusieurs fois, mais tomba chaque fois sur la messagerie. Il n'avait répondu à aucun de ses messages.

L'anxiété augmenta en elle pendant que la soirée avançait sans nouvelles de lui. A 20 h 30, elle donna son bain à Cooper, puis le mit au lit.

Une fois Cooper endormi, Trisha redescendit l'escalier. De sombres pensées commencèrent à hanter son esprit. Son enlèvement avait-il changé les sentiments que Dusty éprouvait pour elle ? Avait-il décidé qu'il ne voulait plus d'avenir avec elle ?

Elle tirait sûrement des conclusions hâtives. Son absence devait avoir une autre explication. Mais laquelle ? Il avait un œil au beurre noir quand ils s'étaient séparés au petit matin. Avait-il eu d'autres blessures dont il n'avait pas parlé ?

Elle arpentait la grande salle lorsque Cassie entra et s'assit sur le canapé.

— Va lui parler, conseilla-t-elle. Je viens de voir Adam. Il m'a dit que Dusty était dans sa chambre.

— Pour une raison ou une autre, il semble m'éviter, répliqua Trisha. Je l'ai appelé plusieurs fois et il ne répond pas.

— Tu ne veux pas savoir ce qui lui arrive ? C'est évident qu'il a un problème.

Cassie soutint son regard.

— Il a peut-être besoin que tu le rassures.

— Que je le rassure sur quoi ? Mes sentiments pour lui n'ont pas changé.

— Il pense peut-être que maintenant que le danger est passé, tu n'as plus besoin de lui.

Cassie haussa les épaules et sourit tristement.

— Qui sait ce que les hommes ont dans la tête…

Trisha se repassa la phrase de Cassie dans la tête. Avait-elle raison ? Dusty croyait-il qu'elle ne l'avait aimé que parce qu'elle avait besoin de sa protection ?

Avait-il si peu confiance en son amour qu'il croyait vraiment qu'elle ne voulait plus de lui, qu'elle ne croyait plus dans les rêves d'avenir qu'ils avaient partagés ?

— Vas-y, Trisha, déclara Cassie. Il y a une lampe de poche sous l'évier. Prends-la, va au dortoir et parle-lui.

— Cooper…

— Il sera très bien avec moi ici, assura Cassie.

Trisha lui adressa un sourire reconnaissant, puis se hâta dans la cuisine. La lampe dans la main, elle sortit par la porte de derrière et commença à marcher vers le bâtiment où dormait Dusty.

Elle ignorait ce qu'il avait en tête, mais s'il pensait vraiment qu'elle n'avait plus besoin de lui, elle allait lui mettre les points sur les *i*.

Ils avaient traversé l'enfer ensemble. Il était l'homme qu'elle voulait à ses côtés pour le restant de ses jours, l'homme qu'elle désirait comme père pour son fils. Le cauchemar était enfin terminé, il était temps pour eux de se réjouir.

Lorsqu'elle arriva dans le couloir, elle trouva Tony assis devant l'une des chambres.

— Salut, Trisha. Je suppose que tu es venue parler à Dusty.

Il pointa du doigt la chambre voisine.

— Il est là.

— Merci, Tony, répondit-elle avant de frapper à la porte.

— C'est ouvert, fit la voix de Dusty.

Elle ouvrit la porte. Dusty était allongé sur son lit et se redressa brusquement, les yeux écarquillés par la surprise. Son œil droit portait toujours la trace d'un coquard et du gonflement dû au coup de poing de Greg.

— Trisha, je ne m'attendais pas à te voir. Je croyais que c'était l'un des gars.

Il passa la main dans ses cheveux et tenta d'éviter son regard. Elle ferma la porte derrière elle.

— Pourquoi n'es-tu pas venu me voir à la maison, aujourd'hui ? demanda-t-elle.

— J'ai été occupé.

Il continuait de regarder ailleurs.

— Dusty, que se passe-t-il ?

L'inquiétude faisait battre son cœur plus rapidement. Elle finit par croiser son regard. Ses yeux étaient sombres et insondables.

— Il se passe que j'ai apprécié le temps que nous avons passé ensemble, mais qu'après y avoir mûrement réfléchi, je crois qu'il est temps de se dire adieu.

Le cœur de Trisha manqua un battement.

— Adieu ? De quoi parles-tu ?

Elle marcha jusqu'au lit et s'assit à côté de lui.

— Tu es en sécurité maintenant, déclara-t-il. On sait que le méchant n'était pas Frank. Avec un peu de chance, tu n'auras plus jamais à t'inquiéter de lui. Toi et Cooper pouvez aller de l'avant. Tu dois trouver un type bien, Trisha. Quelque part, il y a l'homme que tu mérites vraiment.

Elle le regarda, désemparée.

— Dusty, je ne veux pas d'un autre homme. C'est toi que je veux.

Elle posa la main sur son avant-bras. Il la choqua en se dégageant brusquement.

— Dusty, aide-moi à comprendre, je t'en prie.

— Il n'y a rien à comprendre, rétorqua-t-il sèchement. Tu dois trouver quelqu'un d'autre pour te bâtir un avenir. Je ne suis pas l'homme qu'il te faut, c'est tout.

Elle étudia son visage.

— Alors, tu ne m'aimes plus ? Tout ce que tu m'as dit n'était que des mensonges ?

Le chagrin la submergea. Il avait seulement voulu la mettre dans son lit ? Non, elle n'y croirait jamais.

— Dusty, regarde-moi dans les yeux et dis-moi que tu ne m'aimes pas, ordonna-t-elle.

La colère surpassa momentanément la douleur insupportable dans son cœur.

— J'imagine que je ne suis pas l'homme que tu croyais. Et maintenant, si ça ne t'embête pas, je suis fatigué.

Il fixa un point juste au-dessus de sa tête. Elle se leva, submergée par la douleur.

— Je ne veux pas être ici si tu ne veux pas de moi, c'est sûr.

Elle marcha jusqu'à la porte et l'ouvrit.

— Je ne sais pas ce qui s'est passé, mais je ne croirai jamais que tu ne m'aimes pas. Je t'aime, Dusty Crawford, et rien de ce que tu pourras dire ou faire ne changera ça.

Les larmes lui brûlaient les yeux et, avant qu'elles ne puissent couler, elle sortit de la pièce et claqua la porte derrière elle. Heureusement, Tony avait disparu, et il ne restait personne pour entendre le sanglot étranglé qui lui échappa.

Les pensées de Cooper et de Dusty avaient été la seule chose qui lui avait permis de tenir le coup pendant les heures horribles qu'elle avait passées avec Greg. Elle s'était accrochée au rêve qu'ils auraient un avenir ensemble, d'une façon ou d'une autre. Cela lui avait donné de l'espoir là où, rationnellement, elle n'aurait pas dû en avoir.

Et à présent, cet espoir lui avait été arraché sans qu'elle sache pourquoi. Elle trébucha dans le noir jusqu'à la maison, les yeux brouillés de larmes.

Que s'était-il passé entre le moment de son kidnapping et maintenant ? Qu'est-ce qui avait pu le faire changer d'avis ? Cela n'avait pas d'importance. Dusty affirmait ne pas être l'homme qu'il lui fallait. Il voulait qu'elle trouve quelqu'un d'autre.

Lorsqu'elle atteignit la maison, elle avait essuyé ses larmes, pour que Cassie ne la voie pas dans cet état. Mais le besoin de pleurer continuait à l'oppresser.

— J'en conclus que ça ne s'est pas bien passé, murmura Cassie.

— Il m'a dit d'aller me trouver un type bien.

Elle se mordit la lèvre.

— Dusty est un homme bien, remarqua Cassie.

— Tu le sais, et je le sais, mais apparemment il pense que je mérite mieux que lui. Je n'y comprends rien. Comment pourrait-il éteindre ses sentiments pour moi comme ça ?

— Es-tu sûre qu'il l'a fait ?

Trisha leva la main et se frotta le front, où une migraine tentait de naître. Cela dit, la douleur dans sa tête ne pouvait pas rivaliser avec le chagrin qui étreignait son cœur.

— Je ne sais pas. Je vais au lit. Je n'arrive plus à réfléchir.

— Bonne nuit, Trisha. J'espère que les choses s'arrangeront demain.

Trisha hocha la tête, mais rien ne pouvait s'arranger. Elle monta l'escalier lentement, en cherchant toujours à comprendre ce qui s'était passé.

Il était si renfermé, songea-t-elle en allant mettre sa chemise de nuit dans la salle de bains.

C'était terminé. La promesse qui brillait dans ses yeux chaque fois qu'il la regardait ne se réaliserait jamais. Le danger était parti et, apparemment, l'amour de Dusty aussi.

Elle fixa son reflet dans le miroir et perdit le combat contre ses larmes. Elle était tellement heureuse. La veille, lorsque Dusty l'avait secourue, elle était certaine qu'elle allait avoir la conclusion heureuse dont elle rêvait.

Elle avait perdu tellement de choses dans sa vie. Elle avait vraiment espéré que tout cela était derrière elle. Elle s'aspergea le visage d'eau froide pour effacer ses larmes.

Quelques minutes plus tard, elle se coucha dans le lit voisin de celui où Cooper dormait à poings fermés. Plus rien ne l'empêchait de partir du ranch, à présent. Cooper et elle pouvaient au moins retourner au motel jusqu'à ce qu'elle trouve un meilleur endroit pour eux.

Devait-elle faire ses bagages et quitter Bitterroot, tout simplement ? Supporterait-elle de rester ici, de voir Dusty venir manger à la cafétéria ?

Elle crispa les paupières. Comment les choses avaient-elles pu tourner aussi mal ? se demanda-t-elle. Elle lutta contre une nouvelle vague de larmes et ouvrit les yeux pour fixer le plafond sombre.

Quelques minutes plus tard, elle entendit Cassie monter l'escalier et fermer la porte de sa chambre. Trisha voulait désespérément sombrer dans le sommeil, mais son cerveau bouillonnant l'en empêchait.

Quelque chose n'allait peut-être pas chez elle. Au cours de sa courte vie, deux hommes avaient fait une fixation maladive sur elle. Avait-elle un problème ?

Non, elle ne pouvait pas penser de cette façon. Elle avait admis sa part de responsabilité avec Frank. Elle était restée avec lui beaucoup plus longtemps qu'elle n'aurait dû. Mais elle n'avait rien à se reprocher à propos de Greg. Elle n'était pas responsable de ses actes ou de ses sentiments pour elle. Alors qu'est-ce qui avait provoqué le revirement de Dusty ?

Il n'a pas dit qu'il ne t'aimait pas. Il ne t'a pas regardée dans les yeux en disant qu'il ne tenait plus à toi. Elle inspira, puis expira lentement.

« C'est comme ça que tu te bats pour ce que tu veux ? Tu abandonnes aussi facilement ? » La voix de Dusty tonna dans sa tête. Il s'était moqué d'elle. Etait-ce ce qu'elle avait fait ce soir ?

Elle était sortie de sa chambre sans avoir obtenu de vraies réponses. Elle était aussi perdue que lorsqu'elle s'était rendue dans sa chambre pour lui parler.

Elle s'assit. Leur relation était trop importante pour qu'elle y renonce. Il lui avait reproché de ne pas se battre pour ce qu'elle voulait, alors, bon sang, c'était ce qu'elle allait faire, et tout de suite.

Sans hésiter, elle se leva et alla frapper doucement à la porte de Cassie. La jeune femme était au lit, un livre à la main, la lampe de chevet allumée.

— Tu veux bien veiller sur Cooper ? Je retourne voir Dusty.

Cassie s'assit.

— Tu sais que ça ne me dérange pas.

— Je ne sais pas ce qui va se passer, mais j'ai besoin qu'il me donne de vraies réponses, et je ne dormirai pas tant que je ne les aurai pas.

— Fonce, ma belle, répondit Cassie avec un sourire d'encouragement.

Trisha hocha la tête, puis fit volte-face et descendit l'escalier. Elle ne prit pas la peine de se changer. Elle ne voulait pas faire quoi que ce soit qui la fasse hésiter ou changer d'avis.

Elle prit la lampe électrique sous l'évier et sortit par la porte de derrière. Si Dusty pensait qu'elle allait s'en aller sans un bruit, il se fourrait le doigt dans l'œil.

Après tout ce qu'ils avaient traversé, tout ce qu'ils avaient partagé, elle méritait autre chose que le flou de tout à l'heure.

A chaque pas, une puissante colère commençait à monter en elle. Il l'avait surprise. Il s'était précipité à son secours, et tout au long de la nuit d'interrogatoire, ses yeux avaient brillé d'amour et il lui avait tenu la main pour la soutenir. A aucun moment elle n'avait eu l'impression que ses sentiments pour elle avaient changé.

Si, pour une raison ou une autre, il avait décidé qu'il ne l'aimait plus, s'il avait conclu qu'il ne voulait pas d'une vie avec elle et Cooper, alors elle ne pouvait rien y faire. Elle allait devoir tourner la page, et elle le ferait, mais pas avant de comprendre ce qui l'avait fait changer d'avis de cette façon.

Aucune lumière ne filtrait aux fenêtres du bâtiment. C'était le moment qui allait définir son avenir, comprit-elle, le cœur battant. Elle éteignit la lampe, la posa sur le sol, puis frappa doucement à la porte de Dusty. Pas de réponse.

— Dusty, c'est moi, lança-t-elle en tapant un peu plus fort.

— Trisha, rentre à la maison, il est tard.

— Je ne partirai pas avant de t'avoir parlé.

Elle frappa encore plus fort. Au point où elle en était, elle se moquait de réveiller tout le monde. Elle ne comptait pas partir. Elle tambourina avec son poing.

Une lumière s'alluma, puis la porte s'ouvrit.

— Bon sang, qu'est-ce que tu fais ?

Il était sur le seuil, seulement vêtu d'un boxer noir. Ses cheveux étaient ébouriffés, mais il ne semblait pas ensommeillé. Elle passa près de lui pour entrer dans la petite pièce, avant de se tourner vers lui.

— Tu m'as accusée il y a quelque temps de ne pas me battre pour ce que je veux. Eh bien, c'est toi que je veux, Dusty, et je suis ici pour me battre pour toi.

Il ferma la porte et la regarda avec des yeux sombres.

— Nous avons déjà parlé. Il n'y a rien de plus à dire.

— Je suis folle de rage après toi, répliqua-t-elle.

Il haussa un sourcil et soupira.

— Trisha, j'aimerais mieux qu'on se sépare amis.

— Et si tu me redisais pourquoi on se sépare ?

Il s'appuya à la porte et regarda au-delà d'elle comme s'il était fasciné par quelque chose sur le mur.

— Je te l'ai déjà dit. Tu mérites un homme meilleur.

— J'ai déjà ce qu'il y a de mieux avec toi. Pourquoi voudrais-je quelqu'un d'autre ?

Elle l'étudia, regrettant de ne pas pouvoir lire dans ses pensées.

— Dusty… je t'en prie, aide-moi à comprendre ce que tu fais.

Il croisa à nouveau son regard. Ses yeux étaient assombris par le chagrin.

— Je ne t'ai pas entendue.

Les mots semblèrent venir des tréfonds de son âme. Elle fronça les sourcils et s'assit sur le lit.

— De quoi parles-tu ?

Il se crispa.

— Tu étais en danger, tu m'as appelée, et je ne t'ai pas entendue, parce que je ne suis pas assez fort… je ne suis pas assez bien pour qui que ce soit. Mes propres parents savaient que je ne valais rien.

— Ce sont eux qui n'étaient pas faits pour être des parents, s'exclama Trisha.

Dusty ferma les yeux un long moment. Quand il la regarda à nouveau, ils brillaient de douleur.

— Je suis sourd, Trisha. Je suis sourd d'une oreille et, sans ça, je t'aurais entendue quand tu m'as appelé. Greg n'aurait jamais pu te kidnapper et t'emmener dans ce chalet.

Sourd d'une oreille ? se répéta Trisha, l'esprit en ébullition. Elle se souvint de toutes les fois où il regardait sa bouche, quand elle parlait trop bas, et qu'il lui demandait de répéter sa phrase.

Elle se leva du lit et avança jusqu'à quelques centimètres de lui.

— Dusty, je me moque que tu sois complètement sourd et borgne. Tu es fort et courageux, mais, plus important que tout, j'ai vu la bonté dans ton cœur et, plus que tout, je veux que ce cœur soit à moi pour toujours.

Les yeux de Dusty s'embuèrent, mais il ne fit pas un geste vers elle. Il resta immobile, pourtant sa tension était perceptible. Elle posa la main sur sa joue, là où elle pouvait sentir sa barbe qui poussait.

— Dusty, c'était une nuit sombre et pluvieuse. J'avais un bras autour de la gorge quand je t'ai appelé. Un homme avec un millier d'oreilles ne m'aurait sûrement pas entendue. N'y pense plus. Ce qui compte, c'est que tu étais présent quand j'avais besoin de toi.

Il couvrit sa main de la sienne, les yeux rivés aux siens. Il semblait plongé dans son âme. Peu à peu, la tension quitta son corps.

— Et nous voilà, finit-il par dire d'une voix douce.

Elle hocha la tête, et ils laissèrent retomber leurs mains.

— Dusty, si tu me laisses partir, ce sont tes parents qui gagnent. Si tu me rejettes, c'est Greg qui gagne. Si tu ne me prends pas dans tes bras tout de suite en me disant qu'on va avoir l'avenir qu'on mérite, alors je vais me mettre à hurler. Et, crois-moi, tu n'auras aucun mal à m'entendre.

L'éclat dans ses yeux se transforma en autre chose qu'en larmes. Cela devint quelque chose de brûlant... de vraiment merveilleux qui lui coupa momentanément le souffle.

— Je t'aime, Trisha. Je veux que mon avenir soit avec toi et Cooper. Je désire être l'homme que vous voulez tous les deux et dont vous avez besoin dans votre vie.

Sa voix était rauque d'émotion.

— Tu es déjà cet homme, répondit-elle, le cœur plein d'allégresse. Et maintenant, nom d'un chien, embrasse-moi, espèce de cow-boy fou.

Il la prit par la taille et l'attira à lui. Il captura ses lèvres dans un baiser qui contenait toutes les promesses du futur, tout l'amour dont elle rêvait pour elle et pour son fils.

Son cœur se remplit d'un bonheur qu'elle n'aurait jamais cru pouvoir avoir. Dusty était l'homme de sa vie, et ils allaient vivre heureux jusqu'à la fin de leurs jours, avec un petit cow-boy qui le trouvait fabuleux.

Épilogue

— Est-ce que ça va être la chambre de Cooper ? demanda le petit garçon.

Tout en parlant, il faisait semblant de galoper dans la pièce vide. Il arrêta sa chevauchée devant Dusty.

— Dusty, ça va être notre maison pour toujours ?

Dusty échangea un regard avec Trisha, puis s'accroupit devant Cooper.

— Il y a un grand jardin pour jouer aux cow-boys, une chambre pour toi, une pour ta maman et moi, et une autre si jamais tu as un petit frère ou une petite sœur un jour. Je pense que cette maison est très chouette, mais c'est ta maman qui doit prendre la décision finale.

Il se releva tandis que Cooper se précipitait vers sa mère, immobile sur le seuil.

— Je la trouve super, cette maison. Quand est-ce que j'aurai un frère ? Maman, ta « cision » finale doit être oui.

Il l'attrapa par la main et se mit à sautiller sur place. Trisha éclata de rire.

— Bon… On va retourner jeter un œil à la cuisine, et ensuite, on va la prendre, cette décision.

— Allez-y tous les deux, déclara Dusty. Je vous rejoins dans une minute.

Alors que Trisha et Cooper quittaient la pièce, il s'avança

jusqu'à la fenêtre. Une semaine plus tôt, Trisha était venue dans sa chambre et s'était battue pour ce qu'elle voulait. Ces sept jours avaient été les plus heureux de la vie de Dusty, et ce n'était que le début.

Depuis qu'ils avaient pris la décision d'acheter ensemble, c'était la quatrième maison qu'ils visitaient. Cette fois, c'était la bonne, il le sentait. Située à moins de deux cents mètres de la cafétéria, elle remplissait tous les critères nécessaires à leur future vie de famille.

Les voix négatives dans sa tête s'étaient enfin tues, rendues muettes par l'amour de Trisha.

Trisha aussi avait reçu de bonnes nouvelles. Le lieutenant Eric Kincaid de Chicago l'avait contactée pour l'informer qu'il rouvrait les dossiers des meurtres de sa mère et de Courtney. Il avait reçu un tuyau indiquant que Frank était toujours à Chicago et se cachait chez l'un de ses proches.

Dusty sourit. Ce n'était pas encore tout à fait terminé, mais c'était un pas dans la bonne direction.

Ils avaient du pain sur la planche. Trisha semblait aimer cet endroit. Cette maison, avec ses trois chambres, son magnifique jardin et sa grande cuisine, avait tout pour être le foyer dont elle avait rêvé. Ils avaient des meubles à acheter et un mariage à organiser. Dusty était impatient de s'atteler à la tâche.

Il était assez intelligent et assez fort pour être l'homme qu'il avait voulu devenir. Il méritait l'amour de Trisha, ainsi que l'admiration et l'adoration de Cooper.

Il se détourna de la fenêtre et sortit de la chambre, pressé de rejoindre les deux personnes qui comptaient pour lui plus que tout au monde.

ANGI MORGAN

Cet inconnu dans la nuit

Traduction française de
HERVÉ PERNETTE

BLACK ROSE

HARLEQUIN

Titre original :
BULLETPROOF BADGE

Ce roman a déjà été publié en 2016.

1

Garrison para le coup des deux mains. Comment ce type avait-il deviné qu'il n'était pas celui qu'il prétendait, et pourquoi l'empêchait-il de pénétrer dans la chambre ?

Il devrait chercher les réponses plus tard. Il faucha les jambes de son adversaire pour le faire basculer et l'immobiliser au sol.

Des cris retentirent depuis le bas de l'escalier. Juste avant, des coups de feu à l'étage avaient semé la panique. Son agresseur se débattit et tenta de lui assener un direct. Il l'évita, riposta par un coup de coude au menton et se releva.

Mais l'homme était résistant et se redressa lui aussi.

Garrison ne lui laissa pas le temps de se reprendre et enchaîna avec un uppercut aux côtes et un crochet à la mâchoire. Il avait infiltré la soirée en se faisant passer pour un serveur et n'avait pas d'arme sur lui.

Mais où étaient les vigiles postés à l'entrée ? N'avaient-ils pas entendu les coups de feu ?

Il y eut de nouveaux cris, des supplications en provenance de la chambre dont la porte était toujours fermée.

Garrison traversait le couloir, un plateau à la main, quand les tirs avaient retenti. Il avait tout juste eu le temps d'envoyer un message à son capitaine pour l'alerter, quand bien même il ne pourrait pas compter sur des renforts. Mais où étaient les hommes de Tenoreno ?

Au sol, il y avait trois verres brisés et la moquette était tachée. Il fallait qu'il ouvre la porte !

— Laisse-moi entrer, tu entends bien qu'il se passe quelque chose d'anormal dans cette chambre ! tenta-t-il de raisonner son adversaire.

Pourquoi cet homme voulait-il l'empêcher de porter secours aux femmes à l'intérieur ?

Deux nouveaux crochets eurent raison de sa résistance. Son adversaire commençait à avoir du mal à tenir debout. Un dernier direct à l'estomac le fit se plier en deux.

De la chambre parvenaient toujours des cris étouffés et des menaces. Garrison devait intervenir au plus vite. Il assena un coup de genou à l'individu. Celui-ci poussa un gémissement de douleur et s'affala.

Deux bruits sourds résonnnèrent alors dans la chambre, suivis d'un cri à fendre l'âme. Garrison palpa l'homme qu'il venait de mettre K-O, à la recherche d'une arme. Rien. En revanche, dans une poche, il trouva la clé. Il l'inséra, déverrouilla et se rua à l'intérieur.

Deux femmes mortes gisaient au sol. Elles avaient été exécutées.

Le meurtrier, vêtu d'un smoking et le visage dissimulé par un masque de ski, tenait une troisième femme par les cheveux et lui braquait son arme sur la tête.

Surpris par l'intrusion, il lâcha prise.

Garrison plongea au sol et roula. Le meurtrier fit feu mais ne l'atteignit pas. La jeune femme eut le réflexe de saisir la mallette métallique posée à côté d'elle et de frapper le bras de son agresseur avec. Elle lui fit lâcher son arme, qui glissa sous le lit. La mallette s'ouvrit et le contenu se déversa au sol.

L'homme en smoking se concentra sur Garrison. Il faisait au moins vingt kilos de plus que lui. Venir à bout de ce nouvel assaillant serait difficile. Néanmoins, Garrison serra les poings, évita les premiers coups puis riposta par une série de crochets qui ébranlèrent à peine son adversaire. En revanche, lorsqu'il ne put parer un violent direct à l'estomac, il eut le souffle coupé et partit en arrière.

Le type en costume en profita pour fuir par la fenêtre.

Garrison cherchait à reprendre son souffle quand la jeune femme se pencha sur lui.

— Levez-vous, l'implora-t-elle. Nous devons partir.

Elle était terrorisée, son visage mouillé de larmes.

— Allez ! insista-t-elle.

Il serra les dents et se releva, en jetant un regard aux deux femmes mortes allongées sur le sol. C'étaient l'hôtesse de la soirée et son invitée. Autrement dit, les épouses des deux patrons du crime organisé au Texas. Sa mission était de les exfiltrer. Il avait échoué.

— Qu'est-ce que vous attendez ? Des hommes montent l'escalier, on ne peut pas rester ici !

— Fermez la porte à clé.

Il ne pouvait plus rien pour les deux femmes étendues au sol, il devait au moins sauver la troisième. Tandis qu'elle fermait la porte, il se mit à genoux et récupéra l'arme du type qui s'était enfui, en prenant soin de ne pas y laisser d'empreintes. Le meurtrier portait des gants mais, avec un peu de chance, peut-être trouveraient-ils une empreinte exploitable.

De plus, ils avaient un témoin.

Il ramassa une carte de visite posée sur la table de nuit :

Kenderly Tyler, coiffeuse et esthéticienne.

Il observa la jeune femme, détailla ses longs cheveux blonds qui lui tombaient sur les épaules, son visage ovale aux traits délicats, ses yeux chocolat et ses jolies formes.

A l'extérieur, quelqu'un actionna la poignée de la porte, puis tenta de l'enfoncer.

Garrison baissa les yeux sur l'arme qu'il tenait. Si les hommes de Tenoreno parvenaient à pénétrer dans la pièce, ils tireraient sans sommation.

— Kenderly ?

La jeune femme, manifestement surprise de l'entendre l'appeler par son prénom, tourna des yeux paniqués vers lui. De la tête, il désigna le balcon.

Ils devaient fuir par la même issue que le meurtrier.

Ils sortirent sur le balcon et il indiqua à Kenderly de rester prudemment derrière lui. Au loin, le meurtrier s'enfuyait. Garrison sortit son portable et prit une série de photos. Au moins, il pourrait prouver qu'il y avait quelqu'un d'autre que lui sur les lieux.

Le balcon surplombait la pelouse de quelques mètres, c'était facile de sauter. Ensuite, s'ils partaient à gauche, ils se dirigeraient vers le garage, où il avait laissé sa moto. A droite était garée une petite Volkswagen.

Que devait-il faire ? Protéger son témoin ou poursuivre le meurtrier ? S'ils ne filaient pas au plus vite, on croirait que c'étaient eux les responsables de ce double meurtre. Sans hésiter, il sauta dans l'herbe en contrebas, se redressa et tendit les bras pour inciter la jeune femme à en faire de même. Elle commença par lui lancer une boîte à bijoux et un sac à main. Puis elle écarta ses cheveux de son visage et enjamba la rambarde. Il désigna ses chaussures. Elle les enleva et les laissa tomber. Elles atterrirent juste à côté de lui.

— Serrez la rambarde à deux mains et laissez-vous pendre par les bras, je vous rattraperai, lui intima-t-il.

Il ne cessait d'inspecter du regard les alentours, s'attendant à tout moment à de nouveaux coups de feu.

Kenderly suivit ses instructions et lâcha la rambarde. Garrison amortit sa chute en la récupérant par la taille. Il n'eut pas le temps de s'attarder sur la sensation de son corps contre le sien. La jeune femme se releva promptement, saisit son sac à main et partit en courant.

Depuis la maison, des gens criaient, cherchant manifestement à défoncer la porte de la chambre. Il y eut ensuite des gémissements d'horreur… Ils étaient entrés…

Garrison fit signe à Kenderly de le suivre.

Ils rasèrent les murs pour éviter d'être à découvert. Des hommes sortirent de la maison et montèrent en voiture. Sans se presser. Ne voulaient-ils pas mettre la main sur celui qui venait de commettre un double meurtre ? s'étonna Garrison. S'il avait pu, il n'aurait pas hésité à leur indiquer dans quelle direction celui-ci était parti.

Les hommes de Tenoreno semblaient aussi bien équipés que des agents des services secrets, remarqua Garrison. Comment un type armé avait-il pu s'introduire dans la propriété ? Et pourquoi ce dernier avait-il exécuté ces deux femmes ? Que s'était-il passé au rez-de-chaussée ? Les deux barons du crime avaient-ils eux aussi été éliminés ?

Soudain, Kenderly se dirigea vers la Volkswagen. Garrison se maudit de s'être laissé distraire par ses interrogations. Il devait penser à mettre son témoin à l'abri et à prendre contact avec ses supérieurs.

Elle y était presque. D'une main tremblante, Kenderly inséra la clé pour ouvrir la portière. Au loin se tenait le garde qui, plus tôt dans la soirée, lui avait ouvert la grille. Il leva la main pour lui intimer d'attendre.

Mais elle n'en avait pas l'intention. Elle voulait fuir, loin de cette violence. Elle ouvrit la portière et s'installa au volant. Le garde sembla parler dans un micro puis se mit à courir.

Kenderly tenta d'insérer la clé de contact, mais la peur la rendait maladroite. Isabella et Trinity étaient mortes. Elle avait échappé de peu au même sort. Si, au moment de l'intrusion, elle ne s'était pas trouvée dans la salle de bains, c'en serait fini d'elle.

Elle n'arrivait pas à démarrer. Le garde atteignit la portière de sa voiture, l'ouvrit et la saisit par l'épaule. Elle avait oublié de s'enfermer. Désespérée, elle se débattit.

L'image des corps inertes d'Isabella et de Trinity flottait encore devant ses yeux.

Le garde la tira par le bras pour la faire descendre de voiture. Elle bascula de côté et s'affala au sol. Il y eut alors un bref échange de coups au-dessus d'elle, puis un bras passa doucement autour de sa taille pour l'aider à se relever puis marcher. A un mètre d'elle, le garde gisait inconscient, le nez dans le gazon.

— Encore un effort, déclara l'homme qui venait de lui sauver la vie pour la seconde fois en quelques minutes.

Il parlait avec un fort accent texan.

— Si vous parvenez à monter à l'arrière de ma moto, je vous jure que vous vous en sortirez.

Ses paroles lui firent lever la tête. Il l'observait de ses magnifiques yeux vert jade. Il avait les cheveux bruns, coupés court, et arborait un sourire confiant qui semblait complètement décalé avec ce qu'elle était en train de vivre.

Néanmoins, en d'autres circonstances, se retrouver en compagnie d'un homme aussi séduisant ne lui aurait pas déplu. Il leva la main pour exhiber ses chaussures. Elle s'en saisit et les enfila.

— Nous devons partir sans attendre, reprit-il. Vous êtes prête ?

Oui, elle était prête. Elle s'installa à l'arrière de la moto, malgré ses talons hauts et sa minijupe qui ne lui facilitaient pas la tâche. De ses mains puissantes, il l'incita à bien se positionner sur les cale-pieds. Sa jupe remontait sur ses cuisses. Quelques centimètres de plus et on aurait vu sa petite culotte. Mais ce n'était pas le moment de s'en préoccuper.

Il monta à son tour et fit démarrer l'engin. Elle passa les bras autour de sa taille et s'accrocha à lui, remarquant ses abdominaux aussi fermes que de l'acier. Elle se plaqua contre son dos et ferma les yeux. Elle ne voulait plus rien voir, chasser de son esprit ces horribles images de mort.

Quelques instants plus tard, l'homme ralentit et tourna. Kenderly rouvrit les yeux : la grille d'entrée était fermée.

— Accrochez-vous !

Elle ne pensait pas pouvoir le serrer plus fort mais, très vite, l'irrégularité du terrain la fit décoller du siège. Avait-elle eu raison de le suivre ? Etait-ce une tête brûlée ? Que savait-elle de cet homme ? Et s'il était mêlé aux…

Allez, dis-le. Aux meurtres !

Non, elle n'en croyait rien. L'homme qui avait fait irruption dans la chambre avait abattu Isabella et Trinity sans hésiter. Il s'était montré froid et impitoyable.

Elle n'oublierait jamais cette scène d'épouvante.

A toute vitesse, ils atteignirent le sommet d'une petite colline.

— Ralentissez ! Sinon, vous allez nous tuer ! lança-t-elle à son sauveur.

— Je ne peux pas. Nous sommes poursuivis, on risque de nous tirer dessus.

Elle se retourna, ses cheveux lui fouettant le visage. Un SUV était en effet derrière eux. Si par malheur leurs poursuivants faisaient feu, elle y passerait. C'était aussi simple que cela.

Ils prirent un brusque virage et se dirigèrent vers un bosquet.

— Où allez-vous ?

— Là où ils ne peuvent pas nous suivre.

Les arbres étaient terriblement serrés. Comment allaient-ils se faufiler ? Mais l'homme ralentit légèrement et slaloma avec dextérité. Kenderly faisait de son mieux pour accompagner ses mouvements.

Des brindilles lui éraflèrent les jambes mais, très vite, ils sortirent du bosquet et se retrouvèrent sur un terrain lisse et verdoyant. Elle risqua un regard en arrière. Il n'y avait plus personne.

— Hé !

Cette exclamation lui fit tourner la tête. Mon Dieu, ils étaient sur un parcours de golf et venaient de se faire interpeller par un joueur !

Pour autant, son sauveur ne ralentit pas. Au contraire, il roula encore plus vite. Le crépuscule tombait et les derniers joueurs quittaient le green.

Elle repensa à Isabella et les larmes revinrent. Personne ne méritait de mourir de cette façon.

Son sauveur avait raison, ils ne pouvaient s'arrêter, ils devaient fuir loin de cette barbarie.

Ils arrivèrent sur un parking et rejoignirent la route.

Quelques instants plus tard, ils s'engagèrent sur la nationale en direction d'Austin. D'un petit geste, il lui fit comprendre de bien s'accrocher. Elle se colla à lui et ne dit rien. Ils allaient trop vite pour pouvoir parler.

De toute façon, elle n'aurait pas pu répondre à la moindre question. Et elle s'en posait beaucoup. Isabella lui avait donné une petite boîte à bijoux en lui disant de ne pas l'ouvrir avant trois jours.

Oh non ! La boîte ! Qu'en avait-elle fait ? Dans sa fuite, elle l'avait oubliée. Quel était le secret d'Isabella ? Pourquoi était-elle censée attendre trois jours avant de l'ouvrir ? Elle n'était pas certaine de le découvrir.

Une nouvelle crise de larmes la secoua. Le conducteur de la moto dut le sentir, ils étaient si proches… Il lui passa la main sur l'avant-bras pour la réconforter.

Peu importait qui c'était. Il lui avait sauvé la vie. Mais ce n'était pas seulement pour cela qu'elle lui était reconnaissante. Car il lui avait témoigné plus de chaleur et de tendresse qu'elle n'en avait reçu en plusieurs années.

2

Le bras de Kenderly commençait à se réchauffer, observa Garrison. Au Texas, au début du printemps, le soleil était toujours généreux mais, quand le soir tombait — plus encore sur une moto lancée à pleine vitesse —, on prenait facilement froid.

— Déposez-moi où ça vous arrange, déclara-t-elle tandis qu'ils approchaient du campus et qu'il roulait de nouveau normalement.

— Non, je ne vais pas vous laisser toute seule comme ça. Inutile de discuter.

Il accéléra pour limiter la conversation.

— Mais je dois rentrer chez moi. Je n'ai pas le choix !

Il se faufila parmi les voitures à l'arrêt et grilla un feu rouge, malgré les klaxons. Ainsi, il était impossible à Kenderly de sauter. Pensait-elle réellement qu'il la laisserait disparaître dans la nature ?

— Arrêtez-vous au prochain carrefour ! Sinon, je hurle, menaça-t-elle.

— Nous avons pris de l'avance mais je suis sûr que nous sommes toujours poursuivis.

C'était plus que probable. Entre Austin et la propriété des Tenoreno, il n'y avait qu'un itinéraire possible. Le SUV n'avait pas pu les suivre quand ils avaient traversé les arbres, mais les hommes à l'intérieur devaient se douter que, tôt ou tard, ils rejoindraient la route.

Il revint à une vitesse normale.

— Après ce que j'ai fait pour vous, vous mettre à hurler ne serait pas franchement sympathique.

— Et me kidnapper, vous trouvez ça bien ?

— Allons, Kenderly, vous savez que je ne vous enlève pas. Je vous ai sauvé les… je vous ai évité le pire, j'ai pris des risques pour vous mettre en sécurité.

— Je vous en suis très reconnaissante. Sincèrement. Mais il y a quelque chose que… je veux rentrer chez moi.

Elle se redressa pour cesser d'être collée contre lui.

Instantanément, ne plus avoir ses seins pressés dans son dos lui manqua.

Il avait besoin de ses deux mains pour conduire et continuer la conversation en roulant n'était pas pratique.

Il entra sur un parking, longea un bâtiment pour qu'on ne les voie pas depuis la route, s'arrêta et coupa le moteur. Il se retourna pour faire face à Kenderly et chercha dans sa poche.

— C'est ça qui vous préoccupe ? lui demanda-t-il en exhibant la petite boîte qu'elle lui avait lancée avant de sauter du balcon.

— Oh ! mon Dieu ! Vous l'avez ! Merci beaucoup, dit-elle avant de tendre la main pour la récupérer.

Mais il garda les doigts serrés autour de la boîte.

— Je crois que je ferais bien de regarder ce qu'il y a à l'intérieur.

— Non, vous ne comprenez pas… Ce n'est pas à moi.

— Raison de plus pour savoir ce qu'il y a dedans.

— Pour qui vous prenez-vous ? Un serveur avec une grosse moto n'a aucune autorité pour…

— Je suis le lieutenant Garrison Travis, des Texas Rangers. En mission temporaire à Austin.

Il aurait aimé ouvrir le coffret à bijoux sans attendre mais il était fermé à clé et il n'avait rien pour le forcer.

— Je suis désolé que vous ne puissiez pas rentrer chez vous, mais ce serait vous jeter dans la gueule du loup. On connaît votre identité.

— Mais je n'ai rien fait !

Elle lui serra le bras avec des doigts tremblants. Elle était encore en état de choc.

— Les hommes à notre poursuite n'en savent rien. En plus, vous avez vu le meurtrier.

Il ôta sa veste, la lui passa autour des épaules et l'aida à enfiler les manches.

— Vous venez avec moi. Vous n'avez pas le choix.

— Vous avez perdu la tête ou quoi ? Je ne sais même pas qui vous êtes. Vous avez des papiers d'identité ? Conduisez-moi au poste de police le plus proche et je raconterai tout ce que j'ai vu. On me protégera.

— Je vous aiderai, insista Garrison. Je comprends que vous demandiez à voir mes papiers mais, quand je suis en mission d'infiltration, je ne peux pas les avoir sur moi.

— Vous m'avez déjà aidée et je vous en remercie. Mais je dois avertir la police de ce que j'ai vu. Sinon, je serai accusée de délit de fuite.

Elle se leva pour faire quelques pas et probablement chasser sa nervosité.

Il secoua la tête en l'observant.

— Pourquoi vous me regardez comme ça ? lui lança-t-elle.

— Allez, remontez sur la moto, répliqua-t-il avec un sourire pour la rassurer.

Mais son petit numéro de charme ne fonctionnait pas aussi bien que d'habitude.

Sans doute parce qu'elle avait vu deux femmes se faire exécuter et qu'elle était passée près de connaître le même sort. Mieux valait changer de tactique.

— Non ! fit-elle.

— Ecoutez, j'ai besoin de ma veste, j'ai loué le costume.

Il sortit son portable de sa poche.

— Je vais passer un coup de fil pour qu'on vous confirme mon identité. Ensuite, je vous emmènerai chez moi.

Elle resta à quelques mètres de lui et il ne fit aucun geste pour éviter qu'elle s'éloigne davantage. Il composa le numéro. Quand son capitaine répondit, il enclencha le haut-parleur.

— Ne quittez pas.

Puis il tendit le téléphone à Kenderly.

Après une brève hésitation, elle s'approcha, prit l'appareil et le porta à son oreille.

— Allô !

— Ici le capitaine Aiden Oaks des Texas Rangers. Qui est-ce ? Pourquoi avez-vous le téléphone de Travis ?

Elle dévisagea Garrison, ne sachant manifestement que répondre. D'un geste, il lui indiqua de demander ce qu'elle souhaitait savoir.

— Quelqu'un vient de me tendre ce téléphone. Vous faites réellement partie des Texas Rangers ? Et M. Travis aussi ?

Garrison rangea le coffret à bijoux dans une sacoche de la selle de sa moto et attendit que le capitaine réponde. Quand il apprendrait ce qui s'était passé, il ne serait pas ravi.

— Est-ce que par hasard celui qui vous a tendu le téléphone a une moto, porte un costume et arbore un sourire idiot ?

— On peut dire ça.

— Alors il s'agit bien du lieutenant Garrison Travis, mademoiselle. Normalement, il n'a pas de papiers d'identité sur lui. C'est pour cette raison qu'il m'a appelé et vous a passé le téléphone ?

Elle ne répondit pas. De toute évidence, elle en avait suffisamment entendu. Elle raccrocha et rendit le téléphone à Garrison.

— Il a dit que vous aviez un sourire idiot. Il a raison.

— Ouille ! Je croyais que c'était un sourire rassurant. Bien, vous êtes prête à me suivre chez moi, maintenant ?

Elle était dans les ennuis jusqu'au cou, et il ne pourrait pas l'aider tout seul. Il fallait commencer par la placer sous la protection des Texas Rangers. Pour cela, il devait apprendre tout ce qu'elle avait vu et ce que contenait ce coffre à bijoux.

Il reposa les deux mains sur le guidon et attendit qu'elle s'installe derrière lui. Alors, il tourna la tête et lança par-dessus son épaule :

— Vous pouvez me faire confiance, Kenderly.

— Dans ce cas, commencez par rouler normalement, s'il vous plaît.

— Entendu.

— Vous me promettez que je serai davantage en sécurité avec vous qu'avec la police ?

— Vous avez ma parole de Texas Ranger. Tant que vous serez avec moi, il ne vous arrivera rien.

Il démarra avant de risquer qu'elle y réfléchisse à deux fois et change d'avis.

Soit elle était de nature confiante, soit elle se jouait de lui.

Etait-elle une simple victime ? Il n'avait pas assisté au meurtre, il ne pouvait pas affirmer à cent pour cent que l'homme qui tenait l'arme à son entrée dans la chambre avait bien pressé la détente, même si tout le laissait croire. Il ne pouvait pas non plus affirmer que Kenderly n'avait pas ouvert la fenêtre pour permettre à ce type de s'introduire dans la chambre.

Etait-il en train de protéger une complice de meurtre ?

Il n'arrivait pas à s'en convaincre. Il n'y avait pas de sang sur ses vêtements. Si elle avait pressé la détente, elle aurait forcément été éclaboussée. Une fois chez lui, il s'enquerrait des détails.

Il avait des tonnes de questions à poser à cette jeune femme, mais le capitaine Oaks souhaiterait certainement assister à l'interrogatoire.

Il repensa au fil des événements, tenta de se rappeler l'allure du meurtrier. Il faisait à peu près la même taille que lui, soit environ un mètre quatre-vingts, mais était plus costaud. Des yeux marron, un nez protubérant. Rien de très caractéristique.

Garrison pénétra dans son allée et s'arrêta. Il se remémora le moment où il avait fait irruption dans la chambre. Le type s'était alors tourné vers lui. Son smoking noir était taché de sang. Il s'apprêtait certainement à faire une troisième victime.

Kenderly descendit de moto avant même qu'il ait coupé le moteur. Il en fit de même et se posta à côté d'elle. Ce n'était sans doute pas elle la meurtrière. En revanche, elle chercherait probablement à lui fausser compagnie.

— Ça vous ennuie si je récupère ma veste ?

Elle l'enleva, la plia délicatement en deux et la lui tendit. De la sacoche de selle, il sortit l'arme récupérée sur les lieux du crime, en se servant de sa veste, ainsi que la boîte à bijoux. C'étaient ses seules preuves, il devait en prendre soin. Il ouvrit la porte du garage, la souleva, poussa sa moto à l'intérieur puis referma.

— Je dois avoir une pizza surgelée dans le congélateur, dit-il.

— Je ne pourrai pas avaler quoi que ce soit, répliqua-t-elle.

— Sinon, j'ai de la soupe.

— C'est gentil, mais je n'ai pas faim, vraiment.

Elle le précéda pour monter les quelques marches de l'entrée.

— Si c'est possible, j'aimerais bien me rafraîchir et me laver les dents.

— Pas de problème. Ici, c'est chez ma tante. Elle n'est pas là en ce moment. Mais il y a tout ce qu'il faut à l'intérieur.

Kenderly acquiesça pour le remercier et remit ses cheveux en place.

La maison de sa tante était modeste mais plutôt confortable. Comme il n'était que temporairement à Austin et vivait le reste du temps à Waco, cela lui convenait parfaitement. Il ouvrit la porte et se prépara à l'émeute.

— Au fait, j'ai oublié de vous demander : vous aimez les chiens ?

Les deux monstres accoururent vers lui, langue pendante, prêts à lui sauter dessus et à réclamer à manger. Il posa sa veste sur le plan de travail de la cuisine et s'agenouilla pour caresser les deux animaux.

— J'adore les chiens, répondit-elle, tout sourire. Ils sont superbes. Ce sont des labradors ?

Elle s'agenouilla à côté de lui.

— Ils sont gentils mais il faut quand même se méfier d'eux. Ce gros balaise, c'est Bear. Et la petite, c'est sa demi-sœur, Clementine.

Il se redressa pour attraper une poignée de croquettes dans un récipient et les tendit à Kenderly.

— Tenez, ils en raffolent.

Elle s'installa sur une chaise de cuisine et donna les croquettes aux deux labradors sans cesser de les caresser.

— Clementine n'est pas tout à fait ce que j'appellerais un petit chien.

— Clementine... Bear... Tenez-vous bien. Assis ! Clementine a à peine un an mais elle pèse déjà son poids. J'ignorais combien de temps je resterais à Austin et, quand je suis absent plus d'une journée, ces deux gros toutous deviennent fous. Excusez-moi un instant, je dois passer un coup de fil.

Il composa le numéro et sortit un jouet en plastique d'un placard en attendant que le capitaine réponde.

— Travis ? Quelles sont les nouvelles ? Il paraît qu'une fusillade a éclaté au beau milieu de la soirée ?

— Oui, monsieur, exactement. Kenderly Tyler, une esthéticienne, était sur place et elle a tout vu. Je suis intervenu juste à temps pour éviter qu'un type lui fasse sauter la...

Il jeta un regard en direction de Kenderly pour vérifier si elle pouvait l'entendre.

— Pour éviter que le type qui avait déjà fait deux victimes en fasse une troisième, corrigea-t-il. J'ai pris la fuite avec elle et nous sommes rentrés directement. Je me disais que vous souhaiteriez être le premier informé que nous avons un témoin.

Kenderly continuait à nourrir et à caresser les chiens.

— Tu penses qu'elle est fiable ?

— Selon moi, oui. J'ai également récupéré l'arme du crime. Je vous attends pour procéder à l'interrogatoire. A plus tard.

Il raccrocha et déposa son téléphone sur le plan de travail. Clementine vint se frotter contre ses jambes.

— Non, ça ne prend pas, ma grande... Christy est venue vous donner à manger il y a une heure.

— Pouvez-vous m'indiquer la salle de bains ? Et avez-vous une trousse de premiers secours ?

— Ça va ?

Pendant qu'il téléphonait, elle s'était levée pour se masser la cuisse.

— Vous saignez. Vous vous êtes écorchée quand nous avons traversé le bosquet ?

— Oui, ça a commencé à me piquer après.

— Ne bougez pas, je reviens.

La maison était petite et dans le miroir de la salle de bains se reflétait la table de cuisine. Bear était étendu au sol et gémissait plaintivement pour qu'on s'occupe de lui. Kenderly se tenait immobile, les yeux fixés sur l'arme posée sur le plan de travail. Garrison chercha quelques instants puis trouva ce qu'il lui fallait.

— J'ai du coton et de l'alcool, j'espère que ça suffira, annonça-t-il.

Il s'agenouilla devant elle et inspecta l'éraflure sur sa cuisse.

— Oui, c'est très bien, dit-elle d'une voix douce.

— Il vous faut une ceinture à mordre ?

Elle le regarda sans comprendre. Au lieu d'expliquer sa plaisanterie, il imbiba un coton d'alcool et nettoya la blessure. Elle avait la peau douce.

Il leva la tête. Elle fermait les yeux, sans doute parce que l'alcool la piquait mais qu'elle ne voulait pas se plaindre. Touché, il termina de nettoyer la blessure le plus délicatement possible.

— Comment j'ai pu me mettre dans de tels ennuis ? En me levant ce matin, j'étais très loin d'imaginer que je vivrais un cauchemar et que je me retrouverais dans une cuisine avec deux chiens à mes pieds et un étranger en train de prendre soin d'une éraflure sur ma cuisse.

— Je ne sais vraiment pas quoi vous dire.

Il s'éclaircit la voix pour dissimuler un demi-sourire.

Elle se prit le visage entre les mains.

— Je me plains alors qu'Isabella… Elle… Oh ! Mon Dieu !

Garrison se releva, la prit dans ses bras et la serra contre lui.

— Allez-y, pleurez, c'est naturel. Ici, vous ne risquez plus rien.

Tout n'irait pas forcément bien par la suite, mais il se devait de la rassurer, de veiller sur elle.

Après quelques instants, elle lui posa les mains sur les épaules et il la lâcha.

— Pourquoi suis-je ici ? Si nous sommes traqués, comment pouvez-vous affirmer que nous ne risquons rien ?

— Vous avez été témoin d'un double meurtre et nous devons recueillir votre déposition. Le capitaine ne va pas tarder. Ensuite, nous déciderons quoi faire. Pour le moment, je vous propose de l'attendre dans le salon.

Il la précéda dans la pièce meublée d'un canapé, d'un fauteuil et d'une télévision.

— Pourquoi il les a assassinées ? demanda-t-elle soudain. Il s'apprêtait à me tuer aussi, n'est-ce pas ?

— Je crois, oui.

— Pourquoi ?

— J'espérais que vous pourriez nous aider à le découvrir.

— Et pourquoi étiez-vous à la soirée ? questionna-t-elle, le regard plein de soupçons.

Il se tut et secoua la tête. Il ne pouvait pas lui avouer qu'il avait infiltré la soirée après que le capitaine avait reçu un appel anonyme pour l'avertir qu'un événement important se préparait. Plutôt qu'attendre la tombée de la nuit, a priori plus propice au succès de l'opération, il aurait dû chercher un moyen d'évacuer les deux femmes au plus vite.

— Si vous commenciez par m'expliquer comment vous connaissiez Isabella Tenoreno ?

— Elle venait une fois par semaine au salon où je travaille. Mercredi dernier, elle m'a parlé de la réception de ce soir et elle m'a demandé si je pourrais y venir. Il m'arrive d'effectuer des coupes de cheveux et des soins de maquillage lors d'événements privés. Mais, cette fois, c'était un peu différent car elle m'avait proposé de rester ensuite pour profiter de la soirée. Finalement, je me suis retrouvée à m'occuper également de la coiffure de son amie Trinity.

Garrison acquiesça. Trinity Rosco était l'épouse du chef de l'autre famille qui régnait sur le crime organisé.

Toutefois, Kenderly parlait avec raideur, comme si elle ne lui disait pas toute la vérité.

— Ensuite, que s'est-il passé ?

— J'étais en train de rassembler mes affaires et de rincer mes brosses dans la salle de bains. J'ai entendu un craquement, puis Trinity a hurlé. Une voix d'homme leur a ordonné de s'agenouiller.

— Quelle langue parlait-il ?

— La nôtre.

— Et il ne savait pas que vous étiez là ?

— La porte de la salle de bains était entrouverte. J'ai d'abord vu le revolver et je suis restée figée. J'ai eu tort. J'aurais dû sortir, tenter de m'interposer. Peut-être qu'elles seraient encore en vie.

Elle se prit de nouveau le visage entre les mains et eut une crise de larmes.

— Ne culpabilisez pas. Si vous étiez sortie, vous seriez morte également.

— Je… j'étais tellement incrédule que je me suis demandé si ce n'était pas une mauvaise blague. Mais… alors il a tiré. Il les a… abattues. Toutes les deux.

Elle se leva brusquement et marcha jusqu'à la fenêtre. Il la laissa faire. Que pouvait-il dire ? Elle avait assisté à une double exécution. Aucun mot n'effacerait les terribles images qui la hantaient. Malgré le choc, elle résistait plutôt bien. A sa place, d'autres se seraient effondrées.

— Et quand est-ce qu'il vous a vue ?

— Il y avait des bruits en provenance du salon. J'ai failli appeler à l'aide avant de me raviser. J'ai voulu reculer au fond de la pièce mais j'ai fait tomber une brosse qui était restée sur le rebord du lavabo. Immédiatement, il s'est précipité dans la salle de bains, m'a agrippée par le bras et m'a forcée à m'agenouiller à côté des cadavres d'Isabella et Trinity. C'est à ce moment-là que vous avez fait irruption dans la pièce.

— Donc, vous êtes coiffeuse esthéticienne ?

Elle acquiesça et essuya le mascara qui avait coulé sous ses yeux. A titre personnel, il préférait qu'une femme porte un maquillage léger. Cependant, il appréciait ses longs cheveux blonds et la vue de ses jambes soyeuses ne le laissait pas indifférent.

— Je sais que ma tante raconte tout à sa coiffeuse, reprit-il. Est-ce qu'Isabella vous faisait des confidences ? Est-ce qu'elle vous avait expliqué pourquoi elle organisait cette soirée ?

— Quand Isabella venait au salon, elle n'était jamais seule. Son garde du corps était en permanence à proximité et si elle s'était confiée à moi, il aurait tout entendu. Ce soir, elle lui avait demandé de rester à l'extérieur de la chambre pendant qu'elle se préparait.

— Et elle n'a rien dit de… particulier ?

— Je ne suis pas certaine de comprendre ce que vous sous-entendez. Isabella avait beaucoup d'argent, ce n'était donc pas si surprenant qu'elle se promène avec un garde du corps. On aurait pu vouloir l'enlever pour faire chanter son mari, non ?

— Cela fait partie des choses que je compte découvrir.

Il observa minutieusement Kenderly. L'innocence de ses grands yeux était-elle feinte ? Dissimulait-elle un secret ou bien était-il parano ? Non, elle venait d'évoquer la possibilité que quelqu'un fasse chanter le mari d'Isabella. Elle ne pouvait ignorer la nature de ses activités, elle ne lui disait pas tout. Peut-être parce qu'elle ne lui faisait pas encore suffisamment confiance.

— Vous croyez que le meurtrier va me traquer ?

Avec un peu de chance, il nous traquera tous les deux. Pour lui, avoir une telle pensée ne posait pas de problème. Il était Texas Ranger, il ne pouvait que souhaiter que le meurtrier vienne à lui.

Mais elle, elle était innocente. Innocente et séduisante. S'attacher à elle lui compliquerait la tâche.

Il était partagé. En tant qu'homme, il avait mauvaise conscience d'envisager Kenderly comme un appât. Mais il était avant tout un Ranger. Si le capitaine lui en donnait l'ordre, il devrait obéir.

3

Kenderly avait rarement rencontré un homme aussi séduisant et il fallait que ce soit dans les pires circonstances possibles. En outre, il semblait par moments se méfier d'elle et ne pas la prendre au sérieux. A l'instant, il était dehors, devant la maison, en conversation avec son supérieur et elle aurait bien aimé savoir ce qu'ils se disaient. Le capitaine Oaks semblait apporter des nouvelles que Garrison n'appréciait pas.

Elle avait été présentée à Oaks puis ce dernier s'était emparé de l'arme du crime et l'avait mise en sécurité dans sa voiture.

Elle avait recouvré un peu d'appétit et mangeait un morceau de pain grillé, près de la fenêtre. De l'autre côté, les deux hommes discutaient.

Le capitaine Oaks était calme et l'observait depuis l'endroit où il se tenait, mains dans le dos, stoïque. Garrison, au contraire, était très animé et s'exprimait en ponctuant ses paroles de grands gestes. Il paraissait contrarié. Quelques mots comme *non* et *en aucun cas* parvenaient jusqu'à elle.

Tout indiquait que le capitaine souhaitait confier une nouvelle mission à Garrison, qui n'avait aucune envie d'accepter. Régulièrement, Clementine venait lui quémander une caresse, et il n'y avait guère que quand il se baissait pour s'exécuter ou lui lancer une balle qu'il semblait se détendre.

Il était vraiment attirant, songea Kenderly. Il lui avait sauvé la vie. Il s'était précipité dans une pièce où un homme armé venait d'éliminer deux femmes sans sourciller, puis il leur avait fait prendre la fuite à moto. Il avait roulé à tombeau ouvert sans hésiter à prendre des raccourcis hasardeux. A cette heure, ils étaient encore certainement traqués, mais rien de tout cela ne semblait le perturber. Il affichait une confiance en lui qui confinait à l'arrogance.

Elle se passa les mains dans les cheveux pour les démêler. Le vent avait ruiné sa coiffure. Elle se dirigea vers la salle de bains. Bear la suivit et s'assit sur le seuil.

— On dirait que tu as l'habitude qu'on laisse la porte ouverte partout, lui dit-elle en se baissant pour le caresser entre les oreilles.

Elle se redressa et, quand elle capta son reflet dans le miroir, faillit hurler.

— Je ressemble à une sorcière !

Son maquillage avait coulé sur ses joues et elle n'avait d'autre choix que le nettoyer complètement. Sa voiture et toutes ses affaires, à l'exception de son portable, étaient restées chez les Tenoreno.

Comment pourrait-elle aller travailler ? Et avec quoi travaillerait-elle, d'ailleurs ? Tout était resté dans la salle de bains, là-bas, ou dans sa Volkswagen. Ses papiers, sa carte de crédit, son carnet de chèques… Comment allait-elle se débrouiller ?

Elle ne pouvait pourtant pas s'apitoyer sur son sort. Isabella et Trinity n'étaient plus de ce monde.

Comparée à elles, elle avait une chance énorme.

Elle repensa au coffret à bijoux. Garrison et le capitaine

ne l'avaient pas encore ouvert. Oaks l'avait immédiatement placé dans sa voiture en même temps que l'arme du crime.

Elle prit une grande inspiration pour se calmer. Elle referma le robinet. La porte d'entrée n'était pas fermée et un courant d'air l'ouvrit soudain plus grand, lui rapportant la conversation des deux hommes :

— C'est simple : soit tu la protèges, soit tu deviens toi-même l'appât.

— Je vous remercie de votre confiance, monsieur, mais je ne pense pas avoir le choix. Je n'ai pas la patience de rester sans rien faire. En revanche, n'est-ce pas contraire à la loi ? Est-ce que nous ne devrions pas assigner un officier de police féminin à sa protection ?

— C'est toi qui persistes à affirmer qu'elle a besoin de protection, sans même que nous sachions si son témoignage serait recevable devant un tribunal, ni si le contenu de ce coffre à bijoux a une quelconque importance. A ton avis, est-elle vraiment en danger ?

Garrison avait le visage grave. Son expression lui donnait l'air plus mature. Jusque-là, elle avait toujours vu un demi-sourire sur son visage qui le faisait ressembler à un adolescent.

— D'après ce que je sais de ces deux familles, chez eux, on tire d'abord, on se demande après si on a descendu la bonne personne. Alors s'ils la retrouvent, ils la tueront. Je suis catégorique, monsieur.

— Je me fie à ton jugement. Et je ne doute pas que tu sauras la protéger. Alors tiens parole et fais en sorte qu'elle reste en vie, ou bien débrouille-toi pour trouver un moyen de clouer au pilori ces deux barons du crime. Ils ne tarderont pas à découvrir ta véritable identité et à te localiser. Ils ont la main très longue. Il n'y a pas une minute à perdre.

Kenderly eut envie de sortir et de leur crier d'arrêter.

Ils étaient en train de décider de son sort sans même la consulter. Elle n'avait aucune envie de se retrouver en cavale avec Garrison Travis. Mais rentrer chez elle, ce n'était pas possible. Sans argent, sans endroit où vivre, que pouvait-elle faire ? S'en remettre aux Texas Rangers était sa seule option.

— Il semblerait que la décision ait été prise pour nous, répliqua Garrison.

Il paraissait tellement fataliste qu'elle en eut la chair de poule.

— Sans moi, vous ne pourrez pas remonter au tueur, continua-t-il. Et si Kenderly réapparaît, ils l'élimineront et tous nos efforts seront réduits à néant. Nous n'avons jamais été aussi proches de confondre ces deux familles. L'occasion ne se représentera probablement pas.

— Sauf que jusque-là, les Tenoreno et les Rosco se toléraient mais se méfiaient les uns des autres. S'ils joignent leurs forces…

Le capitaine Oaks secoua la tête et laissa sa phrase en suspens.

— Il y a deux solutions, reprit-il. Soit ils se soupçonneront mutuellement d'être à l'origine de ce double meurtre et entreront dans une guerre ouverte qui fera de nombreuses victimes, soit ils s'allieront et régneront sans partage sur le crime organisé au Texas.

— Je suis prêt à courir le risque de prendre contact avec Tenoreno et Rosco pour les convaincre que, quand les coups de feu ont éclaté, je me suis enfui parce que je craignais pour ma vie. Mais j'aimerais disposer d'une monnaie d'échange. Je veux croire qu'Isabella a laissé dans ce coffret à bijoux une preuve que je pourrais troquer contre la promesse de laisser la vie sauve à Kenderly.

Elle ne voyait pas le visage du capitaine Oaks, mais

Garrison avait toujours les traits tendus et se passait nerveusement la main dans les cheveux. Avant l'arrivée de son supérieur, il avait enfilé un jean et une chemise, et glissé son insigne dans sa poche.

— Commençons par un interrogatoire d'usage, proposa Oaks. Nous avons besoin d'une déposition officielle. Vous pourriez venir tous les deux au commissariat mais…

— J'ai compris. Moins il y aura de gens qui entendront parler de Kenderly Tyler ou la verront, mieux ce sera.

Garrison parut se détendre, nota-t-elle. Mais comment était-ce possible alors qu'il semblait prêt, au péril de sa vie, à reprendre contact avec les deux hommes les plus dangereux du Texas ?

— Je vais passer un coup de fil pour qu'on nous apporte un caméscope, annonça Oaks. Ensuite, nous enregistrerons sa déposition. Tu sais déjà ce que tu raconteras à Tenoreno ?

— Oui. Des coups de feu ont éclaté, j'ai paniqué et ma seule obsession a été de filer au plus vite.

Dans la foulée, Garrison ajouta :

— D'habitude, je suis le chasseur, pas la proie, mais je m'adapterai.

— Tu représentes notre meilleure chance de découvrir pourquoi Isabella et Trinity ont été assassinées. Et nous devons partir du principe que Tenoreno et Rosco ne connaissent pas le meurtrier.

Le capitaine se baissa pour caresser Clementine.

— Mais le meurtrier, lui, sait que tu l'as vu.

— Comme Kenderly. Nous l'avons vu tous les deux.

— Tu as eu un bon réflexe en prenant ce type en photo. Peut-être que nous parviendrons à nous servir de ces images. Si tu affirmes à Tenoreno que ce n'est pas toi le meurtrier mais que tu détiens des photos de lui, ça pourrait l'intéresser.

— Je n'arrive pas à comprendre pourquoi les deux

épouses ont été tuées. Ça n'a pas de sens. J'ai entendu retentir des coups de feu au rez-de-chaussée mais j'ignore qui les a tirés et s'il y a eu des blessés ou des victimes.

Le capitaine lui posa la main sur l'épaule d'un geste paternaliste.

— Ce n'est pas ta faute, Garrison. Personne n'imaginait que la soirée prendrait cette tournure.

— Si j'avais pu pénétrer dans la chambre deux minutes plus tôt…

— A ce que je comprends, il y aurait eu davantage de victimes si tu étais intervenu deux minutes plus tard.

— Mais…

— Il n'y a pas de *mais*. Tu ne pouvais rien faire de plus. Il faut aller de l'avant.

Kenderly apprécia l'attitude du capitaine Oaks. Elle ne comprenait pas toutes les implications de ce dont ils parlaient mais il semblait être un homme bien ; elle décida de le prendre au mot, comme s'il s'était adressé à elle. Car elle aussi avait besoin d'aller de l'avant. Elle ne pouvait pas remonter le court du temps et ramener Isabella à la vie.

Mais contribuer à l'arrestation du meurtrier de son amie, c'était dans ses cordes.

— Par quoi commençons-nous ? lui lança Kenderly.

Elle était assise à la table de cuisine, les doigts croisés. Elle les serrait tellement fort que ses phalanges étaient blanches.

— Voulez-vous que je rédige ma déposition par écrit ? J'ai cherché s'il y avait une tablette numérique quelque part. Mais je vous promets que je n'ai pas dérangé vos affaires.

— Tout va bien, je vous crois, la rassura Garrison.

Il aurait voulu la serrer encore une fois contre lui pour l'apaiser mais, devant le capitaine, ce n'était pas possible.

— Mademoiselle Tyler, commença celui-ci, nous avons demandé qu'on nous apporte un caméscope pour enregistrer votre déposition. Si nous vous emmenons dans nos locaux, trop de gens sauront que vous êtes sous notre protection, ce que nous souhaitons éviter. Vous comprenez ?

Elle acquiesça et posa les mains sur ses genoux. Elle s'était rincé le visage et débarrassée de son maquillage. Au naturel, elle paraissait plus jeune, songea Garrison.

— Je dois vous avouer… je ne vous espionnais pas mais, comme la porte était restée ouverte, j'ai entendu quelques passages de votre conversation.

— Qu'avez-vous entendu exactement ?

Il laissait le capitaine mener l'entretien. Il s'efforçait de garder une expression sérieuse, par respect pour les deux femmes qui avaient été tuées et la gravité de la situation. Cependant, à contempler Kenderly sans rien dire, il avait du mal à ne pas sourire. La façon dont elle bougeait, tirait sur sa jupe pour la remettre en place, le fascinait.

— Je ne comprends pas très bien ce que vous entendez par *exfiltrer*. Qui ? Isabella ? Vous souhaitiez l'emmener loin de cet épouvantable individu avec lequel elle était mariée ? C'est bien cela, lieutenant ?

Il n'écoutait que d'une oreille et, à son nom, sursauta. En fait, il repensait au moment où il avait soigné l'éraflure sur sa cuisse. Il reprit une contenance et se tourna vers son supérieur, ne sachant que dire.

Kenderly poursuivit :

— Oh, mon Dieu, c'était ça ! Et c'est pour cette raison que vous tenez tant à savoir ce qu'il y a dans son coffret à bijoux, n'est-ce pas ?

Elle fixa de nouveau Oaks.

— Je vous assure que j'ignore ce qu'il contient. Isabella m'avait seulement donné pour consigne de l'ouvrir dans trois jours. Je m'étais dit que c'était peut-être une lettre à poster.

— Selon vous, pourquoi vous a-t-elle demandé d'attendre trois jours ? Et pourquoi pensiez-vous à une lettre ? Avez-vous déjà posté du courrier pour elle ?

Oaks sortit un petit carnet.

Garrison, lui, n'avait rien sous la main pour écrire. Il pourrait aller chercher un bloc-notes dans le placard du salon. Mais il n'avait pas envie de perdre une miette de l'interrogatoire.

— Je ne sais pas pourquoi je devais attendre trois jours. Comme je l'ai dit à Garrison — enfin, au lieutenant…

— Appelez-moi Garrison, je vous en prie, la coupa-t-il.

De nouveau, il avait envie de lui sourire.

— Comme je l'ai expliqué à Garrison, donc, son garde du corps ne la lâchait jamais d'une semelle. Quand elle venait au salon, je devais parfois lui demander de me laisser un peu d'espace pour lui faire son shampoing correctement. Toutefois, il m'est arrivé de transmettre des messages écrits de sa part à Trinity et, à une occasion, de poster une lettre pour elle.

— Vous transmettiez des messages pour son compte ? insista Oaks.

— Absolument. Isabella m'avait un jour chuchoté que son mari était très jaloux de celui de Trinity. Et il refusait qu'elle adresse la parole à Trinity. C'est pourquoi elle m'avait demandé si je pouvais lui transmettre des messages de sa part. Tout devait se faire dans la plus grande discrétion. Elle voulait même me payer, mais j'ai refusé car cet accord me permettait de gagner une nouvelle cliente.

— Mme Tenoreno et Mme Rosco étaient toutes deux clientes de votre salon ?

— Oui. Mais, à cause de leurs maris respectifs, elles ne venaient jamais le même jour.

Garrison se décala pour être lui aussi dans le champ de vision de Kenderly.

— Saviez-vous en quoi consistait le travail de leurs époux ?

Elle haussa les épaules. Ses cheveux lui couvraient à peine la nuque, remarqua-t-il alors. Il aurait juré qu'ils étaient plus longs.

— Non, pas à l'époque. Un jour, après avoir entendu quelqu'un faire allusion à eux, j'ai effectué des recherches sur Internet pour en savoir plus. J'ai compris qu'ils avaient des activités douteuses mais cela ne concernait pas Isabella ni Trinity. Au contraire, elles étaient victimes puisque leurs maris les empêchaient de se voir.

— Vous est-il arrivé de lire un des messages que Mme Tenoreno vous remettait pour Mme Rosco ? Vous rappelez-vous l'adresse du destinataire de la lettre que vous avez postée ?

— Non, c'était de l'ordre du privé, je ne me serais jamais permis de lire ces messages.

Elle baissa les yeux sur ses genoux.

— Et vous n'avez aucun souvenir de l'adresse à laquelle Mme Tenoreno avait envoyé cette lettre ? s'enquit Garrison.

Elle leva la tête et le regarda.

— Si, dit-elle tout bas. Leurs maris étaient… sont des hommes peu recommandables. Je voulais garder une preuve au cas où ça tournerait mal.

— Kenderly, vous êtes géniale, déclara-t-il avec enthousiasme. C'est un indice qui nous sera très utile.

Le capitaine Oaks lui adressa un regard sévère pour tempérer son excitation.

— Cela pourrait en effet nous aider à découvrir pourquoi elles ont été tuées. Vous pouvez nous donner cette adresse ?

Son stylo dans une main, le capitaine chercha de l'autre dans sa poche et en sortit son portable.

— Nous enverrons une unité sur place en urgence avant que Tenoreno ne découvre l'existence de cette lettre. Si nous mettons la main sur l'original… Tiens, c'est l'équipe vidéo ?

Garrison tourna la tête. Des phares éclairaient l'allée devant la maison. Il traversa la cuisine, s'apprêta à ouvrir la porte mais se ravisa.

— Dites, c'est courant qu'un technicien vidéo soit une montagne de muscles vêtue de noir ? lança-t-il par-dessus son épaule.

Tous ses sens étaient en alerte. Il dégaina son arme, enclencha le verrou et revint dans la cuisine.

Sans attendre, Oaks emmena Kenderly dans la salle de bains et ferma la porte derrière elle. Puis il rejoignit Garrison près de la fenêtre de la cuisine. Au même instant, l'homme dans l'allée sortit un objet de sa poche et le brandit devant lui. D'instinct, Garrison se jeta sur le capitaine pour le faire plonger au sol. La seconde d'après, une rafale d'arme automatique fit voler les fenêtres en éclats.

4

— Combien sont-ils ? demanda Oaks.

— Un seul. Il me semble que c'est le meurtrier de tout à l'heure, répondit Garrison.

Oaks et lui avaient renversé la table de la cuisine pour se protéger. Des débris de verre volaient dans la pièce.

— Comment a-t-il pu te retrouver ?

Il n'avait pas la réponse. Kenderly n'avait pas de téléphone sur elle, il n'avait pas de ligne fixe. Il ne pouvait pas la soupçonner d'avoir passé un appel. De plus, elle coopérait du mieux possible, il n'y avait aucune raison de penser qu'elle jouait double jeu. Et Oaks n'était certainement pas corrompu. Si ?

— Est-il possible qu'Isabella ait été en relation avec les autorités, capitaine ? Si c'est ce que pensait ce type, il pourrait avoir décidé de vous filer pour voir où vous le mèneriez.

— Je ne sais pas comment il s'est retrouvé là mais tu dois à tout prix évacuer notre témoin. Dès qu'il arrêtera de tirer pour recharger, tu bouges. Passe-moi un torchon, je me suis coupé à la cuisse.

Garrison s'exécuta, impressionné par le sang-froid du capitaine. Les tirs en rafales continuaient, déchiquetaient le papier peint, faisaient éclater les portes des placards.

Heureusement, la table de la cuisine résistait toujours. Il n'osait imaginer la réaction de sa tante quand elle découvrirait l'état de sa maison.

— Je vais chercher Kenderly.

Il rampa en direction de la salle de bains. Alors qu'il était dans le couloir entre les deux pièces, les tirs cessèrent. Sans attendre de savoir si le capitaine allait en profiter pour riposter, il pénétra dans la salle de bains et aida Kenderly à sortir de la baignoire où elle s'était recroquevillée.

— Venez. Dès que je vous donne le signal, vous me suivez et on essaie de filer.

Ils sortirent dans le couloir. Kenderly était silencieuse.

Oaks tira plusieurs fois à travers la fenêtre de la cuisine. Il n'y eut pas de riposte.

— Prends ma voiture, dit le capitaine en lui lançant ses clés. Mon téléphone est fichu. Appelle des renforts, je me charge de le tenir en respect.

Garrison n'eut qu'une seconde pour décider de suivre les ordres ou désobéir. Quand Kenderly posa la main sur son bras pour se serrer contre lui et chercher du réconfort, il n'hésita plus. Sa mission première était de protéger cette femme innocente.

Il serra brièvement sa main puis désigna ses chaussures.

— Enlevez-les pour courir et restez bien à côté de moi. Nous allons tous les deux monter par le côté conducteur. Tenez.

Il lui tendit les clés de voiture.

— Ouvrez la portière. Moi, je vous couvrirai. Ensuite, vous vous glissez sur la banquette arrière et je prends le volant. Sauf si je suis touché.

Elle acquiesça.

— Allez-y ! s'exclama le capitaine avant de faire de nouveau feu.

Garrison ouvrit la porte arrière et jeta un regard : l'homme avait-il des complices ? Apparemment non. Il n'y eut pas de coups de feu.

Ils sortirent et longèrent la maison. Ils progressèrent lentement, il ne cessait de scruter de tous côtés, à l'affût. Alors qu'ils s'apprêtaient à rejoindre la rue, le tireur apparut sur la gauche.

— Courez et ouvrez la portière.

Elle obtempéra. Quelques secondes plus tard, il y eut le bruit caractéristique du déverrouillage automatique. Il s'élança à son tour. Une balle fusa, puis il y eut d'autres tirs. C'était le capitaine qui ripostait pour couvrir leur fuite. Kenderly entra dans la voiture et s'allongea sur le plancher. Il monta. La clé de contact était déjà insérée. Il fit démarrer le moteur, enclencha une vitesse et enfonça la pédale d'accélérateur. Dès qu'il put se redresser et prendre une position normale, il sortit son téléphone et le tendit à Kenderly.

— Appelez le 911.

Il tourna au premier carrefour et enfonça brutalement la pédale de freins pour revenir à une vitesse normale.

— Qu'est-ce que vous faites ? voulut savoir Kenderly.

Au même instant, ils croisèrent des voitures avec gyrophares.

— Oh ! La police est déjà là. Dois-je toujours appeler ?

Une fois que les voitures furent loin, Garrison accéléra de nouveau et prit la direction du centre-ville.

— Non, c'est inutile. L'alerte a déjà été donnée. Dans une minute, les flics vont cerner la maison de ma tante. Oaks s'en sortira.

— Et maintenant, que faisons-nous ?

Ils n'étaient probablement pas suivis mais mieux valait

se noyer dans une circulation plus dense. Il continua à rouler à la limite de la vitesse autorisée.

— Bonne question. Je dois attendre au moins deux heures avant d'essayer de recontacter Oaks pour savoir quelle version il aura donnée aux flics.

En espérant qu'il aura un plan.

— Avec un peu de chance, le meurtrier d'Isabella sera sous les verrous, murmura Kenderly.

Elle semblait effrayée.

Dans le rétroviseur, il ne voyait pas son visage. Il ne pouvait pas lui prendre la main pour la réconforter car il devait rester concentré sur la conduite. Il comprenait sa peur. Et il n'avait pas le droit de prétendre qu'elle n'avait pas à s'inquiéter.

— J'aimerais beaucoup qu'il soit en prison mais il sera plus probablement à nos trousses. Vous devriez attacher votre ceinture.

Elle suivit son conseil sans un mot. Pourtant, à peine vingt minutes plus tôt, elle était beaucoup plus loquace, prête à leur dire tout ce que le capitaine et lui désiraient savoir.

A ce propos, où étaient passés les agents censés apporter le matériel vidéo pour enregistrer sa déposition ? Quand ce type armé était arrivé, ils auraient déjà dû être là. Encore une question à poser au capitaine Oaks.

— Nous ne pourrons pas appeler directement votre capitaine, reprit Kenderly. Il a bien déclaré que son téléphone était cassé ?

— Oui. Je pense que la police va l'emmener à l'hôpital car il s'était blessé avec un morceau de verre. Mais je ne sais pas lequel.

Oaks s'en sortirait. Il s'accrochait à cette certitude. Sinon, toute l'opération était fichue.

— Que comptez-vous faire ? Rouler jusqu'à ce que le capitaine puisse vous rappeler ?

Il haussa les épaules. Il n'avait pas pris de décision quant à leur destination. Toute l'opération avait été organisée dans le plus grand secret et il ne connaissait pas d'autres Rangers également dans la confidence. En outre, il y avait forcément eu une fuite quelque part, puisque le meurtrier les avait retrouvés. Le traître faisait-il partie des Texas Rangers ?

— Je me demande bien comment ce type est remonté jusqu'à la maison de ma tante.

Il s'arrêta à un feu rouge. La portière arrière s'ouvrit. Il se retourna vivement et faillit crier avant de comprendre : Kenderly profitait de l'arrêt pour venir s'installer à côté de lui.

— C'est d'autant plus surprenant qu'il nous a localisés très rapidement, dit-elle en refermant la portière. Devons-nous enregistrer ma déposition et ouvrir le coffret à bijoux ? Ou bien préférez-vous attendre que ce soit fait en bonne et due forme ?

— Non, nous ne pouvons pas attendre. Je dois mettre la main sur un enregistreur au plus vite. Mais pour que votre témoignage soit valable, nous avons également besoin d'un témoin fiable qui y assiste.

— J'ai un ami photographe amateur qui a tout ce qu'il faut. Qu'en pensez-vous ?

— S'il a ce qu'il faut et s'il est prêt à jurer que la déposition s'est faite en sa présence, nous pouvons essayer d'aller le voir.

Elle leva la main.

— Ne vous inquiétez pas, il sera d'accord. Il mène une vie encore plus ennuyeuse que la mienne. Je parie qu'à cette heure il est quelque part sur la 6e Rue. Il nous suffit de faire le tour des bars qui passent de la bonne musique et nous le trouverons.

— Sur la 6e Rue ?

Ecumer les bars un vendredi soir sur la rue la plus animée d'Austin n'était pas prévu au programme.

— Nous ne pouvons pas plutôt attendre qu'il rentre chez lui ?

— Si, bien sûr. Mais il habite à deux pas de chez moi.

Il était hors de question de se rendre dans son quartier. Les hommes de Tenoreno, le meurtrier de l'épouse de ce dernier et la police étaient à leur recherche.

— Bien, alors c'est parti pour la tournée des bars.

— Je sais que je vais le regretter mais je meurs de faim.

Kenderly détestait la nourriture servie dans les bars. C'était toujours trop gras, généralement froid et hors de prix, mais elle aurait avalé n'importe quoi.

— C'est le quatrième endroit dans lequel nous entrons. Vous croyez qu'il est retourné chez lui ? demanda Garrison.

— Je peux commander quelque chose ?

Elle détestait paraître capricieuse mais elle avait terriblement besoin de manger.

Le morceau de pain grillé avalé plus tôt n'avait fait que lui rappeler qu'elle avait l'estomac vide.

— D'accord, dit-il.

Le bar était bondé et il y régnait une chaleur étouffante. Au mur, une enseigne lumineuse qui proclamait *Austin est une fête* éblouissait Kenderly.

Elle avait du mal à respirer. Si elle avait fait vingt centimètres de plus, elle aurait pu chercher de l'air mais, du haut de son mètre soixante-cinq, c'était compliqué. Ce n'était pas le moment de tomber dans les pommes.

Elle ferma les yeux pour se calmer mais cela ne fit que

raviver l'image des corps sans vie de Trinity et Isabella. Cette fois, elle avait la nausée.

— Vous n'avez pas l'air bien, déclara Garrison qui l'observait d'un air préoccupé.

D'un geste, elle lui fit comprendre qu'elle était au bord du malaise.

— Je vois. Les toilettes sont… par ici.

Il la prit par la taille et se fraya un chemin parmi la foule en s'excusant. Ils atteignirent les toilettes pour dames en quelques secondes. Puis il sortit son insigne et le brandit devant lui pour doubler les personnes qui faisaient la queue et y entra avec elle.

— Merci beaucoup… Mais là, je n'ai pas besoin de vous.

— Désolé, mais je ne peux pas vous laisser hors de ma vue.

Poliment mais fermement, son insigne toujours en main, il incita les jeunes femmes qui utilisaient les lavabos à se dépêcher de terminer et à sortir. Enfin, elle put se passer de l'eau sur le visage.

— Ça va mieux… Allons-nous-en, maintenant, dit-elle en se séchant rapidement les mains.

Il la retint.

— Vous êtes sûre ? Vous êtes très pâle.

Son reflet dans le miroir lui fit peur. Elle était livide. Elle inspira profondément plusieurs fois.

— Je me suis sentie mal parce que, dans la foule, je n'arrivais pas à respirer. Maintenant, ça va.

Elle se passa les mains sur le visage. Elle respirait normalement et se sentait solide sur ses jambes. Elle leva les yeux vers Garrison.

— Vous êtes certaine que vous allez tenir le coup ? s'enquit-il, les mains posées sur ses épaules.

— Oui. Je suis désolée que nous n'ayons pas trouvé mon ami.

Un coup fut frappé à la porte.

— C'est la direction. Il y a un souci ?

Garrison fronça les sourcils, manifestement contrarié de cette intervention. Il se rendit à la porte, l'entrouvrit et brandit son insigne. Il donna rapidement quelques explications et, deux minutes plus tard, ils étaient dehors.

— C'est bon de se retrouver à l'air libre, soupira-t-elle tandis qu'ils retournaient à la voiture. Où allons-nous…

Garrison la prit par le bras pour lui faire faire demi-tour.

— Restez près de moi et avancez.

Elle ignorait ce qui se passait mais Garrison lui avait déjà sauvé la vie deux fois, alors elle s'en remettait complètement à lui. Ils marchaient à vive allure et s'éloignaient du véhicule.

— Nous abandonnons la voiture ? Et le coffret à bijoux d'Isabella ?

— Oaks devra se charger de le récupérer. Il y a des flics partout, nous ne pouvons pas retourner à la voiture.

Elle tourna à demi la tête et croisa le reflet des gyrophares dans les vitres des immeubles.

— Vous ne pouvez pas leur expliquer qui vous êtes ?

— Non, si je fais ça, je ruine définitivement ma couverture et je ne retrouverai jamais le meurtrier.

Une fois qu'ils eurent tourné à un croisement, ils ralentirent.

— Pour le moment, nous sommes tous les deux recherchés.

— La police ignore que vous êtes un Texas Ranger ?

A quelques mètres se profilait un fast-food.

— C'est possible de s'arrêter manger un morceau ?

— Oui, bien sûr. Commandez et installez-vous au fond.

Il l'invita à entrer la première, ferma la porte derrière

eux et observa la rue quelques secondes. Puis il sortit son portefeuille et lui donna un billet de vingt dollars.

Elle se rendit au comptoir, passa la commande et se retourna vers lui en attendant d'être servie. Il se tenait devant la vitre, son téléphone en main. Après quelques secondes, il se mit à parler avec animation.

Quand elle eut récupéré sa commande, elle alla s'installer avec son plateau à l'endroit qu'il lui avait indiqué.

— Je vous préviens, nous fermons dans un quart d'heure, lança le serveur derrière le comptoir à Garrison.

— Entendu, merci, répliqua-t-il.

Elle mangea toute seule tandis qu'il continuait à envoyer des messages et à passer des appels. Elle n'avait aucune idée de ce qu'il était en train d'entreprendre.

Elle se concentra sur son repas pour éviter de ruminer sur ce qui lui serait arrivé si Garrison n'avait pas été là. Elle serait morte. Tout simplement.

Elle trempa une frite dans le ketchup dont une goutte tomba sur le plateau. La vision de cette tache rouge la tétanisa et lui coupa l'appétit.

Elle leva les yeux vers la pendule au mur. Il ne leur restait que cinq minutes. C'était plus prudent de faire un passage aux toilettes avant de repartir.

A peine eut-elle fermé la porte derrière elle que Garrison appela :

— Kenderly ? Vous êtes là ?

— Oui, j'en ai pour une minute. Et n'ayez crainte, il n'y a pas de fenêtre, il ne peut rien m'arriver.

— Non, nous devons partir sans attendre.

— J'arrive…

— Ecoutez, Kenderly, notre signalement passe en boucle

à la télé. Si l'employé nous reconnaît, il va donner l'alerte. Nous ne sommes plus recherchés pour être interrogés, mais pour meurtre. Ce qui signifie que Tenoreno a mis notre tête à prix.

5

— Vous avez une idée d'où nous allons ?

Kenderly avait presque toujours vécu à Austin, et pourtant, elle en perdait le nord. Garrison ne cessait de tourner à chaque intersection, revenait parfois sur ses pas.

Elle le retint par la manche pour le forcer à s'arrêter, reprendre ses esprits et son souffle.

— Tout ce que je sais, c'est que nous ne devons pas cesser de bouger.

Il voulut lui prendre la main et la tirer à sa suite mais elle s'esquiva.

— Vous pensez agir au mieux. Mais moi, je n'ai pas la force de passer la nuit à arpenter les rues.

Elle consulta sa montre. Cela faisait déjà une heure qu'ils avaient quitté précipitamment le fast-food.

— Vous n'avez aucun plan ?

Pendant un moment, ils s'étaient mêlés aux étudiants, pour qui c'était le soir de sortie. Désormais, ils étaient seuls.

Et Kenderly avait peur. Le capitaine Oaks et Garrison avaient tout fait pour la convaincre qu'ils la protégeraient, qu'ils constituaient sa meilleure chance de sortir de ce cauchemar. Mais laisser Garrison prendre toutes les décisions n'était peut-être pas si sage que ça. D'autant que jamais elle n'avait remis son destin entre d'autres mains.

Il inclina la tête et lui adressa un sourire enjôleur.

— Ma belle…

— Arrêtez. Je ne doute pas que votre joli sourire marche très bien sur les filles que vous cherchez à draguer. En ce qui me concerne, je n'ai pas d'autre choix que vous suivre. Alors épargnez-moi votre numéro.

— Joli sourire ? répéta-t-il avec un clin d'œil.

Elle tourna la tête. Il était craquant, elle devait le reconnaître. Mais céder à son charme n'était pas une bonne idée.

— Comportez-vous normalement et avec franchise. C'est tout ce que je vous demande.

— Je vous aime bien, Kenderly Tyler. Vraiment.

Il sortit son portable, envoya un message puis retira la batterie de l'appareil et rangea le tout dans sa poche.

— Notre situation est précaire. La vérité, c'est que… je ne pensais même pas qu'à l'heure qu'il est nous serions encore en liberté.

— Bien, c'est rassurant, répliqua-t-elle avec sarcasme.

Ils se tenaient au pied des marches d'une église. Epuisée, Kenderly s'assit.

— Alors maintenant que faisons-nous ?

Un instant, il ne parut plus sûr de lui. Etait-il aussi désemparé qu'elle ?

— Mon Dieu ! Clementine et Bear ? s'écria-t-elle soudain. Que sont-ils devenus ?

— Ils étaient dans la chambre au fond quand les tirs ont éclaté. Je ne pense pas qu'ils aient été touchés.

— Les pauvres bêtes. Qui va s'occuper d'eux ?

— Une dame qui habite dans la rue les promène tous les jours, répondit Garrison. Mais là, j'ai envoyé un message à Jesse, mon partenaire, pour qu'il vienne les chercher.

Kenderly aurait préféré être certaine que les deux chiens étaient bien en sécurité, mais elle n'allait pas se plaindre.

Le capitaine Oaks avait affronté seul un homme armé, et Garrison était lui aussi recherché par le meurtrier parce qu'il lui avait sauvé la vie.

Néanmoins, elle demanda :

— Votre partenaire ne pourrait pas venir nous chercher également ?

Il lui adressa un sourire contrit. Il s'efforçait de paraître détendu, mais de toute évidence il était lui aussi préoccupé.

— Le problème, c'est que personne ne savait que j'étais chez Tenoreno. Cette opération était plus ou moins…

Il haussa les épaules.

— Secrète ?

— Disons qu'elle a été montée en urgence et sans avoir été validée par la hiérarchie.

Elle se leva brusquement et partit sans l'attendre.

— Génial ! Vraiment génial ! Et voilà que je me retrouve avec vous, qui prétendez me protéger alors que vous êtes en cavale.

Elle continua à marcher sans se retourner.

— Kenderly ! l'appela-t-il. Attendez-moi ! Vous savez que nous devons rester ensemble.

Elle fit volte-face.

— Et comment tout cela va finir ?

— Ecoutez, vous êtes intelligente, vous avez conscience que votre vie ne pourra plus redevenir comme avant. Vous devriez songer à déménager et à prendre un nouveau départ ailleurs.

— Vous n'êtes pas sérieux !

Elle le dévisagea. Mais il n'y avait pas une once d'humour dans son expression.

— Mon Dieu, que vais-je faire ?

Il lui posa les mains sur les épaules et la fixa en silence pendant de longues secondes.

— Chaque chose en son temps. Pour le moment, notre priorité est de dénicher un endroit où rester cachés. Nous devons espérer que le capitaine Oaks pourra mettre fin à notre cavale.

Une voiture tourna à l'angle de la rue dans laquelle ils étaient et ils se retrouvèrent dans la lumière des phares. Garrison baissa la tête et serra Kenderly contre lui pour dissimuler son visage. La voiture passa à leur hauteur sans ralentir.

Elle resta collée à lui jusqu'à ce que la voiture soit loin. Les mains contre son torse, la tête sur son épaule, elle laissa couler ses larmes.

Elle ne pouvait plus les retenir. Elle avait du chagrin pour Isabella et Trinity, elle avait peur, elle était accablée : son monde s'écroulait.

Garrison garda les bras autour d'elle et ne dit rien.

Elle avait l'illusion d'être en sécurité. C'était étrange car son corps se détendait alors que, dans le même temps, elle avait l'esprit en ébullition.

Elle releva la tête vers lui.

— Je suis désolée d'être aussi pleurnicharde.

Elle s'attendit à de l'agacement, de l'impatience de sa part, mais son expression n'était que bienveillance.

— Vous êtes prête à repartir ?

Elle acquiesça. Il lui sourit brièvement et garda un bras autour de sa taille tandis qu'ils se remettaient en marche.

Avec ses talons hauts, elle ne tiendrait plus longtemps, songea Garrison.

Que devait-il faire ?

— Il faut que je prenne des nouvelles du capitaine Oaks.

— Même si vous parvenez à le localiser, nous ne pourrons pas nous rendre à l'hôpital puisque notre signalement a été diffusé à la télévision, rappela Kenderly.

— C'est vrai.

Il restait sur ses gardes, à l'affût d'une voiture de police. Devait-il emmener Kenderly au bureau des Rangers et les laisser démêler cette histoire ? Ou bien rester avec elle jusqu'à ce que le capitaine le recontacte pour lui donner de nouvelles instructions ?

Elle poussa un soupir.

— Encore une fois, je m'excuse de vous dire ça, mais je commence à tomber de fatigue.

— Je comprends.

— A tout hasard, vous n'avez pas une carte de crédit d'urgence ? Moi j'en ai une, mais comme je ne m'en sers qu'à titre exceptionnel, elle est chez moi.

Il s'arrêta net et tâta sa poche arrière. Quel idiot ! Depuis qu'ils avaient quitté le fast-food, il redoutait que la police trace son téléphone ou sa carte de crédit s'il l'utilisait. Mais il avait sur lui un téléphone et des papiers enregistrés sous sa véritable identité, alors qu'auparavant il s'était servi d'un téléphone enregistré sous son identité de couverture.

— Rassurez-vous, vous n'aurez plus à marcher.

— Si je n'étais pas aussi soulagée, je vous demanderais de répéter. Alors nous prenons un taxi ?

Il n'osa pas lui révéler la vérité : il venait seulement de se rendre compte qu'ils marchaient inutilement depuis plus d'une heure.

— Ou alors vous passez un coup de téléphone ?

Elle avait les yeux cernés. Elle ne lui mentait pas, elle était épuisée. Elle avait les cheveux en désordre, mais pas autant qu'à leur arrivée chez lui.

Quelle que soit son allure, elle était superbe.

Mais elle était aussi sous sa responsabilité, et il ne pouvait pas lui avouer ce qu'elle provoquait en lui.

— Le mieux est de nous poser dans un petit motel

discret pour attendre les ordres. Et peut-être de vous trouver un pantalon.

— Un pantalon ? C'est gentil mais ce sera pour plus tard, répliqua-t-elle en lui prenant le poignet pour le faire regarder sa montre. Il est près de 3 heures du matin.

— Oui, c'est vrai, reconnut-il.

Il tourna la tête de tous côtés. La rue était désespérément déserte.

— Où pensez-vous prendre un taxi ?

— J'ai bien peur qu'il nous faille retourner sur Congress Street.

Il lui tendit la main, qu'elle accepta. Elle s'appuyait sur lui pour soutenir la vive allure qu'il imposait. Il était admiratif de sa résistance. Il faillit lui faire le compliment à voix haute mais se retint. Ne serait-ce pas aller trop loin dans l'intimité ?

Mince, s'il commençait à avoir de tels états d'âme, cela signifiait qu'il avait lui aussi besoin de sommeil. Mais il devait rester vigilant et trouver un motel où on ne remarquerait pas leur présence.

— Appeler la police, ce n'est définitivement pas envisageable ?

— Comment avez-vous deviné que…

— Vous sembliez tellement perdu dans vos réflexions que je me demandais si vous vous posiez la question.

— Si j'appelle la police, nous n'aurons plus aucune chance de coincer Tenoreno.

— Bien… Donc, on oublie la police… Même si je ne le connais pas personnellement, je sais que Tenoreno n'est pas un type bien et je ne ferai rien qui risquerait d'empêcher son arrestation. Il n'a pas directement tué Trinity et Isabella, mais je suis sûre que, de près ou de loin, il est responsable de leur mort.

Tandis qu'elle s'exprimait, inconsciemment, elle serrait plus fort sa main. Elle était déterminée, ce n'étaient pas des paroles en l'air. Oui, décidément, il l'aimait bien.

Du calme. N'oublie pas que c'est ton témoin.

Ils repérèrent un taxi en même temps. Elle lâcha sa main pour le héler.

Le chauffeur s'arrêta à leur hauteur.

— Bonsoir ! les salua-t-il.

— Bonsoir, répondit Kenderly.

Puis elle tourna la tête vers Garrison.

— Euh, où va-t-on ?

— Eh bien… euh… je ne sais pas trop.

Le conducteur tapota son volant avec impatience. Heureusement, il n'écoutait pas la radio et ne devait pas avoir entendu que la police recherchait deux suspects.

— Décidez-vous, je ne vais pas rester là toute la nuit !

— Emmenez-nous sur la nationale 35, ordonna Garrison.

— A un endroit précis ?

— Je ne me rappelle plus le nom du motel mais je vous l'indiquerai quand je le verrai.

— En route.

— C'est du baratin, n'est-ce pas ? lui chuchota Kenderly.

En guise de réponse, il croisa les doigts.

Un quart d'heure plus tard, ils sortaient de la réception d'un motel miteux, draps en mains.

Garrison ouvrit la porte, alluma la lumière et le regretta. Il avait connu de pires endroits, mais il en avait surtout connu de meilleurs.

A côté de lui, Kenderly soupira de nouveau.

— Au moins, on ne nous a pas demandé si nous comptions rester une heure.

6

— Café ?

L'odeur matinale préférée de Garrison lui fit lever le nez de l'oreiller. Il plissa les yeux, ébloui par la lumière.

— Bonjour, reprit Kenderly qui s'assit sur une chaise dans le coin de la chambre et croisa les jambes.

— Où avez-vous trouvé du café ?

Il n'était pas complètement réveillé et, soudain, l'implication de sa question arriva à son cerveau.

— Bon sang, Kenderly, vous êtes sortie de la chambre toute seule ?

— Eh bien, il fallait que je déniche de quoi manger. Et j'en ai profité pour rapporter également du café.

— Ce n'est pas le problème. Vous n'auriez jamais dû prendre le risque de sortir seule. Et si quelqu'un vous avait reconnue ? Notre signalement a certainement été diffusé partout.

En fait, il était surtout en colère contre lui-même. C'était à lui de rester vigilant. Une fois cette affaire terminée, quand il ferait son rapport, mieux valait qu'il omette de mentionner cet incident.

— Ecoutez, j'avais faim et je me disais qu'à votre réveil vous seriez heureux d'avoir de quoi prendre le petit déjeuner, répliqua-t-elle en désignant un sac en papier.

De toute façon, j'ai été discrète. J'avais enfilé un T-shirt à vous et j'ai pris soin d'éviter les caméras de surveillance.

Même avec ses vêtements, elle trouvait le moyen d'être ravissante.

Il s'étira, dévoilant son torse nu. Ce geste la fit avaler son café un peu trop vite, comme si elle était troublée.

— C'est gentil d'avoir pensé au petit déjeuner, mais vous n'auriez pas dû courir ce risque.

— Sachant que la police recherche un couple, c'était plus prudent que je sorte seule. Et puis, les autorités doivent penser que nous avons quitté Austin depuis longtemps.

Elle déplia le journal posé sous le sac qui contenait son petit déjeuner.

— Par ailleurs, le lien n'a pas été fait entre nous et la fusillade qui a éclaté hier chez vous.

— Je maintiens que vous n'auriez pas…

— Vous étiez fatigué. J'ai essayé de vous réveiller. Enfin, pas directement, mais le lit tangue tellement dès qu'on bouge que je pensais que ça suffirait à vous réveiller.

Ils échangèrent un sourire complice. A vrai dire, il n'était pas mécontent de sa petite escapade. Le café était son carburant et il avait du mal à démarrer la journée sans sa ration. Quand il tendit la main pour prendre son gobelet, son estomac se manifesta.

— Eh bien, heureusement que j'ai pris le petit déjeuner formule maxi.

— Et je vous en remercie. Mais ne vous avisez plus de sortir sans m'en avertir. Sinon, je ne pourrai pas vous protéger.

— A votre avis, combien de temps devrons-nous rester ici ? Par ailleurs, vous pourriez me demander poliment de ne plus sortir toute seule au lieu de me réprimander.

— Vous pensez que l'homme qui veut vous tuer se montrera courtois ?

— D'accord, un point pour vous.

— C'est un euphémisme. Ce n'est pas un jeu, vous savez.

Il prit son portable, remit la batterie en place et ne put s'empêcher d'admirer le galbe parfait de ses jambes. Quand son téléphone s'alluma, il s'efforça de se concentrer sur l'écran.

— Pas de nouvelles du capitaine. Mais Jesse a récupéré les chiens.

— Tant mieux. Ils vont bien, alors ?

— Oui. Si ce n'était pas le cas, il le préciserait.

Par mesure de précaution, il ôta de nouveau la batterie et rangea son téléphone. Il s'attaqua à son petit déjeuner.

— Ça fait du bien car j'avais faim. Vous vous êtes levée très tôt. Vous avez quand même réussi à dormir ?

— Moi ? Oui, bien sûr.

— Est-ce que j'ai ronflé ?

— Non.

Elle pinça son T-shirt entre deux doigts.

— Je suppose que je dois vous le rendre.

— Il vaudrait mieux car si je me présente torse nu dans un magasin, on risque de me refouler, répliqua-t-il sur le ton de la plaisanterie.

— N'est-ce pas risqué de se rendre dans un magasin ? Il va y avoir des caméras de sécurité dans tous les coins. Et ensuite, où irons-nous ?

— Nous éviterons de montrer notre visage. Que nous restions ici ou pas, nous devons faire quelques courses. Il nous faut de quoi manger, des vêtements…

— Une brosse à dents, intervint-elle.

S'il voulait mener sa mission à bien, il lui fallait également de quoi se défendre en cas de nécessité.

— Une autre paire de chaussures ne serait pas de trop non plus. Vous travaillez toujours en talons hauts ? Je ne sais pas comment vous faites. J'ai toujours eu du mal à comprendre comment il était possible de marcher avec de tels perchoirs.

— Isabella m'avait demandé de venir pour les coiffer, Trinity et elle, mais pas pour leur faire une coupe complète. Et je vous rappelle qu'elle m'avait proposé de rester ensuite à la soirée. Cela dit, je pense que j'aurais bu une coupe de champagne et que je serais rentrée, ajouta-t-elle avec un haussement d'épaules.

Elle flottait dans son T-shirt. La veille, il n'avait pas remarqué à quel point elle était menue. Ses talons la faisaient paraître beaucoup plus grande. Mais elle ne se comportait pas en jeune femme frêle et faible. Au contraire, elle faisait preuve d'une très grande force. Certes, elle avait pleuré mais, chaque fois, elle avait rapidement repris le dessus.

Soudain, il songea à ce qu'elle venait de dire. Les informations reçues par le capitaine étaient-elles erronées ? La soirée organisée chez les Tenoreno n'était-elle qu'une rencontre informelle, ou bien les deux plus puissantes familles du crime souhaitaient-elles passer un accord ?

— Isabella vous avait conviée à une rencontre entre les Tenoreno et les Rosco ?

— Et alors ? Ce n'était pas une soirée mondaine ?

— Pas selon notre informateur anonyme. Mais peut-être que l'intention était de dissimuler le véritable but de cette soirée en lui donnant l'aspect d'un événement mondain.

— Et quel aurait été le véritable but ? Assassiner deux femmes ?

— Possible.

Il marcha jusqu'à la fenêtre et écarta les rideaux pour jeter un œil dehors et vérifier que tout était calme.

Kenderly parut soudain nerveuse et commença à se tordre les mains.

— Ce serait bien de découvrir ce qu'Isabella a laissé dans le coffre à bijoux qu'elle vous a confié. Vous n'avez toujours aucune idée de la raison pour laquelle c'est à vous qu'elle a décidé de le donner ?

— C'était mon amie, je vous l'ai déjà dit.

— Et vous ne saviez pas que son mari était à la tête d'une organisation criminelle ? lui demanda-t-il en scrutant sa réaction.

Elle se passa la main sur le menton et fit non de la tête. Elle n'était pas totalement sincère. Son langage corporel la trahissait. Elle regarda ailleurs, se mordit la lèvre inférieure et se tut.

— Vous avez terminé ? lui demanda-t-elle quelques secondes après alors qu'elle rassemblait les vestiges de leur petit déjeuner pour mettre le tout à la poubelle.

Il traversa la pièce et lui saisit le poignet.

— Je peux débarrasser moi-même.

— Ça ne me dérange pas, d'autant que j'ai besoin de me changer les idées. Isabella est-elle morte à cause des messages qu'elle me transmettait ?

— Je doute que ce soit aussi simple. Le contenu de ces messages, ou du moins ce que son mari pensait qu'ils contenaient, pourrait être à l'origine de son meurtre. Si par exemple il croyait qu'Isabella avait l'intention de le quitter, il l'aurait très mal vécu. L'année dernière, son fils a été contraint au divorce et, apparemment, Tenoreno était déjà très contrarié.

— Oui, Isabella m'en a parlé. Elle m'avait même raconté que son mari était intervenu auprès de l'Eglise pour essayer d'obtenir l'annulation du divorce. Mais leur belle-fille avait disparu, ils ignoraient où elle était. Et même si le divorce avait été annulé, ça ne l'aurait pas fait revenir.

— Je crois qu'elle avait disparu pour ne pas se retrouver à la merci des Tenoreno.

— Vous insinuez que, s'ils avaient compris qu'elle souhaitait quitter leur fils, ils l'auraient éliminée pour ne pas subir l'affront d'un divorce ?

Cette idée parut lui donner des frissons.

— Selon vous, Isabella voulait-elle aussi s'enfuir ? Je trouve que ça ne lui ressemble pas. Elle était très pieuse. Pour elle, le divorce, c'était un péché. Que son fils soit heureux ou pas, c'était secondaire.

— Oh ! fit Garrison. Rassurez-vous, il n'était pas malheureux. Nous possédons la liste de toutes ses conquêtes.

— Les Tenoreno sont depuis longtemps dans votre collimateur, on dirait, répliqua-t-elle avec un haussement de sourcils.

— En effet. Bien… Nous devons décider quoi faire aujourd'hui. Nous ne pouvons pas rester ici, je ne pense pas que ce soit prudent de demeurer trop longtemps au même endroit.

— Et le capitaine ? Vous n'êtes pas inquiet pour lui ? A votre place, je le serais. Certes, s'il était décédé, les journaux en parleraient, mais quand même…

Ses sentiments personnels devaient être mis de côté. Son devoir passait en premier. Il n'avait pas le droit de laisser l'inquiétude le ronger ou son attirance pour une jolie femme le distraire.

— Cherchons d'abord une voiture.

Kenderly ferma les yeux et inspira profondément. Régulièrement, elle se sentait au bord des larmes et devait se faire violence pour les contenir. Elle avait assisté à un double meurtre et le traumatisme s'annonçait difficile à surmonter.

A chaque fois qu'elle repensait à cette scène d'horreur, elle était surprise de la précision des détails gravés dans sa mémoire. Et il suffisait d'un rien pour raviver ce souvenir.

Alors que Garrison et elle étaient à l'accueil d'une agence de location de voitures, un courant d'air fit claquer une fenêtre. Le son produit était semblable à celui de la porte de chambre d'Isabella quand le tueur avait pénétré dans la pièce puis refermé derrière lui.

Immédiatement, Kenderly eut besoin de s'asseoir, les jambes tremblantes.

Garrison l'aida à s'installer sur une chaise sans un mot. Elle lui en fut reconnaissante. Sinon, elle n'aurait pas pu lui expliquer ce qui lui arrivait sans fondre en larmes.

Il attendait qu'on lui donne les clés d'une voiture de location. Cela dura un moment.

Elle baissa les yeux et, quand une main se posa sur son épaule, elle sursauta.

— Oh ! mon Dieu ! Vous m'avez fait peur…

— Désolé. On peut y aller ?

— Oui, bien sûr.

Elle accepta sa main et il entrelaça ses doigts aux siens.

Elle en fut surprise, mais apprenait à interpréter le comportement de son sauveur. Plus tôt, quand ils avaient discuté de la belle-fille des Tenoreno, il avait paru gêné, comme s'il en savait plus long qu'il ne pouvait en dire et détenait la réponse aux questions qu'elle se posait.

En outre, l'observer était un spectacle agréable. Tous ses mouvements étaient gracieux et il dégageait une impression de force tranquille. Le contact de ses doigts était rassurant et elle n'avait aucune envie de libérer sa main. Cependant, son sentiment de sécurité ne pouvait être qu'une illusion. Si

Paul Tenoreno était convaincu qu'elle en savait trop et avait mis sa tête à prix, elle ne lui échapperait pas indéfiniment.

— Et si…

Elle attrapa Garrison par le bras pour le retenir puis, à voix basse, reprit :

— Et si Tenoreno et Rosco croyaient que c'était moi qui ai laissé le meurtrier entrer dans la chambre ?

Ses yeux la piquaient.

— Heureusement que je n'ai plus de maquillage, ajouta-t-elle. A tout moment, j'ai envie de pleurer.

— C'est normal, ne vous en faites pas. Venez, répondit-il doucement en l'incitant à repartir.

— Je pourrais avoir vu juste, n'est-ce pas ?

— Restez calme et essayez de tenir jusqu'à ce que nous soyons dans la voiture.

— Ça va, je vais tenir. J'en ai vu d'autres, vous savez. Enfin, rien à voir avec ce que je vis en ce moment, mais tout de même.

Il lui posa un doigt sous le menton pour l'inciter à lever la tête. Leurs regards se croisèrent et il la fixa intensément.

— Vous êtes courageuse, Kenderly, je sais que vous êtes capable de ne pas vous effondrer.

Elle parvint à acquiescer. Il lui sourit et la serra contre lui.

Ils arrivèrent à la voiture. Ils montèrent dedans et reprirent la direction du centre-ville. Il fit une première halte au drive-d'un fast-food, passa commande et lui confia le sac. Peu après, il s'arrêta pour retirer de l'argent à un distributeur. Une fois cela fait, ils s'engagèrent sur la nationale.

— Vous savez où nous allons, là ? lui demanda-t-elle d'une voix chevrotante.

— Mangez un morceau, vous vous sentirez mieux après.

— Un cheese-burger, ce n'est pas ce qu'il me faut maintenant.

— Prenez quelques frites, alors, lança-t-il avec un clin d'œil.

Il parut se rappeler qu'elle lui avait demandé de ne pas user de son petit numéro de charme avec elle et reprit immédiatement son sérieux.

— Ecoutez, je saurai comment agir quand j'aurai la confirmation que le capitaine Oaks est intervenu pour nous innocenter. D'abord, nous devons quitter le comté. Ensuite, j'appellerai Jesse depuis une cabine publique. Il me dira où en est l'enquête et il pourra me suggérer une destination.

— Et si le capitaine Oaks n'est pas en mesure de nous innocenter ? Vers qui nous tournerons-nous ? Votre ami Jesse serait-il prêt à nous cacher ?

— Du calme, n'anticipons pas.

De dépit, elle se décida à manger, tout en jetant un œil par la vitre. Le paysage défilait et les voitures les dépassaient. Pour les occupants des autres véhicules, c'était une journée comme les autres.

Elle aurait tant aimé être à leur place…

Mais elle ne flancherait pas. Avec un meurtrier et les barons du crime aux trousses, ce n'était pas le moment. Jamais elle n'aurait imaginé se retrouver dans un tel cas de figure. Et pourtant…

— Je me demande si, au salon, quelqu'un a annulé mes rendez-vous d'aujourd'hui. En plus, à 16 heures, théoriquement, j'avais une nouvelle cliente.

— Franchement, ce devrait être le cadet de vos soucis, répondit-il sans tourner la tête.

— Vous avez raison. Mais ce n'est pas évident de se faire à l'idée que, du jour au lendemain, ma vie a basculé et de ne pas savoir si elle reprendra un tour normal. D'autant que j'ai travaillé dur pour en arriver là où j'en suis.

Il accéléra et changea brusquement de file. La secousse fit cogner la tête de Kenderly contre la vitre.

— Hé, qu'est-ce qui vous prend ? Vous n'allez pas un peu vite, là ?

— Quelqu'un nous suit.

— C'est impossible. Comment nous aurait-on retrouvés ?

— Je l'ignore. Accrochez-vous, nous allons sortir sans attendre la prochaine bretelle.

D'une main, elle agrippa la poignée de sa portière, de l'autre, son siège. Il coupa deux files et franchit le petit terre-plein qui les séparait de la voie de sortie. Des klaxons retentirent, il y eut des crissements de pneus. Elle ferma les yeux. Quand elle les rouvrit, la manœuvre avait réussi. Mais son soulagement fut de courte durée. Dans son rétroviseur, la voiture qui les filait avait réalisé le même exploit. Garrison accéléra. Elle retint son souffle. A chaque virage, ils frôlaient l'accident. Il doublait et se rabattait juste avant de percuter un véhicule qui arrivait en sens inverse, traversait les intersections sans ralentir. Enfin, il enfonça la pédale d'accélérateur pour franchir un passage à niveau alors que la barrière commençait à descendre. Elle crut mourir.

Mais ils passèrent, contrairement à la voiture derrière eux. Garrison ralentit, sortit de sa poche son portable et la batterie, et lui tendit le tout.

— Appelez le 911. Nous avons pris un peu d'avance mais la poursuite n'est pas finie.

— Mais…

— Ne discutez pas, nous n'avons pas le choix.

Elle voulut remettre la batterie dans le téléphone mais se précipita et laissa échapper l'appareil.

— Attention ! s'exclama-t-il.

Dans le mouvement, il négocia mal un virage. Ils allaient quitter la route.

Kenderly hurla.

7

La voiture termina sa course dans le fossé, et Garrison lâcha un juron, tandis que Kenderly partait en avant. Heureusement, sa ceinture de sécurité la retint et, comme le choc ne fut pas très violent, l'airbag ne s'ouvrit même pas.

— Imbécile ! se maudit Garrison.

Kenderly semblait groggy.

Leur poursuivant ne tarderait pas à les rattraper, ils ne pouvaient pas rester là. Par chance, Kenderly ne saignait pas, elle avait seulement reçu un coup à la tempe. Il fallait qu'il l'évacue.

Des hommes apparurent, courant vers eux. Au même moment, une autre voiture arriva, marqua un bref arrêt puis repartit en trombe. Garrison ne distingua que brièvement le haut du visage de l'homme au volant, mais c'était très probablement le meurtrier de la veille.

Sur ce, Garrison parvint à ouvrir sa portière et sortit. Il contourna son véhicule et lutta pour ouvrir la portière côté passager, qui raclait le sol. Un des hommes qui venaient vers eux lui prêta main-forte et tint la portière pour qu'il puisse détacher la ceinture de sécurité et libérer Kenderly.

— Merci du coup de main, lui dit Garrison.

Puis il prit Kenderly dans ses bras.

— Elle va bien ? La police a été prévenue, ils ne devraient pas tarder.

— Ecoutez, je n'ai pas le temps de vous expliquer mais…

— Je crois que j'ai compris, le coupa l'homme. J'ai vu comment a réagi le conducteur de la voiture qui est arrivée derrière vous. Je ne vais pas vous laisser tout seul. S'il revient, il trouvera à qui parler !

— Merci beaucoup, mais ce type est dangereux. Il est armé et…

— Ne restons pas là. De l'autre côté du parking, là-bas, il y a un pressing et la porte arrière est toujours ouverte. Emmenons votre amie, c'est le plus urgent.

Garrison redoutait que le meurtrier ne revienne et fasse feu. Mais il devait mettre Kenderly à l'abri.

Ils traversèrent le parking, à l'affût du moindre mouvement suspect.

Tout était calme. Apparemment, le type qui les suivait avait renoncé à s'en prendre à eux pour le moment, sans doute parce qu'il y avait trop de témoins. Ils pénétrèrent dans le pressing.

— Oh ! mon Dieu ! Que se passe-t-il ? Elle va bien ? s'enquit l'employée derrière le comptoir.

Garrison n'avait pas le temps de lui répondre.

— Où est la porte arrière ?

La femme lui désigna le fond du magasin. Il se fraya un chemin parmi des panières à linge et avisa la sortie.

Il poussa la porte et s'assura qu'il n'y avait personne dans l'allée. Il remonta celle-ci, jusqu'à l'arrière d'une station-service.

Et maintenant ?

Tout se bousculait dans sa tête.

Dans la précipitation, il n'avait pas pris le temps de

récupérer son téléphone et la batterie. Comment les avait-on retrouvés ?

Il assura sa prise pour tenir Kenderly. Devait-il se réfugier à l'intérieur de la station-service, voler une voiture ?

Une camionnette de livraison était à deux mètres, la porte latérale ouverte. Garrison n'hésita qu'une seconde. Il monta dans le véhicule avec Kenderly contre lui et chercha une place entre les cartons.

Il n'y avait pas de véritable endroit où se cacher, ni d'arme à disposition. S'il devait se défendre, il ne pourrait que lancer des cartons. Il en écarta quelques-uns pour installer Kenderly le plus confortablement possible. Elle était très pâle.

— Allez, ma belle, réveillez-vous.

Elle était inconsciente. Il aurait été sage qu'un médecin l'examine.

A l'extérieur, il y eut des éclats de voix, puis la porte latérale se referma sèchement. Le conducteur s'installa à l'avant et démarra. Garrison se recroquevilla pour ne pas risquer d'être dans son champ de vision.

— Kenderly..., appela-t-il tout bas, les lèvres contre son oreille. Réveillez-vous, s'il vous plaît.

Après quelques secondes, elle produisit un léger gémissement que le conducteur ne perçut apparemment pas. D'ailleurs, peu importait qu'il entende ou pas. Garrison était soulagé qu'elle reprenne connaissance.

Elle battit des paupières et ouvrit les yeux. Il lui déposa un doigt sur les lèvres pour lui intimer le silence. Elle hocha faiblement la tête.

— Nous sommes dans une camionnette. Préparez-vous car, au prochain arrêt, nous descendrons.

Elle ferma brièvement les yeux. Elle chercha sa main et serra ses doigts. Il devrait l'emmener à l'hôpital. Elle souffrait peut-être d'une commotion, voire pire. Mais, à l'hôpital, seraient-ils en sécurité ? Il en doutait.

Il s'en voulait d'avoir cru pouvoir se servir de son téléphone en toute sécurité. Car, sinon, comment avait-on pu les localiser ? Et pour qui travaillait le maniaque qui les poursuivait sans relâche ?

Quelques instants plus tard, la camionnette s'arrêta. Le conducteur consulta son bloc-notes puis se leva et se retourna vers les colis.

— Hé, qu'est-ce que vous faites là ?

Il ajouta dans la foulée :

— Attendez, laissez-moi deviner, il y a un rapport avec le type qui a traversé le parking devant la station-service comme un furieux ?

— Je vais tout vous expliquer.

— Ecoutez, c'est clair que ce type ne se comportait pas normalement. J'ignore ce qu'il vous voulait et je n'ai aucune envie de le savoir. Les embrouilles, très peu pour moi. Alors je vous demande de descendre de ma camionnette, c'est tout.

— Entendu. Merci beaucoup.

— De rien. Allez, maintenant dehors.

Garrison acquiesça, mais Kenderly était encore dans les vapes et mit une seconde à comprendre qu'elle était assise sur ses genoux et devait se lever la première. Enfin, elle se mit debout et descendit par la porte latérale que le chauffeur venait d'ouvrir. Garrison la suivit.

— Excusez-moi, demanda-t-elle au livreur, c'est la nationale 183 là-bas ?

— Oui, mademoiselle, nous sommes à l'intersection de la 183 et de North Lamar.

— Parfait, répliqua-t-elle avant de s'éloigner sans hésitation.

— Attendez, où allez-vous ? fit Garrison.

— Il y a quelques années, j'ai travaillé dans un restaurant du secteur. Il se trouve à moins d'un kilomètre, non ? demanda-t-elle au livreur, qui s'apprêtait lui aussi à descendre, un carton dans les bras.

Il hésita un instant puis haussa les épaules.

— Si vous patientez une minute, je vous dépose, c'est ma direction.

Il se dirigea vers l'entrée d'un immeuble de bureaux.

— Vous croyez qu'il risque d'avoir des ennuis ? s'enquit Kenderly. Nous pouvons y aller à pied, ce n'est pas si loin. Et, au restaurant, je pense que je nous trouverai une voiture et que vous pourrez passer un coup de fil.

Garrison la retint par le bras.

— Pas si vite. Qu'est-ce qui vous dit que les gens du restaurant ne vont pas alerter les flics ?

— Je vous assure que voir débarquer la police est le dernier de leur souhait.

— Mais l'argent peut modifier les comportements. N'oubliez pas qu'une récompense est promise à tous ceux qui aideront les autorités à nous retrouver.

Elle tenta de se libérer de son étreinte mais il ne la lâcha pas.

— N'insistez pas, Kenderly. Tant que je n'aurai pas réfléchi à la meilleure façon d'agir, vous ne bougerez pas.

— Dans ce cas, demandez au livreur de vous prêter son téléphone et appelez votre ami.

— Je doute qu'il accepte. Et vous, vous venez de reprendre connaissance. Alors nous allons attendre gentiment le retour du livreur et le laisser nous déposer plus loin.

Elle se passa la main sur la tempe et fit la grimace.

— Nous avons de la chance d'être encore en vie, vous en êtes consciente, n'est-ce pas ? continua Garrison. Quoi que nous fassions, l'homme qui nous pourchasse est toujours à nos trousses.

Elle ne répondit pas et voulut encore une fois libérer son bras.

— Kenderly, s'il vous plaît, un peu de patience. Nous ne pouvons pas agir sur un coup de tête.

— Je patienterais plus volontiers si nous n'étions pas en plein soleil et si je n'avais pas une telle migraine. Et puis d'abord, à quoi voulez-vous réfléchir ? Le meurtrier nous a retrouvés et il a encore essayé de nous…

— Du calme. Vous êtes avec moi.

Le livreur sortit de l'immeuble et leur fit signe de remonter dans le véhicule. Lui aussi semblait méfiant. Tous trois montèrent et, sans attendre, le livreur démarra.

— Ma camionnette est équipée d'un GPS. Si je dévie de mon itinéraire, je devrai me justifier, et je ne vois pas ce que je raconterais. Vous comprenez ?

— Oui, bien sûr. Nous descendrons dès que vous nous le demanderez, assura Kenderly.

Garrison, lui, réfléchissait. Le meurtrier avait découvert sa véritable identité, il n'y avait pas d'autre explication possible.

Quelques minutes plus tard, la camionnette s'arrêta. Kenderly se leva, remercia chaleureusement le livreur. Garrison en fit de même, puis la prit par la main et l'aida à descendre du véhicule.

Une fois qu'ils furent seuls, il lui confia :

— Je pense avoir compris deux ou trois choses. Si le meurtrier nous a retrouvés, cela signifie qu'il travaille pour un des barons du crime. Ils sont les seuls à avoir la main assez longue pour découvrir mon identité et envoyer un tueur sur ma piste.

— Alors vous pensez qu'ils ont appris qui vous étiez réellement et que votre tante possédait une maison à

Austin ? C'est pour ça que le tueur est venu là-bas ? lui demanda-t-elle, la main levée pour se protéger les yeux.

La réverbération était très forte et le soleil implacable. La lumière devait intensifier sa migraine, supposa Garrison.

— Oui, je pense. Ils savent qui je suis et ils ont accès à mes informations personnelles : mes appels téléphoniques, les transactions que j'effectue avec ma carte bancaire.

— Ce qui les a menés à l'agence de location de voitures.

— Certainement.

Il se protégea lui aussi les yeux et observa les véhicules autour d'eux. Il n'y avait aucune voiture noire aux vitres fumées, mais le meurtrier n'était sans doute pas loin.

— Maintenant que nous sommes là, nous n'avons d'autre choix que de nous rendre au restaurant. Mais je ne suis pas sûr que ce soit une bonne idée.

— Et moi, je vous assure que Joey Crouch, le propriétaire, n'a aucune envie d'avoir affaire à la police, rétorqua-t-elle avec conviction.

Elle partit en direction du restaurant mais, encore une fois, il la retint. Elle se tourna vers lui et haussa des sourcils interrogateurs.

— Qui est ce type, pour vous ?

— Un vieil ami et mon ancien patron.

— Un ex-petit ami ? C'est à cause de lui que vous ne travaillez plus dans ce restaurant ?

— En fait, non. J'ai démissionné parce que j'avais terminé mes études et que je voulais trouver un emploi à temps complet. Ici, je ne travaillais que le soir. Voilà, satisfait, monsieur le Ranger ?

Elle repartit et, cette fois, il la laissa aller, marchant à côté d'elle.

Quand ils entrèrent dans le restaurant, un couple installé à table tourna la tête vers eux, mais Kenderly resta impassible et se dirigea vers le bar. Garrison la suivit, toujours méfiant.

— Salut, Jen, Joey est là aujourd'hui ?

— Tiens, bonjour, Kenderly, répliqua la jeune femme derrière le bar. Mais… il t'est arrivé quelque chose ? Tu as eu une nuit difficile ?

— Joey est aux cuisines ?

— Bien sûr, où veux-tu qu'il soit ?

La dénommée Jen fit un pas en direction de la porte derrière elle.

— Merci, je connais le chemin. Tu as du travail, ne te dérange pas.

Garrison regretta de ne pas avoir vu l'expression de Kenderly au cours de ce bref échange car dans le regard de Jen pointait un mélange de culpabilité et de soulagement. Kenderly, Jen et Joey formaient-ils un triangle amoureux ?

Avant de pénétrer dans les cuisines, Garrison jeta un nouveau regard à la rue. Pas de coupé noir.

Puis il rattrapa Kenderly. Tout en passant la porte, elle tira sur sa jupe et se passa les mains dans les cheveux.

Dans les cuisines, l'activité ne battait pas encore son plein. Tout le monde salua Kenderly avec chaleur et un certain étonnement de la voir. Un grand type se tenait près du plan de travail, bras croisés. Il avait une trentaine d'années et, à vrai dire, il était plutôt beau gosse. Suffisamment pour séduire quelqu'un comme Kenderly, par exemple.

Il observait cette dernière avec un regard hostile. Mais, alors qu'elle n'était plus qu'à quelques mètres de lui, son expression changea radicalement et il lui adressa un grand sourire. Bien. Ce type savait sauvegarder les apparences pour son personnel.

— Kenderly, qu'est-ce qui t'amène ? Et qui t'accompagne ?

— Un ami. Nous pouvons discuter une minute ?

Elle se dirigea directement vers les lave-vaisselle.

Garrison resta en retrait, mais assez près pour suivre la conversation.

— Ça fait longtemps, Kenderly.

— Oui, et nous savons tous les deux pourquoi. Alors inutile de jouer la comédie.

— C'est mon remplaçant ? lui demanda Joey en désignant Garrison du menton. Ou bien tu as décidé de venir avec du renfort pour mieux faire valoir tes arguments ?

Apparemment, Joey n'en était plus à jouer la comédie des heureuses retrouvailles. Son ton était hostile, nota Garrison.

Des éclats de voix et des bruits de vaisselle derrière eux l'empêchèrent d'entendre clairement la réponse de Kenderly. « Tu m'es redevable », distingua-t-il seulement.

— Vraiment ? Et c'est maintenant que tu demandes réparation ? rétorqua Joey, l'air en colère.

Garrison s'efforçait de rester calme et de ne pas intervenir. Il leur tourna le dos pour surveiller les allées et venues. Le type qui les poursuivait pouvait débarquer à tout instant. Il avait très bien pu les suivre à pied.

— Peu importe combien de temps est passé, reprit Kenderly.

— Personne ne te croira. Ça fait deux ans.

— Tu es prêt à courir le risque ? Il n'y a pas prescription, tu n'éviteras pas un procès pour fraude fiscale.

A ces mots, Garrison fit volte-face, juste à temps pour empêcher Joey de gifler Kenderly.

— Ce n'est pas une bonne idée, mon vieux.

— Lâchez-moi, je n'allais pas la frapper, je… En quoi ça vous regarde, d'abord ?

— Ça me regarde, c'est tout.

Kenderly eut un petit sourire satisfait.

— Joey, j'aimerais emprunter ta voiture et ton téléphone. Et j'apprécierais aussi que tu m'avances deux cents dollars.

— Tu peux toujours courir pour…

Garrison le lâcha mais lui pointa un doigt sur le torse.

— Doucement.

— Ne vous inquiétez pas, Joey a compris, intervint Kenderly en posant une main sur l'épaule de Garrison. De toute façon, c'est un ami et il me doit un service. Qu'il a intérêt à me rendre pour que je passe sous silence ses petits trafics dans son livre de comptes.

— Non, impossible, je ne peux pas t'aider ! protesta Joey.

— Bien sûr que si, tu peux ! répliqua Garrison.

Il n'avait pas l'intention de molester Joey, sauf s'il y était contraint. Mais rien ne l'empêchait de lui laisser croire qu'il en avait envie. D'autant qu'ils avaient besoin d'une voiture et d'un téléphone.

8

Kenderly posa les mains sur ses genoux et essaya de rester calme. En vain. Elle ne se sentait pas en sécurité. La voiture de sport de Joey n'améliorait en rien son état, bien au contraire. A chaque changement de vitesse, la brusque accélération la faisait sursauter et son pouls s'emballait.

Elle luttait pour ne pas s'accrocher à sa poignée de portière. Cela prouverait qu'elle était effrayée. Cependant, c'était une réalité : elle avait peur. Serait-ce si grave si Garrison s'en rendait compte ? Elle tendit la main et saisit la poignée.

Que n'aurait-elle donné pour être en balade dans la campagne et profiter du paysage ! Elle n'en pouvait plus de ces courses-poursuites incessantes, de la crainte de voir débouler un tueur à tout moment. A priori, ils n'étaient pas suivis en cet instant. Mais, par précaution, Garrison roulait aussi vite que possible, doublait sans cesse.

— Je sais que c'est éprouvant mais je veux quitter le coin sans tarder.

— Et vous avez une idée de notre destination ?

— Je vais vous emmener à Waco, au siège des Texas Rangers. C'est l'endroit le plus sûr. On s'occupera de vous et, pendant ce temps-là, je pourrai enquêter plus efficacement pour boucler cette affaire.

— Non, je ne suis pas d'accord !

A l'idée qu'il la laisse quelque part, quand bien même ce serait pour son bien, la panique s'emparait d'elle.

— Voyons, Kenderly, ne soyez pas naïve. Ma mission première consiste à assurer votre sécurité. Et tant que vous serez en danger et que nous devrons fuir le maniaque qui veut votre peau, je ne découvrirai pas pourquoi il a commis un double meurtre ni pour qui il travaille.

Elle comprenait son raisonnement, mais mettre encore une fois son destin entre les mains d'un autre et reconstruire une relation de confiance était au-dessus de ses forces.

— Je ne suis pas la seule à être en danger, souligna-t-elle. Ce type veut également vous éliminer.

Il lui jeta un bref regard.

Elle retint un soupir. Comment parvenait-il à rester aussi calme ? Se savoir la cible d'un assassin, cela ne l'ébranlait pas ? Non, bien sûr que non. C'était un Texas Ranger. Il devait considérer que c'était un des aléas du métier.

— Et si le tueur me retrouve là où vous comptez me laisser ? Et si vous parvenez à le neutraliser mais que le commanditaire du meurtre d'Isabella et de Trinity envoie quelqu'un d'autre à mes trousses ? Et si nous nous faisons arrêter avant d'arriver à Waco ? Et…

— Oh là ! Ça fait beaucoup de *Et si*. Que diriez-vous de vous en remettre à mon jugement et à mon expérience ? Vous conduire à Waco, ça me semble la décision la plus raisonnable. Je ne prétends pas que c'est la solution à tous nos problèmes. Mais mes collègues me connaissent, ils ont confiance en moi et ils savent que je ne commettrais jamais un meurtre.

— Moi, j'aimerais avant tout savoir ce que contient le coffret à bijoux d'Isabella ! tempêta Kenderly. Et le capitaine Oaks, vous n'êtes pas inquiet pour lui ?

— Bien sûr que si.

— Alors pourquoi ne pas ralentir et prendre un peu de temps pour réfléchir ?

— Nous verrons ça une fois à Waco. Pourquoi tenez-vous tellement à jouer les détectives, au risque de croiser une fois de plus la route du meurtrier ?

— Isabella était mon amie.

— En tant que telle, elle souhaiterait que vous ne mettiez pas votre vie en danger.

— En tant que telle, elle s'en était remise à moi pour me confier quelque chose d'important. Le coffret contient peut-être des preuves qui désignent le commanditaire de son meurtre.

— Les Rangers sont capables de mettre la main sur ce coffret… même sans nous.

Etait-elle obligée de le laisser prendre toutes les décisions, y compris celles qui la concernaient avant tout ? Sans doute. Pourtant, son instinct lui dictait de rester à Austin. Elle se sentait redevable envers Isabella. Songer à sa propre sécurité et ne plus se mêler de cette affaire, c'était comme abandonner son amie.

— Vous leur faites confiance ? Aux hommes avec qui vous travaillez, je veux dire.

— Totalement.

— Dans ce cas, pourquoi vous êtes recherché pour meurtre ?

Comment les autorités pouvaient-elles croire qu'un Ranger avait tué deux femmes de sang-froid ? Tenoreno avait-il réellement autant d'influence ?

— Je suis sûr que mes collègues se posent la même question.

Il ralentit et s'arrêta à un feu rouge.

— Ce n'est pas une réponse, protesta Kenderly. Donnez-moi ça.

Les mains tremblantes, elle saisit le téléphone portable prêté par Joey, sans trop savoir ce qu'elle comptait faire. Mais elle refusait de continuer à fuir et se cacher. Elle avait une dette envers Isabella.

— Qui voulez-vous…

Elle ouvrit sa portière et descendit de voiture avant qu'il n'ait le temps de terminer sa phrase. Elle se faufila entre les véhicules et partit dans la direction opposée. S'il voulait la poursuivre, il devrait faire demi-tour et perdrait du temps.

Mais en se retournant un instant, elle réalisa son erreur. Il était en train de la rattraper. Il avait abandonné la voiture pour la suivre à pied ! Le feu passa au vert, des coups de klaxon retentirent. Mais il ne se démonta pas.

— Laissez-moi tranquille ! lui lança-t-elle.

— Pas question. J'ai une mission et je compte la mener à bien.

Malgré les klaxons et les protestations des autres conducteurs, il la prit dans ses bras et la serra fort. Elle recula autant que possible. Dans le regard de Garrison se lisait de la compréhension alliée à une détermination sans failles.

— Allez, venez… Partons avant que quelqu'un ne prévienne la police.

Il lui sourit, lui prit la main et la tira doucement derrière lui.

Une fois qu'ils furent tous deux remontés dans la voiture, il actionna le verrouillage automatique des portières. Mais elle n'avait pas l'intention de recommencer son numéro. Elle avait agi par dépit, sans réfléchir, et elle ne voyait pas ce qu'elle aurait fait s'il ne l'avait pas rattrapée.

Elle n'avait personne vers qui se tourner. Chercher de l'aide auprès de ses amis signifierait les mettre en danger.

Garrison avait une confiance aveugle en ses collègues, elle devait s'accrocher à cela.

Quelques minutes plus tard, il bifurqua dans une rue résidentielle, se gara le long du trottoir et se tourna vers elle.

— Je vous admire, Kenderly. Sincèrement. Je suis impressionné par votre volonté de rendre justice à votre amie, au péril de votre vie. Mais vous devez être raisonnable.

— D'accord, mais ne penser qu'à moi et rester sans rien faire, ça m'est insupportable.

Il lui prit les mains et les serra.

Son attitude la troubla.

— J'ai du mal à vous comprendre, dit-elle. Je ne vous connais pas mais, depuis que je vous ai rencontré, vous me donniez l'impression d'avoir une confiance en vous inébranlable. Et là, vous prenez un air grave, vous me réconfortez.

Il sourit et lui adressa un clin d'œil.

— Je suis heureux d'être percé à jour, je me demandais combien de temps je devrais encore tenir. J'ai besoin du téléphone.

Elle fut tellement interloquée qu'elle le lui rendit sans un mot. Il était arrogant, provocateur, mais il l'assumait avec un tel aplomb qu'il en devenait irrésistible. Se laisser griser par ce drôle de personnage n'était peut-être pas sage. Mais, pour le moment, elle avait d'autres soucis.

— Je voulais passer en revue les sites d'infos pour savoir s'ils parlaient du capitaine Oaks, expliqua-t-il.

Après quelques minutes, ses recherches furent couronnées de succès.

— Ça y est, je sais où il est ! Il a été transporté à l'hôpital de Brecken Ridge. Hier soir, nous étions juste à côté. C'est incroyable.

— Que comptez-vous faire ? Appeler l'hôpital pour prendre de ses nouvelles ? Je doute qu'on vous réponde.

— Je vais quand même essayer, on ne sait jamais.

Il chercha le numéro, l'enregistra et le composa. Il enclencha le haut-parleur.

— Hôpital de Brecken Ridge, bonjour.

— Bonjour. Pourrais-je avoir la chambre du capitaine Aiden Oaks, s'il vous plaît ?

— Désolée, mais je ne peux ni vous donner son numéro de chambre ni vous mettre en communication avec lui. Ordre de la police. Puis-je vous être utile pour autre chose ?

— Non, merci.

Il raccrocha.

Rien ne l'avait obligé à enclencher le haut-parleur pour qu'elle entende la conversation, réalisa-t-elle. Il aurait pu repartir pour Waco sans un mot. Pourtant, il avait tenu compte d'elle et de ses inquiétudes. Que devait-elle en conclure ?

— Il est toujours à l'hôpital, donc il est en vie. Je suppose qu'il a été plus gravement touché après notre départ. Je dois admettre qu'à un moment je me suis demandé si ce n'était pas lui qui avait indiqué au tueur où nous retrouver. Maintenant, j'ai ma réponse. De toute façon, Tenoreno a tellement de flics et de politiciens corrompus dans la poche que le capitaine n'aurait pas feint d'enquêter sur lui.

— Je n'aurais pas pensé que vous soupçonniez le capitaine.

— Dans mon métier, la règle est de ne jamais écarter une hypothèse sans preuves irréfutables. Mais je confesse que j'aurais eu des soupçons plus forts si le capitaine n'avait pas été un Ranger, comme moi. En revanche, j'ignore s'il a été en mesure ou pas d'expliquer le rôle que nous avons joué dans les événements d'hier soir. En d'autres termes, je ne sais pas si vous emmener à Waco est le mieux pour vous.

— Finalement, ce n'est pas une bonne idée de quitter Austin ?

Elle voulait connaître son avis. Il était accusé de meurtre, sa réputation était en jeu. S'il faisait passer sa sécurité à elle avant sa carrière, ce n'était pas anodin.

C'était la première fois que quelqu'un faisait d'elle sa priorité.

— Nous devons prendre contact avec Jesse, annonça-t-il. Nous allons l'appeler. Vous lui parlerez en vous faisant passer pour la dame qui s'occupe habituellement de mes chiens. Je ne peux pas lui parler directement car il est possible que son téléphone soit sur écoute. Cela nous permettra de savoir si nous rendre à Waco est risqué ou pas.

— Mais que dois-je dire ? Je ne sais pas quoi lui demander.

Il composa le numéro.

— Laissez-le parler. Si c'est trop dangereux d'aller à Waco, il trouvera un moyen de me le faire savoir.

Quelqu'un décrocha à la seconde sonnerie :

— Jesse Ryder.

— Bonjour, je… euh, je suis la voisine de Garrison, c'est moi qui m'occupe de ses chiens. Je voulais savoir si tout se passait bien avec eux.

— Oui, ils s'acclimatent bien.

Comme elle ne voyait pas quoi ajouter, elle haussa les épaules en direction de Garrison.

— Eh bien… tant mieux, je suis heureuse de l'entendre.

— C'est gentil de votre part de prendre de leurs nouvelles. En revanche, avec les événements, je ne sais pas quand je pourrai les ramener.

— Oui, il paraît qu'il y a eu un blessé dans cette fusillade.

A côté d'elle, Garrison fit un geste de la main et forma le mot *paquet* avec ses lèvres.

— Le capitaine Oaks, oui…, confirma Jesse. Il est en soins intensifs, il n'a pas pu expliquer ce qui s'était passé exactement.

— Je vois. Au fait, il y avait un… paquet chez Garrison. Dois-je vous l'envoyer ?

— Ne vous pressez pas car je serai absent ces trois prochains jours. Merci encore de prendre des nouvelles des chiens, n'hésitez pas à me rappeler si vous le souhaitez.

— Merci beaucoup. Au revoir.

Elle se tourna de nouveau vers Garrison. Avait-elle bien compris le mot qu'il avait articulé en silence ? Si c'était elle le paquet en question, alors la réponse de Jesse signifiait très certainement que ce n'était pas prudent pour eux d'aller à Waco.

— Et maintenant ?

— Nous allons chercher un endroit où passer la nuit, laisser la voiture quelque part et nous débarrasser du téléphone avant que votre copain Joey ne prévienne la police.

— Il n'en fera rien. Il a trop peur de ce que je pourrais raconter.

— Possible, mais c'est un risque que je ne souhaite pas courir. Avant tout, il nous faut un lit pour cette nuit. Personnellement, comme en temps normal je ne vis pas à Austin, je n'y connais personne. Et vous ?

— J'ai une idée. Vous savez crocheter une serrure ?

9

Garrison était impressionné par Kenderly. Les nouvelles données par Jesse ne présageaient rien de bon. De plus, d'après les sites d'infos qu'il avait consultés, on le recherchait pour meurtre dans tout le Texas.

Au final, Kenderly faisait preuve d'une force de caractère peu commune.

Certes, elle avait craqué un bref moment quand elle était sortie de la voiture mais, très rapidement, elle avait admis avoir cédé à la panique et, depuis, faisait de son mieux pour lui faciliter la tâche.

En outre, elle était perspicace et, quand il avait fait mine de la réconforter pour l'amadouer, son petit jeu ne l'avait pas trompée longtemps. Il devait le reconnaître : la sollicitude, ce n'était pas son truc. Ces dix dernières années, il avait cravaché pour arriver où il était, sans états d'âme.

Cela avait façonné sa personnalité : il aimait séduire, vivre de bons moments avec de jolies femmes, mais sans s'attacher ni trop se soucier de savoir s'il faisait du mal ou pas quand il mettait fin à une brève liaison. Cela s'apparentait à un comportement de goujat. Mais il avait toujours une bonne raison pour se justifier. Depuis qu'il était devenu Ranger, il devait parler le moins possible de ses activités et se tenir prêt à partir en mission à tout moment. Ce qui ne laissait pas de place pour une relation sérieuse et pérenne.

— Prenez la prochaine à gauche, lui intima Kenderly. A moins que vous ne souhaitiez faire un arrêt dans ce magasin de vêtements.

Ils n'avaient toujours pas pris le temps de s'acheter de nouveaux habits et commençaient à ne pas être très présentables. Mais il ne lui restait plus que deux cents dollars, il avait faim et ils n'avaient rien avalé depuis le petit déjeuner.

— Vous êtes sûre que votre collègue de travail est partie pour le week-end et qu'il n'y aura personne chez elle ?

— Oui, Rose est partie en urgence auprès de sa famille. J'étais d'ailleurs censée la remplacer pour un de ses rendez-vous. Elle est en Californie et ignorait quand elle rentrerait. Dans tous les cas, ce ne sera pas avant la semaine prochaine, ce qui nous laisse un peu de répit.

Un quart d'heure plus tôt, il avait accepté sa suggestion de crocheter la porte de l'appartement d'une de ses amies, n'ayant rien de mieux à proposer. Jesse lui avait fait comprendre qu'il fallait attendre quelques jours avant de le recontacter. Dans l'intervalle, ils devaient éviter les hôtels et les motels.

— C'est là, à l'angle.

— L'immeuble où il y a de la lumière à l'étage ?

— Je crois, oui.

— Bon sang, Kenderly, vous ne devez pas croire mais être sûre !

— Je passe sur cette remarque que je mets sur le compte de l'anxiété. Je ne suis venue ici qu'une seule fois. C'est l'appartement d'une collègue de travail, pas celui de ma meilleure amie. Je me souviens que c'est à l'angle car les fenêtres donnent sur le parking. Je me rappelle également que c'est au deuxième étage.

— Désolé de ma brutalité. Allons-y.

Cette fois, ils eurent de la chance. Ils ne croisèrent personne dans l'escalier et Garrison crocheta la serrure sans être dérangé. En outre, ce ne fut pas compliqué.

— C'est déstabilisant de vous voir forcer une porte aussi facilement, commenta Kenderly en entrant dans l'appartement. A se demander si vous êtes flic ou voyou.

Il ne répondit pas et ferma le verrou.

Elle se laissa tomber sur le canapé, puis écarta les bras pour s'étirer.

— Oh ! Mon Dieu, que c'est bon ! A votre avis, combien de temps resterons-nous ici ? Je peux prendre une douche ?

Il haussa les épaules et jeta un œil dehors : tout était calme. Il descendit les stores, puis se retourna vers Kenderly. Elle se détendait enfin. Elle avait des égratignures sur les jambes et les pieds.

— Vous croyez que vous pourriez emprunter une paire de chaussures à votre amie ?

— Je vais regarder.

Elle s'apprêta à se lever mais y renonça.

— Je chercherai plus tard. Je vais d'abord dormir un peu. Je suis épuisée.

— Bonne idée.

— Vous croyez qu'on nous retrouvera ?

— Je ne pensais pas qu'on nous retrouverait auparavant, alors j'éviterai de me montrer catégorique. Mais, pour le moment, rien n'indique que nous sommes épiés. Cependant, je vais laisser la voiture plus loin. Je n'ai aucune confiance en votre ex-petit copain.

— Moi non plus je ne lui fais pas confiance, répliqua-t-elle dans un bâillement. C'est d'ailleurs pour ça qu'il n'a jamais été officiellement mon petit ami.

Elle posa la tête sur l'accoudoir du canapé et ferma instantanément les yeux.

Aussi, Garrison décida de faire l'inventaire du frigidaire et des placards. Contrairement à lui, la propriétaire de l'appartement semblait surveiller son alimentation. Manger sainement pendant deux ou trois jours le changerait. Ensuite, quand Jesse leur donnerait le feu vert, ils iraient à Waco. Il avait l'intention de prendre la voiture, de rouler assez loin et d'abandonner le véhicule. Ensuite, il reviendrait en bus. Personne ne prêterait attention à lui, d'autant que la photo diffusée avec l'avis de recherche datait de plusieurs années.

— Vous savez si votre amie laisse un double de clés quelque part ? demanda-t-il tandis qu'il terminait d'inspecter les tiroirs.

Comme il n'obtenait pas de réponse, il appela :

— Kenderly ?

Il se retourna. Elle s'était endormie.

Il traversa la pièce, déplia la petite couverture posée sur le dessus du canapé et la couvrit avec.

Elle avait bien mérité de se reposer. Si, une demi-heure plus tard, elle dormait encore, il lui laisserait un mot et s'éclipserait discrètement. Pour se débarrasser de la voiture, il n'avait pas besoin d'elle.

Il frappa à la porte du revers de la main. Il avait des paquets plein les bras, ce qui n'était pas pratique, d'autant qu'il ne voulait pas faire de bruit. Si Kenderly dormait toujours, il était bon pour attendre sur le pas de la porte un certain temps.

Mais elle ouvrit immédiatement, lui attrapa la manche et le tira à l'intérieur. Il faillit lâcher ses sacs.

— Vous êtes allé faire des courses ?

— Je vous ai laissé un mot.

— *Je reviens vite.* C'est plutôt laconique.

— J'ai attendu le bus longtemps.

— Encore une façon de vous dérober… Vous avez des progrès à faire en communication.

Elle lui prit les sacs des bras et les porta à la cuisine.

— J'avais allumé la télé et je ne cessais de changer de chaîne. J'imaginais qu'on allait annoncer votre capture.

— J'ai rapporté à dîner.

— Parce que vous pensez qu'après trois heures d'angoisse je vais pouvoir avaler quoi que ce soit ?

Elle faisait de grands gestes.

— Trois heures ? Vous vous êtes réveillée tout de suite après mon départ, alors.

Elle se posta devant lui, mains sur les hanches, et leva la tête pour le fixer, d'un air mécontent. Mais, dans son regard, se lisait nettement qu'elle avait eu peur.

— Si vous aviez indiqué sur le mot l'heure à laquelle vous êtes parti, je saurais combien de temps après votre départ je me suis réveillée.

— Oui, madame.

Il n'aimait pas l'admettre mais il n'était pas doué pour résoudre un conflit. La plupart du temps, sa tactique, c'était l'esquive. Cette fois encore, il aurait voulu en faire de même, mais apparemment, Kenderly n'était pas prête à le laisser s'en tirer aussi facilement.

— Sérieusement, vous ne cessez de me répéter que je ne dois jamais m'éloigner de vous. Mais quand je ferme les yeux cinq minutes, vous disparaissez !

Elle parut se calmer un peu et ajouta :

— Bon… Je vous suis reconnaissante de m'avoir rattrapée quand j'ai quitté la voiture sur un coup de tête. Je me rends compte que, si je m'étais retrouvée toute seule, j'aurais été complètement perdue.

Sans prévenir, elle l'encercla de ses bras et posa la joue contre son torse. Il avait envie de lui rendre son accolade mais il avait encore des sacs dans les mains.

— Promettez-moi de ne plus jamais m'abandonner, d'accord ?

L'émotion dans sa voix le bouleversa.

— Je ne demande pas mieux, mais je ne peux pas.

— Excusez-moi, ce n'était pas mon intention de vous mettre dans l'embarras, confia-t-elle tandis qu'elle le lâchait et s'essuyait les yeux.

Il l'avait déjà vue abattue, effrayée, mais cela, c'était nouveau. Elle lui demandait de ne plus l'*abandonner*. Le choix du mot l'intriguait. Il aurait donné cher pour connaître le passé de Kenderly : était-ce l'expression d'un traumatisme ancien ?

Il lâcha ses sacs et posa les mains sur ses épaules délicates.

— Je suis désolé de ne pas pouvoir vous promettre de ne plus vous abandonner, Kenderly. Il est possible qu'à l'avenir je doive de nouveau vous laisser seule. Mais jamais je ne le ferai sans m'assurer que vous ne risquez rien. Vous avez ma parole.

— Merci, dit-elle tout bas. Je me suis vraiment inquiétée. Si au moins nous avions un plan précis ou… un moyen de comprendre pourquoi tout cela est arrivé, je me sentirais mieux.

— J'ai rapporté le dîner, c'est la vérité.

Elle afficha un léger sourire.

— Tactique un peu simple : changer de sujet avant que l'on ne tombe dans le mélodrame…

— Non, pas du tout. J'ai faim. Dès que je suis entré dans le magasin, l'odeur de poulet rôti m'a fait saliver. Depuis, elle me suit partout. Dans le bus, j'ai failli ouvrir le paquet pour attraper une cuisse et mordre dedans.

Il reprit les sacs et les porta sur le plan de travail de la cuisine. La pièce n'était pas grande et, tandis qu'ils rangeaient tous deux les courses, ils ne cessaient de se frôler. Elle ouvrit le sac qui contenait le poulet et l'accompagnement, chercha un plat dans lequel le mettre puis sortit deux assiettes et des couverts.

La télévision était toujours allumée, sans le son. Les titres d'un flash infos défilèrent à l'écran et, à un moment, il fut question du meurtre de deux femmes au Texas. Les suspects, toujours recherchés, étaient un Ranger et une esthéticienne.

— Vous voulez que j'éteigne ? proposa-t-elle.

— Il n'y a pas un film sur une autre chaîne ? Ça nous changerait les idées.

En réponse, elle saisit la télécommande, la pointa sur l'écran et éteignit. Bien… Apparemment, elle n'avait pas envie de regarder la télévision. Plutôt de parler.

Décompresser un moment ne lui aurait pas fait de mal, mais il prendrait sur lui.

Quand il avait intégré le corps des Rangers, ses collègues l'avaient averti qu'il devrait profiter au maximum des journées tranquilles, car elles ne seraient pas nombreuses. La suite lui avait prouvé que c'était un conseil avisé.

Kenderly avait besoin de lui. Elle avait besoin qu'il lui parle, qu'il la rassure. Qu'il… communique.

— Qu'avez-vous fait de la voiture de Joey ? s'enquit-elle.

— Je l'ai laissée dans un parking à environ cinq kilomètres d'ici. Ensuite, j'ai pris le bus, j'ai fait un détour par un magasin et je suis rentré. C'est tout. Je n'ai parlé à personne. Au supermarché, j'ai évité de croiser le regard des autres clients et je suis même passé à la caisse automatique.

Kenderly mangeait d'un air absent et poussait les pâtes sur le bord de son assiette.

— Je croyais que tout le monde aimait les pâtes.

— Je n'ai pas très faim.

Il haussa les épaules.

— Si vous retrouvez de l'appétit, vous pourrez toujours réchauffer les restes au micro-ondes.

Lui, il en était déjà à son second morceau de poulet, et il s'était resservi en pâtes.

Elle posa sa fourchette, retourna s'asseoir sur le canapé et s'enveloppa dans la couverture. De toute évidence, elle avait de nombreuses questions en tête mais se montrait patiente et attendait qu'il parle de lui-même.

— Il y avait beaucoup de flics un peu partout, reprit-il.

Il avala une dernière bouchée et s'essuya les mains.

— Joey n'a peut-être pas encore déclaré sa voiture comme volée mais mieux valait s'en débarrasser.

— Vous avez raison, et je comprends que vous n'ayez pas attendu mon réveil pour partir. Mais ce matin vous m'avez répété de ne pas m'éloigner de vous, donc ça m'a fait drôle de ne pas vous voir. J'ai paniqué, je ne savais pas quoi faire si jamais j'apprenais que vous aviez eu des ennuis.

— Désolé. Si nous nous retrouvons séparés, appelez Jesse. Vous pouvez avoir confiance en lui. Malgré les accusations, il sait qu'il ne faut pas vous livrer aux flics.

Il devait prévoir tous les cas de figure.

— C'était plus prudent de vous laisser ici. Un type tout seul avec des sacs dans les bras, ça n'attire pas l'attention.

— Eh bien, puisque, jusque-là, personne n'a tenté de défoncer la porte, je suppose que vous avez raison.

Elle avait dit cela sur un ton tellement plein de fatalité qu'il ne put s'empêcher de rire.

— Je ne vois pas ce qu'il y a d'amusant ! Passer trois heures à s'attendre au pire, être poursuivie par un malade qui veut vous faire la peau, ce n'est pas spécialement comique. Sans compter que, pour ne rien arranger, c'est nous qui sommes recherchés pour meurtre. Ce qui est quand même le comble.

— Je ne voulais pas... Non, oubliez. Essayons de nous détendre. Un film, ça ne vous dit vraiment rien ?

Elle se passa nerveusement les mains dans les cheveux, puis fit la grimace, se mit à s'agiter et poussa de petits cris de douleur.

Où était le problème ?

— Ma bague est coincée, expliqua-t-elle.

Elle agita le bras pour se dégager, sans succès.

— Attendez, je vais vous aider.

Elle fit non de la tête et s'obstina.

Aussi répliqua-t-il :

— Arrêtez, vous allez vous arracher une mèche entière !

Elle s'immobilisa. Il se leva et se dirigea vers elle.

— Ne bougez pas, ajouta-t-il tandis qu'il commençait à libérer patiemment les cheveux pris dans la bague. Hier, j'avais l'impression que vous aviez les cheveux plus longs.

— J'utilise des extensions capillaires.

— Ça vous donne une allure différente.

De sa main libre, elle se couvrit le visage.

— Sans extensions et sans maquillage, je me sens nue. Et affreuse.

— Moi, je trouve que vous êtes plus jolie sans rien. Maquillée, vous êtes mignonne aussi, mais... Enfin, au naturel, vous êtes tout aussi bien.

— Je suppose que c'est un compliment. Merci.

Il se trouva maladroit et voulut préciser sa pensée, mais il n'en eut pas le temps.

— J'accepte votre compliment.

Comme elle était complètement dégagée, elle le remercia.

— Je sais que j'ai une allure différente avec les cheveux longs et du maquillage. C'est d'ailleurs ce que je recherche.

— Je ne comprendrai jamais cette volonté de changer d'aspect. Pour quelqu'un en fuite, c'est bien mais…

Il prit conscience de ses propos et s'arrêta net. Au regard qu'elle lui adressa, la même idée l'avait traversée.

— Vous pensez comme moi ?

— Vous pourriez nous faire changer de tête ? demanda-t-il.

— Je suis sûre que Rose a tout ce qu'il faut.

Elle se rendit dans la salle de bains et commença à ouvrir les placards.

— A votre avis, si nous nous teignons les cheveux en noir, nous passerons plus facilement inaperçus ou bien les forces de l'ordre sont préparées à ce que des suspects en cavale changent d'apparence ? lui lança-t-elle.

Il ne répondit pas. Elle partait du principe qu'ils continueraient à fuir le danger, ce qui était normal. Mais lui, son intention était d'enquêter. Il pourrait commencer par déterminer où était la voiture du capitaine Oaks. Ensuite, Kenderly et lui iraient chercher le coffret à bijoux d'Isabella, qui normalement s'y trouvait toujours et contenait peut-être un indice crucial pour résoudre l'énigme du double meurtre.

Et si ça ne marche pas et qu'on se fait prendre ? Est-ce que ça vaut le coup d'essayer ?

10

— Vous êtes fou. Complètement fou ! Il est hors de question que je mette les pieds dans un poste de police rempli de flics : certains pourraient être à la solde de Paul Tenoreno. C'est non ! Vous ne faites pas confiance à la police, alors pourquoi moi, je le devrais ?

— Je n'ai pas dit que vous devrez rentrer dans un commissariat. Si la police a récupéré la voiture, nous ne pourrons pas demander à y avoir accès. Mais il est plus probable qu'elle ait été placée en fourrière. Dans ce cas, il nous faudrait de l'argent liquide pour payer l'amende et la récupérer.

Kenderly avait tout fait pour le convaincre que ses projets étaient trop risqués. Se faire passer pour quelqu'un d'autre n'était pas inné. Mais Garrison ne voulait rien entendre. Il était persuadé que changer d'apparence suffisait pour accomplir un travail d'agents secrets.

— Jamais je ne serai à la hauteur, prévint-elle. Je n'arriverai pas à me glisser dans un personnage, on se rendra compte que je ne me comporte pas de manière naturelle. Et si nous nous faisons prendre, ce sera ma faute.

Il était assis face à elle dans le salon et l'observait avec un petit sourire aux lèvres. Pourquoi ? Il ne la prenait pas au sérieux ?

— Ne restez pas là à me regarder avec cet air amusé. Pourquoi vous ne dites rien ?

— Je ne voulais pas interrompre votre prestation, c'était fascinant.

Exaspérée, elle se mit à marcher de long en large.

— Je n'arriverai pas à me faire passer pour la femme du capitaine Oaks ! Après tout, pourquoi vous ne le feriez pas vous-même ? Un bon coup de maquillage, une perruque et le tour est joué. D'autant que vous avez plus d'expérience que moi.

— Pas pour marcher avec des talons hauts, répliqua-t-il dans un éclat de rire.

— Oh ! bon sang ! Vous tenez vraiment à m'infliger cette épreuve.

Il se leva pour la suivre mais elle se laissa tomber sur le canapé. Devait-elle l'attraper et le secouer comme un prunier pour lui faire entendre raison ? Ou l'embrasser pour le remercier de lui avoir sauvé la vie plusieurs fois ?

Cette pensée la révolta : comment pouvait-elle songer à l'embrasser ? Certes, il était sexy. Mais il voulait la convaincre d'une folie, alors ce n'était pas le moment de l'encourager.

— C'est non, non et non !

— Hé, du calme. Je comprends que ça vous fasse peur. Mais, de toute façon, la fourrière est fermée à cette heure et je ne pourrai pas savoir où se trouve la voiture du capitaine Oaks avant demain matin. Détendez-vous.

Il s'assit à côté d'elle, prit la télécommande, ralluma la télé et passa de chaîne en chaîne.

Elle resta silencieuse, mais pas parce qu'elle suivait son conseil. Elle avait besoin de mettre de l'ordre dans ses pensées. Pourquoi, alors qu'une demi-heure plus tôt elle croyait qu'il l'avait abandonnée, voulait-elle l'embrasser en cet instant ? C'était insensé.

Cependant, les deux jours écoulés avaient été chaotiques.

En outre, Garrison Travis n'était pas fait pour elle. Ils ne se connaissaient pas et ne se seraient jamais rencontrés dans des circonstances normales.

Elle lui était simplement reconnaissante de lui avoir évité le pire et de ne pas l'avoir livrée aux autorités sans chercher à comprendre ce qu'elle faisait chez Isabella.

Elle était en danger, elle se sentait vulnérable et souhaitait savoir pourquoi on avait tué son amie. Ce cocktail la faisait passer par toutes les émotions. Voilà pourquoi elle se sentait attirée par Garrison. Dans cette tourmente, il était son seul point d'ancrage. Mais une relation ne se bâtissait pas sur de telles bases.

Alors non, elle ne l'embrasserait pas. Elle était épuisée, il lui fallait du repos.

Mais ce qu'elle ressentait, n'était-ce pas du désir et de l'excitation ?

Elle poussa un nouveau soupir. L'envie que des bras puissants et vigoureux la serrent était très prégnante. Elle cala un coussin sous sa tête et plia les jambes.

Garrison se tourna vers elle.

— Si ça ne vous plaît pas, ne vous forcez pas à regarder. Allez prendre une douche si ça peut vous faire du bien. Je vais dormir sur le canapé, prenez le lit dans la chambre.

Bonne idée. Ainsi, elle ne serait plus dans la même pièce que lui et aurait moins de mal à tempérer son excitation.

Sans un mot, elle se leva et alla s'enfermer dans la salle de bains.

Mon Dieu. Elle avait de gros ennuis.

Dès qu'elle eut quitté la pièce, Garrison se rappela lui avoir rapporté une surprise. Trop tard. L'eau de la douche bruissait et il n'allait pas la déranger. Il décida d'aller déposer dans la chambre ce qu'il lui avait acheté.

La pièce était totalement rose, du couvre-lit aux abat-jour. Il alluma la lampe de chevet puis déplia les vêtements sur le lit.

Kenderly ne s'était pas trompée : son amie avait tout ce qu'il leur fallait pour changer d'apparence. Sur la commode, il y avait deux perruques et un vaste assortiment de produits de maquillage.

Si elle écoutait ses conseils et le laissait l'entraîner, son plan fonctionnerait. Encore fallait-il que la voiture soit bien à la fourrière. Si la police avait mis la main dessus, tout ce qui était à l'intérieur aurait été saisi. Sinon, il suffirait à Kenderly de parler gentiment à l'employé de service pour qu'il la laisse accéder à la voiture sous le prétexte qu'elle devait y récupérer son sac. Un jeu d'enfant.

Garrison effleura la perruque posée sur la tête de mannequin. Seul un spécialiste s'apercevrait qu'il s'agissait de faux cheveux.

Dans la salle de bains, la douche s'arrêta. Il était temps pour lui d'aller se rasseoir sur le canapé, comme si de rien n'était.

Elle n'avait pas l'intention de retourner au salon. Plus elle s'efforçait de tempérer son attirance pour Garrison, pire c'était.

La douche froide n'avait fait que lui donner davantage envie qu'il la prenne dans ses bras pour lui transmettre sa chaleur.

Elle se voyait mal remettre ses vêtements en piteux état. Elle adorait sa jupe et son chemisier, mais ces deux pièces étaient bonnes pour la poubelle. Rose ne lui en voudrait probablement pas de lui emprunter quelques affaires.

Une serviette autour de la tête, une autre autour du

buste, elle sortit dans le couloir et se trouva nez à nez avec Garrison. Elle vacilla. Il la rattrapa par les épaules d'une main ferme.

— Ça va ?

La serviette autour de sa tête tomba et, si elle n'avait pas serré les doigts autour de celle qui la couvrait, elle se serait retrouvée nue devant lui.

— Ça va, merci. Vous étiez en train de vérifier que les fenêtres fermaient bien ?

— Non, je l'avais fait avant de partir me débarrasser de la voiture.

— Ah, d'accord. Euh, excusez-moi, je…

Ils effectuèrent une petite danse, chacun voulant s'écarter pour laisser passer l'autre. Sauf qu'ils se déplaçaient en même temps dans la même direction.

— Attendez, ne bougez plus ! déclara alors Garrison qui la prit de nouveau par les épaules.

La sensation de ses paumes sur sa peau nue fut telle une brûlure. A l'éclat dans ses yeux, il était dans le même état qu'elle. Son expression devint sérieuse, il la tint un peu plus fort et la plaqua contre le mur derrière elle.

— Je ne sais pas combien de règles je vais enfreindre.

Elle comprit immédiatement ce qu'il voulait dire mais elle se fichait complètement des règles. Elle avait eu beau lutter, son envie de l'embrasser était toujours aussi forte. Elle n'eut pas le temps de songer aux conséquences. L'instant d'après, il écrasait ses lèvres des siennes.

Il lui prit le visage entre les mains, comme s'il redoutait qu'elle s'esquive, mais il n'avait aucun souci à se faire. Elle n'avait pas l'intention de se dérober.

Au contraire, elle inclina la tête pour le laisser intensifier son baiser, et il ne se fit pas prier. Il lui dévora les lèvres avec avidité. Une intense chaleur monta en elle.

Elle oublia tout, ses sensations prenaient le dessus.

Un long gémissement monta du plus profond d'elle, un sentiment enfoui très loin se réveillait. Quelle en était la teneur ? Etait-ce la prise de conscience d'être en vie après avoir plusieurs fois frôlé la mort ?

Elle n'en savait rien et ne souhaitait pas s'interroger plus avant. Elle se sentait tellement bien, la chaleur qui s'emparait d'elle était délicieuse. Il continuait de l'embrasser avec passion et, désormais, c'était lui qui tenait la serviette qui l'entourait. Elle ne s'était même pas rendu compte qu'elle l'avait lâchée.

Enfin, il détacha ses lèvres des siennes, recula d'un pas et attendit qu'elle tienne de nouveau la serviette.

— Bonne nuit, douce Kenderly, dit-il d'une voix rauque avant de se diriger vers le salon.

— Bonne nuit, répondit-elle avec le filet de voix qui lui restait.

Elle s'empressa de se réfugier dans la chambre. Elle ferma la porte et s'appuya dessus, comme s'il était derrière elle.

Sauf que, s'il l'avait suivie, elle l'aurait laissé entrer. Inutile de se voiler la face. Mais il n'en avait rien fait et elle en était déçue. Pour ne plus y penser, elle s'ordonna d'aller dormir.

Elle se tourna vers le lit et son regard tomba alors sur des vêtements et une paire de baskets. Garrison avait dû les laisser là pendant sa douche. Elle les passa en revue. Tout était à sa taille ou à peine trop grand.

Sans trop savoir pourquoi, elle fondit en larmes. Elle lâcha le tout et s'enfouit le visage dans l'oreiller.

Après de longues minutes, la crise fut passée et elle se coucha. Mais son sommeil fut agité.

Comment dormir après ce qui s'était passé dans le couloir ? Il n'arrivait même pas à tenir en place.

— Quel imbécile ! Tu es le dernier des idiots, Garrison Travis !

Il songea à Jesse, son meilleur ami. S'il avait été là, il aurait peut-être pu le ramener à la raison.

Ensemble, ils avaient tout fait. Ils avaient suivi le même cursus, s'étaient mutuellement soutenus pour intégrer le corps des Rangers. Et quand l'un était sur le point de flancher, l'autre était là pour le remettre dans le droit chemin.

Qu'aurait dit Jesse s'il l'avait vu embrasser un témoin ? Qu'il avait brisé une règle d'or.

Aucun de ses collègues ne cautionnerait un tel écart de conduite.

Le capitaine Oaks, lui, ne dirait sans doute rien. Il se contenterait de lui adresser un regard appuyé pour lui faire comprendre ce qu'il pensait de son comportement et qu'il ne laisserait pas passer un second écart.

Garrison consulta l'heure. Leur baiser n'avait eu lieu que trente minutes plus tôt mais il n'était pas près de dormir.

Ce qui lui faisait le plus peur, ce n'était pas de se faire réprimander pour faute professionnelle, mais de tomber amoureux de Kenderly. Car apparemment il n'en faudrait pas beaucoup.

Il se leva, marcha jusqu'à la fenêtre et écarta les lattes des stores. Il était tard et tout était calme. Seul un homme promenait son chien.

C'était un quartier tranquille.

Il posa la tête contre le mur et pensa à sa famille. Ils devaient se demander où il était et ce qui avait pu se passer. Quant à sa tante, sa maison devrait être entièrement refaite. Certes, Jesse s'occuperait de rassurer tout le monde et d'affirmer que son innocence finirait par être prouvée, mais serait-ce suffisant ? Ses proches ne risquaient-ils pas de considérer qu'il était allé trop loin, qu'ils ne pouvaient plus lui faire confiance ?

Une douche lui ferait du bien. Ensuite, il essaierait de dormir et éviterait de penser à Kenderly. Au matin, il déciderait quoi faire.

Il entra sous la douche et régla la température au maximum.

Pour lui, les prétendus bienfaits d'une douche froide étaient un mythe. Il ferma les yeux et ses muscles se détendirent. Mais l'image du visage de Kenderly était imprimée sur sa rétine.

Son nez légèrement retroussé, ses jolies pommettes hautes, ses sourcils bien dessinés, tous ces détails lui plaisaient et le hantaient. Il repensa à la douceur de ses lèvres, à la ferveur avec laquelle elle avait répondu à son baiser.

Celui-ci était très loin d'avoir étanché son désir pour elle. Au contraire, il avait envie de bien plus.

Il coupa l'eau, sortit de la cabine, se sécha et noua une serviette autour de sa taille.

Quand il revint dans le salon, un gémissement en provenance de la chambre le fit sursauter. C'était Kenderly. Discrètement, il entrebâilla la porte pour jeter un regard à l'intérieur.

Elle était allongée à plat ventre sur le lit, le visage enfoui dans l'oreiller. Elle avait apparemment un sommeil agité. Le drap ne la couvrait qu'à moitié et elle ne portait qu'un soutien-gorge et une petite culotte. Une bouffée de désir assaillit Garrison, mais il résista. S'il la touchait, ce ne serait pas dans son sommeil. Elle serait parfaitement éveillée et consciente de la moindre de ses caresses. Il avança d'un pas, saisit le drap et le remonta sur elle pour qu'elle ne prenne pas froid.

Oui, la prochaine fois qu'ils seraient ensemble, elle s'en souviendrait.

11

Waco, Texas

Jesse faisait de son mieux pour paraître détendu, même si c'était tout l'inverse. Personne ne lui avait demandé s'il avait des nouvelles de son meilleur ami mais, aux regards que lui lançait le major, cela n'allait pas tarder.

Tout le monde avait plusieurs interrogations en tête. Premièrement, que faisait Garrison à Austin ? Secundo, comment l'opération à laquelle il avait pris part avait-elle pu déraper à ce point ? Enfin, pourquoi était-il en cavale ? Personne n'oserait l'accuser d'avoir franchi la ligne blanche. Car c'était un Ranger, l'un d'entre eux.

Et, chez les Texas Rangers, l'esprit de corps, ce n'était pas un mythe.

Pourtant, les faits étaient là : Garrison était en fuite. En compagnie d'un témoin, d'un complice ou d'un suspect ? Cela non plus, ce n'était pas clair. Bref, même si ses collègues avaient foi en son ami, être dans le brouillard commençait à leur porter sur les nerfs.

Tandis que tous quittaient le bureau du major avec leurs ordres de mission, Josh Parker lui adressa un signe de tête.

Ça y est, le moment est arrivé.

Son supérieur allait chercher à savoir où allait sa loyauté.

Garrison et lui étaient comme deux frères. Comment allait-il s'y prendre pour ne pas le trahir sans se mettre en porte-à-faux envers sa hiérarchie ?

— Jesse, tu sais que beaucoup considéraient que ce n'était pas sage que, Garrison et toi, vous restiez au sein de la même unité. Mais moi, je vous voulais tous les deux, et c'est pourquoi j'ai pesé de tout mon poids pour vous garder, déclara Parker qui lui fit signe de s'asseoir. J'étais persuadé que votre complémentarité serait un atout. Alors explique-moi ce qui se passe.

Souvent, le major laissait la porte de son bureau ouverte et il n'était pas rare de le voir affalé dans son fauteuil, les pieds sur la table, en train de piquer un petit somme. Mais personne ne s'en offusquait, car tous savaient que, malgré les apparences, Parker était un grand professionnel et que ces petites siestes lui servaient à s'éclaircir les idées. Et, effectivement, il n'était pas rare qu'une fois réveillé il donne des consignes qui aboutissaient à la résolution d'une affaire en cours.

Là, il n'avait pas dormi et affichait un air grave et préoccupé.

— J'apprécie énormément votre confiance, monsieur. Mais la vérité, c'est que j'ignore ce qui se passe.

— Travis et toi, vous êtes amis depuis le lycée. J'ai fait le pari que ce ne serait pas un souci. Me suis-je trompé ?

— Non, monsieur.

— Donc tu ne risques pas de commettre une erreur en protégeant ton meilleur ami ?

— J'ai prêté serment, monsieur. Mon devoir est…

— Je sais ce que c'est que prêter serment, Ryder, le coupa le major en désignant du doigt le cadre au mur. J'ai en permanence sous les yeux le texte que doit réciter un Ranger quand il nous rejoint.

Jesse acquiesça.

— Toutefois, je sais que tu es entré en contact avec Travis.

— Non monsieur, pas exactement. Cet après-midi, une femme m'a appelé et a prétendu être la voisine de Garrison qui s'occupe de ses chiens. Mais je ne suis pas certain que c'était la vérité.

— Bien, tu crois que ce n'était pas la nounou des chiens. Malgré cela, tu n'as pas jugé nécessaire de m'avertir de cet appel ?

— Je comptais essayer d'en savoir plus avant de vous en parler. D'autant que le bureau d'Austin ne nous avait pas encore officiellement chargés d'enquêter sur cette affaire.

— Admettons. Que t'a dit cette femme ? A ton avis, était-ce la dénommée Kenderly Tyler, qui selon toute vraisemblance est avec Travis ?

Parker saisit un stylo et se mit à jouer avec.

— C'est possible, mais je n'en ai pas la certitude, monsieur. Elle ne m'a pas donné son nom, elle s'est contentée de me demander des nouvelles des chiens. J'ai répondu qu'ils allaient bien, et après quelques formules de politesse, j'ai raccroché. Je suis allé chercher les chiens il y a deux jours. Je les ai confiés à la mère de Garrison. La police de Waco surveille sa maison.

— Tu veux me faire croire que Travis tient suffisamment à ses chiens pour risquer d'être localisé et qu'il ne cherchait pas à apprendre autre chose ? lança Parker en se penchant en avant. Réfléchis bien avant de répondre, Ryder. Tu sais ce que je sous-entends.

Jesse avait effectivement compris. Que ferait son ami si la situation était inversée ?

— J'ai dit à cette femme qu'elle pouvait me rappeler pour reprendre des nouvelles des chiens dans deux ou trois jours.

— Et elle était satisfaite ? Elle n'a rien demandé d'autre ?

— Non, c'est tout, monsieur. Je me suis dit que, d'ici là, nous en saurions plus.

Il avait également espéré qu'il n'arriverait rien à Garrison et qu'il ne serait pas appréhendé.

Parker tapa du plat des mains sur le bureau et lui sourit largement.

— Le problème, c'est qu'à Austin ils ne sont pas plus avancés. Oaks est toujours inconscient et risque de devoir subir une seconde intervention chirurgicale. Or, il s'avère que ses supérieurs n'étaient pas au courant de l'opération qu'il avait mise sur pied. Cela dit, s'il a dû agir dans l'urgence, ce n'est pas surprenant qu'il ait décidé de se passer de feu vert.

— Que comptez-vous faire, monsieur ?

— Premièrement, je veux m'assurer que tu suivras mes ordres à la lettre. Compris ? Travis est intelligent. Je devine qu'il voulait savoir si c'était prudent pour lui d'amener son témoin ici. Et je pense également que le capitaine Oaks avait de bonnes raisons de ne pas faire confiance à la police d'Austin.

— Je suis arrivé à la même conclusion.

Jesse surprit les regards des hommes qui passaient devant la porte. Ils étaient évidemment intrigués par la conversation. Ils pouvaient voir que celle-ci se déroulait dans le calme mais ils n'avaient aucune chance d'en surprendre la teneur, car Parker et Jesse parlaient à voix basse.

— Bien. Tu dois te montrer très prudent car la famille Tenoreno est extrêmement dangereuse. Tu m'as entendu dire que la police pensait avoir retrouvé la trace de la voiture de location utilisée par Travis et qu'il a abandonnée près de la nationale 35. A quelle heure as-tu reçu le coup de fil de la prétendue voisine ?

— Je ne me souviens plus de l'heure exacte mais c'était après que vous avez reçu cette information. La personne qui m'a appelé s'exprimait calmement mais semblait hésiter. Ce qui peut laisser croire qu'on lui dictait quoi dire.

— C'est bon à savoir. Si les Tenoreno connaissent l'identité de Travis, ils sont capables de rechercher ses proches pour faire pression sur eux. Que ce soit un Ranger ne les dissuadera pas.

Sur ce, Parker se leva.

Jesse l'imita. Devait-il s'inclure dans les proches et se considérer menacé ou, en tant que Ranger, s'occuper de prémunir la famille de Garrison contre les Tenoreno ? De toute façon, son travail l'exposait au danger.

— Je peux mettre sur pied une équipe chargée de la protection de la famille de Travis.

— Entendu, tu as mon feu vert. Je sais que tu as été de permanence ce soir, mais j'ai besoin que tu restes dans les parages. Alors va te reposer mais ne quitte pas les locaux, compris ?

— Oui monsieur, acquiesça Jesse.

Il avait redouté d'être suspendu. Finalement, il s'en tirait bien.

De retour à son bureau, il prit sans attendre les dispositions pour la protection de la famille Travis. Après plusieurs coups de fil, tout fut réglé.

Les dossiers concernant les Rosco et les Tenoreno étaient posés sur le bureau de Bryce Johnson, qui faisait face au sien. La hauteur des piles était impressionnante. Pourtant, si leur nom apparaissait de près ou de loin dans de nombreuses affaires, il n'avait jamais été possible de les faire tomber une bonne fois pour toutes.

L'avocat de la famille Tenoreno avait déclaré à la police que Kenderly Tyler était la coiffeuse d'Isabella Tenoreno et que, le soir du double meurtre, elle était présente chez eux à ce titre. Jesse avait visionné les photos de la scène de crime.

Les deux femmes avaient été exécutées. Le tueur les avait obligées à s'agenouiller avant de leur loger une balle dans la nuque. Peut-être leur avait-il même expliqué pourquoi il les abattait. Et il était possible que la coiffeuse l'ait entendu prononcer la sentence.

— Mais qui est le commanditaire ? marmonna Jesse à voix haute.

— C'est la question à un million de dollars ! lança Bryce en entrant dans la pièce au même moment. L'hypothèse privilégiée, c'est qu'un nouvel acteur du crime organisé cherche à se faire une place et à monter les deux familles l'une contre l'autre. Pour le moment, la guerre n'est pas déclarée, mais ça pourrait survenir à tout moment.

— Ça ne me dit pas ce que Garrison fichait là-bas…

— Le service de police d'Austin se pose la même question. Ils ne savaient rien des agissements de Garrison et du capitaine Oaks. Ils partent du principe que tous deux travaillaient ensemble mais que Garrison jouait en fait sa carte personnelle. Ils refusent d'envisager un autre scénario, pour la seule raison que c'est un Ranger. Ça ne serait pas inutile de leur rappeler que, même si nous ne faisons pas partie du même corps, nous sommes du même côté de la loi.

— Les médias racontent que Garrison a tendu une embuscade à Oaks. Aucune preuve formelle ne vient étayer cette version, mais ça, ils ne le disent pas, pesta Jesse.

Il avait expliqué à la mère et à la tante de son ami qu'elles ne devaient pas croire ce que racontaient les reportages à la télévision.

— En tout cas, les avocats des familles Tenoreno et Rosco n'ont pas mis longtemps à découvrir que Garrison agissait sous une fausse identité, reprit Bryce. C'est Oaks qui l'avait enregistré dans le système sous ce faux nom et la police a transmis ces informations sans rechigner quand les avocats en ont fait la demande. Mais, à ton avis, pourquoi Garrison a emmené un témoin dans la maison qu'il occupait à Austin ?

— C'était la maison de sa tante. A mon avis, Oaks soupçonnait un ou plusieurs de ses collègues d'être à la solde de l'une ou l'autre des familles. C'est certainement pour cette raison qu'il a agi en marge des procédures classiques et qu'il a recruté Garrison pour cette opération. Il devait avoir besoin d'un visage que les Rosco et les Tenoreno ne reconnaîtraient pas.

— Oui, c'est logique. Mais ça nous aiderait de savoir si, au départ, Garrison était sur place pour espionner ou pour exfiltrer quelqu'un.

Bryce tapota des doigts sur son bureau.

— Depuis la disparition de leur belle-fille, les Tenoreno sont sous pression. Je ne peux pas m'empêcher de me demander si elle se cache quelque part ou si son cadavre est enterré dans le désert.

Jesse ne répondit pas. Il repensa aux photos de la voiture de location abandonnée par son ami. Elle était dans un fossé. Que s'était-il passé pour qu'il perde le contrôle du véhicule ? Et ensuite, où était-il allé ? A l'idée que le pire avait pu arriver, il eut des frissons.

Il se leva brusquement.

— Bon sang, je ne peux pas rester là à attendre, alors que mon meilleur ami a la moitié des flics et des voyous du Texas aux trousses.

— Rassembler des éléments, les analyser et les interpréter, ce n'est pas rien, Jesse. Une fois que cette affaire sera résolue, nous pourrons espérer en avoir fini une fois pour toutes avec les Tenoreno et les Rosco.

— D'accord, mais si celui qui est comme mon frère y laisse sa peau, la victoire sera amère.

— Tu as déjà fait de ton mieux pour mettre ses proches sous protection. Maintenant, il nous reste à découvrir l'identité du tueur et à innocenter Garrison des soupçons qui pèsent sur lui.

Jesse n'était pas certain de pouvoir accomplir tout cela en restant assis sur une chaise. Mais, s'il désobéissait et se retrouvait suspendu, ce serait pire. Peut-être que son ami n'attendrait pas trois jours pour reprendre contact avec lui. Désormais, le service des Rangers savait à quoi s'en tenir, et tous étaient prêts à se battre pour laver l'honneur de Garrison.

Mais ils devaient d'abord apprendre où il était.

12

Kenderly ajusta une dernière fois la perruque sur la tête de Garrison. Il avait préféré cela à une simple teinture de cheveux, pour changer plus encore d'apparence. En quoi, il n'avait pas tort. Elle, elle avait noué une écharpe autour de ses cheveux et portait de grosses lunettes de soleil.

Ils affichaient tous deux un style rétro mais, à Austin, cela ne déparerait pas forcément. Garrison était méconnaissable. Pour tout dire, il était même un peu ridicule.

A sa demande, elle n'avait pas non plus lésiné sur le fond de teint, au point qu'on aurait pu croire qu'ils passaient leurs journées à la plage. Cela semblait totalement absurde. Elle doutait toujours de parvenir à jouer son rôle avec naturel.

— Vous croyez sincèrement que ça va marcher ?

Il pointa du doigt le miroir face à eux.

— Personne ne nous reconnaîtra. Je pourrais croiser ma sœur jumelle sans qu'elle fasse attention à moi.

— Vous avez une sœur jumelle ? C'est génial.

— Ouais, c'est ce que tout le monde croit, mais ce n'est pas si simple. Par exemple, je vous assure que, quand vous êtes enfant, ne pas pouvoir fêter son anniversaire seul de son côté et être obligé d'inviter des filles, ce n'est pas marrant.

— Oh ! mais je suis sûre que maintenant ça ne vous cause plus de problèmes, bien au contraire…

— Ouais. Cela dit, je dois admettre que ma sœur Avery est quelqu'un de bien. Elle vous plaira. Elle est très différente de moi.

— Si elle est différente, je suis sûre que je l'apprécierai.

La plaisanterie le fit sourire.

Kenderly enchaîna :

— Vous êtes sûr que la clé que vous avez trouvée dans le tiroir est le double de la porte d'entrée ?

Elle n'était pas aussi confiante que lui et regrettait d'avoir cédé à son plan pour retrouver la voiture du capitaine Oaks. Elle était terriblement nerveuse.

— Oui, j'ai vérifié. Vous vous souvenez qui appeler en cas de problème ou si nous sommes séparés ?

— Votre ami Jesse, au bureau des Rangers de Waco. Et je dois me faire passer pour Christy, la voisine.

— Exact. Mais pas d'inquiétude : tout va bien se passer.

Elle acquiesça. La police ne s'attendrait probablement pas à ce que deux fugitifs reviennent rôder en centre-ville. Du moins devaient-ils l'espérer.

Elle s'était laissé convaincre, parce qu'elle avait très envie de savoir ce que contenait le coffret à bijoux d'Isabella.

— Prête ? s'enquit-il.

Son expression résolue et l'intensité de son regard la firent fondre. Elle n'était pas certaine de comprendre pourquoi il était déterminé à risquer sa vie pour elle ou partir à la recherche d'une preuve qui n'existait peut-être pas. En revanche, à l'instant, elle comprenait pourquoi les contes dans lesquels le prince charmant volait au secours de la belle en détresse avaient autant de succès.

— Attendez, reprit-elle, une main sur son avant-bras. Garrison, je sais pourquoi je suis prête à prendre des risques. Isabella était mon amie, je me sens redevable envers elle. Mais vous ? Vos collègues finiront par vous innocenter.

Vous m'avez dit vous-même que vous aviez toute confiance en eux. Alors pourquoi vous ne vous contentez pas de rester tranquillement à l'abri pendant quelque temps ?

— Le capitaine Oaks a monté cette opération en toute discrétion parce qu'en dehors des Rangers, il ne savait pas à qui faire confiance. Et l'apparition du tueur chez ma tante a démontré qu'il avait raison de se montrer méfiant.

— Mais vous êtes certain que les Rangers sont au-dessus de tout soupçon ? Vous ne me cachez vraiment rien ? Car qui d'autre aurait pu savoir où vous retrouver ?

— Eh bien, entre les services de police locaux et les agences fédérales comme le FBI, beaucoup de monde s'intéresse aux Rosco et aux Tenoreno. Et, parmi eux, il y a forcément des gens malhonnêtes. Vous me demandez pourquoi je n'attends pas tranquillement que mon innocence soit prouvée ? Parce que je veux démasquer ces flics et ces agents corrompus. Et je ne peux pas risquer qu'ils retrouvent ce coffret à bijoux avant nous. Sinon, nous ne saurons jamais s'il contenait des preuves déterminantes ou pas.

— D'accord, fit Kenderly. Vous avez été trahi et vous souhaitez démasquer les traîtres. Maintenant, je comprends mieux.

Elle se dirigea vers la porte et voulut l'ouvrir. Il la retint.

— Ecoutez, si vous avez vraiment trop peur, je chercherai un autre moyen.

— Je ne crains pas tant pour ma sécurité que…

Elle baissa d'un ton, honteuse d'avouer la vérité :

— Que de tout faire rater par maladresse. Je ne veux pas que nous nous fassions prendre à cause de moi.

Il secoua négativement la tête, comme pour lui indiquer de chasser ses doutes, et lui prit le visage entre les mains.

— Vous avez des yeux tellement expressifs…

Etait-il sur le point de l'embrasser ? Un frisson la

parcourut. Son cœur se mit à battre plus fort. Serait-ce aussi bon que la veille au soir ?

Il approcha son visage du sien, lui sourit et lui passa affectueusement un doigt le long de la joue.

— Il y avait un endroit où le fond de teint était moins bien appliqué, expliqua-t-il. Si je vous embrasse maintenant, nous ne serons plus capables d'aller où que ce soit, vous en êtes consciente. Alors je vais me retenir. Et la prochaine fois que je vous embrasserai, rien ne s'opposera à ce qu'on n'en reste pas là.

Il n'avait pas le droit de s'exprimer avec autant de sous-entendus qui ne faisaient que la consumer. Et il méritait une bonne leçon. Car ce n'était pas à lui de décider de tout… et certainement pas du moment où ils devaient s'embrasser ou non.

Elle lui appliqua une main sur la nuque et pressa ses lèvres contre les siennes.

Peut-être pouvait-il attendre, mais pas elle. Si elle n'évacuait pas la tension sexuelle qui l'habitait, jamais elle ne parviendrait à se concentrer.

Elle continua à l'embrasser. Il posa les mains sur sa taille et lui rendit son baiser. Il la serra contre lui, se laissa aller. L'excitation ne faisait que monter en elle et se diffuser à toutes les parties de son corps. Ses seins durcissaient, elle avait de plus en plus chaud.

Un instant, elle croisa son regard : ses yeux brillaient de désir. Il avait le souffle court et parut vouloir reculer pour s'arracher à ses bras.

Mais elle ne le laissa pas faire. Elle s'accrocha à ses épaules et l'embrassa avec frénésie. De nouveau, il abdiqua.

Il défit l'écharpe avec laquelle elle avait noué ses cheveux, caressa ses joues, lui donna des baisers dans le cou. Elle commença à déboutonner sa chemise, n'en pouvant plus de ne pas avoir sa peau sous ses paumes.

— Vous êtes tellement douce…, murmura-t-il d'une voix haletante.

Il continua à l'embrasser avec passion.

Elle n'avait probablement jamais autant été désirée.

Il la pressa contre lui et, malgré ses vêtements, sa peau réagit à ce contact. L'excitation qui la parcourait depuis la veille au soir se libérait avec une force dévastatrice.

Ce n'était pas raisonnable.

Mais il la désirait tellement ! Au point d'en avoir mal.

De plus, elle ne paraissait pas vouloir mettre un terme à leur étreinte. Quand il avait tenté de s'interrompre, elle l'avait retenu.

Bon sang, il devait absolument s'écarter d'elle ! Mais que c'était difficile !

Pourtant, ils ne devaient pas aller plus loin. La priorité était de récupérer le coffret à bijoux.

Elle respirait bouche ouverte et sa main tremblait dans la sienne. Ou bien était-ce l'inverse ? Peu importait. Il fallait qu'elle se calme et recouvre une respiration normale. Sinon, elle était bonne pour faire un malaise.

— Comment est mon maquillage ? lui demanda-t-il avec malice.

Elle partit d'un petit rire et leva la tête, à la recherche d'air.

— Mon Dieu, quelle que soit la situation, il faut toujours que vous réagissiez par une plaisanterie. Ça fait presque peur. Il vous arrive de vouloir autre chose que rigoler ?

— Et vous ? Il vous arrive de vous laisser aller et de profiter du moment présent ? J'ai bien aimé ce baiser, alors je souris. Qu'y a-t-il de mal à ça ?

Il devait néanmoins l'admettre : il avait toujours évité de se lancer dans une relation sérieuse. Mais là, tout semblait différent et il avait besoin de se rassurer, de rester dans ses repères.

— Il n'y a rien de mal à cela, reconnut-elle. Laissez tomber, ça n'a pas d'importance. Allons-y et tâchons de récupérer ce coffret.

Elle eut le réflexe de se prendre le visage entre les mains mais les retira pour ne pas ruiner son maquillage.

— Je suis un peu perdue, je prends les choses trop à cœur. Mais ce n'est pas comme si nous songions à passer notre vie ensemble.

Bien. Ils étaient tous les deux perdus, conclut Garrison. Qu'était-il réellement en train de se passer entre eux ? Ils se connaissaient depuis deux jours et ils avaient déjà toutes les peines du monde à canaliser leur attirance réciproque. Qu'est-ce que cela signifiait ?

Elle remit son écharpe en place, observa son reflet dans le miroir et chassa une petite trace d'eye-liner sous sa paupière. Il posa la main sur la poignée de la porte, l'entrouvrit et la referma aussi sec.

— Attendez une minute.

— Que se passe-t-il ?

Elle l'observait de ses grands yeux et une nouvelle lutte intérieure s'engagea pour résister à son désir de l'embrasser.

— Je, euh... C'est la première fois que je rencontre une femme telle que vous. C'est difficile à admettre mais jamais je ne m'étais senti attiré avec une telle force aussi rapidement. Alors je vous demande de me laisser un peu de temps pour m'habituer.

Il se trouvait d'une maladresse insigne.

— Je ne sais même plus de quoi nous parlions.

Elle éclata de rire et tendit les bras pour lui remettre sa perruque en place.

— Nous ferions mieux de nous ressaisir et de penser à ce que nous devons faire, décréta-t-elle.

Elle se posa les mains sur les hanches pour le contempler.

— Alors si nous partons maintenant, vous ne m'en voudrez pas ? demanda-t-il.

— Non, pas du tout.

Il se fit la promesse de se rattraper dès que possible.

Mais chaque chose en son temps.

13

Finalement, le coupé bleu clair n'était pas en fourrière mais toujours garé là où ils l'avaient laissé vendredi soir. Garrison avait la clé dans la poche et savait où Oaks avait rangé le coffret. Le récupérer ne serait pas difficile.

A moins que la police ou quelqu'un d'autre ne les ait suivis ou surveille la voiture dans l'attente de leur retour. La police ignorait qu'ils avaient pris la fuite avec cette voiture, mais pas le meurtrier.

— Devons-nous faire comme si nous ne nous connaissions pas ? lui demanda Kenderly.

— Non, c'est inutile.

— Qu'attendons-nous exactement ? Vous voulez vous assurer que la voiture n'est pas sous surveillance ?

— Exactement.

— Et comment comptez-vous le savoir ?

— Je voulais d'abord observer les allées et venues pour vérifier si quelqu'un avait un comportement suspect. Mais, tôt ou tard, il va bien falloir s'approcher du véhicule.

— Et nous allons repartir avec ?

— Non, il pourrait y avoir un mouchard GPS dessus. C'est trop risqué.

— Ah oui, bien sûr. Vous pensez attendre encore longtemps ? Ça fait plus de vingt minutes que nous sommes là et on ne peut pas dire qu'il y ait beaucoup de passage.

— Nous avions convenu…

— Non, vous avez décrété que nous allions patienter. Vous ne m'avez pas demandé mon avis.

— Du calme, nous sommes dans le même bateau et, pour être honnête, je préférerais être à l'appartement en train de… faire autre chose qu'être ici.

Il l'observa d'un regard entendu.

— Arrêtez votre petit jeu et soyez sérieux ! lui intima-t-elle.

Ils contemplèrent la rue. Un type passa sur le trottoir, mains dans les poches ; un couple sortit du bar de l'autre côté de la rue.

Garrison notait les moindres détails. Sans exception. Quand Kenderly était sortie de la salle de bains, il avait remarqué que le jean qu'il lui avait acheté lui allait à la perfection. Il avait toujours été doué pour deviner la taille de vêtements d'une femme.

Elle poussa un soupir.

— Nous avons de la chance qu'il ne fasse pas trop chaud. Sinon, il y a longtemps que notre maquillage aurait commencé à dégouliner.

— Je me le suis dit aussi, mais je n'ai pas osé faire une plaisanterie…

— Oh ! De toute façon, même si on vous enfonçait des aiguilles de bambou sous les ongles, vous continueriez à plaisanter.

— Ah non ! Je pense que ça me ferait perdre mon sens de l'humour, rétorqua-t-il avec une grimace.

— C'est bon à savoir.

— Arrêtez, vous n'avez pas une âme de tortionnaire.

Il poursuivait la conversation tout en scrutant du coin

de l'œil un type avec une casquette vissée sur la tête qui, dans le bar, s'était assis juste derrière la vitre et gardait les yeux sur la rue.

Si Garrison avait été là en tant que Ranger, il aurait pu envoyer quelques collègues dans l'établissement. Ils lui auraient dit si, selon eux, quelqu'un surveillait la voiture. Hélas, il ne pouvait compter que sur lui-même.

— Je…, commença-t-il avant de s'interrompre car l'homme dans le bar se levait.

L'individu sortit et s'éloigna tranquillement.

Garrison s'interrogea : devait-il encore attendre et faire passer le temps ?

Non, mieux valait qu'il garde son sérieux. Sinon, il était bon pour exaspérer une fois pour toutes Kenderly.

Il tourna la tête vers elle. Tout dans sa posture révélait sa tension. Elle semblait au supplice.

— Vous êtes prête ? reprit-il. Vous vous souvenez de ce que vous devez faire ?

— Mon Dieu, le moment est arrivé. Jamais le temps ne m'a paru aussi long. Et, oui, je me souviens de ce que je dois faire.

Elle se leva brusquement et traversa la route.

Il la suivit.

— Attends, ma chérie ! s'exclama-t-il.

Elle se retourna et le contenu de son sac à main se déversa sur la route, roulant sous la voiture du capitaine Oaks. Cela n'aurait pas pu mieux se dérouler, songea Garrison.

— Je vais t'aider, dit-il tandis qu'il s'empressait de ramasser ce qui était tombé au sol.

Il alla récupérer le tube de rouge à lèvres qui avait glissé sous la voiture et en profita pour s'assurer qu'il n'y avait rien d'anormal.

Personne ne se dirigea vers eux ou ne surgit d'une cachette.

Kenderly s'était agenouillée également, pour ramasser des pièces de monnaie. Elle tourna la tête vers lui. Il acquiesça. Alors qu'il se relevait, elle avait déjà déverrouillé les portières et s'asseyait sur le siège passager. Sans attendre, il s'installa au volant, démarra et tourna au premier carrefour.

Il savait précisément où il allait. Ils en avaient parlé avant. Il s'engagea dans un parking souterrain, descendit au troisième sous-sol et se gara sur la place de stationnement la plus éloignée de l'entrée. Il actionna l'ouverture automatique du coffre. Ils descendirent. Il ouvrit grand le coffre, récupéra la boîte à bijoux et la tendit à Kenderly qui la fit disparaître dans son sac. Au moment de refermer, le regard de Garrison se posa sur le Glock que le capitaine avait manifestement laissé dans le coffre. Il s'en empara, le glissa à sa ceinture et rabattit sa chemise par-dessus.

La manœuvre leur avait pris cinq minutes chrono. Apparemment, ils n'avaient pas été suivis, mais il ne devait pas baisser la garde. Kenderly s'éloignait déjà en petite foulée. Il la retint par le bras et lui fit signe de rester derrière lui.

— Nous allons à l'arrêt de bus en marchant. Rapidement, mais en marchant.

Il consulta sa montre.

— Le prochain bus passe dans deux minutes. Dès que je le vois arriver, on traverse.

Kenderly se posa les mains sur les genoux pour reprendre son souffle.

— Je commence à comprendre pourquoi vous aimez ce boulot.

— Ah, oui ?

— Oui. Changer de tête pour ne pas être reconnu, filer discrètement. Tout ça, c'est addictif.

Un peu plus loin, le bus s'arrêta au feu rouge. Garrison prit la main de Kenderly.

— Allez, on y va.

— D'accord, dit-elle avant de se passer la langue sur les lèvres.

Ce petit geste le fascina. Il ne put se retenir de lui donner un baiser furtif. Avant qu'elle comprenne ce qu'il venait de faire, il était de nouveau en train de balayer la zone du regard. Ils traversèrent et, quelques secondes plus tard, le bus s'arrêtait à leur hauteur. Ils montèrent et s'installèrent côte à côte.

— Ouah, c'était génial ! déclara Kenderly qui remit en place son écharpe et ses lunettes de soleil. Si je ne savais pas que nous avons un meurtrier aux trousses, j'aurais presque envie de recommencer. Pas vous ?

— Non, c'est dangereux.

— Oh ! Allez… Ça ne vous a pas plu du tout ? Vraiment ?

— Etant donné les circonstances, j'ai du mal à en profiter.

— C'est toujours comme ça ?

— Je ne saurais vous dire.

— Comment ça ? lui demanda-t-elle.

— Eh bien, d'une certaine façon, c'était la première fois que…

Il laissa sa phrase en suspens. Allait-elle comprendre ce qu'il voulait dire ?

— Quoi ? Vraiment ? J'étais votre première fois ? répliqua-t-elle, tellement surprise qu'elle en oublia d'être discrète.

Certains passagers tournèrent la tête vers eux. Un homme fit même un clin d'œil à Garrison.

— Vous me rendez la vie un peu difficile, là, glissa-t-il à l'oreille de Kenderly.

Celle-ci se posa une main sur la bouche pour s'excuser et dissimuler un sourire.

Tous deux se turent. Il en profita pour observer la circulation.

Kenderly se faisait l'effet d'être une espionne de cinéma. Leur plan avait fonctionné, le coffret était en leur possession. De plus, juste avant leur départ, elle avait fait promettre à Garrison que, si tout se passait bien, elle pourrait ensuite lui demander tout ce qu'elle voudrait. Elle entendait bien le lui rappeler.

Elle portait des chaussures un peu trop grandes pour elle, ce qui finissait par lui donner mal aux pieds. Peut-être lui réclamerait-elle un petit massage. Mais pas avant qu'ils aient inspecté le contenu du coffret.

De retour dans l'immeuble de Rose, ils montèrent rapidement l'escalier.

— Ne bougez pas ! lui ordonna Garrison alors qu'il leur restait une dizaine de marches à gravir.

Elle obtempéra et attendit pendant qu'il inspectait l'appartement. Quelques secondes plus tard, il ressortit et lui fit signe de venir.

— Aucune trace des méchants ?

— Non. Soit quelque chose nous échappe, soit nous avons beaucoup de chance.

— Je préfère penser que nous avons de la chance.

Sans attendre, elle alla s'asseoir sur le canapé, prête à ouvrir le coffret à bijoux. Elle le sortit de son sac et leva la tête vers Garrison. Il avait récupéré un couteau pour forcer la serrure du coffret, ce qui fut un jeu d'enfant. Elle fixait Garrison avec impatience. Il acquiesça et elle souleva le couvercle.

A l'intérieur se trouvait une clé USB.

— Il nous faut un ordinateur.

— Il n'y a rien d'autre ? s'enquit-il.

— Non, c'est tout.

— Voilà une bonne nouvelle. Cette clé pourrait contenir des documents confidentiels. Ça vous ennuie si je la garde ?

Sans attendre de réponse, il s'en saisit.

— Votre amie a un ordinateur ?

— Si c'est le cas, elle l'a emporté car je n'en ai pas vu.

Il arpenta la pièce. Mais qu'espérait-il y trouver puisqu'il avait déjà inspecté le moindre recoin de l'appartement ?

Il fit tourner la clé USB entre ses doigts, l'air songeur.

— J'ai bien peur qu'il ne nous faille encore patienter avant de découvrir ce qu'il y a sur cette clé.

— Nous pourrions aller…

— Nous avons déjà pris des risques. Hors de question de recommencer sans attendre. Ici, nous sommes tranquilles, nous allons rester jusqu'à ce que Jesse nous dise quoi faire.

— Donc, nous sommes encore là pour au moins deux jours, et ensuite nous appelons Waco ? Le problème, c'est que, pendant ce temps-là, tout le monde continue à croire que nous avons commis un double meurtre.

— Je préfère encore ça que tomber entre les mains de Tenoreno par excès de curiosité.

Il glissa la clé dans sa poche.

— De toute façon, dans des conditions normales, mes collègues techniciens me rappelleraient que c'est à eux d'analyser une preuve en premier. Mais, je l'avoue, patienter deux jours va être difficile.

— D'autant plus que nous voulions à tout prix récupérer le coffret à bijoux. Maintenant que c'est fait, ne pas chercher à aller au bout, c'est un peu absurde.

Elle se déchaussa et eut envie de se débarrasser de son maquillage.

— Je vais me laver le visage, je n'en ai pas pour longtemps.

Quand elle sortit de la salle de bains, Garrison était dans la cuisine. Sa perruque était posée sur la table, sa chemise sur un dossier de chaise et il se nettoyait le visage dans l'évier. Elle resta silencieuse, se contentant de le détailler.

— Vous aviez dit que si j'étais à la hauteur aujourd'hui, je pourrais vous demander tout ce que je voulais, rappela-t-elle.

Il se redressa et elle lui tendit une serviette.

— C'est vrai, marmonna-t-il en retour avant de s'essuyer avec la serviette. Vous avez faim ? Je suis prêt à faire le dîner.

— Eh bien, j'ai réfléchi, voyez-vous.

— Vraiment ?

— Oui. Et je ne serais pas contre un massage du dos.

— Je ne sais pas si c'est très raisonnable, commenta-t-il avant d'ouvrir le frigidaire pour en sortir un plat cuisiné.

En guise de préparation de dîner, il s'apprêtait donc à mettre un plat surgelé au micro-ondes…

— Moi, je crois que c'est une bonne idée. Depuis l'autre soir où je me suis retrouvée à l'arrière de votre moto, j'ai encore des courbatures.

— Entendu. Je termine de m'essuyer la figure. Vous, pendant ce temps-là, vous vous déshabillez.

— Pardon ?

— Prenez une serviette et la lotion sur la table de nuit, continua-t-il sans se préoccuper de son intervention.

Il haussa les sourcils :

— Quoi, vous pensiez que j'allais vous masser par-dessus vos vêtements ?

— Eh bien, oui, je croyais que vous vous contenteriez de me palper les épaules.

— Faites-moi confiance, répliqua-t-il avec un clin d'œil. Ça va être génial.

Elle n'osa protester et alla chercher la lotion et une serviette. Mais elle prit quand même la peine d'enfiler un petit débardeur à bretelles et un pantalon de pyjama trouvé dans l'armoire.

Elle se sentit plus confiante. Il était hors de question qu'il l'oblige à se déshabiller. Elle ne le ferait que si elle le décidait. Et elle n'était pas encore certaine de ce qu'elle désirait.

14

Lorsque Kenderly revint dans le salon, Garrison était posté à la fenêtre et regardait dehors. Il laissa retomber le store, se retourna pour lui faire face et l'observa d'un air entendu.

— Un problème ? s'enquit-elle.

— Non, tout va bien. J'ai trouvé deux autres huiles de massage dans la salle de bains.

Il désigna les deux flacons à côté de lui.

— Laquelle préférez-vous ?

Il avait poussé la table basse et enlevé les coussins du canapé. Il était prêt. A l'idée que ses mains allaient courir sur son corps, elle en eut des frissons d'excitation.

— Peu importe, je… je vais poser le drap sur le canapé pour que l'huile ne coule pas dessus.

— A votre service, répliqua-t-il avant de lui faire une révérence.

Se moquait-il d'elle ?

Mais pourquoi avait-il fallu qu'elle lui demande de la masser ? Avait-elle perdu l'esprit ? Certes, elle était réellement courbatue et cela lui ferait beaucoup de bien.

Mais compte tenu de ce qu'elle éprouvait pour lui, c'était plutôt risqué.

Serait-elle capable de sentir ses mains sur elle sans éprouver l'envie qu'il aille plus loin ?

Elle en doutait. Elle se faisait même à l'idée qu'elle tombait amoureuse de lui. Il lui avait plusieurs fois sauvé la vie, et l'adrénaline des derniers jours n'était certainement pas étrangère à son attirance pour lui. Néanmoins, elle l'appréciait sincèrement.

Plus elle passait de temps avec lui, plus elle s'habituait à sa compagnie.

Elle avait compris une chose : pour rester en vie, elle devrait changer de travail, déménager, ce qui n'était pas facile. Pourtant, le plus dur était ailleurs : à l'avenir, elle ne verrait probablement plus Garrison.

Elle avait peur de ne pouvoir se contenter d'un simple massage, de vouloir davantage. Que révélait cette crainte ? Au fond d'elle-même, que désirait-elle ?

— On commence ? lui demanda-t-il.

— On commence, mais on ne va pas faire comme prévu.

Elle étendit le drap sur le canapé. Il ne répliqua pas mais, à son regard, il avait deviné ce qu'elle voulait dire. Toutefois, était-elle sûre d'elle ?

Oui. Peu importait qu'ils soient ensemble depuis seulement quarante-huit heures. Cet homme arrogant qui avait toujours une plaisanterie à la bouche l'attirait et elle avait envie d'être dans ses bras pour qu'il la rassure.

Elle ne voulait pas se sentir abandonnée.

Elle déglutit et étendit les doigts.

— Allongez-vous sur le ventre, lui intima-t-elle.

Il s'exécuta sans hésitation.

— Enlevez votre…

Avant qu'elle ne termine, il fit passer sa chemise par-dessus sa tête sans la déboutonner complètement et la jeta avec désinvolture. Jamais elle n'avait massé un homme.

Elle ouvrit un flacon d'huile et en fit couler dans sa paume. Puis elle frotta ses deux mains l'une contre l'autre avant de les appliquer sur les épaules de Garrison.

Sous ses doigts, il se détendit nettement. Elle décrivit de petits cercles concentriques avec ses pouces et descendit le long de sa colonne vertébrale.

Il avait étendu les bras devant lui. Elle remonta et fit doucement glisser ses mains le long de ses bras, jusqu'à ses poignets. Puis, lentement, elle les ramena à elle et lui massa de nouveau le dos. Si elle se fiait aux gémissements de contentement qu'il laissait échapper, elle ne s'en sortait pas trop mal.

Il était totalement relâché et ne disait pas un mot. Elle descendit jusqu'au bas de son dos. Il portait encore son jean.

— Pourquoi avez-vous eu aussi peur de vous retrouver toute seule hier, Kenderly ?

— J'ai… eu un instant de panique.

— Un instant de panique ?

Elle continua à lui masser les épaules. Il y avait tellement de vigueur dans ses muscles qu'un sentiment de sécurité la gagnait. C'en était grisant.

— Quand j'étais enfant, j'ai été abandonnée.

— Quel âge aviez-vous ?

— Presque quatre ans. C'était juste avant mon anniversaire.

— Comment est-ce arrivé ?

— Ma mère m'avait emmenée au centre commercial et m'a laissée faire un tour de manège. Mais quand j'ai voulu aller la retrouver, elle n'était plus là. La caissière du manège a appelé la police. On est venu me chercher et j'ai été placée dans un foyer jusqu'à ce que quelqu'un signale ma disparition.

— Mais personne n'est venu vous réclamer ?

Il lui posait ces questions calmement, sans pitié dans

la voix, ce qui lui donna suffisamment confiance pour lui répondre.

— Non, personne. J'ai atterri dans une famille d'accueil. Souvent, c'est une mauvaise expérience, mais pas pour moi. Les gens qui m'ont accueillie étaient vraiment gentils. Ma mère adoptive est décédée il y a trois ans. Mon père adoptif est mort peu de temps après mon arrivée chez eux.

Elle était agenouillée à côté de lui et devait se pencher de côté pour le masser, ce qui finissait par lui donner des crampes. Elle se mit à califourchon sur ses cuisses.

— Vous… considérez que vous avez eu de la chance ? lui demanda-t-il d'une voix altérée.

— Ne rien savoir sur ses véritables parents à part qu'à un moment ils n'ont plus voulu de vous, ce n'est pas de la chance. Mais l'un dans l'autre, je m'en suis plutôt bien sortie. Georgia, ma mère adoptive, a toujours été douce avec moi. Elle n'avait pas d'enfants à elle et, à part moi, elle n'a jamais accueilli d'autres orphelins. Ce qui fait que je n'ai jamais éprouvé ou subi de jalousie.

— Où viviez-vous ?

— A Victoria, une petite ville du golfe du Mexique. Mais assez parlé de moi.

La conversation prenait un tour trop imprévu.

— J'aime bien vous écouter parler.

Mais elle, elle avait besoin d'oublier son passé, de ne pas songer à son avenir incertain et de profiter du moment présent.

Le rythme du massage de Kenderly changea quand elle laissa glisser ses mains le long de ses côtes, descendit vers ses abdominaux et passa même furtivement sous sa ceinture.

Une lente excitation montait en Garrison, qu'il canalisait du mieux possible.

Sur la pendule au mur défilaient les minutes, ce qui ne

faisait qu'accentuer sa sensation de vivre un lent supplice délicieux.

C'était d'autant plus fort que l'attitude de Kenderly ne laissait pas d'ambiguïté sur sa volonté d'aller plus loin qu'un simple massage, aussi agréable fût-il.

Mais quand se déciderait-elle à lui faire comprendre qu'il pouvait reprendre l'initiative ? Il lui avait promis d'être à sa merci le reste de la journée et il était obligé de tenir parole.

— Vous voulez bien vous retourner ?

Elle était toujours à califourchon sur ses cuisses et ne fit aucun effort pour bouger. Il se tortilla et, à la force des abdominaux, lui fit soulever les genoux pour se mettre sur le dos.

Sans attendre, elle reprit de l'huile et commença à lui masser les pectoraux. Son excitation monta d'un cran.

Il s'imagina déjà la déshabiller et sentir sa peau contre la sienne. Il posa les mains sur ses hanches et s'exhorta au calme tandis que montait son érection.

— Regardez-moi, dit-elle doucement.

Il ouvrit les yeux. Elle cessa de le masser et se contenta de tracer du doigt le sillon entre ses pectoraux et son nombril. Il faisait tellement d'efforts pour garder les mains sur ses hanches qu'il eut peur de la serrer trop fort et de lui faire mal. Quand elle déboutonna son jean, il se mordit la lèvre inférieure pour ne pas crier.

Mais il était toujours à ses ordres et devait se plier à ses désirs sans impatience. Elle prit ses mains dans les siennes, les posa sur sa taille.

Il la caressa doucement, comme elle l'avait fait pour lui, et il osa passer les pouces sur la pointe de ses seins. Ils gonflaient sous son soutien-gorge. Elle ferma les yeux et s'adonna au plaisir de ses caresses. Il se redressa légèrement puis l'attira à lui pour lui donner des baisers dans le cou.

Retenue et patience.

Pour lui, cela n'avait rien de naturel, mais il était prêt à toute la délicatesse nécessaire. Plutôt que chercher à la déshabiller pour prendre possession de ses seins sans attendre, il la serra avec tendresse. Il ne pouvait plus dissimuler son désir. Elle était assise sur lui, sur son érection.

S'ils n'avaient pas tous deux porté un pantalon, il aurait déjà été en elle.

Et l'attente était de plus en plus éprouvante.

Il cessa ses baisers et était sur le point de la faire basculer de côté pour la déshabiller quand elle lui passa la main sur la joue puis lui prit le visage pour l'embrasser. Très vite, leurs langues s'entremêlèrent et s'engagèrent dans une danse frénétique.

Il n'y avait plus de place pour le bon sens. S'ils venaient à parler, peut-être se sentirait-il obligé de la convaincre que rien ne devait se passer entre eux. Mais, en vérité, il était déterminé à lui faire l'amour et, au fond de lui, il le savait déjà : il ne le regretterait pas.

Il lui souleva son débardeur, s'attaqua aux agrafes de son soutien-gorge et se redressa pour la laisser l'enlever complètement, fasciné par le spectacle de ses seins parfaits.

Il les caressa doucement et lui arracha un gémissement de plaisir.

De petits frissons hérissaient la peau de Kenderly, et provoquer cette réaction le poussa à aller plus loin. Sans cesser de caresser ses seins, il laissa descendre son autre main sur son ventre et effleura son intimité. Elle se mit à haleter.

— Allons dans la chambre…, proposa-t-il.

— Chut, répliqua-t-elle en lui appliquant un doigt sur les lèvres. C'est moi qui décide.

Il se laissa retomber et elle s'allongea sur lui, l'embrassant de nouveau.

— Maintenant…, murmura-t-elle.

Alors il lui posa les mains sur la taille pour la faire basculer. Elle s'affairait déjà sur son jean à lui et il l'aida pour en sortir plus vite. Puis, à son tour, il lui ôta son pantalon. Dès qu'ils furent entièrement nus, il s'allongea sur elle, la caressa partout, embrassa chaque centimètre de sa peau et, enfin, la pénétra.

Une sensation délicieuse s'empara de Kenderly. C'était tellement fort qu'elle ferma les yeux pour absorber la vague de plaisir qui l'envahissait. Garrison se montrait à la fois doux et passionné. Elle était soudain importante, rien ne pouvait lui arriver.

Elle avait besoin de ce sentiment. Après ce qu'elle avait vécu, c'était une libération.

Il allait et venait en elle avec frénésie, sans cesser de la caresser.

Après de longues minutes intenses, alors qu'elle pensait avoir atteint le paroxysme de la félicité, une onde dévastatrice la traversa. Garrison la serra fort et atteignit l'orgasme en même temps avant de retomber sur elle de tout son poids, le souffle court. Elle aimait l'avoir sur elle. Elle passa les mains dans ses cheveux, essuya une goutte de sueur sur son front.

Puis elle croisa les bras autour de son cou et cala son visage contre son épaule. Elle était aux anges, refusait de penser au tueur à leurs trousses.

— Et dire que je ne sais quasiment rien de toi…, soupira-t-elle.

— Bien sûr que si ! Tu connais l'adresse de ma tante et tu as même vu mes chiens. Peu de gens peuvent s'en vanter, tu sais.

Il lui caressait doucement le bras du revers de la main.

— Oh ! Allez, Garrison, raconte-moi quelque chose de plus intime, révèle-moi un petit secret.

— Quels secrets ? On lit en moi comme dans un livre ouvert.

— Le pire, c'est que tu serais capable de t'en convaincre. En fait, je n'ai pas envie de tout savoir, seulement quelques détails. Par exemple, d'où vient ton prénom ? Garrison, c'est le nom d'un ancien fort du Texas, non ?

— C'est également le nom d'un des tout premiers Texas Rangers. Mon père était un féru de l'histoire du Texas. Il m'a emmené un nombre incalculable de fois au musée près de chez nous.

Il lui racontait cela sans cesser de l'effleurer du bout des doigts. Le faisait-il inconsciemment ou entendait-il engager un second round ?

— On t'a donné le nom d'un Texas Ranger et tu as fini par devenir Texas Ranger toi-même ? C'est dingue. Et comment s'appelait ton père ?

— William. Il était flic et a été tué en service quand j'avais quatorze ans.

— Oh ! Pardon…

— Ne t'excuse pas, tu ne pouvais pas savoir et c'était il y a longtemps. Je ne sais pas grand-chose des circonstances de sa mort, à part que la fusillade a éclaté suite à un banal contrôle routier. Le tueur n'a jamais été identifié.

— Ne pas savoir pourquoi on l'a tué et qui est son assassin, ça doit te…

Elle ne termina pas sa phrase, traversée par un souvenir.

— Moi, quand j'ai été en âge de comprendre que j'avais été abandonnée, je me suis posé beaucoup de questions. Georgia, ma mère adoptive, me disait toujours que je devais me convaincre que ma véritable mère m'avait abandonnée pour de bonnes raisons. Parce qu'elle désirait le meilleur pour moi et n'était pas en mesure de me l'offrir… Finalement, j'ai eu plus de chance que beaucoup.

— En ce qui me concerne, devenir Texas Ranger, c'était le rêve de mon père. A sa mort, je me suis fait la promesse de l'accomplir pour lui. Et, comme je ne voulais pas regretter ce choix, j'ai convaincu Jesse, mon meilleur ami, de suivre la même formation que moi. Nous avons tous les deux réussi en même temps, ce qui fait que tout a pris son sens.

— C'est une belle façon d'honorer la mémoire de son père, commenta Kenderly.

— Oui, mais le jour où j'ai prêté serment, j'ai compris que c'était ce que moi aussi je voulais. Ma mère, en revanche, n'était pas ravie. Que j'intègre les forces de l'ordre à mon tour ne lui plaisait pas.

— Et aujourd'hui, tu t'inquiètes pour elle ? Elle doit se faire un sang d'encre. D'autant que tu ne l'as pas appelée.

— Elle sait que je vais bien. Jesse s'est forcément chargé de la rassurer.

Il changea de position, le coude en appui sur le canapé.

— Je le souhaite de tout cœur, confia Kenderly. S'inquiéter en permanence pour son fils, ce doit être épuisant. Moi, je ne te connais que depuis deux jours et, pourtant, j'ai déjà eu l'occasion de m'inquiéter pour toi.

Il recommença à la caresser. Et elle avait envie qu'il la touche. Son désir de lui n'était pas rassasié. Mais quelle fille ne désirerait pas être dans les bras d'un homme déterminé à la protéger ?

Jamais elle n'aurait imaginé vivre une telle aventure.

— Et maintenant, que veux-tu que je fasse, ma chérie ?

Elle fut interloquée. Elle avait oublié qu'il était censé respecter ses désirs jusqu'à la fin de la journée. Mais, à l'éclat de son regard et à la façon dont il effleurait ses seins, il apprécierait qu'elle ait la même envie que lui.

— Eh bien, là où je travaille, quand une cliente vient pour une coupe, nous avons une méthode bien arrêtée.

— Ah oui ? C'est-à-dire ?

— On lave, on rince, on attend un moment… puis on recommence.

— Je ne comprends pas. Laver, rincer, attendre… Oh ! On recommence ? C'est ce que tu souhaites ?

— Gagné ! répliqua-t-elle avec un sourire.

Il s'allongea sur elle et l'embrassa.

— Si c'est la politique de la maison, alors…

15

Garrison écarta les lattes du store pour jeter un regard dehors. Le parking était désert. Il chercha dans sa poche, en sortit la clé USB et la fit tourner entre ses doigts.

Elle était banale, d'un modèle que l'on pouvait se procurer partout.

— Tu espères qu'à force de frotter cette clé, un bon génie va en sortir et te révéler tous ses secrets, comme la lampe d'Aladin ?

Kenderly se tenait contre la paroi qui séparait le salon de la cuisine. Elle était seulement vêtue de ses sous-vêtements et d'un T-shirt à lui.

Elle ajouta :

— Mais ce serait quand même mieux avec un ordinateur, non ?

Garrison contempla ses beaux cheveux blonds. Chaque fois qu'elle bougeait, ils prenaient une nuance différente. C'était un spectacle fascinant.

Il fallait à tout prix qu'il trouve un sujet sur lequel se concentrer. Sans quoi, il était bon pour l'attirer de nouveau au lit.

— J'ai du mal à me faire à l'idée que nous détenons peut-être une preuve cruciale mais que nous devons prendre notre mal en patience pour que notre innocence soit établie.

Sur ce, il remit la clé USB dans sa poche.

Finalement, l'attirer au lit n'était pas forcément une mauvaise idée puisque, de toute façon, ils étaient censés faire profil bas pendant encore vingt-quatre heures au minimum.

— Le contenu de cette clé est à l'origine de la tragédie de vendredi soir, n'est-ce pas ? lui demanda Kenderly qui vint s'asseoir sur le canapé.

C'était en effet ce qu'il pensait, mais ce n'était qu'une intime conviction.

— Je suppose, oui. J'ai du mal à imaginer qu'Isabella et son amie aient été abattues sans raison valable. Leur meurtre a été planifié. Ce qui signifie que le commanditaire est l'un des deux maris.

Il s'assit à côté d'elle et la prit dans ses bras. Son désir de la réconforter le surprit. Se montrer aussi attentionné n'était pas dans ses habitudes.

— Personne n'oserait s'en prendre aux deux familles les plus puissantes du crime organisé au Texas.

— Vraiment ? fit Kenderly. Mais il n'y avait pas d'autre solution que les assassiner toutes les deux ? Comment expliquer un geste aussi radical ?

— Bon sang, je n'en sais rien et je n'en peux plus. Il nous faut un ordinateur.

Kenderly se redressa.

— Moi aussi, ça commence à me ronger. Si ça continue, je vais devenir folle. Et si on allait à la bibliothèque ?

— Pour quoi faire ?

— Dans les bibliothèques, il y a des ordinateurs à disposition du public. Nous pourrions ouvrir la clé USB. Qui le saurait ? De toute façon, ça ne nous prendra pas longtemps. Une fois que nous aurons vu ce qu'il y a sur la clé, nous repartirons.

Un poids se libéra de la poitrine de Garrison. Kenderly avait raison. C'était quasiment sans risques. Il eut envie de la prendre dans ses bras et de la faire tournoyer.

— C'est vrai, personne ne s'en apercevra.

— Habillons-nous.

— D'accord, mais d'abord…

Il lui prit le visage entre les mains et l'embrassa.

Une fois que Kenderly fut entrée dans la bibliothèque, Garrison laissa passer trois personnes puis entra à son tour. Il avait remis sa perruque mais, cette fois, s'était épargné l'épreuve du maquillage.

Ils avaient convenu de s'installer l'un à côté de l'autre, mais à deux postes différents, pour faire comme s'ils n'étaient pas ensemble. Elle s'assit à un ordinateur mais il dut attendre dix bonnes minutes avant que celui d'à côté se libère. Une fois assis, il jeta un regard à l'écran de Kenderly : elle consultait des articles consacrés au double meurtre et à leur cavale.

— Tu devrais regarder autre chose, lui chuchota-t-il.

Une voix dans un haut-parleur annonça alors :

— La bibliothèque ferme dans dix minutes. Nous vous prions de vous rapprocher des bureaux d'enregistrement des emprunts. Merci.

A cet avertissement, la plupart des gens autour d'eux se dirigèrent vers la sortie. Ainsi, ils étaient tranquilles.

Sans attendre, il inséra la clé dans la tour de l'ordinateur et cliqua pour l'ouvrir. Elle contenait plusieurs dossiers. Un seul portait un nom : *Kenderly*. Il double-cliqua dessus tandis que Kenderly se penchait dans sa direction.

Chère Kenderly,

Merci d'avoir été une amie aussi attentionnée pour Trinity et moi. A mon grand regret, nous ne nous reverrons sans doute jamais, mais nous n'avons d'autre choix que de nous enfuir en secret. Nous ne pouvons plus vivre avec le poids des crimes de nos époux. Nous partons définitivement, et personne ne doit savoir où nous allons.

Je te demande de remettre cette clé USB aux autorités. Elle contient des dossiers qui proviennent de l'ordinateur de mon mari. Tout ce que je sais, c'est que l'ensemble des noms qui y figurent sont ceux de personnalités corrompues qui ont reçu de l'argent de ma famille ou de celle de Trinity. Je pense que ces informations suffiront à envoyer nos maris devant un tribunal, où ils auront à répondre de leurs actes.

Tu devras te montrer très prudente car nos maris risquent de te soupçonner de savoir où nous sommes ou d'être à l'origine de la fuite qui a causé leur perte. Ils voudront envoyer des hommes à ta poursuite. Quand tu remettras la clé à la police, demande à bénéficier d'une protection rapprochée.

Je te prie de me pardonner les ennuis que je pourrais te causer.

Je t'embrasse très fort,

Isabella

Garrison ne put se retenir d'ouvrir un autre fichier. Une liste de noms apparut. Il en reconnut un, puis un second. Il fit défiler la liste. Là, un autre nom connu, puis un autre…

Il referma le fichier, arracha la clé USB, prit Kenderly par la main et la tira à sa suite d'un pas pressé.

Dès qu'ils furent sortis, elle s'essuya les yeux.

— C'est affreux. Isabella espérait démarrer une nouvelle vie. Oh ! mon Dieu !

Elle était bouleversée. Il lui passa un bras autour des épaules.

— Allez, viens, ne restons pas là. Il n'y a aucune raison d'attendre, nous allons partir pour Waco.

Elle semblait ne pas avoir totalement compris sur quoi ils avaient mis la main. C'était davantage qu'une vaste liste de noms. Une bombe à retardement.

— Il y avait quoi dans le dossier que tu as ouvert ?

— Ce qu'il faut pour faire tomber les barons du crime organisé !

Ils ne pouvaient pas rester avec une preuve d'une telle importance en leur possession. La clé USB devait à tout prix être remise entre de bonnes mains, et sans attendre.

— Comment allons-nous nous rendre à Waco ? reprit Kenderly.

— Bonne question. Nous n'avons quasiment plus d'argent.

— Pourquoi ne pas appeler ton ami Jesse ou un autre de tes collègues ? Ou alors revenir à la bibliothèque demain et envoyer les dossiers par mail ?

— Non, je ne peux pas me permettre d'appeler n'importe qui.

— Mais tu m'as déjà demandé d'appeler Jesse une fois, alors pourquoi ne pas recommencer ? Même s'il ne peut pas venir en personne, il sera certainement en mesure d'envoyer quelqu'un.

— C'est plus compliqué que ça. Pour être tout à fait honnête, nous avions sous-estimé le pouvoir des deux barons du crime. Je ne serais même pas étonné que les locaux des Texas Rangers soient sur écoute. C'est pour ça que Oaks a monté une opération dans l'urgence. Il souhaitait que le moins de personnes possible soient dans la confidence. Nous devons aller à Waco. Le major Parker, mon chef, saura quoi faire.

— Tu es certain que son nom ne figure pas sur la liste ?

Garrison sourit. Kenderly n'avait pas tardé à comprendre ce que signifiait ne faire confiance à personne.

— Non, Parker est au-dessus de tout soupçon. On y va ?

— D'accord. Mais ne me sers pas trop fort la main.

Elle leva la tête vers lui et il lui donna un petit baiser. Une idée le traversa.

— Je crois savoir comment nous rendre à Waco. Ma moto est restée dans le garage de ma tante et il n'y a aucune raison qu'elle ait été saisie. Allons prendre le bus.

— La police ne risque pas de surveiller la maison ?

— Je sais comment pénétrer discrètement dans le garage puis partir en trombe. Tu m'attendras dans la galerie du supermarché près de l'arrêt de bus, à quelques pâtés de maisons.

— Garrison…

Cette fois, ce fut elle qui lui serra fort la main.

— Je suis vraiment inquiète. Tu es sûr que c'est la bonne solution ?

— Nous n'avons pas le choix.

Il partit en direction de l'arrêt de bus. Elle le suivit mais, après quelques mètres, s'arrêta net.

— Je sens que tu ne me dis pas tout. Qu'est-ce que tu as vu exactement ? Pourquoi est-ce aussi urgent d'aller à Waco ?

Il sourit de nouveau. Elle avait beau lui avoir demandé plusieurs fois de ne pas lui faire de numéro de charme, il devait réussir à l'amadouer.

— J'en ai vu assez pour savoir qu'une fois que nous aurons remis cette clé à mon supérieur, plus aucun soupçon ne pèsera sur nous, que tu pourras bénéficier d'une véritable protection et que beaucoup de gens qui ne méritent pas d'être en liberté devront enfin répondre de leurs crimes.

Etonnamment, elle éclata de rire.

— Comment peux-tu te considérer comme un bon menteur ? J'ai compris que tu ne voulais pas me dire ce qui t'avait frappé à ce point. Mais je constate que ça ne t'a pas fait perdre ta confiance en toi. Ce qui, l'un dans l'autre, me rassure.

Il n'avait pas osé lui avouer un élément en particulier : sur la liste figurait le nom de l'assistant du procureur du Texas. En d'autres termes, s'ils se rendaient dans un commissariat, ils signeraient leur arrêt de mort.

Au final, deux personnes gardaient sa confiance. Deux Rangers.

Dans le bus, il ne cessa de se retourner. Mais si quelqu'un savait qu'ils étaient là, ils n'auraient certainement pas pu monter.

Ils descendirent un peu plus loin, à proximité du supermarché.

— Je te retrouve ici dans une heure au plus tard, d'accord ? dit-il à Kenderly.

Tout en s'éloignant, il jeta un œil derrière lui : la peur se lisait nettement dans le regard de la jeune femme.

Il hâta le pas et traversa la rue à l'arrière de la maison de sa tante.

Il respirait bouche ouverte tellement il était tendu. Il

n'avait pas eu le temps de tailler les buissons et, d'où il était, il n'avait pas une bonne vision du lieu.

Toutefois, personne n'arpentait le trottoir de long en large, aucune voiture n'était garée avec un inconnu à l'intérieur. Tout semblait calme.

Il approcha lentement, sauta la barrière et prit soin de rester dans l'ombre.

Il sortit ses clés, avança vers la porte, l'entrouvrit et se faufila dans le garage.

Aucune alarme ne se déclencha, personne ne lui sauta dessus. Il resta immobile quelques secondes pour s'habituer à la semi-obscurité.

Un léger filet de lumière se dessinait au ras du sol. Un détecteur de mouvements. Il en avait déjà vu une ou deux fois. La police n'avait pas les moyens d'installer ce genre de gadget. En revanche, le meurtrier de l'autre soir… Ce n'était décidément pas un imbécile. Il ne devait pas être loin. Sans doute avait-il également placé un traceur sur la moto, songea Garrison. A peine aurait-il parcouru quelques mètres qu'il se retrouverait avec ce type aux trousses.

Il réfléchit. S'il avait été seul, cela aurait été différent. Il n'aurait pas hésité à affronter son adversaire pour en finir une fois pour toutes. Mais il n'avait pas le droit d'abandonner Kenderly.

En ce moment même, elle l'attendait. S'il ne revenait pas, que ferait-elle ?

— La poisse !

Il sortit la clé USB de sa poche. Il devait la mettre en lieu sûr. S'il se faisait prendre, cette preuve éminemment précieuse ne tomberait pas entre de mauvaises mains.

Sa tante stockait des packs d'eau au fond du garage. Il arracha le plastique de l'un d'eux, ouvrit une bouteille et la vida à moitié. C'était une bonne cachette, à condition de mettre la clé dans un sachet étanche.

Normalement, il y en avait dans le vieux buffet qui servait à ranger le matériel de jardin. A tâtons, il chercha dans les tiroirs et en sortit un. Il glissa la clé USB dedans, le referma soigneusement et le mit dans la bouteille, qu'il rangea au milieu des autres. Désormais, son but était de rester en vie suffisamment longtemps pour apprendre à quelqu'un de confiance où était la clé s'il n'était pas en mesure de revenir en personne.

Il fallait qu'il aille chercher Kenderly avant qu'elle de panique et contacte la police.

A l'extérieur, un crissement de pneus attira son attention. Il enfourcha sa moto, la fit démarrer et actionna l'ouverture automatique de la porte du garage. Il n'y avait personne dans l'allée. Le mieux était de démarrer au quart de tour, franchir le portail et détaler le plus vite possible. Il n'attendit pas que la porte soit complètement ouverte, baissa la tête et accéléra. Des phares de voiture éclairaient la rue et un coup de feu retentit. Puis un second. Une vive douleur saisit Garrison au bras mais il tint bon, s'engagea sur la route et s'enfuit en zigzaguant pour ne pas constituer une cible facile. Il n'avait pas le temps de saisir l'arme à sa ceinture et riposter, il avait besoin de ses deux mains pour piloter, d'autant que son bras gauche faiblissait. Il fallait à tout prix qu'il sème son poursuivant.

Il roulait aussi vite que possible. Un traceur avait certainement été posé sur sa moto : dès qu'il aurait récupéré Kenderly, il le chercherait et s'en débarrasserait. Ou alors, il abandonnerait la moto.

Il atteignit un croisement et franchit le stop sans marquer d'arrêt. Heureusement, il n'y avait pas beaucoup de circulation.

A l'approche du supermarché, il se retourna : un véhicule

avait lui aussi grillé le stop. Au carrefour suivant, il prit à droite, puis à gauche. Non loin, un portail était grand ouvert. Il pénétra dans la cour de la maison, fit demi-tour, coupa phare et moteur, puis resta tapi dans l'ombre. Il attendit et, une minute plus tard, un véhicule sombre passa à grande vitesse devant la maison. Rapidement, Garrison redémarra et repartit dans la direction opposée. La manœuvre devrait lui offrir un peu d'avance.

Il reprit la direction du supermarché, s'engagea sur le parking, se gara à l'arrière et se mit à la recherche du traceur. Il le trouva rapidement, aimanté sous le garde-boue. Non loin, quelqu'un montait en voiture. S'il voulait définitivement perdre son poursuivant, il devait l'envoyer à la poursuite d'un autre véhicule. Il parcourut en petite foulée la vingtaine de mètres qui le séparaient de la voiture qui s'apprêtait à démarrer, se glissa discrètement derrière et plaça le traceur sur le pare-chocs avant de continuer son chemin comme si de rien n'était. Quelques secondes plus tard, la voiture sortait de sa place de stationnement et quittait le parking.

Garrison consulta sa montre et se dirigea vers l'entrée de la galerie marchande. Il avait la tête qui tournait et aucun moyen de dissimuler la traînée sanglante sur son bras gauche.

Ce n'était sans doute qu'une éraflure, mais la brûlure était intense et il saignait. Il se dissimula dans l'ombre, sortit sa chemise de son pantalon et arracha un bout de tissu en s'y reprenant à plusieurs fois. Au moins, il avait la confirmation que le coton était de bonne qualité. Enfin, quand il eut une bande en main, il la noua du mieux possible en garrot autour de son bras.

Cela fait, il pénétra d'un pas pressé dans la galerie marchande et slaloma parmi les clients qui poussaient leurs caddies. Kenderly semblait introuvable. Bon sang, où était-elle ?

Son angoisse s'amplifiait à chaque seconde.

Enfin, elle apparut, en train d'examiner une étiquette sur un portant devant une boutique de vêtements. Elle leva la tête, le vit à son tour et se redressa. Mais un homme approchait à l'opposé de lui.

Le meurtrier.

— Rejoins-moi ! lança-t-il à Kenderly tandis qu'il sortait le revolver de sa ceinture.

Il ne pouvait faire usage d'une arme en plein milieu de la foule mais, au moins, ce type saurait qu'il était armé.

Kenderly mit quelques secondes à réagir puis accourut. Dès qu'elle fut à la hauteur de Garrison, il se posta devant elle pour la protéger. Le meurtrier avait disparu. Il devait être entré dans une boutique.

— Il nous a retrouvés ?

C'était inutile de répondre à cette question.

— Il faut qu'on sorte par l'arrière.

Il faisait de son mieux pour rester calme, la présence de Kenderly l'y contraignait. Il la tira à sa suite, entra dans le supermarché, se dirigea vers le rayon des surgelés au fond du magasin et désigna une porte de service.

Les clients qu'ils croisaient prenaient tous leurs jambes à leur cou quand ils le voyaient une arme à la main.

Ils franchirent une double porte et se retrouvèrent dans la réserve. Il se plaqua au mur et tint Kenderly contre lui. Le boîtier lumineux de la sortie de secours attira son regard. Il le pointa du doigt.

Kenderly comprit qu'il voulait couvrir sa fuite. Elle protesta :

— Je ne pars pas sans toi !

— Il le faut, ma belle. File et appelle Jesse à l'aide.

— Garrison, tu ne comprends pas…

— Tu dois t'enfuir. Allez, vas-y, je vais le retenir aussi longtemps que…

— Mais je ne sais pas conduire une moto !

— Hé, Texas Ranger, je sais que tu es dans le magasin, retentit une voix dans un haut-parleur.

Un Interphone était accroché sur le mur tout près d'eux, remarqua Garrison.

La voix poursuivit :

— Je sais aussi que tu ne veux pas que quelqu'un soit blessé. Si tu te rends, je laisserai sortir les clients qui sont encore dans le magasin.

— Bon sang !

— Je compte jusqu'à dix.

La voix se mit à compter rapidement, Garrison n'eut que quelques secondes pour prendre une décision.

Il pressa le bouton de l'Interphone.

— Très bien, je me rends !

Puis il se colla à l'oreille de Kenderly et chuchota :

— Cache-toi… Il doit y avoir un bureau au fond de la réserve. Trouve-le, enferme-toi et appelle Jesse.

— Je ne sais pas si j'y arriverai.

— Deux…

— Ne blesse personne, nous sortons.

Il se tourna vers Kenderly :

— La clé USB est dans une bouteille d'eau dans le garage de la maison de ma tante.

— Tu ne peux pas sortir, il va te tuer.

Elle lui prit le bras et vit le garrot de fortune.

— Mon Dieu, tu es blessé ? Il t'a tiré dessus ?

En guise de réponse, il l'embrassa, brièvement mais aussi intensément que possible. Puis il lui mit son arme entre les mains et, avant qu'elle puisse protester, se dirigea vers la double porte et sortit.

— Ne tire pas.

— Et pourquoi pas ? répliqua la voix dans le haut-parleur. Tu m'as déjà vu à l'œuvre.

Garrison se mit à courir vers l'avant du supermarché. Dans le haut-parleur, il y eut des cris.

Puis un coup de feu retentit.

16

Kenderly fixa le revolver dans ses mains. Un coup de feu la fit sursauter et elle laissa échapper l'arme. Elle s'agenouilla pour la ramasser mais n'eut pas la force de se relever tant elle avait peur.

Garrison ? Avait-il été tué ?

— Ne tire pas !

Au son lointain de sa voix, un immense soulagement la gagna et elle poussa un long soupir. L'espace d'une seconde, elle l'avait imaginé gisant au sol, ensanglanté.

— Ranger Travis, épargnez-moi vos commentaires, vous savez ce que je veux, reprit la voix dans le haut-parleur.

Ce type devait se tenir trop près du micro car sa voix grésillait.

— Pourquoi tu ne te montres pas, espèce de…

La tension dans la voix de Garrison était évidente. Pendant quelques secondes, il n'y eut plus de cris et aucun autre coup de feu n'éclata. Kenderly réussit à ramasser le revolver et le serra contre elle. Elle ne pouvait pas rester là, mais où se cacher ?

— Mademoiselle Tyler, lança la voix dans le haut-parleur, montrez-vous. Vous ne vous échapperez pas. Sortez, à moins que vous ne souhaitiez que j'abatte quelqu'un au hasard.

Que devait-elle faire ? Si elle obéissait, personne ne

retrouverait la clé USB. Mais avait-elle le choix ? Oserait-elle ignorer les menaces de ce tueur ? Non, car elle serait incapable de vivre avec la mort d'un innocent sur la conscience.

Au fond de la réserve, il y avait un bureau, comme l'avait supposé Garrison. Elle s'y précipita, ferma la porte derrière elle et s'empara du combiné du téléphone. Elle fit le numéro qu'elle avait appris par cœur mais tomba sur le répondeur.

— Jesse, c'est la voisine de Travis. Si vous passez à Austin, vous devriez récupérer les packs d'eau dans le garage de sa maison.

— Où êtes-vous, ma belle ? Dernier avertissement, continua la voix dans le haut-parleur.

Elle ne pouvait abandonner Garrison. Il était sorti de la réserve pour éviter un massacre. Mais si elle se rendait, ils risquaient d'y rester tous deux. Elle composa le 911.

— Allô, ici le standard de la police, quelle est votre urgence ?

— Je suis au supermarché de la 45e Rue. Un homme armé menace de tuer tout le monde.

— Compris. Pouvez-vous rester en ligne ?

Quelqu'un actionna la poignée de la porte du bureau.

— Par pitié, laissez-moi entrer, je ne veux pas mourir !

La porte était vitrée. Ce n'était pas le tueur mais seulement un client terrorisé.

— Attendez un instant, fit Kenderly au téléphone. Je dois laisser entrer quelqu'un dans le bureau où je me suis réfugiée.

Avec des mains tremblantes, elle posa le combiné sur la table et alla ouvrir la porte. Sans attendre, l'homme se faufila à l'intérieur et verrouilla derrière lui. Quand il vit qu'elle avait une arme, il se figea et leva les mains en l'air.

— Oh non ! N'ayez crainte, s'exclama-t-elle. Je ne vous veux aucun mal.

Elle posa son arme sur la table et s'apprêta à reprendre le combiné du téléphone.

— Quel dommage ! répliqua l'homme qui s'empara du revolver et le pointa sur elle avec une dextérité propre à quelqu'un de rompu au maniement des armes à feu.

Le meurtrier avait un complice. Elle ne l'aurait pas imaginé. Cependant, elle avait donné l'alerte, la police était normalement déjà en route. Et la standardiste des urgences était toujours en ligne.

— Alors il n'y a pas un mais deux hommes armés dans le magasin, dit-elle, suffisamment fort pour que la standardiste entende.

Puis elle s'adressa à l'homme :

— Je vous en supplie, ne vous en prenez pas à des innocents.

— Ça dépend de vous. Suivez-moi sans histoires et tout se passera bien. Allez, on y va.

Avec le revolver, l'homme désigna la porte et, de sa main libre, sortit un portable de sa poche. Il s'activa dessus quelques secondes.

— C'est bon, je l'ai. Entendu, dit-il dans l'appareil avant de le ranger.

Il lui posa la main dans le dos et la poussa vers la porte. Elle tentait de résister pour gagner du temps, mais le type qui la menaçait ne l'entendait pas de cette oreille.

— Où est Garrison ? demanda-t-elle. Qu'allez-vous faire de nous ?

Quand elle se retrouva dehors, elle scruta les lieux, espérant des gyrophares ou une sirène. Elle avait donné l'alerte, ils allaient arriver d'une minute à l'autre.

La voiture noire qui les avait poursuivis deux jours plus tôt était garée le long du bâtiment. Elle marcha sur du verre brisé qui crépita sous ses pieds.

En fait, l'arrière du supermarché était délabré. La plupart des lampadaires ne fonctionnaient plus et les caméras de surveillance étaient en piteux état. Viendrait-on vraiment à son aide ?

Elle était toute seule.

Elle avait peur. Elle ne voulait pas mourir. Encore moins depuis qu'elle avait retrouvé goût à la vie. Elle était désespérée.

L'homme la poussa encore une fois dans le dos.

— Je vous ai dit que tout se passerait bien si vous ne faisiez pas d'histoires, compris ?

Elle acquiesça et avança en direction de la voiture. Apparemment, ils la voulaient vivante. Du moins pour le moment.

— Où est Garrison ? s'enquit-elle de nouveau.

Le type n'eut pas besoin de répondre.

Garrison apparut à l'angle du bâtiment, mains derrière la tête, sous la menace d'un homme armé qui portait un masque de ski. Kenderly l'identifia immédiatement : le meurtrier d'Isabella et Trinity.

Elle se retrouva à côté de Garrison.

— Ça va ? chuchota-t-il.

Elle acquiesça d'un faible signe de tête, incapable de prononcer le moindre mot. Jamais elle n'avait éprouvé un tel effroi, elle se sentait privée de ses capacités. C'était encore pire que l'autre soir.

Garrison fut menotté et plaqué contre le coffre de la voiture.

Pendant ce temps-là, le deuxième homme commença à la palper, sans aucune gêne ni délicatesse. Il glissait les mains dans ses poches, sous son soutien-gorge. A ce spectacle, Garrison tenta de lui porter secours, mais l'autre type le retint et l'immobilisa.

— Qu'est-ce que vous cherchez, bon sang ? lança Garrison aux deux hommes.

Aucun ne répondit et la fouille continua.

Dans l'obscurité, le regard de Garrison brillait de haine, remarqua Kenderly. Le garrot de fortune autour de son bras s'était dénoué et il saignait de nouveau.

— Ne lui faites pas de mal, il est déjà blessé, implora-t-elle l'homme qui le maintenait contre le coffre.

— La ferme ! répliqua celui qui la fouillait.

Il lui palpa une jambe de jean, puis l'autre. C'était humiliant mais cela aurait pu être pire. Des larmes lui échappèrent et lui brouillèrent la vision. Enfin, l'homme fut convaincu qu'elle n'avait rien sur elle et l'indiqua d'un signe de tête à son complice.

— Ça va aller, Kenderly, voulut la rassurer Garrison.

Mais au même instant, il reçut un violent coup de crosse à la tempe.

Kenderly ne comprenait pas. Pourquoi les deux hommes n'étaient-ils pas plus pressés ? Savaient-ils que la police tarderait à arriver ?

La fouille terminée, elle fut poussée dans la voiture et menottée pendant que l'autre homme commençait à fouiller Garrison. Mais c'était une fouille beaucoup plus violente que celle qu'elle avait subie. Chaque fois que Garrison tentait de résister, il prenait un coup. Il finit par tomber à genoux puis fut à son tour projeté sur la banquette arrière et atterrit sur les genoux de Kenderly, complètement groggy.

L'homme qui les traquait depuis vendredi soir ôta alors son masque de ski et le tendit à son complice. Celui-ci le posa devant les yeux de Kenderly.

Tous deux ne parlaient pas. Ils montèrent en voiture et le véhicule démarra. Après quelques minutes, la voiture s'arrêta et le complice du meurtrier descendit.

— Je la trouverai, déclara-t-il en claquant la portière.

Kenderly ne voyait pas grand-chose avec le masque de ski. Et celui-ci était imprégné d'une odeur d'after-shave bon marché qui lui donnait la nausée. Elle avait peur et elle s'inquiétait de la gravité des blessures de Garrison. Il était toujours inconscient.

A travers le masque, elle le distinguait à peine. Depuis qu'il avait été jeté sur ses genoux, il n'avait pas bougé et il n'était probablement pas capable de simuler l'inconscience avec une telle perfection. Les deux types n'avaient pas pris la précaution de lui poser un bandeau sur les yeux, car ils devaient savoir qu'il ne serait pas en état de voir quoi que ce soit.

Des larmes d'impuissance commencèrent à lui piquer les yeux et elle fit de son mieux pour les retenir.

Que pouvait-elle faire ? Elle avait les mains liées, elle ne voyait quasiment rien. Et, même si elle parvenait à s'échapper, elle laisserait Garrison derrière elle.

Garde ton sang-froid, réfléchis.

Que souhaiterait-il ? Qu'elle s'échappe, même si cela signifiait l'abandonner. Il s'était dévoué à sa protection et, même si elle détestait cette idée, il était prêt à se sacrifier pour elle. Si elle avait une opportunité, elle devrait la saisir. Mais comment s'y prendre ?

Il était inutile qu'elle tente de raisonner le meurtrier d'Isabella et Trinity. Pour lui, une vie de plus ou de moins, cela n'avait pas d'importance. Il n'avait pas de cœur et elle ne pouvait pas non plus espérer le corrompre, car elle n'avait rien à lui offrir.

Un silence pesant régnait dans la voiture. Tout était calme et, si elle tentait de parler à Garrison pour lui faire reprendre connaissance, leur ravisseur l'entendrait.

Que faire ? Elle n'était qu'une pauvre esthéticienne, elle n'avait jamais appris à réagir dans une telle situation.

Tant de pensées la traversaient qu'elle n'arrivait plus à faire le tri parmi elles. Elle n'avait plus d'idées, elle était totalement impuissante.

Pourquoi ces deux types ne se contentaient-ils pas de les éliminer ?

Mais Garrison était-il bien vivant, au moins ?

Elle se pencha sur lui. Sa poitrine se souleva légèrement. Oui, il était en vie.

Alors que voulaient ces hommes ?

La clé USB. Voilà pourquoi ils les avaient fouillés. Ils voulaient la clé.

17

A la fois tendu et déterminé, Jesse réécouta pour la troisième fois le message :

« Jesse, c'est la voisine de Travis. Si vous passez à Austin, vous devriez récupérer les packs d'eau dans le garage de sa maison. »

Cela ne faisait aucun doute : il y avait urgence.

Il se rendit d'un pas vif dans le bureau de son chef, le major Parker, et lui fit écouter le message.

— Il s'est passé quelque chose, commenta-t-il ensuite. Je pense que Garrison a trouvé la preuve qu'il cherchait.

— Il nous faut des faits précis, Ryder, pas des présomptions, répliqua sèchement le major.

Il se tenait droit, le menton en appui sur une main tandis qu'il tapotait nerveusement son bureau de l'autre.

— J'en suis bien conscient, monsieur, mais si Garrison et la femme qui l'accompagne n'étaient pas en danger, ils ne m'auraient pas laissé un message de ce genre. Je leur avais dit d'attendre trois jours avant de me recontacter, et là, ça n'en fait que deux.

Il hésita un instant avant de continuer, mais, finalement, se lança :

— Si nous attendons d'être certains qu'ils ont bel et bien des ennuis pour agir, nous risquons d'intervenir trop tard.

Le major fit la moue.

— Tu penses que cet appel au 911 depuis un supermarché a un rapport avec Travis et sa copine ? Est-ce que tu as obtenu une copie de l'enregistrement ? Tu pourrais peut-être reconnaître la voix de la fille si c'est bien elle qui a appelé. Fais le nécessaire pour qu'on nous l'envoie.

— Plusieurs témoins ont affirmé que l'homme armé qui portait un masque de ski a demandé à un Ranger de se rendre. Ce que le Ranger a fait quand l'homme armé a menacé de tuer un client au hasard. D'autres témoins ont déclaré avoir vu une femme entrer dans la réserve en sa compagnie et ne pas l'avoir revue après. Nous attendons les images de vidéosurveillance, mais la police locale rechigne à nous les transmettre. Quand j'ai parlé au sergent arrivé le premier sur place, c'est tout juste s'il ne m'a pas accusé de vouloir obtenir les images pour les faire disparaître et couvrir Travis.

— Tu penses que ça changerait les choses si tu étais à Austin ? Qu'espères-tu trouver exactement ?

Mon meilleur ami. Vivant.

— Je crois que Garrison a mis la main sur un élément déterminant et qu'il s'est arrangé pour que Kenderly Tyler m'appelle pendant qu'il cherchait à gagner du temps avec le type qui menaçait les clients du supermarché. Mais le message qu'elle m'a laissé est énigmatique et nous aurons de la chance si nous récupérons cette preuve avant les hommes de Tenoreno.

— Pourquoi elle ne t'a pas clairement expliqué la situation ? voulut savoir le major, qui le fixa droit dans les yeux.

— Il est possible qu'ils soupçonnent les barons du crime d'avoir réussi à nous mettre sur écoute. Après tout, on est tous étonnés de la rapidité avec laquelle la police et les médias ont affirmé que Garrison était un meurtrier. Et nous savons déjà que Tenoreno a des gens haut placés à sa botte. Mais il nous manque des preuves matérielles.

— Selon toi, les médias n'ont pas sauté spontanément sur cette histoire à cause de son côté sensationnel ? Un Ranger qui se transforme en meurtrier, c'est un bon sujet, non ?

— Je suis d'accord. Mais tout s'est emballé à une vitesse surprenante, souligna Jesse.

Il faisait de son mieux pour rester calme et patient. Son but était bien sûr d'obtenir la permission du major de se rendre à Austin. Mais, quelle que soit sa décision, il avait pris la sienne. Il était hors de question qu'il laisse son meilleur ami affronter le danger tout seul.

Cela faisait déjà deux jours qu'il tournait en rond. Il en avait assez.

— Nous perdons du temps, monsieur.

— Compris. Demande à Johnson de t'accompagner. Roulez avec le gyrophare et la sirène tout le long du trajet et prévenez-moi quand vous serez arrivés.

Sur ce, le major se leva.

— Je veux être au courant de vos moindres faits et gestes.

— Merci, monsieur.

— Attends un peu avant de me remercier. Il faut encore que j'obtienne le feu vert de la direction. Mais je les appellerai après votre départ. Comme ça, ils n'auront pas trop le choix.

— Compris.

Jesse ne faisait pas partie des Rangers depuis longtemps, mais il avait déjà remarqué cette façon de faire chez le major : il prévenait ses supérieurs de ses initiatives seulement après les avoir engagées. Ceux-ci lui en faisaient d'ailleurs le reproche mais Parker semblait s'en moquer.

Souriant à cette idée, Jesse sortit du bureau du major pour rejoindre celui qu'il partageait avec Bryce Johnson.

— Prends ton arme, vieux ! lança-t-il à son collègue. Nous allons à Austin.

— Je croyais qu'on nous avait demandé de rester en retrait et que, si nous nous mêlions de l'enquête de la police d'Austin, ça irait mal pour nous.

Effectivement, Johnson avait tout juste.

Leur intervention n'arrangerait pas les relations entre les Rangers et la police d'Austin, mais Jesse s'en fichait. Son ami Garrison avait manifestement de graves ennuis et il devait voler à son secours.

— Eh bien, les ordres ont changé. Je te donnerai les détails une fois en route.

Tous deux récupérèrent leurs armes, des munitions supplémentaires et quittèrent les locaux.

— Tu sais ce que nous risquons de découvrir là-bas ? s'enquit Johnson tandis qu'ils quittaient le parking.

— Non, pas du tout, nous verrons à notre arrivée. Même s'il nous faut défoncer la porte de Tenoreno.

18

Garrison n'avait pas souvenir d'avoir déjà eu aussi mal au crâne. Même un lendemain de soirée trop arrosée ne soutenait pas la comparaison. D'instinct, il voulut se passer la main sur le front, mais il était menotté.

Il entrouvrit un œil. Il faisait sombre. Ce n'était pas plus mal car il n'aurait pas supporté la lumière. Il était assis. Cela lui épargnait l'effort de se redresser, mais ce n'était pas bon signe.

— Oh ! bon sang ! Ma tête va exploser.

— Garrison ? Tu es enfin réveillé ?

Enfin ?

Il reconnut la voix qui s'était adressée à lui. Des souvenirs très agréables lui passèrent à l'esprit. Mais, petit à petit, d'autres images plus pénibles lui revinrent également. Notamment un type vêtu d'une chemise à carreaux qui le molestait. Etait-ce un rêve ? Non, ses mains étaient bel et bien menottées et il n'avait pas uniquement mal à la tête. Son corps entier le faisait souffrir.

— Kenderly ? parvint-il à articuler.

Il avait la bouche sèche, la voix rauque.

— Oh ! Dieu merci. Je n'en pouvais plus d'être là sans personne à qui parler.

Il se rappela le supermarché.

— Où sommes-nous ?

— Je n'en suis pas sûre mais je crois que nous sommes revenus chez Isabella. En tout cas, nous devons être quelque part sur le domaine. Je ne voyais pas très bien car ils m'avaient posé un masque de ski sur les yeux. Mais, au temps que nous avons passé sur la route et aux quelques détails que j'ai pu distinguer, je ne pense pas me tromper.

Des bruits métalliques résonnaient au loin mais Garrison n'était pas encore suffisamment réveillé pour se concentrer sur quoi que ce soit.

— Comment se fait-il que nous ne soyons pas morts ?

— Je vais bien, merci beaucoup de t'en inquiéter. A part me parler rudement et m'attacher les mains, on ne m'a pas fait de mal.

— Désolé, je suis encore dans le brouillard. Tu vas réellement bien ou tu essaies de te montrer forte ?

— Non, je vais bien, je t'assure. Je m'inquiète davantage pour toi. Je n'étais même pas sûre qu'ils ne t'aient pas battu à mort.

— Qu'est-ce que je peux avoir mal à la tête ! Avec quoi ils m'ont frappé ? Un marteau ?

— Ils t'ont donné des coups de pied et des coups de poing. Mais je crois qu'ils t'ont également fait prendre un somnifère car tu es resté endormi des heures et des heures. J'ai cru devenir folle.

Il ignorait à quoi ils étaient attachés mais, alors qu'elle changeait de position, il y eut à nouveau un bruit de métal, tout proche cette fois. Et Garrison fut légèrement tiré par les poignets. Peut-être étaient-ils enchaînés ensemble à un anneau fixé au sol.

— Tout va bien se passer, Kenderly, dit-il, mais mécaniquement, sans conviction.

En vérité, ils risquaient fort de mourir sous peu.

— Ecoute, je ne sais pas ce que ces types vont exiger de nous mais, s'il y a la moindre chance qu'ils te laissent la vie sauve, même si tu dois leur révéler tout ce que tu sais, n'hésite pas.

Il était inutile de lui raconter qu'on allait venir les sauver. Personne ne savait où ils étaient. Ils étaient à la merci de leurs ravisseurs.

Petit à petit, son esprit redevenait clair. S'ils étaient encore en vie, c'était certainement parce que les deux hommes connaissaient l'existence de la clé USB et voulaient à tout prix la récupérer. Si, en échange de cette clé, il obtenait la libération de Kenderly, il leur révélerait où elle était.

Elle hoqueta.

— Je suis désolée, articula-t-elle entre deux sanglots. Je pleure parce que je suis heureuse que tu sois réveillé. J'avais perdu tout espoir mais, maintenant, je me dis que nous avons une chance de nous en sortir.

Elle avait trop foi en lui, mais il n'allait pas le lui faire remarquer. D'autant qu'il était impressionné par sa force de caractère et son inventivité. Elle ne manquait pas de ressources.

— Garrison ?

— Oui ?

— A tout hasard, tu n'as pas de dons de contorsionniste ? Tu ne pourrais pas ramener tes mains devant toi pour chercher un objet quelconque qui nous permettrait d'ouvrir les menottes ?

— Tu es sûre que c'est moi qui ai été drogué ?

Il aurait bien aimé avoir un don, comme elle disait, mais il n'était ni contorsionniste ni magicien.

— Oh ! Ça ne coûtait rien de poser la question. Ça fait des heures que je broie du noir, que je cherche en vain une solution pour nous sortir de là. Au fait, comment va ton bras ?

— Il me fait mal, mais pas autant que ma tête.

A son tour, il changea de position pour essayer de bouger son bras.

— Hé, là, c'est moi qui ai eu mal ! protesta-t-elle.

— Ça confirme ce que je pensais. Nos menottes sont reliées par une chaîne. On ne peut pas bouger. Si je m'agite trop, je vais te faire mal, et inversement.

De toute façon, il n'était pas en pleine possession de ses moyens et n'aurait pas pu user de sa force.

— Est-ce que ces types t'ont interrogée ? Que voulaient-ils ? Est-ce qu'ils sont au courant de ce qu'il y a sur la clé USB ?

— Le meurtrier d'Isabella, qui est d'ailleurs encore plus effrayant sans son masque, a commencé à me poser quelques questions. Mais il a reçu un coup de fil qui l'a interrompu. Ensuite, il est revenu, il a vérifié que tu dormais toujours et il est parti.

Elle s'exprimait d'une voix tendue mais claire. Décidément, elle avait un aplomb remarquable.

— Alors rien ne laisse croire qu'ils sont au courant pour la clé ?

— Si. Ils veulent remettre la main dessus. En revanche, je ne crois pas qu'ils sachent ce qu'elle contient.

— Je suis vraiment désolé, Kenderly, tu sais. A aucun moment je n'ai pensé que le tueur d'Isabella et Trinity pourrait avoir un complice.

— Moi non plus. Le complice en question est repassé chez ta tante pour chercher la clé USB. Mais il ne l'a pas trouvée. Je les ai entendus en parler quand ils t'ont sorti de la voiture. Et, apparemment, tu es plus lourd qu'il n'y paraît.

— C'est à cause de mes bottes. Mais pourquoi tu chuchotes ?

— On ne sait jamais, il pourrait y avoir un micro dans la pièce.

— Eh bien, tu as très vite appris à devenir méfiante !

Il doutait que la pièce soit équipée d'un micro ou d'une caméra. Il n'y avait pas de point rouge qui clignotait dans un coin, il n'y avait ni tableau ni miroir derrière lesquels dissimuler un dispositif.

— C'est surtout que la technologie ne cesse de faire des progrès. Pourquoi…

Il y eut alors un bruit de pas derrière eux.

— Tu vois, ils savent que tu es réveillé.

Garrison ne voyait pas l'homme qui était entré dans la pièce mais, avant même de chercher à le situer, il déclara :

— Qui que vous soyez, je tiens à vous dire que vous n'avez aucune raison de retenir plus longtemps Mlle Tyler. Elle ne sait rien et ça fait trois jours qu'elle essaie de m'échapper.

En guise de réponse, il y eut deux brefs claquements de mains.

— Bien essayé, lieutenant Travis, mais c'est un tissu de mensonges.

Paul Tenoreno vint se poster face à lui.

— Un beau costume, des bottes en plume d'autruche, les ongles manucurés. Qu'est-ce qu'un homme aussi distingué que vous vient faire ici ? Une petite visite au donjon ? Vous avez envie de vous salir les mains ? Au point de risquer de perdre votre liberté ?

— Ne dites pas n'importe quoi. Par ailleurs, je vous préviens, je sais tout de vous, monsieur Travis. Vous avez une sœur jumelle, vous êtes très attaché à votre mère et à votre tante, votre père a hélas été tué lorsque vous étiez adolescent. Alors inutile de jouer les menteurs avec moi. Ça ne marchera pas.

— Moi, jouer les menteurs ? Non, vous n'y êtes pas. Je

suis un Texas Ranger. Nous sommes les premiers à avoir maintenu l'ordre au Texas et nous travaillons à l'ancienne. Les mensonges, très peu pour nous.

Il reçut une violente gifle qui le prit complètement de court. Sonné, il secoua la tête pour recouvrer ses esprits.

— Alors là, je ne l'ai pas vu venir.

— Ah, oui ? Et comment croyez-vous que je suis arrivé là où je suis aujourd'hui ? répliqua Tenoreno avec un sourire.

Quelqu'un tira sur la chaîne qui emprisonnait Kenderly et Garrison. Il tourna la tête : c'était le meurtrier de Trinity et Isabella. L'homme braqua une arme sur la tempe de Kenderly.

Garrison essaya de ne pas paniquer. Il n'avait pas le droit de faillir.

Mais il ne parvenait pas à dissimuler sa colère et sa peur, d'autant que l'homme qui braquait son revolver était un tueur de sang-froid. Kenderly avait toujours les mains menottées dans le dos et son regard exprimait une terreur immense. C'était une vision insupportable.

Tenoreno reprit la parole :

— Vous comprenez mon dilemme : pour obtenir ce que je veux, je n'ai pas besoin de vous deux. Et nous avons pu constater que Mlle Tyler tient à vous. C'est pourquoi, quand elle m'a juré qu'elle ne détenait pas les informations dont j'ai besoin, je l'ai crue. Alors que dois-je faire ?

— Je ne sais pas ce que vous cherchez, mais nous ne l'avons pas. Vous n'avez aucune raison de vous en prendre à elle, tonna Garrison.

Tenoreno fit un signe de tête. L'homme qui menaçait Kenderly la prit alors par les cheveux et ôta la sécurité de son arme. Kenderly hurla, des larmes se mirent à couler sur ses joues.

— Je vous ai dit que nous n'avions rien ! insista Garrison.

Le temps pressait, il fallait qu'il trouve une solution !

— Je sais déjà que vous n'avez rien sur vous. Où l'avez-vous cachée ?

Comme il ne répondit pas, Tenoreno hocha de nouveau la tête. Aussitôt, le tueur pressa la détente. Il y eut un horrible cliquetis. La chambre était vide.

— D'accord, arrêtez, je vais tout vous dire ! lâcha Garrison. Nous l'avons cachée, c'est vrai. Mais si vous voulez la récupérer, on y va ensemble. C'est à prendre ou à laisser.

De toute façon, une fois que Tenoreno aurait la clé USB, il n'aurait plus besoin d'eux et les éliminerait.

— Dites-moi ce que vous savez, prouvez-moi que j'ai intérêt à ne pas en finir dès maintenant avec vous.

Garrison ne répondit pas. C'était contraire à tous ses principes. Il était du côté de la loi, collaborer avec un malfaiteur le révulsait. Mais il avait besoin de rester en vie, par tous les moyens. Même si elle était maigre, la possibilité d'exploiter un moment d'inattention pouvait survenir.

Tenoreno poussa un soupir d'impatience tandis que son complice tirait brutalement la tête de Kenderly en arrière. Elle cria de douleur.

— Vous voulez que Thomas continue à jouer à la roulette russe ? Vous souhaitez voir la cervelle de votre copine recouvrir les murs ?

— Garrison…

Kenderly ne put rien dire d'autre. Il croisa son regard. Elle l'implorait de toute son âme de lui sauver la vie. Elle avait les traits déformés par la terreur, le visage mouillé de larmes.

Quant au dénommé Thomas, il paraissait s'amuser follement. Il faisait mine de presser la détente, la relâchait au dernier moment.

Garrison essaya de bouger mais la chaîne ne lui laissait aucune liberté de mouvement.

— J'ai vu ce qu'il y avait sur la clé USB. Des dossiers, des listes de noms, des ordres de paiements.

— Vous pourriez tout aussi bien supposer que c'est ce genre d'éléments compromettants que je souhaite récupérer. J'ai besoin d'une preuve plus tangible, rétorqua Tenoreno qui croisa les bras.

— Sur une liste, j'ai vu le nom de l'assistant du procureur du Texas, répliqua Garrison sans réfléchir.

— Voilà, ce n'était pas si difficile.

Tenoreno claqua des doigts et son homme de main rangea son arme.

— Laissez-la tranquille, maintenant ! exigea Garrison.

Tenoreno et son sbire ne l'écoutèrent pas.

— Emmène-la dans la camionnette, ordonna Tenoreno en sortant une arme de la poche de son manteau. Et demande à Leonard de venir s'occuper de M. Travis.

— Où l'emmenez-vous ?

— Ne vous inquiétez pas, vous allez bientôt la rejoindre. Mais si vous faites un seul geste déplacé quand nous irons chercher la clé USB, elle est morte.

— De toute façon, vous nous tuerez, n'est-ce pas ?

— Vous savez, je ne suis pas aussi mauvais que vous le pensez. J'ai une proposition à vous faire. Si vous l'acceptez, votre amie a une chance de s'en sortir.

— Vous imaginez que je vais vous croire ?

— Je vous demande seulement de coopérer. Suivez les directives et tout le monde y trouvera son compte.

Tenoreno s'appuya au mur et le contempla avec un petit sourire aux lèvres, son arme en main.

Que n'aurait-il pas donné pour briser ses chaînes, le mettre K-O et faire disparaître ce sourire condescendant !

— Exprimez-vous clairement au lieu d'aligner les énigmes. Que dois-je faire pour que vous l'épargniez ?

— Plaidez coupable, monsieur Travis.

Tenoreno sortit de sa poche une clé USB identique à celle cachée chez sa tante.

— J'ai déjà tout préparé, je n'ai plus qu'à envoyer de nouveaux éléments aux journaux, aux chaînes et sites d'infos. Vous avouez avoir assassiné Trinity et Isabella et tout est réglé. Vous allez en prison, vous purgez votre peine. Si vous vous conduisez bien, vous sortirez plus tôt que prévu et votre amie aura le droit de prendre un nouveau départ dans un autre Etat.

— Ça ne marchera pas.

— Bien sûr que si. Si par malheur elle ouvre la bouche, vous mourrez en prison. Si jamais vous n'êtes pas condamné, c'est elle qui y passera. J'ai remarqué comment elle vous regardait. Elle fera ce que vous lui demanderez. Evidemment, le temps que tout soit réglé, elle restera mon… invitée. Elle sera la coiffeuse de mon personnel, ça l'occupera.

— Ça ne marchera pas. Personne ne croira que je travaillais pour vous et que j'ai soudain voulu faire cavalier seul.

— Les gens sont prêts à croire n'importe quoi pour peu qu'on leur vende bien l'histoire. J'ai déjà écrit le scénario. Un Texas Ranger qui devient un malfrat, ils vont adorer. En plus, vous allez entraîner la famille Rosco dans votre chute. Ce sera magnifique.

Tenoreno était tellement exalté qu'il agitait son arme dans tous les sens.

Etait-il sérieux ?

Il paraissait suffisamment fou pour se convaincre que son plan fonctionnerait. Mais Garrison n'était pas dupe. S'il acceptait, la famille Rosco se chargerait de lui régler son compte dès qu'il serait en prison.

— Alors, quelle est votre réponse ?

Tenoreno ne devait pas lui avoir tout dit. Pourquoi tenait-il tant à salir l'image des Texas Rangers ?

Il n'y avait qu'un moyen de le découvrir.

— Marché conclu.

19

Les deux heures de trajet entre Waco et Austin n'avaient pas été de trop pour négocier avec les autorités locales et obtenir la permission d'inspecter la maison. A leur arrivée, plusieurs voitures de police étaient garées devant et Jesse dut encore une fois argumenter pour pouvoir pénétrer à l'intérieur.

Johnson était dans la voiture et s'activait sur son ordinateur. Jesse, lui, faisait les cent pas en attendant qu'il termine ses recherches. Trois flics d'Austin le fixaient d'un air hostile. Les relations avaient toujours été tendues entre les différents services de maintien de la loi. Cette fois, néanmoins, c'était différent. On les traitait, Johnson et lui, comme des suspects. A l'instant, les flics qui l'observaient semblaient tendus et prêts à en découdre.

Qu'ils tentent leur chance. Il saurait les recevoir.

— Tu arrives à tes fins, Johnson ?

— Non, je ne parviens pas à joindre le major. En revanche, j'ai appris que le capitaine Oaks était sorti du coma. Il est toujours dans l'unité de soins intensifs, avec deux flics à sa porte. Mon contact m'a avoué qu'il n'aurait pas su dire s'ils étaient là pour le protéger ou le mettre en état d'arrestation dès que possible.

— Je ne sais pas ce qui se passe mais ça ne sent pas bon, commenta Jesse qui désigna discrètement du regard les flics qui les surveillaient. J'ai un mauvais pressentiment.

— A ton tour d'essayer de convaincre le major.

Jesse adressa un regard interrogateur à son collègue. Johnson venait de lui dire qu'il n'arrivait pas à le joindre. Celui-ci haussa les sourcils et lui fit signe de monter. Cette fois, il comprit le message. La tension était trop grande et son collègue souhaitait mettre les voiles sans attendre.

Dès qu'il fut monté, Johnson attacha sa ceinture.

— Allez, mieux vaut qu'on file au plus vite.

A ce moment précis, un flic sortit de la maison et courut dans leur direction.

— Vite ! fit Johnson.

Jesse ne discuta pas. Il enclencha la marche arrière et enfonça la pédale d'accélérateur. Avec un brusque coup de volant, il fit demi-tour, passa la première et accéléra de nouveau dans un crissement de pneus.

— Tu peux m'expliquer ce que ça signifie ? Comment savais-tu qu'on devait dégager ?

— Ne t'arrête pas. On va dénicher un endroit où nous planquer un moment.

Johnson exhiba son portable sur lequel passait une vidéo.

— Qu'est-ce que c'est ? Un flash infos ?

— Ouais. Ne ralentis surtout pas.

Jesse garda les yeux sur la route, mais l'oreille tendue vers le commentaire de la vidéo :

« Même si ce n'est pas la première fois qu'un Texas Ranger est mis en cause dans une affaire illégale, il faut remonter très loin pour retrouver la trace d'un procès dont l'accusé était un membre de cette corporation.

Selon une source anonyme, des preuves formelles relient

le lieutenant Garrison Travis à la famille Rosco, qui est depuis longtemps soupçonnée d'entretenir des relations étroites avec les cartels de la drogue mexicains.

« D'après les autorités, les collègues du lieutenant Travis du bureau de Waco seront assignés à résidence jusqu'à nouvel ordre. »

— Qu'est-ce que c'est que cette histoire ?

— D'après un autre site d'infos, on a découvert que Travis possédait un second compte en banque sur lequel les Rosco effectuaient des versements réguliers.

— Tu ne crois pas à ça, quand même ?

— Non. Travis et toi, vous ne faites pas partie du service depuis longtemps, mais l'un comme l'autre, vous avez le sens de la justice dans le sang.

— Merci de ta confiance. Il faut qu'on arrive à joindre le major Parker dès que possible.

Johnson acquiesça.

— A ton avis, qu'est-ce qu'on doit faire ?

— Retourner chez la tante de Garrison et réussir à pénétrer dans la maison, répondit Jesse. Dans son message, Kenderly Tyler a dit que je devais récupérer les packs d'eau dans le garage. Ce n'est pas un hasard. La preuve doit se trouver dans une des bouteilles.

— D'accord, mais qu'est-ce que ça pourrait être ?

— Aucune idée. En revanche, je suis persuadé que Garrison a mal vécu de se voir accusé de meurtre. Qu'on le présente maintenant comme un agent corrompu, c'est le coup de grâce. Mais y a-t-il encore quelqu'un qui soit de son côté ?

— Nous ! répliqua Johnson sans hésitation.

— Si Garrison et Kenderly Tyler sont encore en vie,

nous devons les retrouver. Mais si on se fait prendre, on va atterrir direct en cellule et ce sera fichu.

— Je pense que le but de la manœuvre est précisément de nous neutraliser. Comme par hasard, ces nouvelles informations proviennent d'une source anonyme, mais tous les médias ont été prévenus. Ce n'est pas une coïncidence.

— Selon toi, Tenoreno est derrière tout ça ? Où veut-il en venir ?

— Il semblerait qu'il cherche à nuire aux Rosco en les faisant accuser d'avoir planifié le meurtre de sa femme. C'est l'explication la plus logique.

— Mais pourquoi impliquer Garrison ?

— Pour jeter l'opprobre sur les Texas Rangers et, comme je te le disais, nous neutraliser. Le capitaine Oaks devait en savoir long. Si nous ne mettons pas la main sur cette preuve dans les plus brefs délais, ça va devenir compliqué. Mais par où commencer ?

— Nous devons nous introduire dans le garage de la maison, répondit Jesse. Garrison y était sans doute revenu pour récupérer sa moto. Il n'avait plus d'argent, il lui fallait un moyen de transport pour revenir à Waco. Et, s'il voulait revenir d'urgence, c'est qu'il détenait une preuve. Mais rien ne s'est passé comme il l'espérait. Il devait avoir les hommes de Tenoreno aux trousses et il a caché cette preuve pour ne pas risquer d'être pris avec. Et la poursuite s'est terminée dans le supermarché à quelques rues de la maison de sa tante.

— Oui, tout se tient. Au moins, c'est clair : nous devons entrer dans le garage, trouver la preuve, en ressortir, le tout sans nous faire pincer.

En effet, ce n'était pas plus compliqué que cela. Ensuite, il ne leur resterait plus qu'à retrouver Garrison et Kenderly et à prouver leur innocence. Voilà. Aucun problème. La routine.

— Oh ! Bon sang, non ! s'exclama Johnson qui lisait une nouvelle info sur son téléphone. Garrison s'est fait prendre. Il va être transféré à la prison du Comté dans l'heure.

20

— Ce n'est pas le bon chemin. Nous allons en direction du sud alors que la maison de ma tante est au nord de la ville.

Kenderly s'était fait la même réflexion quand elle avait aperçu les gratte-ciel du centre-ville.

Ils étaient à l'arrière d'une camionnette à doubles portes vitrées, ce qui leur permettait de se voir et de distinguer quelques détails à l'extérieur.

L'homme à la chemise à carreaux conduisait tandis que son acolyte, assis côté passager, pointait une arme sur eux.

Quand il regarda devant lui, elle en profita pour se rapprocher de Garrison.

— Je n'ai pas encore eu l'occasion de te le dire, lui chuchota-t-elle, mais quand j'étais dans la réserve du supermarché, j'ai eu le temps d'appeler Jesse et de lui faire comprendre où était la clé USB. Ton ami va nous aider, n'est-ce pas ?

— S'il le peut.

— Garrison, qu'est-ce qui t'arrive ? Que t'a fait Tenoreno ?

— Bon sang, tu es fantastique !

Elle fut déstabilisée par sa réponse, ne comprenait plus son attitude. Elle s'approcha au maximum et posa maladroitement la tête sur son épaule.

— Je le pense sincèrement, tu sais. Tu es… géniale.

— Moi aussi, je t'aime bien, répliqua-t-elle avec ironie. A quoi joues-tu ? Au collégien ?

— Pourquoi, je n'ai pas le droit de te faire un compliment ?

— Tu crois que le moment est bien choisi ? Alors que nous sommes menottés à l'arrière d'une camionnette, qu'on ne sait même pas où l'on nous emmène et qu'on nous menace d'une arme ? Sois un peu sérieux, Garrison.

— Quoi qu'il arrive, je suis heureux de t'avoir rencontrée.

Il lui sourit et lui déposa un baiser sur le bout du nez. Elle ne savait plus que penser. Pour la première fois, il semblait résigné, ce qui ne manquait pas de la faire paniquer, mais, dans le même temps, l'émotion qu'il exprimait la bouleversait.

— Moi aussi. J'ai de la chance que ce soit toi qui sois venu à mon secours.

— Ça, c'est à voir. Je n'ai pas été à la hauteur, je donnerais cher pour qu'à l'heure qu'il est tu sois en sécurité.

Elle secoua la tête : il n'avait pas à s'en vouloir, elle n'avait aucun grief contre lui, bien au contraire.

Elle tendit le cou au maximum pour l'embrasser. Les secousses de la camionnette ne leur rendaient pas les choses faciles, mais ce serait peut-être le dernier baiser qu'ils échangeraient.

— Tu m'as dit que tu avais appelé Jesse, reprit-il après ce baiser. Tu lui as parlé ou tu lui as laissé un message ?

— Je lui ai laissé un message.

— Hé, écartez-vous l'un de l'autre ! intervint l'homme à la chemise à carreaux.

— Reste où tu es, Kenderly ! Allez-y, tirez-nous dessus, rétorqua Garrison en s'adressant à leur ravisseur. Mais l'accord sera réduit à néant, et ça, je ne suis pas sûr que Tenoreno vous le pardonnera.

L'homme à la chemise à carreaux émit un grognement.

— De quoi parles-tu ? Quel accord ? demanda Kenderly avec appréhension.

— J'ai accepté d'avouer être le meurtrier d'Isabella et Trinity.

— Non, tu n'as pas pu faire ça !

Elle refusait de le croire. Quand il lui avait expliqué qu'il était devenu Texas Ranger pour honorer la mémoire de son père, il y avait tellement de fierté dans sa voix qu'elle avait compris que la volonté de faire respecter l'ordre était inscrite dans son ADN.

— Comment pourrais-tu avoir fait cela alors que tu tiens tellement à ta réputation ?

Elle se sentait en colère et avait élevé la voix. Pourquoi avait-il agi ainsi ? Pour elle ?

— Tu as une idée derrière la tête, c'est ça ? murmura-t-elle.

— L'idée, c'est de rester en vie, répondit-il avec un sourire.

Elle connaissait ce sourire. C'était celui qu'il lui avait servi pour tenter de l'amadouer. Il ne disait pas toute la vérité.

— Il y a un aspect que tu ne dois pas oublier, Kenderly. Tenoreno n'a pas l'intention de nous laisser la vie sauve. Il y a trop en jeu. Il n'a pas hésité à faire tuer son épouse pour éviter d'être compromis. Et il a fait tuer la femme de Rosco pour la seule raison qu'elle était là.

— Mais s'il te livre à la police, pourrais-tu retourner la situation en ta faveur ? Si tu dis la vérité et que Jesse retrouve la clé USB, Tenoreno ne s'en sortira pas.

— Ce sera compliqué. Tenoreno a tout prévu et a déjà envoyé aux médias des éléments qui m'accablent. Quant aux flics, je doute que nous puissions compter sur eux. Tenoreno les a dans sa manche.

Elle était consternée. Ils avaient assisté à un double meurtre. Très vite, ils en étaient devenus les principaux suspects. Et désormais, ils se retrouvaient contraints d'avouer l'avoir commis. Comment était-ce possible ? Avaient-ils joué de malchance ? Tenoreno était-il sur le point de remporter la partie ?

Elle ne savait plus que dire. Elle avait l'esprit vide. Elle aurait voulu être dans les bras de Garrison, mais cela aussi, c'était impossible.

La camionnette ralentit puis s'arrêta complètement.

— Souviens-toi. Rien de ce que les flics te diront n'est vrai. Soit ils voudront se convaincre que c'est la vérité, soit ils ne feront que répéter le discours officiel. Mais tu peux faire confiance à Jesse. S'il te retrouve, il t'aidera. D'accord ?

— D'accord.

Elle s'accrochait à un fol espoir : qu'il ait un plan et que, d'ici quelques minutes, on leur ôte les menottes et que tout soit terminé.

Les portes de la camionnette s'ouvrirent.

— Descendez. Lentement, leur ordonna une voix.

La lumière des flashs et des lampadaires les éblouit. Kenderly était complètement désorientée. Mon Dieu, il y avait des crépitements d'appareil-photo !

Garrison et elle suivirent les instructions et descendirent.

— Où sommes-nous ? demanda-t-elle. Que se passe-t-il ?

— Vous êtes à la prison du comté, répondit la voix qui leur avait demandé de sortir.

C'était en fait une jeune femme en uniforme.

— Votre ami est accusé de meurtre.

— Mais nous n'avons…

— Kenderly, tais-toi ! Tu seras très vite sortie.

Deux hommes entourèrent Garrison pour l'escorter.

— Ça va marcher, lui lança-t-il en se retournant malgré les deux policiers qui le faisaient avancer. Et n'oublie pas ce que je t'ai dit auparavant.

Quelques secondes plus tard, une nuée de journalistes le cerna et elle le perdit de vue.

L'homme à la chemise à carreaux lui tenait le bras et elle était toujours menottée.

Tandis que Garrison et les journalistes atteignaient les marches du bâtiment, une voix s'éleva et déclara :

— Messieurs-dames, un peu de silence, je vous prie. Le lieutenant Travis a une déclaration à vous faire.

— Je pense que vous savez tous qui je suis, commença Garrison. Je suis accusé de meurtre et devrai en répondre devant un tribunal. Je ne demanderai pas d'avocat et je plaiderai coupable.

— Non…, voulut protester Kenderly.

Mais une main se plaqua sur sa bouche pour l'empêcher de continuer.

— Pourquoi cette conférence de presse a-t-elle été improvisée dans l'urgence, au beau milieu de la nuit ? voulut savoir un des journalistes. C'est très inhabituel.

Garrison n'eut pas le loisir de répondre. On l'escorta à l'intérieur. A l'idée qu'elle ne le reverrait peut-être jamais, des larmes lui piquèrent les yeux.

— Nous emmenons Mlle Tyler pour prendre sa déposition, déclara l'homme à la chemise à carreaux.

Elle ignorait à qui il s'était adressé, les larmes lui brouillaient la vision. Elle fut tirée par le bras et n'opposa pas de résistance. Elle était abattue, elle n'avait plus d'énergie. On la ramenait à la camionnette. Son ravisseur ouvrit les portes.

Mais il reçut un coup de pied à la tête et s'effondra avant d'avoir compris ce qui lui arrivait. Elle fut complètement interloquée et resta figée.

L'homme qui avait frappé son ravisseur, vêtu d'un costume, descendit de la camionnette. Sans réfléchir, elle céda à son instinct et partit en courant. Mais avec les mains dans le dos, elle ne pouvait pas espérer aller bien loin et, très vite, des mains la retinrent. Cette fois, il n'y avait pas un mais deux hommes.

— Que voulez-vous ? leur demanda-t-elle. Me tuer ? Dans ce cas, finissons-en.

— Vous ne pensez pas ce que vous dites. Et j'ai comme l'impression que vous n'êtes pas du genre à sombrer dans le désespoir. Vous ne reconnaissez pas ma voix, Kenderly ? Je suis Jesse Ryder, le partenaire et meilleur ami de Garrison.

Sans attendre, les deux hommes la ramenèrent à la camionnette. Elle était tellement soulagée qu'elle pressa le pas pour ne pas les ralentir.

Une fois dans le véhicule, ils démarrèrent. Jesse conduisait tandis que son associé cherchait des clés.

— Occupons-nous de ces menottes. Vous pouvez lever un peu les bras ?

Elle s'exécuta et fut libre en quelques secondes.

Puis elle jeta un regard derrière eux pour s'assurer qu'ils n'étaient pas suivis.

— On va s'apercevoir que je me suis enfuie. Les hommes…

— Nous nous en sommes chargés. Maintenant, nous devons vous mettre à l'abri.

— Je ne peux pas abandonner Garrison. Dès que sa déposition aura été enregistrée, on va le tuer.

— Je suis d'accord avec vous, c'est logique. La presse a été convoquée dans le seul but que ses aveux soient relayés partout. Ensuite, ils n'auront plus besoin de lui.

— Oui, c'est vrai, renchérit le second Ranger. Nous avons besoin de renforts.

— Des renforts arriveront trop tard. Croyez-moi, ils ne risqueront pas que qui que ce soit s'approche de lui ou lui parle. Tenoreno a tout prévu ! Garrison est en sursis. Vous êtes sa seule chance d'en réchapper.

Elle était prête à les supplier mais, à leur expression, ils avaient reçu le message. En revanche, ils paraissaient hésiter.

— Alors que faisons-nous ? les pressa-t-elle.

— Il y a un problème, marmonna Jesse.

— Si nous nous montrons, nous serons instantanément arrêtés, ajouta son collègue.

— Excusez-moi, je ne sais même pas votre nom. Mais vous êtes armés, non ?

— Je m'appelle Bryce Johnson. Oui, mademoiselle, nous sommes armés.

— Dans ce cas, nous devons organiser son évasion. Moi, je conduirai la camionnette.

21

Garrison ne put voir une dernière fois Kenderly. Il fut directement mené à la salle d'interrogatoire. Tout allait très vite. Une fois sa déposition enregistrée, il serait officiellement inculpé pour meurtre.

Et il y avait fort à parier qu'il serait mort avant d'avoir atteint sa cellule de détention provisoire.

Cependant, il ne regrettait pas sa décision. S'il n'avait pas accepté l'accord, à l'heure qu'il était, Kenderly serait morte également. Et puis, il refusait de perdre tout espoir. Si jamais il parvenait à se libérer de ses menottes, il se battrait de toutes ses forces. Il n'aurait rien à perdre.

Mais, pour avoir une chance de retrouver Kenderly et de la sauver, mieux valait que l'opportunité se présente vite.

Il avait eu besoin de lui confier qu'il était heureux de l'avoir rencontrée. Jamais une femme n'avait eu autant d'importance dans sa vie.

Cette certitude lui permettait de ne pas sombrer. Certes, les probabilités qu'ils puissent poursuivre leur histoire étaient maigres. Mais c'était un rêve tellement beau qu'il s'y accrochait.

Les policiers le traitaient sans égards. Ils l'obligeaient à hâter le pas, se montraient inutilement brusques. Pour eux, c'était un membre des forces de l'ordre qui était passé de l'autre côté. Un traître. Il comprenait ce qu'ils ressentaient.

Ils lui indiquèrent de s'asseoir sur la chaise devant lui et se postèrent à la porte. Ils ne disaient pas un mot.

Il ferma les yeux et inspira calmement. Il devait se concentrer.

Au bout de quelques instants, il rouvrit les yeux et observa la pièce. Il évalua ses dimensions, la distance qui le séparait de la porte et des policiers, vérifia que la sécurité de leur arme était enclenchée. L'un des deux avait négligé de fermer le bouton-pression de son holster. S'il devait se jeter sur l'un d'eux pour lui ravir son arme, ce serait sa cible privilégiée.

Le poste n'était pas immense, il ne devait pas y avoir beaucoup d'hommes à l'intérieur et il ne lui faudrait pas longtemps pour être dehors.

Toutefois, Tenoreno avait pu préparer un scénario sournois : faire en sorte qu'il parvienne à s'échapper mais qu'un flic corrompu l'attende à la sortie pour l'abattre sans sommation. Ainsi, tout serait réglé et personne ne s'interrogerait sur les circonstances de sa mort.

— Je ne veux pas savoir s'il a choisi de ne pas être défendu ou pas. Le bureau du procureur souhaite que tout soit fait dans les règles. Il nous faut des aveux écrits. Maintenant, écartez-vous, je vous prie.

Garrison identifia immédiatement la voix qui venait de s'exprimer. C'était Bryce Johnson. Mais il se retint de se retourner. Il ne devait pas vendre la mèche. Il se contenta de lever la tête vers son collègue quand celui-ci pénétra dans la pièce et fit mine de ne pas le connaître.

— Otez-lui immédiatement ces menottes ! ordonna Johnson au garde qui n'avait pas bouclé son holster.

Il posa sa sacoche sur le bureau, enleva ses lunettes et les nettoya.

Garrison l'avait déjà vu faire maintes fois ce geste mais, cette fois, il semblait déborder d'énergie et de détermination. Le policier s'avança avec mauvaise grâce mais ouvrit les menottes sans discuter. A peine eut-il terminé que Garrison lui saisit le bras, le lui tordit dans le dos et lui arracha son arme.

Puis il attrapa Johnson par le cou, se posta derrière lui et lui pointa l'arme entre les omoplates pour simuler une prise d'otage. Evidemment, il y avait des caméras dans la salle et la véritable identité de Johnson serait rapidement établie mais, pour sortir du poste de police, ils n'avaient besoin que de quelques minutes.

— Ne tirez pas, lâchez vos armes ! s'exclama Johnson, qui paraissait réellement paniqué.

Dans le couloir, les policiers qui s'étaient précipités hésitèrent puis finirent par poser leurs armes au sol avant de lever les mains. Le couloir formait un angle et, dès qu'ils furent hors de la vue des policiers, Garrison lâcha Johnson, qui désigna les ascenseurs.

— On nous attend sur le flanc du bâtiment. Jesse est avec Kenderly. Je te préviens, c'est elle qui conduit, elle a insisté.

— Ça ne m'étonne pas. Mais l'alerte a été donnée, on ne nous laissera pas sortir.

— Sers-toi encore une fois de moi comme otage.

— C'est dangereux.

— Ecoute, Travis, tu n'es pas au courant mais tout notre service a été assigné à résidence. Officiellement, je devrais être à Waco, pas ici. Alors je n'en suis plus à ça près.

— Je vois.

Les portes de l'ascenseur s'ouvrirent mais Garrison retint Johnson par le bras.

— J'ai une autre idée, dit-il avant de tendre à son collègue l'arme qu'il tenait. Au bout du couloir, il y a un accès direct à la prison du comté.

Johnson sortit son insigne et l'épingla au revers de sa veste.

— J'ai compris. Un Ranger qui vient chercher un prisonnier. Ça devrait marcher.

Kenderly était têtue, mais manifestement, Jesse plus encore qu'elle. Il avait refusé de la laisser prendre le volant et avait insisté pour qu'elle s'allonge sur le plancher de la camionnette. Elle avait obtempéré car ce n'était pas le moment de faire des complications.

— Vous les voyez ? lui demanda-t-elle.

— Non. Mais je ne vois personne non plus sortir complètement paniqué du poste.

— Pourquoi, c'est ce que vous attendez ?

— Je ne serais pas surpris que ça s'agite dans tous les sens, en effet.

— Dans ces conditions, comment vont-ils sortir ?

— Johnson a un téléphone. S'il a besoin de mon intervention, il m'appellera.

— Et moi qui me plaignais que Garrison ne communiquait pas suffisamment, marmonna-t-elle.

Elle avait le dos en compote et était très à l'étroit. Elle se redressa et s'allongea sur la banquette.

— Ce n'est pas prudent, vous devriez rester sur le plancher.

— Si je ne me redresse pas davantage, on ne me verra pas de l'extérieur. En revanche, moi, je peux me rendre compte de ce qui se passe dehors.

— Je sais que ce n'est pas confortable mais c'est pour votre sécurité.

— Ecoutez, en l'espace de quelques jours, j'ai failli

mourir plusieurs fois, alors je vous assure que je ne compte pas prendre de risques inutiles.

Il allait faire jour sous peu, les reflets du soleil levant donnaient une teinte orangée aux fenêtres du poste de police.

— Que se passera-t-il s'ils arrivent à s'échapper, Jesse ? Où irons-nous ?

Peut-être était-ce la fatigue mais elle commençait à être à bout de nerfs.

— Est-ce que Paul Tenoreno et ses complices seront punis un jour ? Vous y croyez ?

— J'aimerais répondre à toutes vos questions, Kenderly. Cependant, je vous assure que notre détermination à faire tomber Tenoreno est sans failles. Et Garrison va s'en sortir.

Elle ne répondit pas et attendit. Quelques secondes plus tard, des voitures de police encerclèrent le bâtiment. Jesse démarra. Mais, quelques mètres plus loin, une voiture leur barra le passage. Jesse sortit son téléphone et appela Johnson. Pas de réponse.

Il rangea son insigne et son arme dans la boîte à gants.

— Kenderly, un agent se dirige vers moi. Sortez discrètement par la portière passager et glissez-vous entre les autres voitures stationnées sans vous relever. Vous vous en sentez capable ?

— Mais…

— Il n'y a pas de *mais*. Prenez mon téléphone et ma carte de crédit. Le code, c'est sept, six, sept, neuf, neuf.

Il lui tendit le téléphone et le porte-cartes.

— Garrison vous retrouvera, c'est promis. Allez-y.

Jesse sortit de voiture au moment où elle se faufilait par l'autre portière. Tandis qu'elle s'éloignait genoux pliés, le policier ordonna à Jesse de lever les mains.

Elle passa derrière une rangée de voitures et, quand elle fut au bout du parking, contourna la dernière pour être à l'abri derrière un autre bâtiment. Elle se releva, se plaqua dos au mur et reprit son souffle.

Elle avait le cœur battant, les mains tremblantes. Elle était trop faible pour repartir et se rassit.

Elle prit une longue inspiration.

Soudain, la vibration du téléphone dans sa poche la fit sursauter. Elle le sortit et décrocha.

— Jesse ? fit la voix à l'autre bout de la ligne.

— Garrison ? C'est moi.

— Dieu merci, Kenderly ! Dis-moi où vous êtes, nous arrivons.

— Jesse a été arrêté. Je suis derrière le bâtiment à l'opposé du poste de police. Et Bryce, il va bien ?

— Ma chérie, sois plus précise.

A son parler saccadé, il courait.

— A l'opposé du poste de police, il y a un bâtiment en travaux. Je suis derrière, indiqua-t-elle.

— D'accord. Ecoute-moi bien : sais-tu comment te rendre au Capitol depuis l'endroit où tu es ? D'après Johnson, vous n'étiez pas loin.

— Oui, je crois savoir comment y aller.

— Très bien, mets-toi en route, je reste au téléphone avec toi.

Elle éprouva un regain d'énergie et risqua un regard en direction du poste. Tous les policiers étaient focalisés dessus, elle devait partir à l'opposé.

— Et Bryce ? s'enquit-elle de nouveau.

— Il va se rendre au bureau des Rangers d'Austin pour faire libérer Jesse. Ecoute, tu connais encore mieux la ville que moi. Où pouvons-nous nous retrouver, selon toi ?

— Je vais arriver du côté de l'entrée ouest du Capitol, répondit-elle, réfléchissant à toute vitesse. Garrison, tu vas bien ?

Il continuait de courir.

— Oui, oui, je vais bien… Près de l'entrée ouest du Capitol, il y a un petit parc avec une statue. Je t'attends là.

— Entendu.

Elle hâta le pas.

— Tu sais s'ils ont retrouvé la clé USB ?

— Je ne crois pas. Tenoreno était tellement pressé de me remettre entre les mains de la police pour que je passe aux aveux que ses hommes et lui n'ont pas pris le temps d'aller fouiller la maison. Nous avons encore une chance de la récupérer avant eux. Moi, en tout cas, je dois y aller.

— Je t'accompagne. Avec toi, je suis en sécurité. Tu te souviens de ce que tu m'as dit dans la camionnette ? Que tu étais heureux de m'avoir rencontrée ?

— Bien sûr.

— Eh bien, je veux qu'à l'avenir nous soyons heureux ensemble, déclara-t-elle alors qu'elle arrivait à la statue.

— Ne va pas trop vite en besogne, ma chérie.

Cette fois, sa voix était toute proche. Kenderly fit volte-face : Garrison se tenait à quelques mètres d'elle. Jamais elle n'avait été aussi heureuse. Elle se jeta dans ses bras, se blottit contre lui. Il la tint longuement puis lui prit le visage entre ses mains et l'embrassa passionnément, comme s'ils ne s'étaient pas revus depuis plusieurs années.

— Ne restons pas là, dit-il enfin.

Mais il lui donna un autre baiser.

22

Garrison observait Kenderly. Elle était silencieuse et se laissait bercer par les légères secousses du taxi. Sans doute était-elle épuisée. Cela faisait près de vingt-trois heures consécutives qu'elle était éveillée, et elle était passée par toutes les émotions.

S'il avait pu, il aurait demandé au taxi de les emmener très loin. Que n'aurait-il pas donné pour s'enfuir avec elle ! Hélas, dès qu'ils seraient descendus de voiture, ils affronteraient de nouveau le danger.

Il lui passa doucement le revers de la main sur la joue pour se faire pardonner de lui infliger tant d'épreuves.

Il était de plus en plus attaché à elle.

Alors qu'ils approchaient du parking du supermarché, le taxi passa sur un nids-de-poule et la brusque secousse réveilla complètement Kenderly.

Quand le véhicule s'arrêta, Garrison régla avec la carte de Jesse, puis ils contournèrent le magasin. Sa moto était toujours garée le long du mur, là où il l'avait laissée.

— Je ne croyais pas que ma moto serait encore.

— Ce n'est pas si étonnant, nuança Kenderly. Après tout, nous étions là il y a douze heures, même s'il s'est passé tellement de choses que nous avons l'impression que c'était il y a plusieurs semaines.

Il la serra contre lui. Il ne supporterait pas de la perdre encore une fois. Ce qui signifiait qu'il était parti pour vivre avec cette angoisse encore un moment. Il commençait à comprendre ce qu'avait éprouvé sa mère qui, après la mort de son père, avait vu ses deux enfants rejoindre les forces de l'ordre.

Il tenait énormément à Kenderly. Si leur histoire résistait à ce qu'ils vivaient, rien ne pourrait les séparer.

— Comment tu comptes t'y prendre pour la faire démarrer ? demanda-t-elle. Tenoreno t'a pris tes clés, non ?

— J'ai un double dans le compartiment de rangement sous la selle. Il suffit de forcer la serrure. Si je trouve un bout de câble métallique, je devrais y arriver. Il doit bien y avoir ça quelque part.

— Eh bien, pendant que tu cherches, je vais aller m'asseoir quelques instants à côté de la moto.

A peine fut-elle assise qu'elle ferma les yeux, la tête appuyée contre le mur. Comme il l'espérait, il ne mit pas longtemps à trouver une tige de métal rouillée. Il parvint à forcer la serrure et récupéra la clé. Il était prêt à repartir. Il s'installa sur la selle et resta quelques secondes à contempler Kenderly.

Il s'était focalisé sur l'objectif de récupérer la clé USB. Et après ? Où aller pour être à l'abri de Tenoreno et ses hommes ?

Il s'assit à côté de Kenderly.

— J'ai besoin de toi.

— Mmm…, fit-elle dans un demi-sommeil.

— Nous devons éplucher les dossiers sur la clé USB pour déterminer à qui confier les informations qui permettront de poursuivre Tenoreno en justice. Ou bien trouver un juge au-dessus de tout soupçon qui lancera un mandat d'arrêt contre lui. Ensuite, nous n'aurons plus qu'à rester cachés jusqu'au procès.

Il leur restait trois heures avant l'ouverture des bibliothèques. Il n'avait aucune envie d'écumer la ville à la recherche d'un endroit ouvert en continu et équipé d'une borne informatique en libre-service. C'était trop aléatoire. Alors quelle option leur restait-il ?

— Kenderly, réveille-toi ! A ton avis, où pourrions-nous aller pour ouvrir la clé USB et lire les fichiers ?

— Emprunte un ordinateur portable, marmonna-t-elle avant de se laisser retomber sur son épaule.

— Mais à qui ?

Elle se réveilla un peu plus.

— Tu ne connais personne qui pourrait te dépanner ?

— Non, je ne vis pas à Austin en permanence, je n'y connais pas grand monde. Mais toi, tu habites ici, tu as bien des amis qui ont un ordinateur, non ?

— Mes amis ne sont pas réveillés à cette heure-là.

Elle s'étira pour sortir de sa torpeur.

— La dame qui s'occupe de tes chiens vit juste en face de chez ta tante, il me semble. Pourquoi ne pas envoyer les fichiers par mail depuis chez elle ?

— Tu as raison, on peut essayer. Mais il faut que la clé soit encore dans la bouteille d'eau où je l'ai mise.

— J'avoue que c'est une cachette ingénieuse, commenta Kenderly.

Elle ajouta dans la foulée :

— Il faut que je me dégourdisse les jambes. Sinon, je suis bonne pour me rendormir.

Elle se leva, inclina la tête de droite à gauche et fit quelques pas. Puis elle se pencha en avant et tendit les bras pour toucher ses pieds.

Il se leva à son tour, la rejoignit et la prit dans ses bras.

Le danger était partout. C'était comme si tout Austin était après eux, et pourtant rien ne pouvait contrarier son envie de la tenir contre lui et de l'embrasser.

Et elle, malgré son extrême fatigue, elle avait toujours un sourire pour lui.

Après quelques instants, ils rejoignirent la moto. Il monta le premier et elle s'installa derrière lui. La sensation de son corps contre son dos et de ses bras autour de sa taille était désormais familière et il la retrouvait avec plaisir.

— Maintenant que je suis de nouveau bien réveillée, redis-moi pourquoi c'est si important d'aller récupérer la clé USB chez ta tante sans délai. Car tu penses que la maison est sous surveillance, n'est-ce pas ? Et les autorités sont à ta recherche.

Il se tourna pour lui saisir la main, la porta à ses lèvres et y déposa un baiser. Il n'avait pas envie de lui dire la vérité, il voulait l'en protéger. Mais s'il mourait, elle serait la seule à savoir quoi faire.

— Avec les aveux que Tenoreno m'a arrachés, l'ensemble de mon service est l'objet de soupçons et l'enquête sur le double meurtre qui a eu lieu chez Tenoreno a cessé. En plus, Johnson a eu le temps de me parler de deux ou trois choses qui pourraient devenir très inquiétantes si nous n'agissons pas rapidement.

— Je n'arrive toujours pas à croire que tu aies pu accepter de faire ces faux aveux. Je sais ce qu'être un Ranger représente pour toi. Et puis, tes collègues avaient une entière confiance en toi. Maintenant, ce sera très dur de la regagner. Comment as-tu pu te laisser convaincre de te prêter à cette mascarade ?

Je l'ai fait pour toi.

Il ne pouvait le lui avouer mais, si c'était à refaire, il recommencerait sans hésiter.

— Pour le moment, notre principal souci, c'est que nous n'avons nulle part où aller. Et si Tenoreno et ses hommes s'emparent des preuves, nous sommes fichus.

— Si nous retombons entre leurs mains…

Elle parut hésiter et lui caressa les cheveux.

— Ce sera la fin, j'en suis consciente.

Il acquiesça d'un bref signe de tête.

— Notre seule chance de survie, c'est de récupérer la clé USB et de la remettre à un juge honnête. Tenoreno le sait aussi. Si nous croisons ses hommes, ils tireront à vue.

— Compris, je suis prête.

Elle croisa les bras autour de sa taille avec détermination.

— Mes cheveux ne vont pas aimer cette nouvelle balade à moto.

Il éclata de rire.

— Ce n'est pas le plus grave !

Il mit le moteur en marche et démarra. Il ne devait pas s'approcher trop près de la maison de sa tante car, si elle était sous surveillance, le bruit du moteur trahirait leur arrivée. En outre, ils auraient besoin de la moto par la suite pour quitter la ville.

Au moment d'entrer dans la rue de sa tante, il tourna à droite puis à gauche, et finalement se gara le long du trottoir. A travers les jardins se profilait la maison. Une voiture de police était stationnée devant. La vitre était ouverte, le policier au volant fumait une cigarette et faisait tomber la cendre par terre.

Garrison avança de quelques mètres supplémentaires, s'engagea dans une petite allée de gravier entre deux maisons et s'arrêta sous un arbre.

— Attends-moi ici.

— Je ne peux pas t'accompagner ? Jusque-là, ça ne m'a pas réussi de me retrouver seule.

Il lui donna un baiser.

— Je vais passer par le jardin et me glisser dans le garage à l'insu de ce flic. Je prends la bouteille d'eau et je reviens. Si tout se passe bien, ça ne me prendra que quelques minutes.

— Tu as plutôt intérêt à tenir ta promesse.

Il sortit son arme et vérifia le chargeur. Il n'était pas plein. Alors mieux valait ne pas en avoir besoin.

Kenderly suivit Garrison du regard tandis qu'il s'éloignait. Il allait traverser un jardin, contourner la rue et passer par la cour arrière de la maison voisine pour s'introduire dans le garage. Quoi qu'il arrive, il lui faudrait davantage que quelques minutes. Et c'était dangereux. Bien sûr, il avait fait comme si c'était une broutille. Mais tous deux savaient ce qu'il en était.

Cependant, à part attendre, elle ne pouvait rien faire.

Des herbes folles poussaient au milieu de l'allée et elle n'osa pas s'asseoir.

Elle se mit à faire les cent pas et à vérifier l'heure toutes les trente secondes sur le portable de Jesse. Alors qu'elle le rangeait dans sa poche pour la énième fois, une voiture remonta la rue à vitesse d'escargot. La moto était dissimulée par le feuillage de l'arbre, bien en retrait de la rue.

Une fois que la voiture fut passée à hauteur de l'allée, Kenderly s'avança pour savoir quelle direction le véhicule allait prendre. Il tourna au carrefour suivant. L'allure de l'homme au volant, qu'elle ne distingua que très partiellement, lui parut vaguement familière. Cependant, c'était sans doute son imagination qui lui jouait des tours.

Mais, alors qu'elle retournait sous l'arbre, un homme traversa furtivement la rue de l'autre côté du jardin. C'était le dénommé Thomas. L'homme qui lui avait pointé une arme sur le crâne et pressé la détente. Elle n'oublierait jamais ce moment de cauchemar.

Garrison ! Par pitié, fais attention !

Elle aurait voulu être douée de transmission de pensée pour le prévenir. S'il avait fait vite, peut-être avait-il déjà quitté la maison. Mais la présence du flic l'obligerait à se montrer prudent. Et comment comptait s'y prendre Thomas avec ce policier ?

Kenderly chercha à obtenir un point de vue plus dégagé sur la rue. Thomas marchait tranquillement le long du trottoir, tel un badaud. Mais elle connaissait sa véritable nature. C'était un tueur de sang-froid et il était certainement sur le point de commettre un nouveau forfait. Alors qu'il approchait de la voiture de police, il passa une main sous sa veste. Pas de doute, il s'apprêtait à dégainer une arme. Il allait éliminer le policier, et ensuite, si Garrison était encore dans le garage, ce serait son tour.

Elle ne pouvait pas rester sans rien faire. Elle entra dans le jardin de la maison, avança le plus près possible de la rue sans être vue. Thomas était tout près de l'arrière de la voiture de police.

— Attention, un type armé s'approche de vous ! s'exclama-t-elle.

Surpris, Thomas se tourna vers elle.

Le flic ouvrit brusquement sa portière, sortit son arme à la main et fit face à son adversaire, prêt à faire feu. Quand il vit à qui il avait affaire, il se détendit et fit un petit signe de tête à Thomas.

Les deux hommes se connaissaient. Elle était tellement abasourdie qu'elle ne bougea pas. Sans attendre, Thomas se dirigea vers la maison de la tante de Garrison tandis que le policier venait vers elle.

Elle s'enfuit en courant. Mais où aller ? Elle était poursuivie par un policier, personne ne lui ouvrirait sa porte pour l'aider.

Le flic ne mit pas longtemps à la rattraper. Il l'immobilisa, lui plaqua une main sur la bouche pour l'empêcher de crier et la tira en direction de sa voiture. Elle tenta de se débattre mais le policier était trop fort et, de toute façon, elle n'avait plus assez d'énergie. Il ouvrit la portière, la poussa sur la banquette arrière et referma à clé. Le cauchemar recommençait.

— Restez à l'intérieur, mademoiselle. Il est possible qu'un fugitif armé soit dans les parages, déclara le policier en désignant la maison.

Il parlait de Garrison, évidemment. Mais était-il sincère ou bien faisait-il comme s'il ignorait que Thomas était un meurtrier à la solde de Tenoreno ? Elle penchait pour la seconde hypothèse.

Elle jeta un regard en direction du garage. Personne. Mais que se passait-il en ce moment même à l'intérieur ? De rage, elle donna des coups de pied dans le siège devant elle, tapa contre la vitre.

Le policier resta indifférent à son comportement, traversa la route, entra dans la cour de la maison et se glissa dans le garage. Quelques secondes après, il ressortit en secouant négativement la tête. Thomas, lui, se tenait près de la voiture. Il approcha et posa la main sur la poignée de la portière. Kenderly se recroquevilla, côté opposé. Il voulait évidemment se servir d'elle pour faire sortir Garrison.

Elle s'était livrée elle-même en voulant sauver la vie au policier. Elle n'avait fait que précipiter sa fin et celle de Garrison.

Quelle idiote !

23

— Bon sang ! lâcha Garrison.

Il n'aurait pas dû la laisser seule. Tout était allé de travers. Kenderly était à l'arrière d'une voiture de police. Plus précisément, à l'arrière de la voiture d'un flic à la solde de Tenoreno, ce qui était encore pire.

Quand tout cela cesserait-il ? se demanda Garrison, dissimulé par la végétation dans le jardin de sa tante.

Au moins avait-il échappé à Thomas, l'homme de Tenoreno. Celui-ci était arrivé alors que Garrison était déjà ressorti du garage. Un instant plus tôt, Kenderly avait crié pour avertir le policier. Mais Garrison ne lui en voulait pas. Elle ne pouvait pas savoir que ce flic était corrompu.

Caché dans les broussailles, Garrison observait la voiture. Il avait son arme dans une main, et dans l'autre la bouteille d'eau où il avait caché la clé USB. Cette bouteille l'encombrait. Il devait la laisser quelque part et trouver un moyen de sortir Kenderly des griffes de Thomas.

Mais où dissimuler cette bouteille ? Il inspecta les alentours, à la recherche d'une poubelle sur la rue. Mais il n'y en avait pas.

Thomas ouvrit alors la portière de la voiture. Il allait faire sortir Kenderly et la menacer pour qu'elle parle, aucun doute.

Garrison laissa la bouteille enfoncée le plus profondément possible dans la haie derrière lui. Il n'avait pas d'autre solution. Puis il brandit son arme. Mais il ne pouvait faire feu. Même s'il était bon tireur, d'où il était, il risquait de toucher Kenderly. En outre, si Thomas ou le policier ripostaient, une balle perdue pouvait traverser une fenêtre et blesser un voisin. La tâche s'annonçait compliquée.

— Ça va être coton, marmonna-t-il pour lui-même.

Il longea la haie pour rejoindre la rue. Thomas, qui sentait certainement qu'il n'était pas loin, lança à voix haute :

— Tu ferais mieux de te montrer très vite si tu ne veux pas que ta copine y passe la première. Tu te souviens de l'accord ? L'évasion, ce n'était pas prévu au programme, alors arrête de jouer.

Thomas se pencha en avant pour faire sortir Kenderly de la voiture. C'était le moment ou jamais, songea Garrison. Il se redressa et fonça droit sur son adversaire.

Celui-ci avait tout juste eu le temps de tourner la tête. Quand il voulut pointer son arme sur lui, Garrison le percuta de toutes ses forces et fit gicler le revolver de ses mains. La lutte s'engagea. Il lui assena un direct à la mâchoire que Thomas encaissa sans sourciller avant de répliquer par un uppercut.

Garrison bascula en arrière mais s'accrocha à Thomas qui roula au sol avec lui. Il tenta de se relever mais Thomas l'en empêcha. Il le frappa des deux poings, sans parvenir à lui faire lâcher prise.

Où était Kenderly ? Il la chercha rapidement des yeux : elle était sortie pour ramasser l'arme de Thomas. Mais le flic ne semblait pas disposé à la laisser faire.

— Attention ! la prévint Garrison tout en continuant de se débattre.

Elle tendit la main pour saisir le revolver mais le flic la lui écrasa du pied. Elle hurla.

— Kenderly ? appela Garrison.

Il n'obtint aucune réponse. Bon sang, il devait lui porter secours !

En lui montait une telle rage que sa force en fut décuplée. Jamais il ne se serait cru capable de mobiliser autant d'énergie. Il parvint à repousser Thomas, qui roula de côté avant de se relever. Garrison se redressa lui aussi et tous deux se firent face comme deux lutteurs.

Il tenta une feinte pour se précipiter vers Kenderly mais Thomas ne se laissa pas prendre et fit un pas de côté pour lui bloquer le passage.

Le flic, lui, tentait de maîtriser Kenderly, mais elle se débattait comme un beau diable.

— Passe-moi mon arme, lança Thomas à son complice.

Le flic tenait Kenderly par le bras et elle avait cessé de résister. Mais en fait, remarqua Garrison, elle feignait d'être groggy. Lorsque le flic voulut la pousser devant lui, elle s'agrippa à la portière de la voiture et la referma de toutes ses forces. Celle-ci percuta le bras du flic qui laissa tomber le revolver. Kenderly se baissa pour le ramasser mais l'arme était sous la voiture.

— Cours, ne reste pas là ! lui lança Garrison.

Thomas le frappa alors à la tempe gauche. Il ne para le coup qu'à moitié, fut sonné et mit un genou à terre. Thomas en profita pour s'emparer de Kenderly. Il lui passa un bras autour du cou et la tint devant lui.

Cette fois-ci, il était inutile qu'elle se débatte.

— Où est la clé USB ? demanda Thomas d'une voix menaçante.

Garrison ne prit pas le temps de réfléchir. Il se jeta encore une fois sur son adversaire. Ils basculèrent sur l'arrière de la voiture puis roulèrent sur le trottoir. Juste à côté, Kenderly toussait tellement Thomas l'avait serrée fort.

— Tu ne gagneras pas, lança Garrison à son adversaire.

Sous la voiture, il repéra le revolver. Mais l'arme était hors de portée. Il donna un coup de pied à Thomas, qui répliqua par un direct au foie. Garrison serra les dents, donna des coups de poing et se tortilla pour tenter de glisser sous la voiture. Mais Thomas le saisit par les jambes pour le faire ressortir.

— Stop ! s'exclama alors Kenderly.

Elle avait le revolver entre les mains et le pointait sur le flic qui voulait dégainer l'arme à sa ceinture.

— N'y pensez même pas, reprit Kenderly. Je suis une piètre tireuse mais, à cette distance, je ne peux pas vous rater. Et après ce que j'ai vécu, je n'hésiterai pas une seconde à faire feu.

Thomas s'était figé.

Sans attendre, Garrison se leva, s'empara de l'arme du policier et se posta à côté de Kenderly.

— Ça va ?

— Pour le moment, oui.

— Laisse-moi faire, ma belle.

Il lui prit le revolver des mains et s'adressa au flic :

— Prends tes menottes et attache-toi à cet arbre, là-bas.

Espérer qu'un voisin ait alerté la police et attendre leur arrivée n'était pas une option. Car ce serait Kenderly et lui qu'on arrêterait certainement.

— Monte dans la voiture, Kenderly, nous ne pouvons pas la laisser ici.

— Mais, et…

— Thomas vient avec nous. Tu m'as entendu, mon gros, alors monte. Et pas d'embrouilles.

Avec deux armes pointées sur lui, l'homme de Tenoreno

obtempéra sans protester. Une fois qu'il fut assis à l'arrière, Kenderly verrouilla les portières depuis l'extérieur puis revint vers Garrison.

— Je suis désolée, tu sais. Je croyais qu'il allait tuer le policier. Je ne pouvais pas rester sans rien faire.

— Je comprends, ne t'excuse pas. Maintenant c'est fini. En plus, nous avons un ordinateur, ajouta-t-il en désignant un portable posé sur le siège passager. Si jamais il ne marche pas, nous en achèterons un avec la carte de crédit de Jesse. Je dois vérifier que personne parmi les Rangers n'est compromis. Allez, ne perdons pas de temps.

Il s'empressa d'aller récupérer la bouteille d'eau cachée dans la haie puis revint à la voiture. Au loin, l'écho de sirènes retentit.

Avant de démarrer, il tourna la tête vers Kenderly et lui sourit.

— On dirait que la roue tourne enfin en notre faveur.

24

Les fichiers venaient d'être envoyés au bureau du procureur. Kenderly en poussa un cri de joie. Mais elle aurait été encore plus heureuse si Thomas n'était pas assis sur la banquette arrière de la voiture, derrière la grille de protection.

Après avoir ouvert et épluché les dossiers, Garrison avait appelé son commandant. Son intuition avait été bonne : aucun Texas Ranger ne figurait sur la liste des personnalités corrompues par Tenoreno. En revanche, de nombreux avocats, fonctionnaires haut placés et élus ne pouvaient pas en dire autant.

La corruption prenait diverses formes. Parfois, ce n'était qu'un don pour le financement d'une campagne électorale. Mais Paul Tenoreno, qui était apparemment très méticuleux, ajoutait à chaque fois des annotations personnelles qui donnaient des précisions sans ambiguïtés sur la nature de ses relations avec ceux qui bénéficiaient de ses largesses.

De telles preuves en main, monter un dossier d'accusation accablant contre Rosco et lui serait un jeu d'enfant. Il y avait également des notes personnelles d'Isabella qui précisaient où elle avait laissé son testament. Ce n'était pas surprenant que son mari ait tout fait pour remettre la main sur cette clé USB.

— J'ai la sensation que nous avons réussi l'impossible, commenta Kenderly.

— Attendons d'abord que Tenoreno soit officiellement inculpé, la tempéra Garrison. Nous devrons également témoigner au procès. Bref, nous n'en avons pas encore terminé avec cette affaire.

Sans doute subiraient-ils de nombreux et longs interrogatoires avant d'être définitivement lavés de tout soupçon. Mais, pour la première fois depuis plus de vingt-quatre heures, ils obtenaient un peu de répit. Kenderly jeta un regard à Thomas. Il semblait imperturbable. Etait-il toujours ainsi ou bien avait-il une bonne raison de ne pas s'inquiéter ? Cette interrogation la fit frissonner.

— Tu veux manger quelque chose ? s'enquit Garrison.

— Qu'est-ce qu'on fait de lui ? demanda-t-elle en retour, désignant le tueur de la tête. En plus, on ne peut pas continuer de se promener dans une voiture de police.

— Tu as raison. De toute façon, je préfère ma camionnette.

— Pas ta moto ?

— Eh bien, c'est vrai que sur la moto tu es obligée de te serrer contre moi, ce qui n'est pas désagréable. Mais, en général, la camionnette s'avère plus utile lors d'un rendez-vous galant, ajouta-t-il en lui adressant un sourire espiègle.

— Si tu comptes me proposer de sortir avec toi, commence par nous débarrasser de notre encombrant passager.

— Entendu. Que dirais-tu de visiter les locaux du bureau des Rangers d'Austin ?

— J'en ai toujours rêvé.

Thomas se contentait de les fixer avec hostilité. Peut-être avait-il compris que toute tentative de fuite était vaine. Ou alors, il était payé pour tuer depuis tellement longtemps qu'il n'était plus capable de laisser s'exprimer la moindre émotion. Peu importait, Kenderly ne voulait pas connaître la raison de son attitude. Elle tourna la tête pour ne plus le voir. Puis elle se passa la main sur la pommette.

— Je suis bonne pour avoir un œil au beurre noir.

Mais elle ne s'en inquiétait pas plus que cela. Ils avaient frôlé la mort tellement de fois en quelques jours que, en comparaison, ce n'était pas grand-chose. Elle croisa les doigts, baissa les yeux et inspira longuement pour se délecter de la sensation de calme qu'elle éprouvait.

— Ça va, Kenderly ?

— Oh oui, je ne me suis pas sentie aussi bien depuis longtemps.

Sur la banquette arrière, le dénommé Thomas éclata de rire.

Elle se retourna.

— Qu'est-ce qu'il y a de si drôle ? Vous allez finir votre vie en prison. Croyez-moi, je ne manquerai pas de citer toutes les horreurs que vous avez commises.

— Oh non, je ne resterai pas longtemps derrière les barreaux.

Il avança le visage tout près de la grille qui séparait l'avant et l'arrière de la voiture. Kenderly eut un réflexe de recul.

— C'est vous qui me faites rire, ma petite. Vous croyez que c'est fini ? Détrompez-vous. Où que vous soyez, vous ne serez jamais en sécurité. Je serai là, quelque part. Si je perds mon patron actuel, j'en trouverai un autre, ce ne sera pas un souci. Et j'aurai toujours une petite pensée pour vous. Vous comptez demander le statut de témoin protégé ? Alors attendez-vous à passer d'une chambre de motel minable à une autre. Jolie perspective, n'est-ce pas ?

— La ferme ! intervint Garrison. Ne l'écoute pas.

Elle fit de son mieux pour suivre son conseil et regarda droit devant elle. Mais elle était incapable de se concentrer sur la route. Garrison tendit le bras et lui prit la main.

Thomas tapa contre la grille.

— Je vous dis la vérité, ma jolie. Je me fiche que vous m'écoutiez ou pas. Je sais tout de vous. Je vous retrouverai et je vous arracherai le cœur.

Garrison pressa un bouton sur le tableau de bord et la sirène se mit en marche. Le bruit était tellement fort qu'il était inutile que Thomas continue ses menaces. Quelques instants plus tard, ils entrèrent sur un parking et s'arrêtèrent. Garrison descendit de voiture et sortit son arme.

— Tu descends, lança-t-il à leur passager. Je vais te… Allez, descends.

Que comptait-il faire ? Le passer à tabac ? Inquiète, Kenderly sortit de la voiture. Thomas, lui, prit tout son temps. Il avait certainement repéré les Rangers qui venaient vers eux et il traînait pour éviter que Garrison lui règle son compte.

Mais Kenderly ne voulait plus de violence. Elle en avait assez. Heureusement, Garrison n'eut pas le temps de faire quoi que ce soit. Les Rangers s'emparèrent du tueur sans la moindre hésitation, le menottèrent et l'emmenèrent. Parmi eux, il y avait Jesse et Bryce Johnson. Tous deux la saluèrent.

— Kenderly, tu as besoin de voir un médecin, observa Garrison. Je ne m'étais pas rendu compte que tu avais pris un si mauvais coup.

Bryce Johnson s'approcha d'eux et serra la main à Garrison.

— Thomas n'obtiendra jamais de libération anticipée quoi qu'il en pense, continua Garrison. Je te le promets.

Elle leva la tête vers lui. Il lui passa la main sur la joue avec une extrême délicatesse.

— Hé, vieux, intervint Jesse qui lui tendit la main.

Garrison l'attira à lui et le prit dans ses bras.

— Et comment vont mes chiens ?

— Euh… bien, répondit Jesse qui sortit son téléphone.

— Tu es sûr ? demanda Garrison qui prit un air faussement inquiet et porta une main à son cœur. Je ne leur manque pas trop ?

— Laisse-moi une minute, répondit Jesse qui s'éloigna avec son téléphone en main.

Garrison se tourna vers Bryce.

— Il a oublié de demander à quelqu'un de venir leur donner à manger aujourd'hui, c'est ça ?

— Je n'en sais rien du tout, ce ne sont pas mes affaires, répliqua Johnson qui leva les mains.

Puis il la regarda et lui sourit.

— Il a raison, Kenderly, ne vous inquiétez pas. Vous nous avez permis d'arrêter les deux plus grands malfrats de l'Etat du Texas, nous ne vous laisserons jamais tomber.

Elle secoua négativement la tête.

— Non, moi je n'ai rien fait du tout. C'est grâce à Isabella. Elle désirait une vie meilleure, elle a eu le courage de se dresser contre son mari. Hélas, elle en a payé le prix.

Les deux hommes acquiescèrent sans un mot.

— Un petit passage par l'hôpital s'impose pour vous deux, reprit Bryce. Excusez-moi de vous le dire mais vous n'avez pas bonne mine.

Kenderly chercha des yeux un endroit où s'asseoir et avisa un banc près de l'entrée. Elle s'y rendit et se laissa tomber dessus. Parcourir ces quelques mètres fut déjà presque trop. Elle n'avait plus de force. Seule l'adrénaline lui avait permis de tenir bon.

Bryce insista pour les convaincre d'aller voir un médecin mais Garrison l'arrêta d'un geste de la main.

— Laisse tomber, vieux, nous n'irons nulle part. Cela fait plusieurs jours que nous sommes sur des charbons ardents, nous méritons bien de nous reposer quelques instants. Si tu nous apportais deux petits déjeuners complets et un café noir pour moi, avec un nuage de lait pour Kenderly, ce serait génial.

Bryce semblait consterné.

— Tu ne notes pas ? continua Garrison. Kenderly aime que la mousse de lait soit bien épaisse, et n'oublie pas le bacon.

Bryce et Jesse s'éloignèrent sans un mot.

Garrison lui prit la main et la serra contre lui quelques instants. Puis il l'aida à se relever et tous deux pénétrèrent à leur tour dans le bâtiment.

Elle était impressionnée. Il se souvenait de ses préférences en matière de café. Elle appréciait d'avoir une telle pensée sur un sujet léger. Mais, très vite, son inquiétude revint. De quoi son avenir serait-il fait ? Devrait-elle sans cesse rester sur ses gardes, sans pouvoir élaborer de projets ?

Elle ne s'imaginait pas vivre ainsi. C'était précisément pour cela que Thomas avait lancé des menaces à son encontre. Pour lui pourrir l'existence.

Ils entrèrent dans une petite pièce. Comme ils étaient seuls, Garrison la serra de nouveau contre lui et l'embrassa. Cette fois, elle profita de ce baiser et une onde de désir monta en elle.

Leur baiser se prolongea, encore et encore et, quand ils durent y mettre fin pour reprendre leur souffle, ils restèrent front contre front.

Ce qui s'était passé entre eux était spécial. Ils n'éprouveraient probablement pas la même chose s'ils s'étaient connus et avaient commencé à se voir dans des circonstances normales. En tout cas, elle ne voulait pas que leur relation en reste là.

La vie était une aventure et elle était bien décidée à s'y adonner corps et âme.

— Nous n'avons que quelques minutes avant qu'ils viennent nous chercher pour nous interroger séparément, l'avertit Garrison. Alors je tenais à te dire que… je… crois que je ne suis pas loin de tomber raide amoureux de toi, Kenderly Tyler.

— N'aie pas peur, lieutenant Travis… Si tu tombes, je te rattraperai. Je suis plus forte que j'en ai l'air.

— J'ai pu m'en apercevoir.

Il y eut un coup frappé à la porte. Ils s'écartèrent l'un de l'autre. Plusieurs hommes, qui portaient un insigne à la ceinture, entrèrent dans la salle.

D'un geste, l'un d'eux indiqua à Garrison de sortir.

— A tout à l'heure.

— Oui, répondit-elle d'un tout petit filet de voix.

Elle s'apprêtait à changer de vie, à tirer un trait sur son passé. Seul Garrison l'y rattacherait. Il ne l'abandonnerait pas. Pas après qu'il lui avait déclaré… quoi, déjà ? Qu'il était sur le point de tomber amoureux d'elle ? Attention, il n'avait pas dit que c'était déjà fait. La nuance était d'importance.

Cette réflexion la fit paniquer.

Elle se sentit soudain seule, démunie.

Elle n'était qu'une petite esthéticienne. Si elle disparaissait, quelle importance ? Elle n'était pas de taille à affronter la mafia du Texas. Comment ces hommes pouvaient-ils l'en croire capable ?

Non ! Elle n'avait pas le droit de laisser la peur s'emparer d'elle et diriger sa vie.

Ces quatre derniers jours, elle avait survécu parce qu'elle était allée puiser en elle des ressources insoupçonnées. Elle ne redeviendrait plus celle qu'elle était avant. Elle voulait vivre avec Garrison et elle ferait tout pour atteindre cet objectif.

— Cette affaire va donner un bon coup d'accélérateur à votre carrière, lieutenant. Evidemment, il va y avoir quelques remous pendant un petit moment car vos aveux ont semé le trouble dans l'opinion. Mais tout sera éclairci.

Une main se posa sur l'épaule de Garrison. Un major qu'il connaissait de vue pour l'avoir rencontré lors d'un séminaire de formation le fit entrer dans une salle d'interrogatoire.

Il repensait encore au regard de Kenderly quand il avait quitté la pièce. Elle avait semblé tellement seule…

Non, plus que cela. Elle avait eu l'air abandonnée.

— Ce ne serait pas possible de mener cet interrogatoire dans une pièce voisine de celle où se trouve mon amie ? Elle paraissait un peu perdue, alors…

Le major lui fit signe de s'asseoir.

— Nous sommes bien conscients que vous êtes fatigué, lieutenant, alors nous tâcherons de faire au plus vite. Mais vous savez que nous devons enregistrer votre déposition sans attendre.

Le major avait beau y mettre les formes, Garrison n'était pas dupe : il s'apprêtait à subir un interrogatoire rigoureux. Si une incohérence ou une contradiction entre son récit et celui de Kenderly se faisait jour, ils devraient s'en expliquer.

Mais il ne redoutait pas que cela survienne. Il comptait mettre l'accent sur l'importance qu'aurait le témoignage de Kenderly au procès et sur l'absolue nécessité de la protéger. Certes, il risquait de devoir prendre son mal en patience avant de la revoir. Mais c'était le prix à payer.

— Souhaitez-vous demander l'assistance d'un avocat ? Vous êtes sûr que vous ne devriez pas d'abord subir un examen médical ?

— Non, je vous remercie, monsieur, mais ça va. J'ai faim et il me faudra beaucoup de café pour garder les idées claires. Mais je crois que c'est normal étant donné que ça fait un moment que je n'ai pas dormi.

— Bien sûr. Alors je vous propose de commencer, j'ai déjà demandé qu'on nous apporte du café.

Les jours à venir allaient être éprouvants, songea Garrison. Mais les Rangers tenaient autant que lui à ce qu'il soit lavé de tout soupçon. Ils ne pouvaient se permettre que le nom d'un de leurs membres soit associé au milieu du crime organisé.

— Je connais les procédures, monsieur, mais, avant de commencer, je tiens à insister sur les menaces que l'homme que j'ai remis à vos collègues a proférées à l'encontre de Mlle Tyler. C'est quelqu'un de très dangereux qui pourrait chercher à s'enfuir. Sommes-nous obligés d'attendre qu'un procureur l'inculpe officiellement pour le placer en détention dans un quartier de haute sécurité ?

— Nous sommes en train d'étudier les fichiers que vous nous avez envoyés. Une demande de mandat d'arrêt contre Thomas Dimon a déjà été lancée et nous avons fait en sorte qu'il ne puisse pas bénéficier de la liberté sous caution. Détenez-vous toujours la clé USB d'origine ?

Garrison se détendit. L'incertitude sur la sécurité de

Kenderly lui pesait. Il sortit la clé USB de sa poche et la posa sur la table devant lui.

— Dans mon téléphone, il y a également des photos du meurtrier qui s'enfuit de la scène de crime vendredi dernier.

— Bien. Expliquez-moi d'abord les raisons de votre présence sur cette scène de crime.

— La semaine dernière, mardi, précisément, le capitaine Aiden Oaks m'a appelé…

Il raconta son histoire, sans rien omettre.

Ensuite, un médecin l'examina, pansa sa blessure au bras et le déclara en bonne forme physique.

Chaque fois qu'il prononçait le nom de Kenderly, il repensait au dernier regard qu'elle lui avait adressé. Il aurait dû lui parler plus clairement, ne pas la laisser dans l'expectative. Mais il n'avait pas voulu influencer ses déclarations.

Au cours de sa carrière, il avait arrêté nombre de suspects, mené maints interrogatoires. Se retrouver dans la position inverse n'était pas agréable mais cette expérience lui serait bénéfique.

On lui posa plusieurs fois la même question : Kenderly était-elle digne de confiance ? Et à chaque fois, il répondit oui sans hésiter, un sourire aux lèvres.

On lui demanda également :

— A votre avis, aurait-elle été capable de commettre le meurtre de Trinity Rosco et Isabella Tenoreno ?

— Impossible ! répliqua-t-il avec la même conviction.

Les questions s'enchaînaient à un rythme infernal mais, comme c'était dans le but d'en avoir terminé plus rapidement, il ne rechigna pas. En outre, les hommes qui l'interrogeaient le traitaient bien. En revanche, aucun ne voulut lui dire comment allait Kenderly ni où en était son interrogatoire. C'était pourtant sa préoccupation première.

25

— Thomas avait raison. Ce motel est minable, dit Kenderly tout haut.

Cela faisait une semaine entière qu'elle était seule et, par moments, elle avait besoin de parler à voix haute pour simuler une présence. La chambre de motel était triste et sombre, surtout avec les rideaux tirés.

Elle marcha de long en large. Ce n'était pas son habitude mais, ces derniers jours, elle n'avait cessé de tourner en rond comme un fauve en cage.

L'incertitude sur son avenir lui pesait. Combien de temps devrait-elle vivre ainsi ? Quand pourrait-elle prendre un nouveau départ ? Serait-ce seulement possible ? Ces interrogations la hantaient. Thomas Dimon était en prison et les Rangers avaient fait le nécessaire pour qu'il ne puisse pas être libéré dans l'attente de son procès. Paul Tenoreno avait lui aussi été interpellé.

Cependant, elle n'avait aucune maîtrise sur son existence. Tout cela parce qu'elle s'était trouvée au mauvais endroit au mauvais moment. Elle refusait de s'apitoyer sur son sort. Mais si cette situation se prolongeait, elle ne répondait de rien.

Elle avait pensé que Garrison et elle étaient devenus très proches. Mais elle n'avait plus de nouvelles de lui depuis qu'ils avaient dû se séparer. Ensuite, pendant deux jours, elle avait dû répondre une quantité incalculable de fois aux mêmes questions, accablée par un terrible sentiment de solitude. Elle n'avait pas le droit d'appeler quiconque hormis un avocat. Mais comme on lui avait assuré qu'aucune charge n'était retenue contre elle, elle n'en avait pas vu la nécessité. On lui avait répété que, par mesure de sécurité, elle ne pouvait pas aller et venir où bon lui semblait. Par conséquent, depuis plusieurs jours, elle passait son temps d'une chambre de motel à une autre, à attendre.

Personne ne lui avait rien dit sur son futur. Et plus ses interlocuteurs éludaient la question, plus cela la taraudait.

Surtout, elle ne cessait de penser à Garrison.

Les autres Texas Rangers avaient tous une allure de cow-boys, au point qu'elle avait du mal à croire qu'il était l'un d'eux. Pour elle, il serait toujours son héros.

Et pourtant, n'est-ce pas à cause de lui si tu te retrouves enfermée dans une chambre de motel, sans véritable liberté de mouvement ?

Chaque fois qu'elle avait raconté leur cavale, elle s'était fait la réflexion qu'à plusieurs reprises il avait eu un comportement héroïque. Mais depuis qu'elle se retrouvait seule à ruminer, elle avait plus de mal à le voir ainsi. Le procureur ne cessait de lui répéter qu'avec l'ensemble des preuves à sa disposition et son témoignage, il présenterait un dossier d'accusation en béton armé. Mais si sa récompense était une restriction de sa liberté de mouvement et l'impossibilité de faire des projets, comment s'en réjouir ?

Le pire, c'était son absolue solitude. N'avoir personne à qui parler ne contribuait qu'à la faire ressasser en boucle ses états d'âme.

— Ça suffit, dit-elle avec lassitude.

Elle avait décidé de témoigner au procès. Ce serait sa façon d'honorer la mémoire d'Isabella et Trinity.

Elle se rapprocha de la fenêtre. Il faisait beau et elle regretta de ne pouvoir se promener au soleil.

— Je ne fais que marcher de long en large dans une chambre et pourtant j'ai mal partout. Comment est-ce possible ? se demanda-t-elle.

— Je te dois un massage du dos, je te rappelle.

Elle se retourna : Garrison se tenait dans l'encadrement de la porte.

Ses bottes étaient cirées, son jean noir impeccable, sa chemise d'une blancheur immaculée. Quant à son sourire, comment avait-elle pu survivre sans le voir pendant plusieurs jours ? Elle était tellement heureuse qu'elle faillit fondre en larmes.

Que Kenderly semble aussi réjouie de le retrouver émut Garrison.

— Tu tiens le coup ? lui demanda-t-il.

Elle semblait globalement en forme. Cela faisait plusieurs jours qu'il trépignait. Le major Parker et le capitaine Oaks lui avaient dit qu'il était libre de choisir sa nouvelle mission. Evidemment, il n'avait pas hésité un instant.

— Il est inutile de te rappeler qu'entretenir des rapports trop étroits avec un témoin n'est pas recommandé, l'avait averti le capitaine.

— Et protéger sa fiancée, c'est permis ?

— Eh bien, on va faire comme si, avait rétorqué le capitaine Oaks dans un éclat de rire.

Il avait été le premier surpris de constater à quel point il avait envie de partager son quotidien avec Kenderly. Mais il était certain de prendre la bonne décision et il espérait de tout cœur qu'elle serait d'accord.

Elle se jeta dans ses bras et se blottit contre lui.

— Je n'ai su que ce matin où tu étais, dit-il. Au moins, ça prouve qu'on prend ta sécurité très au sérieux.

— Peut-être, mais qu'est-ce que je me sens seule !

Quand elle vit Bryce et Jesse entrer dans la chambre, elle recula d'un pas.

— Allez-y, vous pouvez vous embrasser, déclara Jesse, il n'y a personne.

Bryce et lui tournèrent la tête pour leur laisser un peu d'intimité.

Garrison la prit par la taille et la fit tournoyer. C'était bon d'être avec elle.

— Je suis tellement heureuse de te revoir. Le procureur m'avait avertie que le procès risquait de ne pas s'ouvrir avant plusieurs mois. Est-ce que tu auras quand même le droit de m'appeler et de passer me voir de temps en temps ou bien tu vas partir loin ?

— Non, je ne partirai jamais loin de toi. Pour tout dire, je ne repars pas du tout. Je reste avec toi.

Il était plus déterminé que jamais. Rien ne l'éloignerait de la femme qu'il aimait.

— Quoi ? Tu es sérieux ? Tu veux dire que pendant plusieurs mois tu ne vas pas travailler pour rester avec moi ?

— Pourquoi, tu ne veux pas que je me charge de te protéger ?

— Oh non, au contraire, j'aimerais que tu me protèges ma vie entière… Enfin, ce que je veux dire, c'est que tu ne dois pas te sentir forcé de veiller sur moi.

Il l'avait bien compris : elle ne souhaitait pas être une charge pour lui. Mais dans son regard brillait un fol espoir. Le moment était venu de lui avouer ce qu'elle représentait pour lui.

— Ma chérie, je ne peux pas te laisser seule. Sinon, tu es bonne pour te retrouver dans les ennuis.